WARHAMMER 40,000

圣锤

MALLEUS

[英] 丹·阿伯奈特 著 赵笃 译

浙江科学技术出版社

English version first published in Great Britain in 2015 by Black Library.

Games Workshop Ltd., Willow Road, Nottingham, NG7 2WS, UK.

This edition published in China by Zhejiang Science and Technology Publishing House in 2023.

Copyright © Games Workshop Limited 2015.

This translation copyright © Games Workshop Limited 2023.

Translated and used under licence by Zhejiang Science and Technology Publishing House. All rights reserved.

Malleus © Copyright Games Workshop Limited 2015. Malleus, GW, Games Workshop, Black Library, The Horus Heresy, The Horus Heresy Eye logo, Space Marine, 40K, Warhammer, Warhammer 40,000, the 'Aquila' Double-headed Eagle logo, and all associated logos, illustrations, images, names, creatures, races, vehicles, locations, weapons, characters, and the distinctive likenesses thereof, are either ® or TM, and/or © GamesWorkshop Limited, variably registered around the world. All Rights Reserved.

No part of this publication may be reproduced, stored in a retrieval system, or transmitted in any form or by any means, electronic, mechanical, photocopying, recording or otherwise, without the prior permission of the publishers.

This is a work of fiction. All the characters and events portrayed in this book are fictional, and any resemblance to real people or incidents is purely coincidental.

本书英文版由 Black Library 于 2015 年首次出版

Games Workshop Limited，地址：Willow Road, Nottingham, NG7 2WS, UK.

本书中文版由浙江科学技术出版社于 2023 年出版

Copyright © Games Workshop Limited 2015.

This translation copyright © Games Workshop Limited 2023.

浙江科学技术出版社可在授权下翻译与使用。

Malleus © Copyright Games Workshop Limited 2015。圣锤、GW、Games Workshop、Black Library、荷鲁斯之乱、荷鲁斯之眼标识、星际战士、40K、战锤、战锤 40,000、"天鹰"双头鹰标识、以及所有相关标识、插图、图像、名称、生物、种族、载具、地点、武器、角色及其中的特色同类物，所有带有 ®、TM，以及 © Games Workshop Limited 的标识均为在全世界注册的商标或为 Games Workshop Limited 版权所有。

未经许可，不得将本书任何部分以任何形式复制、存储在某个检索系统中，也不得以任何形式或手段，包括电子、机械、影印、记录或其他方式，传播本书的任何部分。

本书为虚构作品。书中人物、事件均为虚构，如有雷同，纯属巧合。

WARHAMMER 40,000

导 言

　　这是人类历史上的第四十一个千年。一百多个世纪以来，帝皇沉睡在地球的黄金王座上。他是神授的人类之主，用无穷无尽的军队征服了百万世界；他也是一具朽坏中的躯体，在黑暗科技时代的力量下隐隐痛苦挣扎着；他是帝国的腐肉之主，每天都有一千个灵魂为他献祭牺牲，让他永远不会真正地死去。

　　即使处在假死状态下，帝皇仍延续着他永恒的警惕。强大的舰队跨越恶魔肆虐、瘴气弥漫的亚空间，航行于被帝皇的强大灵能产生的星炬所照亮，能在遥远恒星间通行的唯一航路。庞大的军队以帝皇的名义在无数世界奋战。而帝皇的士兵当中最伟大的，是阿斯塔特修会——星际战士，一群经由生物工程改造的超级军士。他们的战友众多：星界军和不计其数的行星防卫军，时刻保持警惕的审判庭和机械修会的科技神甫，诸如此类，不计其数。但即便集合他们全体的力量，也不足以阻止那些迫在眉睫的威胁：外星异形、异端叛徒、变种人，甚至更恐怖的存在。

　　这个时期的普通人类默默无闻，生活在所能想象到的最残酷血腥的政体之下。战锤40000的故事，正是属于那个时代的传说。人们忘掉了科学技术的力量，因为它们已经被遗忘了太多，再也无法被学习掌握；人们忘掉了进步和宽容，因为在冷酷黑暗的未来只有战争。群星之间没有和平，只有永恒的杀戮，以及贪婪的众神的嘲笑。

目录

1	序　章　行动中失踪
23	第一章　难逃一死　黑火笼罩下，萨蒂亚的巢穴　坦塔利德
37	第二章　贝坦科尔的典型作风　昏迷　审判庭密诏
44	第三章　首都世界　深海别墅　不速之客
57	第四章　密友小聚　拜见罗尔金领主　驱邪会
71	第五章　凯旋　斯佩迪安之门　断线
78	第六章　特雷锡安的末日　混沌降临　枪口
85	第七章　沃克的推断　伊萨哈顿　突破虚空盾
97	第八章　伊萨哈顿的巢穴　胜利者莱科　残骸
110	第九章　六周后的伊肯　与方特会面　夜幕下的利刃
120	第十章　关于莱科的思索　大荒地　最高出价
132	第十一章　正面对视　不留活口　管道里的死亡
144	第十二章　在卡迪亚三区　标塔　与妮芙的对话
157	第十三章　久别重逢　战钟　漫长任务的开始
163	第十四章　冬天的机会　名字　戈锡堡的标塔
176	第十五章　玫瑰尖刺　卡迪亚人的宿命　意料之外
182	第十六章　猎巫之锤　死牢里的三个月　卡迪亚的苦难

目录

第十七章	漂流恒星　萨文博士、科拉和霍恩先生 机械教驻地	199
第十八章	顶针战术　岩石深处 吉尔德·布尔的穿石蟒	220
第十九章	穿越岩层　魔晶　囚徒	238
第二十章	与被诅咒者的对话　战争铁匠布尔 奥布尔·因梵塔	252
第二十一章	圣艾泽拉教堂里的死亡 漫长的追猎　五人密会	275
第二十二章	法尔尼斯贝塔星 切鲁贝尔和普罗法尼狄　奎索斯	290
第二十三章	异端　后记	299
尾　声	M41.345年的冬天	303

序 章

行动中失踪

　　我在萨米特失去了左手。以下是事发经过。根据当地历法，在人马月的第十三日——也就是冬至日的三天前，在乌尔毕坦的城市中部区域，有人在一家废弃鞣皮厂的平层屋顶发现了一位名叫拉兹罗·莫比瑞尔的巡回传教士，他如行尸走肉一般蹒跚行走，双眼、舌头和鼻子均被剜去，双手也被剁掉。

　　萨米特位于赫里甘次星区，是一颗正在衰落的农业-化工星球。作为萨米特的第二大城市，乌尔毕坦的恶性犯罪事件屡见不鲜——这里人满为患，世风日下，民众苦不堪言，社会饱受剥削的摧残。而这一野蛮行径之所以在诸多罪案中引人注目，主要是出于两个原因。

　　其一，该事件有别于一般的暴力冲突，更不像是酗酒导致的过失杀人——这是一起蓄意而为、计划周密的恶性犯罪，残害的手法近乎邪教。

　　其二，这已经是当月发现的第四起类似的案件了。

　　当时，我刚在萨米特停留三周，奉审判官领主罗尔金之命，调查一家贸易联盟与长庚星分裂运动组织之间的关联。事实证明，二者并无勾结——乌尔毕坦的经济萧条迫使商盟不得不与一些鸡鸣狗盗的船主达成合作，其中一些生意并不光彩，而分裂组织的始作俑者恰恰位于长庚星本地——但我认为，这是审判官领主考虑到我刚刚经历了漫长而凶险的《亡灵经》案件，特意照顾我才安排的相对轻松的任务。

　　根据帝国标准历法，那是 M41.241 年（编者注：M41 是小说虚构的人类历史的第四十一个千年）的年末。我刚刚完成了长达数月的休整，在特雷锡安主星上进行了康复疗养、冥想训练和研习修行。在某些夜晚，恶魔宿主切鲁贝尔的空洞双眼仍会将我从梦中惊醒。我身上还残留着施虐者戈尔贡·洛克留下的无法抹除的伤疤。他从斯特罗斯异形处习得的神经酷刑严重侵害了我的神经系统，我的面部也因此瘫痪。我的余生均与微笑无缘。但我在 KCX-1288 和 56-艾扎星的战斗中的伤势已基本痊愈，面对即将开始的全新任务，我摩拳擦掌。

萨米特的这趟闲差让我感到颇为惬意。我领命后就立刻投身其中，迅速、高效地完成调查，并归档结案。然而就在我动身离开前，军务部的长官却突然发出了申请，要求与我会面。

我与队友们在乌尔毕坦的"精益"大厦的一套客房内住下。大厦位于城市的高层区域，虽然外观简陋，但至少设施齐全。房间四周环绕着一层直径20米的环形加固玻璃，透过煤烟蒙上的灰尘能够瞭望到20公里以外的景色——一座座肮脏的灰色尖塔林立在饱受污染的咸水湾畔，滑翔机与双翼飞机在庞大的城市建筑间发出阵阵蜂鸣，来回穿梭；运输机和近地轨道飞行器在登陆港口的低空盘旋着陆，星星点点的航灯透过浓雾不断地闪烁。在阴沉的黄色雾霾之间，海峡另一侧的钸素精炼厂若隐若现——那些工厂喷吐着棕黄色的滚滚浓烟，与永恒的暮色融为一体。

"他们到了。"贝坤说着，从外层的会客厅走入了休息室。她身穿庄重的蓝色绸缎礼服和丝质披肩，完美契合了我的指示，我们树立的形象应该在保持低调的同时，彰显威严和力量。

我穿着一件柔软舒适的黑色亚麻制服，内衬暗灰色的天鹅绒马甲，最外面套着一件齐腰的黑色皮革风衣。

"需要我出面吗？"迈达斯·贝坦科尔——我的飞行员和挚友问道。

我摇头。"我们不会久留。这次会面完全是出于礼节。你得去一趟登陆港，确保我们的炮艇已经就绪，可以起飞。"

他点了点头，随即离开。与此同时，贝坤带领访客走了进来。

我立刻意识到了会晤礼仪的重要性，因为来访者竟然是乌尔毕坦的安全部部长伊思金·汉萨德。他身材魁梧，穿着双排扣的棕色短袍，五官却十分精巧，略带稚气的脸庞或多或少地抵消了他高大身躯带来的压迫感。他在两名身穿灰色铠甲制服的保镖护送下走进屋门，身后还跟着一名身穿深蓝色罩裙的黑发女子。女子身材虽然矮小，却健美挺拔。

在贝坤将他们带进会客室之前，我已经有所准备地坐在扶手椅上——如此，我便能适时地起身迎接——此举非但不失庄重，更能让客人确信谁才是这里真正手握权柄之人。

"汉萨德部长。"我说着握起他的手，"我是攘外修会审判官格雷戈·艾森霍恩。这些是我的战友伊丽莎白·贝坤、法务部的惩戒官古德温·费希格，以及学者尤伯·埃莫斯。我们该如何为您效劳？"

"我不愿浪费您的时间，审判官。"他说，他面对我时的语调有些紧张——这很好，正是我所期望的，"我近期留意到，本市发生的一起案件显然超出了法务部的刑侦权限。简言之，案件似乎与来自亚空间的腐化密切相关，亟需引起审判庭的高度重视。"

他的话语直截了当。我对此颇为赏识——这是一位渴望付诸行动、为民众做出表率的帝国高层官员。尽管如此，我仍然认为这起案件如同商盟的调查一样无关紧要；或许他拜访的目的仅是希望经由我的允许，给予法务部继续处理这起案件的权限，并快速结案。经验告诉我，像汉萨德这样的人总是过于谨小慎微。

"过去一个月，本市接连发生了四起谋杀，我们认为这四起谋杀之间存在关联。我希望您能不吝赐教。这些案件都是带有明显邪教仪式特征的残杀暴行。"

"让我看看材料。"我说。

"队长？"他回应道。

那名一头黑发的健美女子是当地的法务部队长赫利·雷克斯。她向前迈出一步，点头致敬，并向我递来一块镶嵌着法务部金色饰章的数据板。

"我已经将证据整理成了一份简报。"她说。

我快速阅读起数据板上的信息，心中却早已做好授权法务部继续调查的准备。我突然停住了，开始缓慢、仔细地重新阅读。

欣喜和沮丧的情感在我的心中错综交织。即便是匆匆一瞥，我立即认定这起案件非同小可，理应引起帝国审判庭的高度重视。数月以来，我头一次有一种强烈的直觉，被案情背后的悬念吊起了胃口。汉萨德部长的这次烦扰，绝非过于谨慎，而是恰到好处。与此同时，我也颇为沮丧地意识到，我们从这座悲惨的城市离开的计划将不得不推迟。

四名受害者全部都被刺瞎了双眼，鼻子、舌头和双手都被割掉。有些还不止于此。

其中，传教士莫比瑞尔是唯一被发现时还活着的。他被送达乌尔毕坦城市中部区域的医疗中心八分钟后，因伤势过重身亡。我猜测他在那些凶手完成全部虐杀仪式之前，就设法逃脱了虎口。

其他三人就是另一码事了。

他们是保罗·格莱文，机械师；卢萨·赫瓦尔，织毯工；伊迪兰·法斯博，助产士。

一周前，一位负责城市清洁的机仆在城区中部进行排水管道的日常维护时，发现了赫瓦尔面目全非的尸体。凶手曾经试图焚烧他的尸体，并将其倒进巢都积年累月的废料处理坑中，然而受害者的部分残骸却保存了下来。验尸官无法判断那些遗失的器官究竟是被腐蚀掉还是被水流冲走，但小臂的骨头断口处带有明显的竖锯或链刃切割的痕迹。

当伊迪兰·法斯博的尸体在城区中部的廉租公寓屋檐下被发现时，她的伤痕要比赫瓦尔清晰得多。法斯博不仅遭受了与传教士莫比瑞尔类似的创伤，她的大脑、脑干和心脏均遭到了切除，手段的残忍程度称得上骇人听闻。最初发现尸体的屋顶工人，在目睹这一惨状不久后自杀身亡。她的血液流尽，遗体严重脱水——事实上，尸体是被廉租公寓的热风口烤干的。尸首被近似帝国卫队床单材料的深绿色布匹包裹得严严实实，并被人用工业钉枪钉在了屋顶木椽的下方。

在将她与赫瓦尔的惨状进行对照研究之后，法务部确信织毯工极有可能也被移除了脑干和心脏。此前，他们虽然发现赫瓦尔的软组织存在明显缺失，但没有确凿的证据，毕竟排水管道中残留的污染液对有机物有酸蚀作用。

事实上，机械师格莱文才是首个被发现的受害者。他的尸体最初被救生船从海湾的水下打捞上岸，同样残破不堪。起初，格莱文被认定是自杀溺亡，残骸被往来船只的螺旋桨搅碎。直到雷克斯亲自翻阅卷宗，经过仔细地交叉比对后，才标记出与其他案件之间的大量相似之处。

因为在接受法医现场鉴定时，四具遗体所处的环境千差万别，所以几乎不可能从病理学的角度断定他们具体的死亡日期和时间。但雷克斯确定了一段窗口期。格莱文最后一次活着出现，是在水瓶月的第十九日——也就是他的遗体被捞起的三天前。赫瓦尔在当月的二十四日将一块完工的织毯运送到了高层城区的顾客家中，当晚还与朋友一起在位于城区中部的熟食店吃了晚餐。法斯博在人马月的第五日没有工作签到，但据她的朋友说，前一天晚上她看起来还很开心，期待着下一次轮班。

"我起初认为，凶手是某个在城区中部逍遥法外的连环杀手。"雷克斯说，"但这种残杀、肢解的手段，在我看来要比普通的杀人手法极端得多。这绝不是冲动杀人，更不是病态的杀人取乐。而是某种针对性极强、有着明确目标的残虐仪式。"

"你如何得出这个结论？"我的同伴费希格问道。费希格是来自遗迹星的高阶法务官，在侦破凶杀案方面有着极为丰富的经验。事实上，他对司法程序烂熟于心，通晓各类犯罪手法，我也因此将他视作刑侦行动小队的得力干将。当然，他的骁勇更不在话下。

雷克斯侧脸打量着他，觉得自己的能力受到了质疑。

"因为肢解的手段，还有处理残骸的方式。"她看着我说道，"审判官，我的经验告诉我，连环杀手在内心深处是渴望被人发现的，希望自己能成为家喻户晓的人物。他会通过恶意的炫耀来彰显自己的杀戮技巧，展示凌驾于众人之上的力量。他会因为自己亲手缔造的恐慌与畏惧而倍感兴奋。本案的凶手则截然相反，他为了掩盖那些尸体而大费周章。在我看来，与民众对死亡的反应相比，凶手对这些人的死法更感兴趣。"

"分析得好，队长，"我说，"这也是我的经验之谈。异端之徒总会尽可能地掩盖谋杀的行为，以便他们能够持续地行凶。"

"这或许意味着还有别的死者尚未找到……"贝坤这句漫不经心的话，如今在我看来却是个令人胆寒的预言。

"异端之徒的谋杀？"部长说，"我之所以冒昧打扰，是因为我也有同样的担心，但您当真认为——"

"在阿尔菲克斯，亚空间邪教徒就曾经割下受害者的手指和舌头，只因二者是交流的必要器官。"埃莫斯娓娓道来，"在布雷塔利亚，邪教徒会掏空猎物的大脑，以进食他们的灵魂物质——你也可以称之为'精魄'。在某些其他世界，邪教徒则会剥夺受害者的双眼……在古林格拉斯、彭塔利、长庚星、梅西纳……众所周知，眼睛是灵魂之窗。事实上，位于圣·斯卡里夫的异端分子则会将祭品的双手切断，并迫使他们写下最后的忏悔，他们用的笔恰恰是他们被砸烂的——"

"这些信息足够了，埃莫斯。"我见部长脸色惨白，连忙打断了他。

"这些显然是异教徒的暴行,先生。"我宽慰道,"有一个信奉混沌的组织正在肆意荼毒您的城市,而我会将它连根拔起。"

我径直赶往城市中部区域。格莱文、赫瓦尔和法斯博都是乌尔毕坦的本地居民,即使作为访客的莫比瑞尔也是在该区域被发现的。埃莫斯已被我派往高层城区,前往军务部塔顶的档案室并检索过往卷宗——我尤其关注萨米特历史上发生过的异端活动,包括发生在四场凶杀案前后的重大事件。这次调查,费希格、贝坤和雷克斯与我同行。

地理环境往往能够反映该区域的犯罪特征。在萨米特度过的这段时间,我只在乌尔毕坦相对干净的高层区域活动过,俯视着这片浓重的雾霾。

城区中部始终为人所忽视,沦为凄凉可悲的贫穷之地。人造树脂形成的污渍几乎遍布所有物体的表面,被连绵的酸雨反复冲刷。引擎破旧的载具在灯光昏暗的街道上爬行,一些建筑外层的石料已经开始腐烂。那里弥漫着暗红色的雾霭,折射了巨型废气处理机喷吐的火光。这一幕令我想起了几幅以炼狱为主题的雕版画。

我们在羊毛街和圣灵街的街角停靠,走下了雷克斯的装甲速攻艇。队长佩戴着法务部的钢盔,披着加厚的大衣。我开始希望自己也能有一顶帽子或是呼吸面具。雨水散发着尿液般的骚臭味。每隔大约三十秒,就会有一辆火车从高架的轨道上呼啸而过,整条街道也会随之震动。

"就在里面。"雷克斯打了声招呼,随即带领我们穿过了街边的一道活动门,走进了一所廉租公寓的阴冷门廊中。整个屋子堆满了积攒了数个世纪的灰尘。室内的温度被调得很高,似乎在有意抵御来自室外的阴沉湿气。然而压倒性的湿气还是渗透进屋内,散发着犬类身上疥癣般的恶臭。

这里是伊迪兰·法斯博最后出现的地点。她的尸体在屋顶被发现。

"她住在哪儿?"费希格问道。

"距离这里两条街。她在那里的棚舍里有一间屋子。"

"赫瓦尔呢?"

"他的住处大概在往西1公里的地方。他的遗体在东边隔着五个街区的位置被发现。"

我看了一眼数据板。莫比瑞尔被发现时所在的鞣皮厂,距离此地只有不到三十分钟的脚程。如果乘坐电车，从这里很快就能抵达格莱文的住处。死者的生活区域与死亡地点都彼此相邻。唯一不同的是机械师格莱文的遗体，他被抛到了海湾里。

"他们的住所相当密集，我始终没忽略这一点。"雷克斯微笑道。

"我相信你不会忽略。但这些地点未免过于密集了。死者何止身处同一个城区——他们根本就处在同一个密集的街道网络，彼此紧邻。"

"这意味着什么？"贝坤问。

"无论是独自一人还是群体作案，凶手很可能是本地人。"费希格答道。

"也有可能来自别处，凶手对这一带的居民怀有极端的憎恨。所以专程来此，伺机杀戮。"雷克斯说。

"像是一个猎场？"费希格补充道。

我点头思忖。两种可能性都存在。

"检视四周。"我命令费希格和贝坤。我知道雷克斯早已派遣警员在建筑的各处搜查，但她并没有因此阻拦——我们更专业的侦察可能会揪出新的端倪。

我在廉租公寓入口大厅的尽头找到了一间狭小的办公室。这里显然是供公寓管理员休憩的小屋。石板墙上钉着几页纸：租金账单、维修目录、住客的投诉记录。屋里摆放着一只用于盛放遗失招领物品的盒式托盘，以及一只浸泡着机油、被部分拆卸的微型机仆，屋内散发着廉价酒水变质后的臭味。小屋的门板上，用军营中常见的饰钉固定着一枚国教徽章，它早已褪色，由丝带和纸片编织而成。

"你在这里做什么？"

我环顾四周。公寓的管理员是一个身穿肮脏套装制服的中年男子。细节——我永远不会放过细节——他戴着刻有麦翁鸟图案的金色戒指。他裸露的头皮上留着一道带金属缝线的永久疤痕，疤痕四周的头发已经完全脱落。他的皮肤饱受侵蚀、严重老化，眼神中满是戒备。

我向他表明了身份，而他却不为所动。当我询问他的身份时，他说："我是管理员。你在这里做什么？"

我尽可能克制地使用我的意志之力。灵能的天赋能够开启诸多秘密，但有时会适得其反。这人有些蹊跷。我需要引起他的内心波动。"你的名字是？"

我一边问，一边调节语调，将灵能探针投射其中。

他退缩了一下，瞳孔因为惊讶而放大。

"夸特·特拉弗斯。"他咕哝着回答。

"你认识助产士法斯博吗？"

"在附近见过。"

"和她交谈过吗？"

他摇了摇头，双眼紧盯着我。

"她有朋友吗？"

他耸了耸肩。

"陌生人呢？可有陌生人在这附近出没？"

他眯起双眼，面色阴沉，露出略带嘲弄的神情，那表情仿佛在说——外面的街道是什么样你还不知道吗？

"发现她遗体的那间顶屋，有谁去过吗？"

"没人去过那里。自打这幢房子被建好后，就再没人进去过了。最近，由于公寓要接通暖气，承包商不得不凿开屋顶时，他们才发现了她的尸体。"

"顶屋连小门都没有吗？"

"有一扇小门。但始终紧锁着，没人有钥匙。凿开屋顶的石膏板进去反而更容易。"

屋外，我们站在高架车轨下避雨。

"特拉弗斯也是这么对我说的。"雷克斯确信地回答，"多年以来，从没有人进过顶屋，直到承包商凿开了屋顶。"

"一定有人曾进去过，而且他有那扇小门的钥匙。那就是凶手。"

赫瓦尔被抛尸的排水管位于一排高大的商业楼宇后方，其中一间工具车间外层架设着古老的台阶铁架，如同蛛网般交错纠缠。两层以上是一个类似酒吧的场所，那里的霓虹灯光在帝国雄鹰图案和一束鸢尾花之间来回闪烁。费希格和雷克斯沿着台阶向上侦察，透过斑驳的窗户往里窥探。贝坤和我走进了酒吧。

酒吧里泛起灰白色的灯光。在高处的吧台前，四五个醉鬼正坐在木棘凳子上，没顾上搭理我们。空气中弥漫着暗影烟的呛鼻气味。

从我们走进的一刻起，柜台后的一名女子就十分警惕地观察着我们。她四十多岁，身材魁梧，丝毫不亚于男性。她穿着无袖背心，胳膊上的块状肌肉和费希格一样结实，肱二头肌上似乎文着一只骷髅和交叉骨头图案的刺青。脸上的皮肤似乎遭受过严重的侵蚀，十分粗糙。

"能帮你什么忙吗？"她一边问，一边用抹布擦拭着柜台。与此同时，我看清了她的右臂，那条臂膀从肘部以下都是假肢。

"我想打听点事。"我说。

她用抹布掸了掸身后酒架上的一排酒瓶。

"我不算是个包打听。"

"你知道一个叫赫瓦尔的人吗？"

"不知道。"

"就是那个在大楼后面的污水管道里被发现的家伙。"

"哦，我都不知道他还有名字。"

此时，我距离她更近了，也看清了她胳膊上的刺青，那其实不是由骷髅和骨头组成的十字。那是一只麦翁鸟。

"我们都有名字啊。你叫什么？"

"欧明·朗德。"

"你在附近居住？"

"居住？我可担当不起。"她说着，转身招待起了其他客人。

"吓人的怪胎。"我们走出门时，贝坤评论道，"每个人好像都掩藏着什么。"

"每个人都是这样，哪怕只是对这座城市的厌恶，他们也不愿流露。"

大约七十年前，乌尔毕坦就已经濒临崩溃，甚至波及了整个萨米特的经济。当时特雷锡安主星上的农业巢都发展迅猛，产能很快超过了萨米特。当地传统产业的出口利润因此大幅缩水。为了应对外部竞争，当局放宽了对大气污染的管制，化工精炼厂肆无忌惮地扩大产能。上百年来，乌尔毕坦始终都在艰难地调控着大气污染和烟尘排放——而在过去几十年里，这已然不再是首要的问题。

我耳旁的通信器响起，是埃莫斯。"你发现什么了吗？"

"真是蹊跷的扰动。萨米特在相当长的一段时间里完全没有异端侵扰的迹象。距离上一次审判庭来这里调查已经有三十个标准年了，而且不在乌尔毕坦，是在行星首都阿奎坦。那是一起流窜灵能者导致的案件。这颗行星上的犯罪活动分布得很均匀，多数是毒品交易和帮派械斗，还没有发生过值得留意的异端行径。"

"没有类似邪教仪式的作案手法？"

"没有，我追溯了长达两个世纪的卷宗。"

"关于那些案发日期呢？"

"人马月十三日临近冬至，但我没能找出这一天的特殊含义。按常理，在'萨佩塔巢都大清洗'纪念日前后，这片次星区的异端活动会略微增加；但那已经是六周前的事情了。我唯一能找到的其他线索是今年的人马月五日，'克洛德许高地战役'第二十一周年纪念日。"

"我对这场战役一无所知。"

"在苏瑞亚里斯六星上，帝国发动了为期十六个月的战争，那是七次全面交战中的第六场战役。"

"苏瑞亚里斯……该死的，那是另一个次星区的世界！埃莫斯，这一年里的每一天都是帝国历史上某个军事行动的纪念日。你说的这些到底有什么关系？"

"萨米特第九步兵团当时正在苏瑞亚里斯服役。"

费希格和雷克斯完成了侦察，走下台阶后向我们走来。雷克斯通过语音通信在与某人交谈。

她关闭了通信后看着我，雨水从她的面甲上滴落。

"他们又发现了一起命案，审判官。"她说。

那不是一起命案，而是三起。关于这起案件的消息很快就传播开。距离法斯博住处的十个街区外，一座磨坊区的旧仓库在两个月前毁于火灾，直到近期，市政部门派出了工人前去拆除废墟，并重建一座廉价的装配式居民楼。工人们在位于崩塌区域的一堵未被大火烧毁的绝缘墙体后找到了几具尸体：一个女人、两个男人。他们遭到了与其他受害者相同的残杀与肢解。

这几起凶杀发生的时间要早得多。我一眼就能看出来。

我踩过散落一地的外墙碎片。雨水从房顶的漏洞间流下，随后高高溅起，在冰蓝色的法务部探照灯光下汇聚成一片朦胧细碎的水雾。

法务部的官员正在四处查看，但他们都还没有接触死者本身。

"那是什么？"我问。

费希格探过身，仔细观察。"强黏性胶布，他们被胶布捆绑在一起，放在墙体的隔板后。有些年头了，胶质已经腐烂。"

"表面是什么？那些银色的斑点？"

"我猜这是军队配备的工具。哑光的银色图层，你知道这玩意儿吗？这些涂层年久就会脱落。"

"这些尸体不是同时被放在这里的。"我说。

"我也这么想。"费希格肯定道。

我们不得不花上六个小时等候当地医疗鉴定专家出具的初始报告，报告内容也证实了我们的猜想。三具尸体被嵌入墙体内至少八年时间，且存放的时长各不相同。尸体腐烂分解的程度有着显著差异，其中一名男性尸体被藏匿在墙后长达十二年，其他两具尸体则是在后来被分别放入的。三人的身份均极难确认。

"仓库六年前就已停止使用。"雷克斯告诉我。

"我需要一份仓库停用前的雇佣工人名单。"

在过去数年间，某人使用了同一种黏性胶布，并采取同样的作案手法将尸体藏匿于此。

当可怜的莫比瑞尔被发现时，他正站在一家废弃的鞣皮厂中，厂房位于薛克思街与一排被称作"大桩"的贫民窟公寓的交会处。这里臭不可闻，鞣皮工艺中常用的碱液与防腐剂的刺鼻气味仍然充斥在空气中。再多的酸雨也洗不掉这里的恶臭。

这里没有楼梯。费希格、贝坤和我通过金属防火梯爬上了屋顶。

"一个人被残害到那种程度，通常可以活多久？"

"如果只看生理上的创伤，他的血液大约会在二十分钟内流干。"费希格估算道，"当然，如果他半途逃脱，因为恐惧而分泌的肾上腺素会让他多维持一段时间。"

"所以他在屋顶被发现的时候，距离他遭受残害不会超过二十分钟。"

我们环望四周，这座悲惨的城市同样回望着我们，近处的成群建筑高度密集。真凶的藏身之所有上百种可能，将周边的房屋全部搜查一遍就需要数天时间。

但我们可以缩小范围。"他究竟是怎么爬上屋顶的？"我问。

"我也想知道。"费希格说。

"通过我们爬上来的楼梯或许……"贝坤突然意识到这话的荒谬，放慢了脚步。

"在没有手的情况下？"费希格苦笑着问。

"没有双眼也做不到。"我继续推断道，"可能他不是逃到上面去的，而是行凶者把他放在这里的。"

"又或者，他是坠落在屋顶的。"贝坤说着，抬手指向半空。

鞣皮厂的东侧笼罩在一座高大仓库的阴影中。屋顶上方十米处有几面破碎的窗户。

"如果他原本在仓库里呢？在失明的状态下仓皇逃跑，最终坠落在这个屋顶……"

"有些道理，伊丽莎白。"我说。

法务部官员的工作中规中矩，但恐怕连雷克斯也不曾看破这层迷雾。

我们绕行至仓库的入口。那扇破旧的铁门已被锁死。门旁的墙上贴着一张通告，警告心怀不轨的闯入者们不要侵犯"亨德玛农资仓储公司"的资产。

我取出了万能钥匙，解开扣锁。我的余光瞥见费希格拔出了枪。

"有状况？"

"我总感觉……有人在监视我们。"

我们从侧门走入。仓库里一片死寂，冰凉的空气中弥漫着化学物质的气味。灌满生化肥料的储藏桶排成几列，摆放在空荡荡的库房里。

第二层的库房则空无一物，似乎多年以来都没有被人使用过。一道铁丝网蒙在通往上层的楼梯入口前，雨水从楼顶滴落。费希格伸手拉开了铁丝网——网层似乎只是用来掩人耳目的遮盖，很轻易就能打开。

此时，轮到我拔出自动手枪了。

在三层库房临近街道的一侧，库房被隔成了几间小屋。我们迈入其中一间 10 米见方的隔间，隔间地上铺着一块塑料布，上面沾满了血迹和其他人体器官的残留物。空气中弥漫着令人恐惧的气息。

"这就是他们施加残害的地方。"费希格确信。

"这里并没有异端教徒的标记或混沌符号。"我再次陷入了思索。

"或许没有。"贝坤说着穿过房间，小心翼翼地不去踩到那块沾满污秽的塑料布。我敢保证，她这么做完全是为了避免弄脏鞋子，而非为了保护现场。"这是什么？这里曾经挂着某样东西。"

墙上钉着两只锈迹斑斑的铁钩，钩身上的锈迹已被刮开，显然最近有某样东西被挂在上面。钩子下方的地面上，有一个用黄色粉笔画出的十字图形。

"我好像以前在什么地方见过这个。"我说。我的思路被通信器打断了，是雷克斯的声音。

"我调取到了你需要的工人名录。"

"很好，你在哪儿？"

"我去鞣皮厂与你们会合，如果你们还在那里的话。"

"我们在薛克思街的拐角处等你。告诉你的部下，我们在隔壁的农资仓库找到了犯罪现场。"

我们走出了行凶的库房，向楼梯的方向走去。费希格突然僵立在原地，举起了枪。

"又来了？"我低声问。

他点了点头，将贝坤推进了门框一旁的角落。

除了密集的雨声和窸窣的虫声之外，屋内一片寂静。费希格托着枪看向废弃的屋顶。或许是我的错觉，但我隐约看到暴露在外的房椽上有一道阴影正在移动。

我向前蹑步，用手枪扫视着阴影的位置。耳旁传来了嘎吱声——那是地板受到挤压时发出的声音。

费希格指了指楼梯，我点头示意，但我还是希望尽可能避免误伤。我小心地拨开通信器，低声说："雷克斯，你还没有抵达仓库，对吧？"

"还没有，审判官。"

"准备作战。"

费希格一个箭步冲上了楼梯，他压低身子，刚要举枪瞄准。

一发激光射穿了他身旁的地板，迫使他伏在地上。

我对着楼梯口连开三枪，但射击角度很不理想。

与此同时，两发实弹冷不丁地从楼梯尽头射来。伴随着咆哮的枪声与折射的闪光，几道激光再次轰开了地板。

我站在高处，立刻意识到当前的危机。楼梯处的枪手使用的是实弹武器，但那几束激光子弹则来自屋顶。

我听到楼下地板上响起了脚步声。费希格沿着楼梯向上攀爬，想要继续追击，但几发激光迫使他重新匍匐在地。

我举起手枪，对准屋顶的瓦片连续射击，轰出了几个小洞，灰白色的光线透过洞眼照射进来。

我看到某人正在屋顶上方滑动。

此时，费希格已经沿着楼梯冲了上来，搜寻第二个袭击者。

我则冲上了第三层库房，跟踪屋顶上方的声音。

我透过屋顶瓦片的缝隙，隐约看到了一个夜空映衬下的人影，于是再次开枪。对方继续用刺眼的激光火力还击，紧接着是砰的一声巨响和脚步滑动的声音。

"停火！放弃抵抗！审判庭！"我朝那人大吼，动用了意志之力。屋顶上传来更响亮的碰撞声，整个屋顶开始坍塌。屋瓦一片片崩解，砸落在临近的库房里。

我撞开了那道房门，举枪瞄准，刚要再次呵斥。但屋里一个人也没有。屋顶漏洞下方的碎石瓦砾堆砌在房间的地板上，一把被砸烂的激光枪被丢弃在废墟之中。房间另一侧是几扇破窗，那恰恰是贝坤先前指出的位于鞣皮厂屋顶上方的窗户。

我向其中一扇窗口跑去。窗口下方，一个身穿深色套服的魁梧身影正奔跑着寻找掩体。凶手从我手中逃脱了，而方法竟然与最后一位受害者的逃脱方式如出一辙——从窗口跳向鞣皮厂房的屋顶。

对方与我的距离过远，我无法准确地对其投射意志之力。但我的瞄准时机和射击角度都恰到好处。在对方消失前，我用准星锁定了那人的后脑勺，手指开始扣动扳机——就在这时，我感到身后的整个世界都爆炸了。

我醒来时，发现自己正躺在贝坤的臂弯里。"别动，艾森霍恩。医疗队正在路上。"

"发生了什么？"我问。

"是饵雷。应该是那家伙丢下的枪，由于能量电池过载，在你身后爆炸了。"

"费希格逮到他的目标了吗？"

"当然。"

事实上他并没有。费希格一路猛追，将那人逼下了两层楼梯。他们一路追逃，穿过了库房的第一层。在通往街道的出口时，那人猛然转身，对准惩戒官打了一梭子弹，直到自动手枪的弹夹被完全打空。费希格被迫寻求掩护。

恰巧此时，雷克斯队长从库门外赶到，见情势危急，将那名敌人当场击毙。

我们聚集在雷克斯拥挤的办公室里。法务部的办事处位于城区中部，熙熙攘攘，极为繁忙。埃莫斯抱着一堆文件和数据板来与我们会合，身后跟着迈达斯·贝坦科尔。

"你还好吧？"迈达斯问我。他身穿鲜红色的刺绣丝绸夹克，明快的色彩在城区中部灰暗沉闷的背景下格外引人瞩目。

"轻微擦伤罢了，我还好。"

"我还以为我们要离开了，结果你们居然撇下我一个人在这儿寻开心。"

"我也以为我们要走了，但我看到了这桩案子。你得仔细阅读下贝坤的笔记。我需要你尽快同步案情的细节。"

埃莫斯拖着满是植入设备的年迈身躯，走到雷克斯的办公桌旁，放下手中的书本和文件，将它们杂乱地摞在一起。

"我可忙坏了。"他说。

"忙出结果了？"贝坤问。

他瞪了她一眼。"还没有。但我收集到了值得关注的信息。我们可以一边讨论，一边填补案件的缺失之处。"

"没有结果啊，埃莫斯？真是蹊跷的扰动啊。"迈达斯咧嘴一笑，一口皓齿在黝黑皮肤的映衬下十分闪亮。他在用埃莫斯最常用的口头禅调笑着这位老学究。

我面前摆放着两份名录，一份是藏匿着三具尸体仓库的雇佣工人名录，另一份则是枪战所在的农资库房的雇员清单。我经过快速比较，得出了两个重复的名字。

"布雷尔·索达其斯和韦姆·菲尼克。两人在那间仓库关闭前都是库房员工。

现在他们受雇于亨德玛农资仓储公司。"

"什么背景？现居何处？"我问雷克斯。

"我会命人查找。"她说。

"所以……我们正在捣毁一个异端邪教组织，是吧？"迈达斯问，"你破获了一系列关于宗教的连环杀人案，发现了至少一个犯罪现场，现在还知道了两个邪教徒嫌疑人的名字。"

"或许吧。"我并不确定。事态的发展与我的最初判断差不多。审判官的预感让我感到一丝异样。

证物收容盒中放着攻击我的人留下的激光枪残骸。这把武器因为能量电池过载引发的爆炸变得面目全非，但不难看出是一款旧型号武器。

"能量电池的异常过载是从屋顶坠落到地板导致的吗？"贝坤问。

"不是，这些枪械的构造很坚固。"费希格答道。

"强制过载。"我说，"这是帝国防卫军的老伎俩。我听说他们学过如何设置自爆。这一手法作为走投无路、殊死一搏的手段。既然难逃一死，他们宁愿与敌人同归于尽。"

"这把枪不是标准配备。"费希格一边推测，一边按压着早已变形的扳机护环，丰富的枪械知识在他这样才疏学浅的人身上显得十分突兀，"看到这些改装了吗？它被机器加工过，扳机的护环半径被扩大了。"

"为什么？"我问。

费希格耸了耸肩。"为了更加称手？或许是为了不太灵活的义手指节而特意做的改装？"

我们赶往大厅另一侧的停尸间，那名被雷克斯一枪毙命的杀手正躺在停尸台上。他是个体格魁梧的中年男人，健康状况早已恶化，皮肤饱经风霜，布满皱纹。

"什么身份？"

"我们还在调查。"

死者的衣服已经被停尸间的工作人员脱掉。费希格仔细查看，在雷克斯的帮助下翻过尸体，验查后背。他的衣物被装在袋中，塞进了脚旁的证物收容盒内。我提起袋子，举在光源下研究。

"背上有刺青。"费希格说，"左肩文着帝国之鹰。符号很简陋，而且有年头了。底下的字母……分别是大写的 S、点号、大写 I、点号、大写 I、大写 X。"

我在袋子里找出了一枚带有徽记的金戒指，上面纹着麦翁鸟的图案。

"是 S.I.IX。"埃莫斯说，"萨米特第九步兵团。"

萨米特第九步兵团在二十三年前正式建军，建军地点就位于乌尔毕坦，正如埃莫斯所说，他们在苏瑞亚里斯六星上经历了极为残酷的解放战争。根据市政档案馆的文件记载，十三年前，兵团中的五百一十九名退伍老兵被遣返回到萨米特，从恐怖至极的战场重回这个日益消沉、穷困潦倒、令人焦虑不安的和平世界。他们的兵团徽章，正如这个曾因农业而繁荣的世界一样，是一只麦翁鸟。

"他们在十三年前被遣返。那也是最早有人遇害的时间。"费希格说。

"苏瑞亚里斯六星是一场苦战，对吧？"我问。

埃莫斯点头。"敌人负隅顽抗，战况惨烈，野蛮而凶残。还有天气——当地有两颗白矮星恒星，大气也没有云层遮盖。高温与强光的炙烤极为严酷，紫外线烧灼更不用说。"

"紫外线与强光灼烧。"我低声道，"皮肤会侵蚀、老化。"

所有人都看着尸体那张布满皱纹的枯槁面孔。

"我现在申请调取一份老兵的名录。"雷克斯主动提出。

"我已经拿到一份了。"埃莫斯说。

"我猜你能在上面找到布雷尔·索达其斯和韦姆·菲尼克的名字。"我说。

埃莫斯顿了一下，低头查找。"找到了。"他答道。

"夸特·特拉弗斯呢？"

"有，炮兵营中士夸特·特拉弗斯。"

"欧明·朗德呢？"

"呃……也有，一等狙击手。因伤退役。"

"这么说，萨米特第九步兵团是男女混杂的？"贝坤问。

"我们这里建军的所有兵团都是。"雷克斯语气中掩饰不住自豪。

"所以，这些男男女女……"迈达斯若有所思地说，"这些士兵，经历了炼狱一般的战争，坚持不懈地抗击着遭受腐化的敌人……你的意思是，他们也被混沌玷污了？将腐化带回到这里？你认为他们在苏瑞亚里斯与亚空间接触的过程中遭到了腐化与玷污，即使在遣返后，还在以仪式性的杀戮供奉着异端信仰？"

"不，"我说，"在我看来，他们还被困在那场战争中。"

长久以来，帝国都存在着一个悲惨的真相：没有一个退伍老兵能够从战争中全身而退。战斗本身会撕裂神经、毁伤身体。但亚空间的深邃恐惧、污秽的异形种族会永远地盗走他们的理智。退伍老兵常常十分忌惮阴影和夜晚，有时甚至凭空对昔日的亲友与邻里心生惧意，他们就在这样的生存状态中度过残生。

萨米特第九步兵团十三年前就回家了，但那场对抗人类之敌的血腥战争却令老兵们的身心备受折磨——他们的伤痕、他们的恐惧令战争如影随形，与他们一起回到了故乡。

法务部立刻对名单上登记的全部老兵地址进行了搜捕，至少那些仍然活着的，还有迹可循的人。自退役遣返以来，老兵之中超过两百人因皮肤癌而死。与那些直接惨死在战场之上的战友一样，苏瑞亚里斯终究还是夺去了他们的性命。

有些人选择重聚在一起，他们沦为神志不清的醉鬼、跛子、瘾君子，而那些诚实正直的男男女女则继续勤勉地维系着他们的生活。对于后者，我感到尤为辛酸。

大约七十名老兵已经失联。很多人已经搬走，无迹可循，或者在官方无暇顾及的角落里孤独地死去。但有些人显然已经逃走——比如朗德、特拉弗斯、索达其斯和菲尼克。他们的住所被遗弃，日常用品散落一地，显然是见势不妙、慌忙逃窜的结果。名单上还有二十多人的住处也是如此。

法务部的人及时抵达了退伍下士杰芬·桑克托的住处，在他准备撤离前被逮了个正着。桑克托曾经是兵团的一名火焰喷射兵，正如他的昔日战友一样，仍然保留着曾经的武器作为纪念品。他高喊着萨米特第九步兵团的战斗口号，坚守在楼梯入口，点燃了几名破门而入的法务官。紧随其后的战术小队用暴风骤雨般的子弹将他轰成了碎片。

"他们为什么要杀人？"贝坤困惑不解地问我，"长年累月，他们为什么要以秘密仪式的手法杀人？"

"我不知道。"

"别装蒜了，艾森霍恩。你清楚得很！"

"好吧，我只能猜测。假设你是一名老兵，一位机械工半开玩笑地说某笔费用只有帝皇能付得起，这句话挑动了你脆弱的神经，你认为他已经被亚空间玷污；一位织毯工人编织的图案让你联想起暗藏着混沌符号的神秘图形；你突然觉察出，有位助产士正在城区中部的妇产医院，帮助帝国的大敌接生子嗣；至于那名传教士，看上去疯疯癫癫的，也绝非善茬。"

她低头看着兰德速攻艇停泊的地面。"在他们眼中，处处皆是恶魔。"

"一切人和物都不对劲。这也令他们格外坚信，他们是以帝皇之名杀戮。他们不相信任何人，因此也不敢惊动官方。他们剜掉眼睛，砍断双手，切下舌头……这些都是用于交流的器官，如此便能够屏蔽帝国大敌对污秽不洁谎言的散播。他们之所以取出那些人的大脑和心脏，是因为士兵之间流传这些器官乃是恶魔的栖身之所。"

"那我们现在去哪儿？"她问。

"直觉告诉我的另一个地方。"

萨米特农业发展协会的公会大厅位于熔炉大街。这座高大的建筑由碎石块堆砌而成，表面遭受了酸雨和毒雾的严重腐蚀。公会大厅已经超过二十年无人问津。

这个建筑最后一次使用，是作为萨米特第九步兵团建军前夕的征兵点。在狭长的廊道中，那些第九步兵团的男男女女在这里郑重地签上了自己的名字，兴奋地领取他们崭新而质朴的军装，并对着全人类的帝皇庄重地念诵了战斗誓词。

在一些特殊场合里，如果没有帝皇的祭坛，帝国防卫军的军官们会搭建一些宣誓仪式所需的临时设施。他们将帝国雄鹰或双头鹰的旗帜悬挂在墙上，并用黄色粉笔在下方的地面标记出一块圣坛。

公会大厅并非国教祈福的专用场地。在建军当天，这些乌尔毕坦的年轻志愿军们一定是首次目睹这种特别的仪式。他们虔诚地站在一个用黄色粉笔画出的十字架前，面对一只悬在头顶的双头鹰，做出了人生中最重要的一次宣誓。

　　雷克斯指挥着三支法务部重火力小队，我和迈达斯、费希格作为先遣部队潜入。贝坤和埃莫斯则留在车上。迈达斯随身携带着一把称手的手枪。费希格手持自动霰弹枪。我将一弹夹的子弹填装在爆弹手枪中，这柄武器是来自阿斯塔特修会的死亡守望布里托诺斯的珍贵礼物。

　　我们推开这栋古老建筑腐坏而厚重的大门，穿过了阴冷潮湿的门廊。雨水从屋顶滴落，大理石地板早已在残留的酸液腐蚀下变得斑驳。

　　我们听见了歌声。一些人正在高唱着《黄金王座的战斗赞歌》。

　　我带领同伴谨慎前行。透过内门上残破的玻璃能够看到大厅内的景象——二十三名蓬头垢面、衣衫褴褛的退伍老兵在肮脏的地面上跪成一排，他们一边歌唱，一边虔诚地跪在生锈的帝国雄鹰雕塑下，雄鹰下方是一个用黄色粉笔画出的十字形。每一个老兵都挎着背囊或帆布包，脚边摆放着战斗时使用的武器。

　　我感到心如刀绞。这正是二十多年前他们刚开始服役的情景——那时候的他们朝气蓬勃，稚气未脱。

　　尚未经历战争。

　　尚未经历那无边的恐惧。

　　"我想……我想给他们一个机会。"我说。

　　"格雷戈！"迈达斯低声吼道。

　　"让我试试吧，看在这些老兵的分上。掩护我。"

　　我从大厅后方走了进去，手枪挂在身侧，加入了唱诵的队伍。

　　他们一个接一个地停止了唱诵，抬头看着我。走廊的另一端，在粉笔绘制的祭坛一旁，朗德、特拉弗斯和一个我不认识的大胡子男人正死死盯着我。

　　在其他人的声音停止后，我继续唱完了颂歌。

　　"都结束了。"我说，"战争已经终结，你们的任务已经完成。你们已经尽职地履行了帝皇赋予的使命！"

　　周围一片寂静。

　　"我是审判官艾森霍恩。我来这里是为了让你们解脱出来。你们在乌尔毕坦对抗混沌和灾祸的秘密战争已经结束。审判庭已经接管这里，你们可以放手了。"

两三名老兵弓起身子，开始抽泣。

"你说谎！"朗德向前迈出一步，高声呵斥。

"我没有。交出武器，我保证我们会公平公正地对待你们，并且充满敬意。"

"我们会……会得到勋章吗？"大胡子男人说着，语声颤抖。

"帝皇的感激将与尔等同在。"

更多的人发出了抽泣。抽泣声中有些许害怕、些许焦虑、些许宽慰。

"别信他的话！"特拉弗斯说，"这是另一个阴谋！"

"我在酒吧里见过你。"朗德说，又向我走近一步，"你是敌人派来窥视我们的。"她的语气空洞而疏远。

"我在鞣皮厂的厂房屋顶看到你了，欧明·朗德。即使失去了一只手，你的枪法仍然犀利，不减当年。"

她羞赧地低头看着自己的义肢。

"我们会得到勋章吗？"大胡子男人开始焦躁起来，重复问道。

特拉弗斯扭头看着他。"当然没有，斯帕克你这个呆瓜！他是来杀我们的！"

"我不是——"我刚准备说话。

"我要勋章！"大胡子斯帕克突然尖叫起来，从腰带中快速抽出激光手枪，那是只有身经百战的士兵才具备的速度。

我别无选择。

他的子弹射穿了我的风衣，而我的爆弹则轰开了他的头，血浆四溅，染红了墙上生锈的铜鹰。

场面大乱。

老兵们一跃而起，一边猛烈射击，一边四散奔跑。

我向侧面扑倒，身后的石膏墙旋即被子弹射穿。不知何时，费希格和迈达斯也冲了进来，火力全开。我看到三四名老兵被针弹击穿，应声倒地；另外六人被霰弹枪轰得支离破碎。

特拉弗斯趴伏在廊道地面，举起他的老式激光来复枪向我射击。我向侧面翻滚，举枪还击，却没能打中。他的脸被迈达斯的针弹射穿，身体蜷曲着倒在地上。

雷克斯和她的重火力小队轰开了正门。爆破的炸药溅到墙面，点燃了墙体。

我站起身。一发子弹炸断了我的左手，将我轰得后退几步。

我感到天旋地转，即将摔倒，我一眼瞥见了朗德，她正握着特拉弗斯未经改装的激光枪，似乎有些不适应，勉强用义手按下了扳机。

我用爆弹击中了她，震荡力将她轰飞，她的身体砸在墙面上，将那只帝国雄鹰撞了下来。

没有任何一名老兵能活着逃出公会大厅。交火持续了两个小时，雷克斯的五名下属命丧第九步兵团老兵的枪口下。他们战斗到了最后一口气，不比任何一支帝国防卫军的作战单位逊色。

这起事件令我感到万分苦涩，也深深困扰着我。我毕生致力于帝国的伟大事业，保护着帝国免受各类敌人的侵袭——无论讨逆，还是攘外。

但我绝不愿袭击那些帝国的忠仆。尽管误入歧途，他们仍保持着忠诚和耿直；尽管一错再错，他们毕生都在以帝皇之名奋战，是无边的苦难导致了如今的悲剧。

朗德轰掉了我的一只手。令我付出了和她同样的代价。后来他们在萨米特送了我一只义手，但我从未使用过它。两年间，我的左臂一直都是黏连在一起的残肢。直到在梅西纳，一名外科医师为我安装了一只功能完备的移植手臂。

我希望这微小的代价能替他们赎罪。

我再也没去过萨米特。时至今日，他们仍能发掘出被秘密藏匿许久的尸首。

有那么多人，死于帝皇之名。

第一章

难逃一死

黑火笼罩下,萨蒂亚的巢穴

坦塔利德

奉泰拉帝皇之命

审判庭机密卷宗

仅限授权人员访问

文档 442:41F:JL3:Kbu

请输入授权代码 ▶ ●●●●●●●●●●●●●●●

验证中……

感谢您,审判官。

您可以继续访问。

文档类别:一级情报

审核级别:黑曜石级

加密工具:V2.6

发送时间:M41.337 年

作者:哈维斯·希瑟尔,攘外修会

标题:机要禀报

收信人：斯卡鲁斯主区、斯卡鲁斯星区、审判庭至高委员会、审判官领主菲力巴斯·亚力山卓·罗尔金

领主阁下，向您致意！

以帝皇之名，我愿永守神圣警戒之职，以侍奉泰拉诸位高卿。

阁下于百忙之中亲启此函，容我提笔直言，禀告一件机密要事。

简而言之，我在沃吉尔·佩辛纳塔追查的案件已经告破，并履行了大审判庭下达的崇高使命。完整的记录报告仍在撰写中，随行学者在几日内即可完工；我相信报告所述案情将十分合乎阁下的心意。鉴于这封信的本意并非描述案情，我便不再赘述，暂且自豪地向您做出如下汇报：在沃吉尔·佩辛纳塔的多个巢都城市，人称"维尔德后裔"的罪恶势力已被清剿，邪祟异端的首脑分子均被诛杀，被投进了纯净的烈焰。他们宣称的救世主——罪魁祸首盖顿·李克特本人已经被我亲手格杀。

然而，案件之中却另有隐情。我感到忧虑万分，举棋不定。故而写下此函，以请示阁下的意旨。

正如阁下所料，李克特并非引颈受戮之辈。在白刃战中，我率领的联合部队攻破了敌人位于主巢都下方的营垒。为了抵抗我军，他召唤了力量可怖的污秽之物。它先后屠杀了十九名被划拨到清洗小队的帝国卫队士兵、审讯员费鲁莱茵和希提摩尔，以及担任飞行员的艾伦·欧塞尔船长。我原本也难逃一死，却因为一件出乎意料的事而幸存。

那是一个被塑造为人形的不洁之物，却从内而外闪烁着光芒。它语气轻柔，触碰之处全都燃起火焰。经我推测，他是一个恶魔宿主，心狠手辣，恶毒至极，散发着深不可测的邪力。我将在报告中详细描述希提摩尔和欧塞尔在牺牲前遭受的惨绝人寰的对待。我暂且省略那些可怕的真相。

他在杀死布鲁查斯后，向我发起了进攻。我在维尔德后裔"弥赛亚殿堂"的内殿之间来回穿行，最终被逼到了营垒顶部的平台边缘。我的武器无法伤到他分毫，他欢喜地大笑，只将手腕轻轻地一挥，我便仰面从台阶上滚落下来。

我感到头晕目眩，抬起头看到他拾级而下，一步步向我走来。我手足无措，思索着该如何御敌。我记得我能做的只是胡乱摸索掉落在一旁的武器。

他见到我的举动，竟开口说话。

以下是他的原话，我一个字都没有改动。

"别担心，格雷戈，你弥足珍贵，我实在不忍伤你。不过请原谅，我必须给你留下一个小小的伤疤，才能蒙混过关。"

恶魔的利爪撕开了我的胸腔和咽喉，扯掉了我的呼吸面具。虽然医师们告诉我这些创伤能够愈合，但伤口却很深，令我痛不欲生。然而，就在他第一次真正看清我面具之下的样貌时，他收手了。他的双眼迸发出可怖的黑暗狂怒。他说——请原谅，阁下，但这句句属实——他说："你不是艾森霍恩！我中计了！"

我几乎可以确定，倘若没有阿斯塔特修会极光战团的正面强攻，我将当场毙命。紧要关头，我们的友军攻进了殿厅。在一片混乱中，那秽物逃离了现场——尽管我至今也说不清他是如何遁形的。无论阿斯塔特的威力有多么难以匹敌，那秽物的力量更甚百倍。

不久后，盖顿·李克特双膝跪地，头顶被我抵在枪口前。直到处刑前的几秒，他仍在恳求切鲁贝尔的归来。他嚎啕大哭，不明白为什么切鲁贝尔会离他而去。我确信他指的就是那个恶魔宿主。

至此，想必阁下已经看透了我的顾虑。那恶魔将我误认作旁人——况且，恕我直言，那人是我们当中的典范。这件蹊跷的事救了我一命。此事非同小可，在我看来是有预谋的。

审判官格雷戈·艾森霍恩威名远扬，广受赞誉。他正直可靠、精明干练、刚正不阿，是我们众位兄弟中的楷模。然而，此情此景不禁让我陷入了怀疑与忧惧——

恕我无法坦言自己的顾虑。但我想，您应该在第一时间知晓此事。我认为必须防微杜渐，并将此事告知圣锤修会。

我衷心希望并祈祷此事只是虚惊一场。但是阁下，正如您昔日教导我的，凡事都应有十足把握。

此函绝无半句虚假，经本人手书于 M41.337 年。

愿帝皇庇佑！

为您效劳，

希瑟尔。

［通信终止］

伴随着年龄的增长——愿帝皇庇佑——我发现自己更执着于用里程碑式的案件来标注人生的征途，那些惊心动魄的瞬间令我终身难忘：我被接纳为神圣的审判庭的一员；作为首日加入修会的新人，我拜在伟大的哈普山特门下；我生平首次成功审理案件；异端勒米特·赛尔；我在标准年龄二十四岁时被正式提拔为审判官；旷日持久的纳萨尔案；《亡灵经》事件；佩·劳阴谋。

它们无一不是里程碑一般的往事，在我记忆中留下了不可磨灭的印记。其中，我对"影之月"末期的"极暗夜"记忆犹新——那已经是帝国历M41.338年的事了。而那起案件的血腥结局恰恰是一切的开始，称得上是标志着我人生最大转折的里程碑。

我当时授命于攘外修会，深入莱斯十一星的腹地，眼看就要将十恶不赦、勾结异形的毒巫萨蒂亚绳之以法。我们用了十个星期找寻她的踪迹，但只需十个小时完成抓捕。我连续三天没合眼，连续两天水米未进。"极暗夜"的日食形成的灵能幻影在我脑中来回翻腾，挥之不去。当时的我身中剧毒，命悬一线。然而雪上加霜的是，坦塔利德出现了。

莱斯十一星是一个人口稠密的世界，地处赫里甘次星区的最外沿，以冶金和铸盾为主业。在每一个"影之月"的月末，莱斯星球最大一颗卫星在位置、轨迹和相对体积上都与当地的恒星完全吻合——这一星象学上的巧合让整个世界迎来了为期两周的日食现象，被当地人称为"极暗夜"。

这景象令人叹为观止。在这十四天里，天空呈现出一片寂寥的暗红色，如同干涸后的血泊。名为库克斯的卫星独自占据着天穹——那是一颗无与伦比的漆黑球体，笼罩在一团炽烈跃动的琥珀色火球之中。那些研修帝国礼节的学生们对此都颇为熟稔：这个特殊的天文现象已经成为了所有莱斯人的重大节日。当"极暗夜"来临，当地人就会点燃大大小小、形态各异的火焰。他们轮流守夜，确保这些火焰不会在日食结束前熄灭。每到此时，工业生产会被叫停，人们开启假期。狂欢庆典与篝火游行遍布各大城市。贪欢逐乐之余，作奸犯科的人不在少数。

值得一提的是，被遮蔽的恒星在黑月四周散发着晦暗的焰光。当地甚至由此诞生了一个传统——通过解读日冕形状来占卜。

我本希望在"极暗夜"降临前抓到毒巫，却被她先发制人。据说，她的首席毒师派伊早年间曾经被黑暗灵族的变节者们囚禁，趁机习得了高超的制毒、投毒本领。他设法在我的饮用水中掺入了一种毒素。除非及时服用解药，否则这种毒素将留在我体内，直到身亡。

毒巫的计谋得逞，而我命在旦夕。

学者埃莫斯无意间发现了我体内的毒素，立即阻止我继续饮水进食。但致命的毒素已侵入我的体内。若要活命，我只有擒住毒巫和她的走狗派伊，逼迫他们给出解药。

在城市昏暗的街道上，我的部下们正在行动。我在附近的街区安插了将近八十名忠诚的随从。可我自己却只能蜷缩在客房里自怨自艾。

此时，拉文纳发来了至关重要的讯息。当然是拉文纳。以他的才能，不久后他就能从审讯员中脱颖而出，晋升为大权在握的审判官。

他在废弃的圣徒齐奥都斯教堂地下室找到了毒巫萨蒂亚的巢穴。我闻言，连忙起身回复。

"你留在这。"贝坤刚开口劝阻，就被我摇头拒绝了。

"伊丽莎白，我必须这么做。"

当时，伊丽莎白·贝坤已经一百二十五岁。但得益于驻颜手术和回春药物，她仍然保持着三十多岁时的美貌与活力。她穿着丝绸衣裙，神情冷峻，一双黑眸凝视着我。

"你会毒发身亡，格雷戈。"

"如果我真的毒发身亡，说明格雷戈·艾森霍恩命该如此。"

隔着昏暗的烛光，贝坤看向了房间另一侧的埃莫斯。学者悲伤地摇了摇头，他苍老的头颅上布满了植入的人造器官。他对我的秉性一清二楚，有些时候，我就是不可理喻。

我走向街道，罐中的火焰熊熊燃烧，头戴面具的狂欢者们围着火焰欢呼雀跃。我走在一旁，身上披着厚实的黑色皮革外套。

尽管衣服厚实，四周也燃着火焰，我却感到寒冷难耐。多日的疲惫加上营养匮乏，让一股寒意深入我的骨髓。

我看向那颗月亮，仿佛那是一颗冰冷漆黑的心脏，正苟延残喘，散发着最后几缕热气。和我一样，我不禁这么想。

我们叫来了车辇。六头涂着彩漆的驮兽怒哼着，拖着缰绳列成一队。我

圣锤

的几名战友正在附近等候，见到我出现在路边，立刻加快步伐走过来。

我逐一观察着他们——全都是我的得力干将，否则不会被我选择参与这次行动。我无言地做了几个手势，从其中抽调了四人跟随，命令其他人返回原先的岗位。

那四位被选中的部下和我一起登上了车厢，米切尔·丘斯，来自弗拉迪斯拉夫的前帝国卫队战士；阿莲霍德·依修迪尔，来自卡瑟的女剑士；贝洛妮斯和祖增，贝坤麾下纺纱小队（编者注："纺纱小队"原文为 Distaff，意为纺线杆，英美国家常以纺线的一方指代家庭关系中的女性一方）的两名女战士。

在我们出发前的最后一刻，伊丽莎白·贝坤命令贝洛妮斯下车，自己走了进来。贝坤在六十八个帝国标准年之前就已经退役，用全部精力培养、管理着她的纺纱小队，但有些时候，在对下属能力产生怀疑时，她仍然会坚持自己参与行动。

我方才意识到，贝坤之所以这么做，是因为她认为我根本活不过这次行动。她一心想陪伴我走到人生的终点。事实上，当时的我也觉得自己气数将尽。

马鞭一响，我们驾车穿过街道，绕过无数的篝火与高举火炬的游行队伍。

自始至终我们都一言不发。丘斯检查完自动火炮，将子弹填充完毕，默默地调整着身上的铠甲。阿莲霍德抽出刀刃，用自己的一根头发测试刀锋的锐利程度。祖增是土生土长的维崔亚人，低垂着头坐在一旁，身上的玻璃长袍伴随着车轱的颠簸来回摆动，叮当作响。

贝坤注视着我。

"怎么了？"我终于还是开口问道。

她摇了摇头，看向别处。

圣徒齐奥都斯教堂位于水禽区，毗邻城市郊外那一大片常有蜥蜴出没的盐碱地。夜色中，虫鸣跃动。

我们将车停靠在腐烂石块堆砌的街道旁，距离破败的教堂仅有 200 米的距离。天空依旧是一片朦胧、晦暗的琥珀色。在我们身后，城市中闪烁着点点火光。本地居民因盐碱地的贫瘠而离去，昔日的街区已沦为一片荒无人烟的废墟。

"锐爪呼叫利刺，内有狂兽活动。"拉文纳的声音从通信连接传出。

"利刺正在撞击，五光十色，伪装之刃。"我用暗语回答，嗓音沙哑。

"锐爪已观察时机。申请迂回路径，使用黑檀战术。"

"申请拒绝。采用熔炉战术。玫瑰之刺需要间隙。"

"确认。"

我们用的是格罗西亚暗语，这是一种只有我的部下才能理解的非官方代码语言。即便我们使用公开的通信频道，通信内容也难以被敌人破解。

我切换了一下通信频道。

"尖刺呼叫神盾，朝我方向，采用熔炉战术。"

"神盾抬升。"我的飞行员贝坦科尔从远处发来了回应，"战术确认。"

我那艘装载着强大火力的炮艇已经准备就绪。我抽出武器，看了看藏在阴影中的其他几人。

"行动。"我命令道。

我们无声地潜入了阴暗冷清、地表黏腻的教堂废墟。空气中弥漫着潮湿腐败的恶臭，建筑体的每一处表面都泛着盐晶般的光泽。状似蝇蛆的蠕虫挤成一团，啃噬着石壁，当遭到手电的强光照射时，它们便畏惧地退缩。

丘斯率先抵达目标位置，用自动火炮左右横扫。用于远距离瞄准的红色激光从他那只经过仿生强化的左眼中投射而出。他十分魁梧，陶钢铠甲下的肌肉虬结。他在自己粗糙的脸上涂满了油彩，用的是他退伍前的军团——弗拉迪斯拉夫第 90 团的专用配色。

阿莲霍德和我紧随其后。她碾了一些碎砖粉末，给剑刃做了亚光处理，但当她转动手腕时，剑身仍能折射出些许光芒。阿莲霍德·依修迪尔身高超过两米，是我见过的最高大的人类女性——这样的体形在遥远的卡瑟并不稀奇。她修长的躯干上套着一件装饰着青铜铆钉的皮革战服，外侧套着一件用皮毛缝制的流苏斗篷；一头银发用珠子编成了发辫。她手中的剑名叫巴伯瑞萨特，由依修迪尔家族的女性世代相传，至今已经是第十九代。从缠着编绳的剑柄，沿着精心雕琢的微曲剑身，到剑尖的距离足有将近一米半长。这柄剑纤细修长，正如挥舞着它的女剑士。我能够感受到她注入剑身的灵能正在微微颤动。女剑士与剑锋已经融为一体。

阿莲霍德在我部下服役已满五年，我始终都在向她学习深奥的剑术。倘若是平时，我会观察捕捉她战斗时做出的每一个细节，但当时的我疲惫不堪、饥肠辘辘，视力也下降了很多。

贝坤和祖增负责断后。两人并肩而行。贝坤身穿黑色长裙，肩头点缀着漆黑的羽毛褶边；祖增穿着屏蔽灵能反射的玻璃罩袍。两人均与我们拉开了一段距离。唯有如此，她们屏蔽灵能的光环才不会与阿莲霍德或我自己的灵能相互冲突。但这段距离又恰到好处，确保她们能在第一时间赶到作战现场提供灵能防御。

审判庭与其他帝国机构一样，很早就认识到了不可接触者的重要性。这些人类极其罕见，没有任何心灵层面的印记或特征，正因如此，即便是最猛烈的灵能攻击也会被他们干扰，甚至抹消。一个世纪前在倨傲星，伊丽莎白·贝坤就是我一生中遇到的第一位不可接触者。尽管她的出现总令我坐立难安——即使是非灵能者也不愿靠近不可接触者——我还是决定将她招入麾下。她没有辜负我的期望，创造了难以估量的价值。她在征战多年后选择退役，并开始组建纺纱小队——一支由帝国各地招募而来的不可接触者组成的精英队伍。纺纱小队服从我的个人调度，但我有时会将她们调度给其他审判官使用。小队的规模已经达到了四十人左右，在贝坤的统筹下接受专业训练。我确信，倘若纺纱小队能全员参战，必定是帝皇疆域内最强大的反灵能武器之一。

废墟在阴冷潮湿的盐碱中朽烂不堪。食腐的甲虫挥舞着双翅，从一座座壁龛上空掠过，那些作古多年的名人的雕像正从壁龛内向外凝望。遍地是爬动的蠕虫。盐碱地面上时时传来唧唧虫鸣，如同无数摆动的沙锤。我们向废墟深处探索，来到内部的庭院和墓园。由于长期无人看护，一些石板已经松动，隐约可以见到下方土壤中掩埋的枯骨。有些地方，朽烂的颅骨被人挖了出来，叠成了金字塔的形状。

看到圣洁之所竟沦落成这等肮脏污秽之地，我感到一丝凄凉。齐奥都斯是一位伟人，曾在圣战中侍立在圣人萨巴特身侧，与她并肩作战。然而时过境迁，他的崇高信仰与满腔热血已被人遗忘。或许人们唯有在面对另一场对遥远萨巴特世界的远征时，才会重新缅怀齐奥都斯的壮举。

丘斯示意小队停步，指向不远处通往地下的台阶入口。我朝他摆了摆手以示回应。我们在台阶上方的一块石头下找到了一条不起眼的红色丝带。那是拉文纳留下的标记，暗示此处不宜靠近。我看向楼梯入口的阴暗角落，立时明白了他这么做的原因：震动探测器的电缆半埋在泥土下，隐约还能看到被捆扎起来的雷管。

我们沿途又发现了三个类似的入口，都被拉文纳标记得清清楚楚。毒巫的安全措施相当周全。

"长官，您看是走那条路吗？"丘斯低声询问，伸手指向一座破败的修道院——没有屋顶，只剩下根根立柱。

我刚要表示同意，阿莲霍德突然对我耳语："巴伯瑞萨特有感应……"

我看向她。她踱步走到我们左侧，向教堂主钟楼脚下的拱门前移动。她悄无声息，双手紧握长剑，剑身笔直，那件点缀着流苏的斗篷如同天使的羽翼般在身后扬起。

我向丘斯和另外两名女性战友做了个手势，众人调整队形，跟在她身后。我抽出了我视作珍宝的爆矢手枪——大约在一个世纪前，在"艾扎星清洗"的当晚，阿斯塔特修会死亡守望战团的智库布莱特诺思将这把手枪赠给了我。这把枪令我无往不利。

毒巫的爪牙们趁着夜色鱼贯而出。一共有八人。他们周身一片漆黑，只留下一片黑影。丘斯率先开火，将向他扑去的人影轰飞。我也开了枪，对那些鬼魅般的敌人连续射击。

毒巫萨蒂亚是一名异端女巫，与异形交往甚密。她对黑暗灵族的堕落信仰与亡灵邪术尤为着迷，毕生都在钻研这些邪恶外星生物的遗迹，以期从中获得学识与力量。她是我生平所知的唯一一个与那些可悲族群签订契约的人类。有传言称她近期加入了"血手之神凯恩"的教派，供奉起这位灵族变节者们钟爱的"谋杀之神"。

为了证明自己的绝对忠诚，她只招募那些已经被定罪的谋杀犯。那些在破败庭院中袭击我们的人都是最底层的杀手，而笼罩在他们四周的黑影显然就是萨蒂亚的非人盟友们。至于她是如何获得的则不得而知。

其中一人挥舞长戟向我砍来，我一枪轰开了他的脑袋。这一击十分惊险。当时的我困乏无比，反应也慢得出奇。

我看到了阿莲霍德。她已经化身一团舞动的残影，珠帘般的发辫从飞扬的斗篷上倾泻而下。巴伯瑞萨特被她挥舞得嗡嗡作响。

她向后一剑切开了一个黑影杀手的脖子，随后飞速旋转，将另一人从脖颈到胯骨一分为二。那柄剑快如闪电，我几乎看不清剑身。她奋力一踏，身体扭转，挥剑劈开了向她扑来的第三个黑影。那人的头颅离身，但剑尖仍在舞动，丝毫没有减缓半分，径直刺穿了第四人。随后，阿莲霍德横扫剑锋，将剑身水平地托举在右肩处。第五人手持的长柄武器被斩成了两截，跟跟跄跄地后退了几步。巴伯瑞萨特在空中挥出了一个"8"字，另一个人影应声跌落，被切成了数块。

最后存活的杀手转身便逃，被贝坤一枪撂倒。

我感到额角的脉搏剧烈跳动，随即意识到自己必须坐下歇息，几欲昏厥。丘斯伸手扶着我的臂膀，帮我躺在一面坍塌的石墙上。

"格雷戈？"

"我没事，伊丽莎白……只需片刻……"

"你压根就不该来，你这个老蠢货！这事情就应该交给弟子去做！"

"伊丽莎白，闭嘴！"

"我偏要说，格雷戈。这种时候你就该知难而退，人总有力所不及的时候。"

我抬头瞥了她一眼。"我从来不退。"我说。

丘斯忍不住笑出了声。

"我对此深信不疑，贝坤女士。"拉文纳从阴影中走出。他总是这么神出鬼没，就连敏锐的阿莲霍德都没能及时发觉。女剑士连忙下压剑身，极力克制它劈砍的本能。

基定·拉文纳身高略矮于我，但强健有力。他只有三十四岁。一头乌黑的长发从他高隆的面颊两侧垂落。他身穿暗灰色的贴身护甲，外披长款的皮革风衣。架设在他左肩上的灵能火炮咔嗒作响，伴随着急促的蜂鸣声，将炮口对准了阿莲霍德。

"当心，女剑士。"他说，"我的武器已经将你锁定了。"

"恐怕你人头落地的时候，它还在锁定。"她答道。

他们都捧腹大笑起来。我知道他们已经相爱一年多了，但在众人面前仍然会表现出争强好胜的一面。

拉文纳打了个响指，唤出了躲在暗处的队友。其貌不扬、浑身溃烂的变种人冈瓦斯从掩体后走出，变异的厚嘴唇上流淌着涎水。他扛着一杆火焰喷射枪，隆起的驼背上绑着燃料罐。

我站起身。"你有什么收获吗？"我问拉文纳。

"我找到了毒巫，还有进去的路。"他说。

毒巫萨蒂亚的巢穴位于教堂废墟下方的圣器室内。经过周密细致的侦察，拉文纳在地穴外墙的断裂处找到了一个入口——恐怕连毒巫本人都没有发现。

我对拉文纳的敬意与日俱增。他是我最得意的门生，几乎精通审判官所应该具备的全部技能。有朝一日，我一定会全力举荐他加入审判官之列。他当之无愧，审判庭最需要的就是他这样的贤才。

我们列成纵队，跟在拉文纳身后进入了地穴。途中，他不断提醒我们留意随处可见的陷阱或松动之处。盐霜和枯骨散发出令人作呕的恶臭，混在熏人的热气流中扑面而来，让我感到格外虚弱。

我们潜入到一座石阶平台上方，那里可以俯瞰到整间地下暗室。地灯在阴影中噼啪作响，空中弥漫着干枯药草与污秽油膏的气味。

暗室内的生物都在祭拜。"祭拜"是我唯一能想到的词语。二十个堕落者正环绕在刑坑四周，他们赤身裸体，涂满鲜血，举行着黑暗灵族的祭礼。刑坑中央是一个被殴打得面目全非的人，被锁链牢牢捆缚着。

血液和粪便的臭味飘散在空气中。我极力控制自己不去呕吐。考虑到我现在的身体状况，光是呕吐就足以让我晕厥。

"在那边，发现它了吗？"就在我们沿着走廊攀爬时，拉文纳在我耳畔低声说道。

我在远处的阴影角落中分辨出一个皮肤惨白、形如食尸鬼般的身影。

"是血伶人，它受到堕落女巫教派的指使，来监视毒巫的一言一行。"

我试图看得更清晰些，但对方的身形早已与阴影融为一体。

我只能隐约辨认出它狞笑时露出的牙齿，以及环绕在右手的刀锋装置。

"派伊在哪？"贝坤也低声询问。

拉文纳摇了摇头。他一言不发，只是按了按我的臂膀以示关切。我们与敌人近在咫尺，再发出半点声响，必定会被发现。

此时，毒巫走进了暗室。

她腰下并非双腿，而是一座硕大的螺旋形底盘，四周衔接着弯钩般的蛛形钢生物的足肢。足尖碰撞在石块表面，发出骇人的敲击声。早在我出生的一百五十年前，审判官阿特拉斯就亲手炸断了她的双腿——愿帝皇赐他安息。

她头戴蛛网般的黑色面纱，透过面纱散发出的邪恶气息令我感到如芒在背。

她在刑坑边驻足，用枯槁的手撩开了面纱，随后朝着坑中的受难者啐了一口。那是致命的毒液。她口中被植入了人造毒牙，毒液从毒牙后的腺体中分泌而出。浓稠的毒液击中了被献祭者的面部，他痛苦地呻吟着，直到颅骨的面部组织完全腐蚀剥落。

萨蒂亚开口说了些什么，声音嘶哑低沉。她说的是黑暗灵族的语言，她那些赤身裸体的同类闻言，浑身抽搐，口中发出呢喃。

"我不想再看了。"我低声说，"拉文纳，毒巫交给我吧，你能处理掉那个血伶人吗？"

他点了点头。

在我的信号指示下，我们同时发起攻击，从廊道上一跃而下，火力全开。顷刻间，几名祭拜者就被丘斯猛烈的火力撕成了碎片。

阿莲霍德呼喊着卡瑟人的战吼，向那名血伶人直冲过去，比拉文纳的动作迅捷得多。

我突然意识到自己用力过猛，双足落地时感到一阵晕眩，险些站立不稳。

毒巫萨蒂亚转身向我袭来，口中发出诡异的咕哝声，金属蛛腿在石板上来回踩踏，砸出点点火星。她掀起面纱，企图故伎重施，向我喷吐毒液。

危急关头，贝坤和祖增及时赶到，从侧翼加入战局——她们的突然出现令萨蒂亚惊慌失措。

我抓紧时机调整心神，朝她开了一枪，炸断了金属底盘上的一条蜘蛛腿。

她啐了一口毒液，但没有命中。毒液在我脚下的冰冷石板上嘶嘶发响。

"帝国审判庭！"我高声呼喝，"以神圣帝皇之名，你与同伙被指控犯有叛国罪和异端信仰罪！"

我举起武器。她向我猛扑过来。

她庞大的身躯几乎将我压倒。

一条蛛腿刺穿了我左腿上的肌肉。她露出一口尖利的钢牙，如同根根弯针，对我狂怒地咆哮。我直视她的双眼，在那一瞬间，那双漆黑的眼睛彻底丧失了理智。

她口中毒液再次喷出。

我拼命侧头避开腐蚀性极强的液体，同时举起手枪，向她连开数枪。

身形枯槁的老妪和身下的生化座驾融为一体，足有400公斤重，却被巨大的冲击力撞得连连后退。

我侧身翻滚到一旁。

血伶人与阿莲霍德刀锋相交，战在一处。它右手包裹在异形刀锋之中，锋刃飞速旋转，发出尖叫般的嗡鸣。它身材纤细瘦削，身穿晶亮的黑色皮衣，脸上挂着诡异的笑容——它的脸皮被撕扯得近乎透明，被钉在颅骨四周，那永久的诡笑竟是由此而来。它身上佩戴着五花八门的金属首饰，均是用遭它屠戮的战士的武器铸成。

我听到拉文纳喊出了阿莲霍德的名字。

巴伯瑞萨特对准那个灵族怪物斜劈下去，却被轻巧地避开了。速度之快，令人骇然。

她再次挥剑劈砍，出手的角度几乎无懈可击，却不知为何仍然未能击中对方。它一个突刺，女剑士的身侧喷出了血雾。自从我与阿莲霍德相识，第一次听到她发出如此痛苦的惨叫。

明晃晃的火舌喷吐而出。冈瓦斯脚步蹒跚，冲到了两人面前——他对主人忠心耿耿，见到主人的爱人遭难，同样奋不顾身。他试图将火焰喷向血伶人，对方却突然闪身出现在他身后。冈瓦斯随即尖叫一声，转瞬便被刀锋掏空了内脏。

伴随一声怒吼，阿莲霍德冲向了黑暗灵族。我见她在半空停滞了片刻，随后向下方挥剑。两人的身形碰在一起，兵刃相交，随后各自跃开。

长剑将灵族的左臂齐肩削去。但它的刀锋……

我知道女剑士已无幸存的可能。没有人能活过这一击，即便是来自遥远卡瑟的贵族女剑士也毫无胜算。

贝坤将我扶起。"格雷戈！格雷戈！"

毒巫萨蒂亚正操纵着蜘蛛足肢，步伐踉跄，冲向了出口处的台阶。

我身后传来了爆炸声。我听到拉文纳发出了狂怒与痛苦的呐喊。

我振作精神，向毒巫追去。

地表之上的教堂一片寂静，寒风刺骨。"极暗夜"的闪光透过一排排色彩斑斓的教堂玻璃，折射出点点寒光。

"你无路可逃，萨蒂亚！"我怒吼一声，但声音干瘪沙哑。

我在左边的立柱之间瞥见了仓皇逃窜的毒巫。她身影一晃，又消失在了阴影中。

"萨蒂亚！萨蒂亚，你这个恶毒的老巫，你就算毒死我，我也要亲手毙了你！"

话音未落，我右眼角处闪过另一个飞奔的身影。那人时隐时现，我直追过去。

追到半路，我背后被人狠狠地捅了两下，肩胛骨处传来钻心的刺痛。我跌倒在地，转身见到毒师派伊那张躁狂的脸。他疯癫地咯咯大笑，手舞足蹈，两手各自握着一根用过的注射器。

"死了！死了，死了，死了，死了，死了！"他语音发颤。

他刚刚给我注射了毒药更致命的第二部分。

我摔倒在地，浑身肌肉痉挛。

"感觉如何，审判官？"派伊大笑着，一蹦一跳地向我扑来。

"去死吧。"我抄起武器，轰掉了他的脸。

眼前一片漆黑。

当我恢复意识时，毒巫萨蒂亚正咬住我的喉咙，人造下颚剧烈摇摆。

"我得让你醒过来！"她口中发出嘶嘶声，面纱向后垂落，露出了干瘪的脸颊，两腮的毒囊高高鼓起，"这种痛苦可不能让你错过！"

她的头颅突然被轰开。她腰下的蜘蛛足肢剧烈抽搐着，将我抛到了教堂另一侧。那组足肢仍在颤抖舞动，她的尸体跟着抽搐了整整一分钟，才轰然坠地。

我趴在地上，想要转身，但毒素正快速生效，我丝毫动弹不得。

一双硕大的靴子踏入了我的视野，那是一双用陶钢铸造的战靴。

我拼尽全力转过身，抬头注视来人。

猎巫人坦塔利德站在我身旁，将那把刚刚击毙毒巫萨蒂亚的爆矢枪收回到枪套中。他身披镶金铠甲，背部的护板上悬挂着代表国教的三角旗。

"你是个该死的异端，艾森霍恩。我特来取你性命。"

坦塔利德？我的意识开始模糊，仅剩一丝念头。

为什么偏偏在这种时候撞见坦塔利德？

第二章

- 贝坦科尔的典型作风

昏迷

审判庭密诏

我在邪恶的猎巫人坦塔利德脚下昏迷不醒。二十九小时后，我在炮艇上醒来，对昏迷后发生的事一无所知，对刚刚经历过的抢救手术更是浑然不觉。在炮艇上，医师对我进行了七次电击治疗，心脏按摩，甚至直接对我的心肌注射了抗毒药剂。在逐渐康复的过程中，我才从他人口中了解到整个过程。在接下来的几天里，我都虚弱得像一只猫崽。

在所有谜团中，最令我匪夷所思的是坦塔利德被击退的过程。在我醒来一两天后，贝坤将答案告诉了我——那可真是贝坦科尔的典型作风。

在我从圣器室攀上台阶时，伊丽莎白就紧跟在我身后，立刻发现了坦塔利德。她一眼就认出对方。这名猎巫人在整个次星区臭名昭著。

当时的我不省人事。毒液在我的血管中剧烈反应，如同沸腾一般，让我陷入了过敏性休克。我如同待宰羔羊。

贝坤见情势危急，高喊一声，用手摸索武器。

一道强烈刺眼的光芒从彩色玻璃窗外射入。伴随震耳欲聋的轰鸣，我的炮艇突然盘旋在教堂废墟上空。整个夜空被映得如同白昼。贝坤即刻明白了接下来要发生的事，连忙卧倒。

贝坦科尔嘹亮的声音从炮艇的艇身中传出。

"帝国审判庭！立刻远离审判官！"

坦塔利德转过头，对耀眼的强光眯起双眼。他酷似乌龟般的脑袋在硕大铠甲的衬托下显得十分纤细。

"吾乃国教要员！"他高声回答，声音通过护甲的通信装置放大，"退后！立刻退后！这个异端由我处置！"

贝坤说到贝坦科尔的回答时不禁莞尔一笑。她说："永远不要和炮艇讲道理，混账东西。"

炮艇两翼顶端的机仆火力全开，密集的炮弹轰击在教堂之上。彩色玻璃窗被震得粉碎，圣徒们的肖像被削首，就连石板地也被轰成碎碴。坦塔利德至少中了一弹，仰面倒在了一片尘土与瓦砾之间。可他的尸体却没被发现，我猜测这个混蛋还苟活于世。他老奸巨猾，逃脱对他来说并不算难。

我瘫倒在地，没有受到任何伤害。但我四周的教堂断壁却被轰得面目全非。

只有贝坦科尔才会这样大张旗鼓地击溃敌人，也只有贝坦科尔才有这样的把握和技艺，精准到不会伤我分毫。

真是虎父无犬女。

"让她来我这儿一趟。"我示意贝坤道，随后气息奄奄地躺在病榻中。

几分钟后，米迪亚·贝坦科尔走了进来。她和父亲迈达斯一样，身穿格拉威亚飞行员特制的镶红边黑色制服。此外，她还骄傲地披着父亲的那件樱红色刺绣夹克衫。

和迈达斯以及所有格拉威亚人一样，她有着黝黑的皮肤。

她对我露齿一笑。

"我欠你个人情。"我说。

米迪亚摇了摇头。"对我父亲而言，这点事情不足挂齿。"她坐在床脚边。

"倘若是他，必定能击毙坦塔利德。"她断言。

"他确实弹无虚发。"

她脸上重新绽放笑容，黑檀木般的肌肤衬托着皓齿。

"是呀，他可厉害着呢。"

"但你也不逊色。"我微笑道。

她向我点头致意，随后离开了病房。

迈达斯·贝坦科尔已经离世二十六年了。我仍然想念着他。他曾是我最亲密的朋友。当然，贝坤和埃莫斯也是我的生死之交，我对他们都以性命相托，但迈达斯……

愿帝皇能严惩杀死他的元凶——费德·图林。愿帝皇指引我寻得费德·图林，助我和米迪亚报仇雪恨。

圣锤

米迪亚从未见过她的父亲。她在他死后一个月出生，由身在格拉威亚的母亲抚养成人。她被我征入麾下纯属偶然。我曾经向迈达斯承诺，我将担任她的教父。在她成人礼那天，我责无旁贷，专程抵达了格拉威亚。在众生礼上，我目睹了她驾驶格拉威亚长船穿越高跷崖湍急涡流的全过程。仅凭一眼，她的高超技艺就足以令我心服口服。

阿莲霍德·依修迪尔牺牲了。冈瓦斯和丘斯也在行动中阵亡。圣器室的战斗十分惨烈，拉文纳击毙了暴怒中的血伶人，但决斗中，他的腹部被一刀切开，祖增也失去了左耳。

基定·拉文纳在莱斯的市政诊所接受重症治疗。一旦他脱离危险，我们会立刻返回接他。

我不知道他需要多久才能恢复。不知道这件事之后，他的心性是否会有改变。他曾深爱阿莲霍德，对她情有独钟。我祈祷这次变故不会让他裹足不前。

我为丘斯和女剑士默哀。丘斯跟随我已有十九年。那一晚，那个教堂的"极暗夜"从我身边夺走了太多。

丘斯的遗体被郑重地安葬在莱斯英雄广场的帝国卫队和平纪念碑下。阿莲霍德则在盐碱地以西的一座孤山上火葬。我当时尚未恢复，虚弱不堪，两次葬礼都没能出席。

火葬仪式后，埃莫斯将那柄名为巴伯瑞萨特的利剑带给了我。我用维兹绒布和丝绸床单将剑身裹好。我深知自己有责任将这把传世宝剑交还给卡瑟的依修迪尔家族的长老们。这趟旅途往返需要一年时间。我只能另做打算。我将裹好的剑放进保险箱内。剑身很长，勉强能容下。

康复期间，我思索着与坦塔利德之间的过节。七十年前，阿诺·坦塔利德从忏悔者部队中脱颖而出，成为了国教武装中最令人闻风丧胆、心狠手辣的猎巫人之一。与他的同伴一样，他坚定不移地信奉塞巴斯蒂安·索尔的教条，狂热到近乎病态的程度。

对于帝国多数的普通民众而言，像我这样的攘外修会审判官与坦塔利德这样的国教猎巫人之间并无分别。我们都在追猎那些威胁人类的黑暗势力，我们都是惊惧与恐怖的化身，我们都代表着帝国律法，至少在别人看来如此。

我们看似在很多方面如出一辙，实质却有天壤之别。在我看来，作为帝国最庞大的宗教与教廷机构，国教理应将资源集中在帝皇教义的传播上，而剿灭异端的任务应该由审判庭全权负责。我们的管辖权时而发生冲突。据我所知，在上个世纪，两个阵营之间就因此产生敌意，甚至直接导致了两场旷日持久的宗教战争。

坦塔利德与我曾发生过两次冲突。第一次是在五十年前的布拉德尔世界，我们在至高法庭的大理石厅堂内庭辩。争论的内容是灵能者埃尔本·帕苏瓦尔是否有权被引渡。他最终赢得了判决。这并不奇怪，布拉德尔世界的国教长老多数信奉严苛的索瑞安教义。

第二次冲突是在八年前，我们在库玛星狭路相逢。

坦塔利德对灵能者有着刻骨的仇恨——事实上，我敢说那种仇恨更像是惧怕。我在追缉帝国大敌的过程中毫不掩饰地使用灵能。我的队伍中就不乏灵能者，我本人也一直在致力于打磨自己的灵能技艺。作为被授予帝国审判庭印记的要员，我理应有此权利。

在我眼中，他是个疯癫狂热的极端分子。在他眼中，我是异端和巫师的余孽。

库玛星的重逢可不是在法庭上。那是一场小规模战争。双方在乌纳·阿奇的绿洲小镇发生了交火，战斗持续了一个下午，将分层街道轰得面目全非。

在一次净化行动中，官方在库玛首都的居民中筛查出了二十八名潜在灵能者，他们都不满十四岁，在黑船抵达之前接受隔离。作为新生力量，他们未受到丝毫混沌的玷污，是极为珍贵的资源。有朝一日他们将被星语庭训练、塑造为帝皇最重要的仆从。或许其中一些人还会得到为星炬吟诵的至高荣誉。他们惶恐而困惑，但这是他们必须经历的救赎。

我们应该尽早识别这些灵能者，并因势利导，让他们为人类帝国效忠。这要比对他们弃之不顾，任凭灵能者遭受腐化去危害人类社会明智得多。

但就在黑船抵达前，一些叛变的奴隶主勾结了当地的内政部门官员，将灵能者转送到了别处。在黑市上，未经登记且毫无经验的灵能奴隶往往价格不菲。

我循着奴隶主的踪迹横穿乌纳·阿奇沙漠的蛇形沙丘，旨在解救那些受困的年轻灵能者。坦塔利德则不然，将他们视作邪恶巫师，一心只想将他们尽数猎杀。

战斗结束时，我将猎巫人和他的同伙——多数是护教军的步兵——驱逐出了绿洲小镇。有两名年轻的灵能者在交火中不幸丧命，好在其他人都安然无恙，被我们转交到了星语庭。

坦塔利德撤离了库玛，一边休整养伤，一边大费笔墨，企图通报我为异端，但指控很快就被驳回了。当时的国教高层不希望因为个别摩擦而得罪他们在审判庭的盟友。

我曾揣测甚至确信坦塔利德有朝一日会卷土重来。但到目前为止，这只是私人恩怨。狂热的信仰令他偏执盲目，仿佛与我为敌是一种神圣的责任。

我最后一次听到关于他的消息时，他正率领一支国教教团前往欧非狄安次星区，为长达一个世纪的远征提供支援。

我感到一丝不安。他为什么会在这种时候出现在莱斯十一星？

两周后我得到了问题的答案——或许那不算是答案，只是一个简略的推测。当时的我已经能恢复站立，"极暗夜"也迎来了尾声。

我正拄着拐杖在莱斯英雄广场上租住的私人宅院里踱步，埃莫斯中途走来，告诉我一则消息：欧非狄安远征已经告捷。

"伟大的胜利。"他如此评价，"最后一次大规模行动是在四个月前的多尔森，战帅随即宣布整个次星区的污秽异端已被涤荡。这将是名垂青史的壮举，你不觉得吗？"

"是啊，实至名归。他们一定耗费了很长时间。"

"格雷戈呀格雷戈，你怎么连这都不知道……仅仅是调动偌大的斯卡鲁斯神圣舰队参战，征讨整个次星区就已经称得上是异常艰巨的任务！与这场远征耗费的资源相比，区区一个世纪不到的时间根本不足挂齿！伊斯坦巴斯次星区战乱的平定足足花了四百年——"

他顿了顿。

"你在逗我玩呢？"

我点了点头。他真容易上纲上线。

埃莫斯摇了摇头，欠了欠身子，将年迈的身体埋进皮革座椅。

"据我所知，欧非狄安仍然会保持戒严，并在战略要地设立了过渡时期的临时政府。但战帅本人已经率领舰队主力军凯旋，这也是百年来他首次荣归故里。"

我站在一扇敞开的窗户旁，从庭院的底层向外远眺。眼前是莱斯英雄广场的庞大建筑群，灰色屋顶蔓延向远方，将蒂托盆地四周的丘陵遮盖住，状似某种史前爬行动物的鳞状兽皮。天空覆盖着一片朦胧的乳白色薄雾，微风拂面而来。面对此情此景，我很难想象出这个世界在"极暗夜"竟会被笼罩在挥之不去的污秽阴影之中。

或许这才是坦塔利德卷土重来的原因。欧非狄安圣战已经结束，他的教团不得不打道回府。

"我还记得远征军启程的样子。你记得吗？"我问。

真是个蠢问题。我的学者是个对数据成瘾的家伙。由于感染了模因病毒，他从四十二岁起就开始不知疲倦地收集、保存各种各样的信息。想要让他忘记什么事情简直难如登天。

他挠了挠鹰钩鼻与沉重的眼部装置相连的部位。

"我们怎么可能会忘？"他反问，"那是240年的夏天。在古德伦建军仪式上，我们当时在追查格劳家族。"

他说得没错。欧非狄安远征较原计划推迟启动，我们在其中扮演了相当关键的角色。战帅——凯旋后会恢复为作战总指挥——已经做好了一切准备。全军蓄势待发，即将踏上前往欧非狄安的征途，而我对格劳家族的调查却引发了名为"赫里甘之祸"的大规模暴动。这显然出乎战帅的意料，更令他十分恼怒，他被迫从远征军中调拨了几支军队以平定他自己所在次星区的叛乱。

俄诺留斯战帅，也被人称作"圣雄俄诺留斯"。我从未与他见面，也根本不想与他见面。和多数战争狂热者一样，他是个凶残至极的领袖。践踏群星、屠戮整颗星球上的生灵都需要异于常人的心智，更需要有违人性的暴虐。

"特雷锡安主星将会举办一场盛会。"埃莫斯补充道，"这次至高教廷将连续祷告九日，也就是'九日敬礼'。据说帝国总司令赫里甘本人也会莅临，他专程前来授予战帅'护国公'的头衔。"

"我确信他会非常开心。他的收藏里又添了一枚沉甸甸的奖章，生气的时候用来砸向下属想必非常称手。"

"你不打算参加？"

我仰头一笑。事实上，我原本就计划返回赫里甘次星区的首都。特雷锡安主星是整个次星区规模最大、工业化程度最高、人口最稠密的世界。历史悠久的古德伦是唯一能够与之匹敌的星球，却在"赫里甘之祸"的纷争与耻辱中迅速衰落。最终，特雷锡安主星摘得了首都行星的桂冠——它多年来引以为豪的世界规模与影响力终于不负厚望。如今，它是帝国在这片区域首屈一指的行星。

还有些收尾工作要做，报告需要归档呈交——我在特雷锡安的宅邸无疑是最适合完成这些任务的地方。那是我的行动基地，靠近审判庭的总部。但我对特雷锡安主星却没什么感情。那是一个肮脏粗俗的所在，我之所以将基地设立在那里，完全是出于便捷性的考虑。一想到喧哗的盛典、繁冗的仪式，我就心生惧意。

或许我应该去梅西纳，或者去静谧的古德伦，我在那里也置办了一套小巧舒适的庄园。

"审判庭也应邀参与了。罗尔金领主本人也……"

我挥手打断了埃莫斯的絮叨。"你想去吗？"

"不想。"

"现在有更值得去做的事情吧？或许是迫在眉睫的任务？如果没有这些琐事干扰，我们能做更多有效的工作。"

"大概会是这样。"他答道。

"那么，我想你已经猜出我的心思了。"

"我当然猜得出，格雷戈。"他说着缓慢站起身，伸手在绿色长袍口袋里摸索着，"正因如此，我已经做好了思想准备，倘若现在把这个交给你，肯定会被你痛骂一顿。"

他掏出一块微型数据板。面板上镶嵌着加密的信息条，被星语者接受并破译的讯息就储存在其中。

数据板的正面戳着审判庭的官方封印。

第三章

首都世界
深海别墅
不速之客

特雷锡安主星，赫里甘次星区的首都世界，朦胧星域－斯卡鲁斯星区－赫里甘次星区的政治中心。你能在将近十万册的导航手册、地理图鉴、帝国史书、朝圣者指南、工业账目、贸易清单，以及星图中的任何一本中找到关于它的细致描述。它常常被描述为繁荣兴旺、独受尊荣的权贵要地。

这些书籍的描述完全不沾边。

我知道的多数死亡行星和堪称人间炼狱的世界，从外太空看上去平静而瑰丽：它们包裹在水彩般的大气层中，被闪耀剔透的卫星环绕，四周围绕着手镯与珠串般的环带。这些自然奇观往往暗藏着危机。

特雷锡安主星却没有这样的伪装。从外太空看，它就像一颗湿润、泛白的眼球。它看上去臃肿不堪，表面笼罩着一层灰色薄纱般的烟尘大气，透过薄纱，你能依稀分辨出巢都城市闪烁着数万亿的点点灯火，如同无数明灭的星辰。它愠怒地瞪视着所有靠近的船只。

哦，即便如此，它们还是乐此不疲地驶向这颗星球！成群结队的舰船和数不胜数的飞行器，在可观的工业财富和贸易活力的诱惑下驶向这个膨胀的污水坑。

它没有卫星，至少没有天然形成的卫星。五座拉米列斯级星堡悬挂在大气层上方，锯齿状的塔楼和扶壁式炮台守卫着通往首都世界的必经之路。由四万名技能娴熟的飞行员专门组成了调度团队，负责在拥堵的进出路段疏导交通。首都世界驻扎着一支行星防御部队，由八百万名常备军构成。它有二百二十亿人口，以及十亿临时访客。行星将近七成的表面被巢都建筑群覆盖，甚至占据了原始海洋的大部分。扩张的城市占据、遮蔽了海洋，洋流在黑暗的巢都地表之下涌动。

我厌恶这个地方。我厌恶晦暗的街道、嘈杂的噪音、拥挤的城区。我厌恶循环空气中散发的恶臭。我厌恶空中飘浮的油腻污垢，它们无处不在，附着在我的衣服和皮肤上。

但在命运与责任的驱使下，我总会一次又一次地回到这里。

审判庭的密诏写得清清楚楚。我和众位同僚都被召回了特雷锡安主星参与"九日敬礼"，并等候审判庭宗师乌贝提诺·奥尔西尼的邀请。奥尔西尼是整个赫里甘次星区审判庭最位高权重的官员，无论官阶还是权柄，他都能与任何一名皇家主教平起平坐。

对这样的命令，我无力反驳。

从莱斯十一星出发的航程耗时一个月，我带上了所有随行人员一同返回。离"九日敬礼"只有四天时，我们才匆匆赶到目的地。一艘小型领航艇引导着我的舰船穿过密集的轨道星船队列。在停靠抛锚时，我看到斯卡鲁斯舰队组成的漆黑队列，它们簇拥在一座星堡四周，如同嗷嗷待哺的婴孩。舰队官兵无一不是凯旋的英雄，隔着很远都能感受到胜利的喜悦气氛。帝国能取得如此规模的胜利，是值得普天同庆的盛事，更是内政部用来宣传、鼓舞民众士气的绝佳题材。

"您的行程已经安排好了。"阿兰·冯·拜戈对我汇报。他是我麾下的初阶审讯员，兼任我的秘书。我们登上了炮艇，在行星上空开始下降。

"谁安排的？"

他愣了愣。冯·拜戈是个唯唯诺诺、资质平庸的年轻人，我对他能否胜任审判官一职深感怀疑。我将他接纳到队伍中，希望他能从与拉文纳的共事中获得一些启迪。但事与愿违。

"我本以为我的行程应该由我选择安排。"

冯·拜戈口齿不清地说了些什么。我从他手中接过数据板。我当然知道，这一连串的预约安排并非出自他手。那是一份由帝国内政部与审判庭的高层共同草拟、签发的官方文件。"九日敬礼"可谓名副其实，我连续九天的日程被排得满满当当：观看教会活动、进行祷告、出席宴会、为返程的将士颁发功勋、参加揭幕式，以及内政部的祝祷式。事实上，这些行程加起来不止九天，

"九日敬礼"的前一天和后一天也未能幸免。

该死，我就不应该回来！

我一一回复那些邀请函。我坚决不允许自己在这些鸡毛蒜皮的事情上浪费时间。我提起笔，飞快地标注出我准备参加的事项：正式活动、审判庭会议和表彰圣典。

"就这些了。其他活动一概略过。"我说着将数据板抛向冯·拜戈。

他露出一脸难堪的神情。"按照上面的要求，您抵达之后应该立刻参加'后使徒集会'。"

"我抵达之后，需要先回家。"我厉声回答。

我所说的"家"，指的是深海别墅，是我在当地最考究的七十号巢都租下的一套私人宅邸。在很多巢都世界，权贵阶层往往凌驾于巢都之巅，居住在尖塔顶端，尽可能远离中低区域的污秽与纷扰。但特雷锡安则不然，无论你爬得多高，视线总会被浓雾和废气遮蔽。

正因如此，特雷锡安真正尊贵的住宅都位于巢都底部，筑造在隐秘的深海之中。那里至少还称得上静谧。

米迪亚·贝坦科尔驾驶着炮艇穿过拥堵不堪的大气层，飞速穿梭在世俗的圆顶、晦暗的塔楼、锈迹斑斑的桅杆和摇摇欲坠的尖塔之间。炮艇沿着气流涌动的飞行通道钻进了一条庞大的加速隧道，随后汇入了巢都主干交通网的车流。

巨大的隧道墙壁上安装了蓝白灯带，频频闪动着港口的灯光。不到一个小时，我们抵达了宽阔的中转枢纽，在巢都外层3公里之下，米迪亚将炮艇停靠在了一座庞大的升降梯平台上。我们和其他十几艘飞艇平稳地降落到了巢都的最底层。炮艇随后在一个私人专用的停机坪上着陆。我们被传送到了一条管状轨道上，最终沿着轨道抵达了海底的住宅区。

我走进深海别墅，对特雷锡安已然厌倦透顶。

深海别墅由巨型陨铁和人造刚玉的架构搭建而成，外部用等离子密封。它是七十号巢都海底墙体表面修建的千座豪宅之一，在巢都外层下方9公里，海平面下方 2 公里的位置。对多数普通生活水平的帝国居民而言，这里称得上是一座小型宫殿。这幢别墅能够满足所有团队成员的生活起居，包括我的藏书馆、军械库和训练设备。此外，别墅还附带一座私人的礼拜堂、一间演讲厅，以及一座能够容纳贝坤的纺纱小队的副楼。这里绝对安全，私密且宁静。

我的管家嘉莱特正站在门厅处，等候我们的归来。她一如既往地穿着那件浅灰色的罩袍，头戴缀有白色纱巾的黑色蕾丝帽。当庞大的贴舱门开启时，屋内凉爽而纯净的空气扑面而来。嘉莱特拍了拍略显肥胖的双手，机仆们闻讯而来，飞快地取过我们的外套，从行李车上搬运行李。

我双脚踩在纳什米克地毯上环顾四周，大厅四周是简朴的石墙，头顶的拱形屋顶高高隆起。屋内没有一幅绘画装饰、没有一座半身塑像或雕塑，更没有交叉悬挂的武器或刺绣挂毯。唯一的墙饰，是大门对面楼梯上方墙面上悬挂的审判庭徽章。我不是个热衷于奢华装饰的人。我更看重精简舒适、功能齐全。

其他人都在各忙各的。贝坤和埃莫斯迫不及待地一头扎进了藏书馆。拉文纳和冯·拜戈一丝不苟地指示搬运行李的机仆。米迪亚独自消失在了私人房间里。团队里的其他人也都融入了这个久违的家。

嘉莱特向他们一一致意，随后向我走来。

"欢迎您，先生。"她说，"好久不见。"

"有十六个月了，嘉莱特。"

"屋内已经通风，所有设施都已准备就绪。一听到您要回家的消息，伙计们立刻做好了全部准备。我们看到了阵亡报告，大家都很难过。"

"有什么需要汇报的吗？"

"当然，您到达之前，我们就多次检查了安保系统。您有几封信函。"

"我会尽快查看。"

"您一定饿坏了吧？"

的确。我居然没意识到自己有多饿。

"厨房正在准备晚饭。我自作主张地选好了菜肴，我想您会满意的。"

"我始终相信你的选择，嘉莱特。我想在深海回廊用餐，想参加的都可以出席。"

"我会安排妥当，先生。欢迎回家。"

第三章

圣锤

　　我洗了个澡，穿上一件灰色的羊毛长袍，独自坐在我的私人卧房。我一边手托着一杯阿玛斯克酒，一边在柔和的灯光下快速地浏览信息和信函。

　　信函很多，多数是老熟人近期发来的消息——包括官方邮件、审判官同僚、军队人员——多数是告知他们也已经抵达，并对我表达了敬意。多数信件只需要安排秘书作正式回复即可，而对于一小部分人，则需要我亲自撰写回复。我用尊敬而不乏个人色彩的语气向对方致谢，并希望在"九日敬礼"活动中与他们见面畅聊。

　　有三封信函引起了我的特别注意。第一封是来自审判官领主菲力巴斯·亚力山卓·罗尔金的私人密函。罗尔金是赫里甘次星区攘外修会的负责人，是我的直属上司，也是直接向审判庭宗师奥尔西尼汇报的三大高阶审判官之一。就在我刚刚回到特雷锡安时，罗尔金就提出了与我见面的要求。我立刻提笔回函，表示第二天清晨就会前往审判庭总部拜见。

　　第二封是我的老朋友，同僚泰图斯·恩多发来的。我已经很久没见过他了。他的信息没有加密，而是简单地写着："格雷戈，向你致意。你在家吗？"

　　书信简短得有些反常。我也同样简明扼要地给出了肯定的答复。出于某种原因，恩多显然不希望以书面形式与我交谈。我只能等候他的后续答复。

　　第三封信函同样没有加密，至少没有采取任何电子化手段进行加密。它是用格罗西亚暗语写成的："刀锋迅捷，已剖开喉舌。卡迪亚三区。猎犬呼叫尖刺。尖刺务必锐利。"

　　深海回廊或许是我最初租下深海别墅最重要的原因。这是一间修长的陶钢拱顶大厅，有一整面墙都用装甲玻璃制成，隔着墙面能够一睹海底的风光。特雷锡安主星的工业化进程已经杀死了世界上绝大多数海洋生物，但在这海底深处，散发着荧光的深海垂钓者、成群结队的白炽水母仍然顽强地幸存下来。它们在深海的翡翠暮色中若隐若现。回廊里泛起绿色的光晕。

　　嘉莱特的机仆们已经布置了可容纳九个人的长桌。我到场时，出席的九位成员已经就位，边喝边聊。和在场的多数人一样，我穿得并不正式——一套朴素的黑色衣服。晚宴上有菌菇蒸饺、烤科特鱼、烧稀有的野味奥库努后臀肉，以及用肉桂酱特制的梨果肉与浆果馅饼。浓郁的古德伦红酒和从梅西纳葡萄酒庄出产的甜酒，搭配整桌宴席恰到好处。我几乎忘记了嘉莱特为团队带来的高品质生活，与我们执行任务时的艰辛天差地别，甚至有些不真实。

出席晚宴的有埃莫斯、贝坤、拉文纳、冯·拜戈、担任我文书和抄写员的阿尔德玛·苏鲁斯、宅邸的安防负责人朱巴尔·克尔彻、一位值得信任的探员哈伦·纳尔，以及苏拉·索斯科娃——贝坤纺纱小队的副官。米迪亚·贝坦科尔并没有选择参与晚宴，但这在我意料之中，像她那样全神贯注地驾驶炮艇在特雷锡安的空港之间穿梭无疑会令人精疲力竭。

能看到拉文纳出席，我深感欣慰。他的伤势正在康复，至少身体上的创伤已经愈合。尽管他沉默寡言，时而会回避交流，但我看得出，他正在从阿莲霍德阵亡带来的悲痛中走出来。

索斯科娃四十多岁，是个矮小丰满的女子。她正在向贝坤低声汇报纺纱小队行动的进展。埃莫斯神采飞扬地为苏鲁斯和纳尔讲述莱斯十一星上的经历——他们聚精会神地聆听着。苏鲁斯因为长年患病，未老先衰，身体羸弱，因此从未迈出深海别墅一步，而是将毕生精力用来维护、管理我庞大的私人藏书馆。哪怕埃莫斯不给他讲述上一次任务的经历，我也会毫无保留地为他讲解近期的事态。他很爱听我们的故事，这是他能够与整个团队事务之间建立的唯一联系。纳尔此前是洛基星的一名赏金猎人，在一年前的任务中身负重伤，因此未能参与莱斯星的行动。他津津有味地听着埃莫斯的讲述，偶尔问一些问题。显然，他已经迫不及待要重新归队了。

冯·拜戈和克尔彻正在谈论即将到来的"九日敬礼"——特雷锡安的几大巢都正在紧锣密鼓地筹备，尤其要面临随之而来的安防压力。克尔彻十分精明，此前效力于法务部，虽然有些缺乏想象力，但值得信赖。等到甜品上桌时，餐桌上的讨论越发热烈了。

"据说，这次'表彰圣典'上战帅会被封赏。"纳尔说着，将一勺食物递到嘴边。

"他不是已经授封了？"我反问他。

"纳尔说得没错，格雷戈。我也有所耳闻。"拉文纳说，"授封'护国公'。这意味着帝国总指挥赫里甘本人已经承认战帅的地位不亚于自己。"

"我还以为那是个空头衔呢。"

"当然不是。这个头衔足够让俄诺留斯成为阿克拉塔拉战区首席战帅的最佳人选。锡居战帅刚刚辞世，而锡居原本就是作为帝国元老院成员培养的，甚至有望在泰拉的至高卿中占据一席之地。"

"俄诺留斯或许能称得上'圣雄'，但他并不适合担任泰拉的至高卿。"我尽可能保持言辞谨慎。

"可授勋之后，他就是合适人选了呀。"纳尔说，"看样子，赫里甘总指挥也很认可他的潜力，否则绝不会鼎力相助。"

政治话题让我感到扫兴，我从来就没有从政的野心。我之所以关注这些事务，完全是由于职责的需要——我必须对与工作有关的一切细节了如指掌。帝国总指挥赫里甘，也就是帝国贵族世家法尔里兹家族的杰罗米亚·法尔里兹五世，是赫里甘次星区世俗权势的顶峰。正因如此，他在自己的称谓中直接使用了次星区的名字。根据帝国律法，即便是国教的红衣大主教、审判庭宗师、内政部的高层和众位作战统帅都理应听命于他。然而，权柄之争从来都没有那么简单，正如帝国社会里的众多事务一样。信仰、政局和军队成为被交替使用的筹码。唯一不变的，是玩弄权术者暗藏的杀机。在这次"表彰圣典"上，赫里甘领主毫不掩饰地表现出对战帅俄诺留斯寄予的厚望。这对于其他机构而言是一个再明显不过的信号。毫无疑问，领主不遗余力地提拔俄诺留斯战帅，自然也希望他在擢升到次星区以上的级别时能够知恩图报。这是一场危险的权力游戏。即便俄诺留斯的显赫战功为晋升提供了充足的理由，但对于位高权重的人而言，为了谋取优势而如此大张旗鼓实属罕见。

因此，这是一个十分危险的时期。有人会试图扭转这种平衡。我认为国教从中作梗的可能性很高——我承认我有先入为主的偏见，但历史表明，国教从来都不会心甘情愿地让政权与兵权旁落于他人之手。恐怕我只能评价这么多。

"当然还有其他因素。"埃莫斯轻笑两声，让机仆斟满了一杯甜酒，"法尔里兹家族日益式微，既失去了泰拉方面的支持，帝国元老院和黄金王座也不再掌握宫廷的动态。两个强大的家族——德文西和富尔瓦托利早已虎视眈眈，企图打压法尔里兹家族，从中分得一杯羹。领主的这一举动无疑会被敌对势力视作公然的抵抗。此外，厄斯瓦尔德家族也存在分歧，在他们眼中，家族最引以为傲的继承人——斯垂芬总指挥官才是锡居唯一合适的接班人。当然，还有奥古斯汀家族，可别忘了，自从泰拉至高卿吉安·奥古斯汀在四十年前逝世，他们就淡出了帝国政要们的视线。可他们始终期望有朝一日能够东山再起，并且不择手段地向高层推举他们的候选人柯西莫领主。如果纳尔所说的没错，这次大规模表彰是为了让俄诺留斯成为锡居的继任者，他将成为柯西莫争夺至高卿最直接的竞争对手。"

在餐桌尽头，贝坤打了个呵欠，看了我一眼。

"柯西莫没机会的。"苏鲁斯毫不忌讳地说，"他的家族在机械教修会的影响力已经大不如前，如果得不到他们的支持，跃入至高卿之列不过是痴人说梦。此外，内政部也不会轻易应允。吉安·奥古斯汀生前主张的改革得罪了不少内政部的政要。有传闻说，夺走老吉安性命的根本就不是什么中风，而是刺客庭奉国教之命派遣的卡利都斯刺客。"

"说话可要当心呐，老朋友。否则他们也会派一个来对付你。"拉文纳说。苏鲁斯举起双手做出了一个轻蔑的手势，仰头大笑，笑声在餐桌上方回荡。

"真是蹊跷的扰动。"埃莫斯的口头禅脱口而出，"'表彰圣典'或许会引发一场家族之战。除了那些明显的敌对势力外，赫里甘领主和战帅或许还会遭到曾经看似中立的帝国贵族的暗算。其中不少人都安于现状，但为了避免被卷入公开的血腥冲突，他们常常会先下手为强，以出乎意料的残忍手段置人于死地。"

众人沉默了片刻。

拉文纳连忙转移话题，展现出了外交特使般娴熟的技巧。"苏鲁斯，我给你带来了不少好书，都是我从莱斯星收集到的，其中还有一册《现象学论集》的刊印本……"

苏鲁斯顿时来了兴致，开始追问年轻的审讯员。埃莫斯、冯·拜戈和纳尔继续讨论着帝国变幻莫测的政治局势。贝坤和索斯科娃道了晚安，提前离场。我托着盛满阿玛斯克酒的水晶杯走到玻璃墙边，凝望着那片深海。过了半晌，克尔彻向我走来。他先抚平了海军蓝外套上的褶皱，随后戴上黑手套。

"上个月就已有外人闯入。"他轻声说。

我转身看向他。"什么时候的事？"

"实际上一共发生了三次。"他答道，"尽管我直到第三次才发觉。大约在六周前，我在一次夜间巡逻时发现通风口的报警器似乎始终存在故障。此外，并没有其他迹象，于是我就命令机仆更换了系统部件。一周后，我在食物仓库的入口处和纺纱小队副楼的外门再次发现了相同的问题，而且是同一天晚上。我起初怀疑是系统损坏，并计划对整个警报系统进行全面检修。在接下来的一周，我发现主门外锁的安防密码被重置为零。显然是有人在中途闯入后离开了。我检查了整幢建筑，搜遍了全部角落，最终找到了六个藏在房间墙壁里的窃听器，包括您的私人房间，此外还有三台破译传真设备与别墅的通信中继装置相连——能直接监控到语音和图像信号。这个人应该还试图入侵您的库藏，好在他们不知道虚空盾的密码。"

"留下了什么蛛丝马迹吗？"

"没有指纹、皮屑和毛囊组织。我用粒子探测仪仔细检查了屋内空气，均无发现。别墅的所有监控设备都没有留下踪迹……除了一段三四十秒的图像被抹除了，处理手段极其高明。星语者们丝毫不觉。在其中一个入口，入侵者必须路过4米长的压力感应垫，竟然没有触发警报。如今回想起来，我才意识到前两次入侵绝不是简单的系统故障，而更像是对别墅安保网络进行的测试，是为了入侵特别设计的刺探行动。为此，他们还动用了一台密码扰频器。如果他们当真破解了门锁，甚至还能重置密码，我根本不会知道他们闯进来过。"

"你确定检查了所有的设备？一点破绽都没有发现？"

他摇了摇头。"大人，我很抱歉——"

我扬了扬手。"不必如此，克尔彻。你已经尽力了。把他们留下的东西给我看看。"

在安静的藏书馆里屋，克尔彻在桌面铺了一块红色的毡毯。他看上去很紧张，豆大的汗珠从蓬松的白发间滚落。

我无意惊扰其他成员，只邀请了拉文纳和埃莫斯参与。房间里弥漫着来自书架的柚木气味，那气味来自珍藏的书籍；此外，还夹杂着用于存放脆弱手稿的悬浮力场散发出的臭氧味。

毡毯已经铺开，上面摆放着九枚微型装置，包括六枚窃听器和三台破译传真机，每一枚都被包裹在珍珠大小的塑料外壳内。

"我将它们取出时，立刻将它们密封在惰性凝胶中，以确保不会触发别的机关。我检查过，都没有内置炸弹。"

基定·拉文纳踱步上前，拾起一枚封存完好的窃听器，将它举在灯光下仔细端详。

"帝国出产。"他判断道,"没有标记,但是帝国科技,级别很高。"

"我也这么认为。"克尔彻说。

拉文纳耸了耸肩。"极个别军工厂能生产这种设备,但它们制造的武器供应帝国各地。"

埃莫斯低头仔细观察着毡毯上的装置,眼部安装的螺旋光学器件咔嗒作响,一边缓缓转过身。"这些传真设备也格外先进,能够与通信节点打通,这技术可非同小可。"

"像他们那样悄无声息地破门而入,这技术也非同小可。"我回应道。

"它们都没有生产标签,但显然都是阿普洛斯型号的精工件,比制式装备的做工精良得多。虽然这只是猜测,但我认为这种工艺已经超出了内政部的使用需求。在技术方面,他们可是出了名的落后。"

"那会是谁的呢?"我不禁问。

"机械教修会?"他随口一问。我皱了皱眉。

他笑着耸了耸肩。"或者至少是一个颇有权势和威望的机构,以致于他们能从机械教手里获得如此先进的窃听设备。"

"比如?"

"刺客庭?"

"他们潜入是为了刺杀,而不是监听。"

"有道理。这么说,这是个颇具权势的贵族世家,在帝国元老院里也颇有影响力。"

"有可能……"我表示同意。

"或者……"他似乎还有话要说。

"或者?"

"或者是某个经常使用这类监听设备的机构,并且有足够的特权动用整个帝国最精良的设施。"

"那会是?"

埃莫斯用看蠢货的眼神瞪着我。

"当然是审判庭。"

那晚我的睡眠很差，时断时续。在夜间循环结束前的三个小时，我被一股突如其来的寒意惊醒，坐起了身。

我身上裹着一条被单，阔步走向大厅，手中握着灰色亚光涂层的短柄手枪。这柄手枪一直被我存放在床头板后方的枪套里，以备不时之需。

幽蓝色的光芒流淌在走廊里，一切事物的边缘都变得模糊起来。我悄无声息地向前摸索。

我的判断没错。有人正在下方的门厅移动。

我缓步走下楼梯，手中握着手枪，用意念让双眼适应黑暗的环境。

我本想通过语音通信器告知克尔彻和其他安防队员，但倘若对方娴熟得能够轻易通过警报，我就更有必要将他抓住，而不是大张旗鼓地用警报声赶走他。在我抵达深海别墅的短短几个小时里，我就隐约觉察出了一丝背叛的气息。当然，这很有可能是我偏执的幻觉。但即便是幻觉，我也希望尽快了结此事。

一束白光从半开半掩的厨房门内投射出来，照亮了门廊的地板。我又听到了响动。

我侧身走到门框边，确定手枪保险已经关闭。用枪口试探着，穿过了厨房大门的间隙。

厨房的外侧是由一整块大理石板组成的加工区，板面上的铝制灶台被擦洗得干干净净，此外空无一物。金属锅和各式器皿都被挂在与天花板相连的储物架上。凝固的空气中有一丝大蒜和烹煮药草的气味。先前的光源位于厨房内部的隔间，也是冷藏室的所在，灯光在表面来回折射，将整个房间照得明晃晃的。

两步、三步、四步，我赤着脚缓慢靠近，冰冷的石头地板几乎把我冻僵。我走到厨房内部的冷藏室门前。里面再次传出了动静。

我用力踹开房门，跃步上前，举起手枪瞄准对方。

米迪亚·贝坦科尔只穿着一件前军用长汗衫，正捧着晚宴上剩下的一盘烤科特鱼狼吞虎咽，见此情形惊呼一声，将手中的托盘扔了出去。托盘砸落在冷柜门前的瓷地砖上，发出叮叮当当的刺耳响声。

"帝皇在世啊，艾森霍恩！"她气得上蹿下跳，嚎啕大哭起来，"你吓我一跳！"

我心中也满是怒意，手中的武器并没有放下。"你在干什么？"

"吃饭。这你都要管？"她语带讥刺，"我感觉自己睡了一个礼拜。真的很饿。"

我放低了枪口。一种尴尬的情绪渗入到原本因为愤怒而跳动的神经。

"我很抱歉。抱歉。你应该……或许……过来找吃的之前先穿好衣服。"片刻之后，我才意识到这句话听上去究竟有多蠢。我脑子一片茫然，只看到她修长黝黑的双腿，以及那件单薄的汗衫在她傲人胸口处勾勒出的曲线。

"你应该好好采纳自己的建议……格雷戈。"她说着，扬起一条眉毛。

我低下头。就在踹开房门的同时，我裹在身上的被单也滑了下来。当时的我，用米迪亚·贝坦科尔的话来说就是"一丝不挂"。

当然，我手中至少还握着一柄手枪。

"该死。我很抱歉。"我转身去捡掉在地上的被单。

"用不着，一报还一报。"她窃笑着说。

我正弯腰，突然僵在了原地。因为我看到身后的黑暗中，特伦瓦瑟手枪黑洞洞的枪口正对着我的头。

枪口被放下了。哈伦·纳尔面带错愕和沮丧的神情，上下打量着我，随后竖起一根手指放在唇边，示意我们保持安静。该死的纳尔，他倒是裹得严严实实。

我总算捡起了被单。

"怎么了？"我没好气地问。

"确实有人入侵。我能感觉得到。"他压低声音，"你俩闹出的动静可真不小。我还以为是敌人。真没想到您对米迪亚情有独钟呀。"

"闭嘴。"

我们两人从厨房的里间走出，穿过了外侧的加工区。纳尔戴上了贴身硫化防弹服的兜帽，遮住剃得发亮的光头。他身材魁梧，比我高一个头，但他很快就消失在了黑暗之中。我密切关注前方，随时回应他的信号。

纳尔向我挥手，示意我沿着台阶走向大厅。我完全信任他的判断。三十年来，他一刻不停地追缉着全银河五花八门的渣滓和叛徒。如果真有入侵者，绝不会逃过他的眼睛。

我走进深海别墅的大厅，看到正门半开着。主锁上的密码荧屏闪烁，已经被清零。

身后传来了枪响,我连忙转过身来。我听到纳尔发出了一声怒吼,循着声音重回到里厅。纳尔正伏在地上,与一名身份不明的男子扭打在一起。

"起来!起来!我有枪!"我大声喝止。

神秘人闻言,将纳尔的头猛地撞向地板,将他砸晕,趁势夺过纳尔手中的重型手枪,向我奋力扔来。

我只来得及开上一枪,子弹在墙上轰出了一个洞。而那柄手枪在半空中旋转,枪托击中了我的太阳穴,将我砸倒在地。

我听到了猛烈的拳脚碰撞音、粗重的喘息声,以及米迪亚·贝坦科尔的一声大喊:"开灯!"

我站起身。看到她正踩在入侵者身上,一只手用力攥成拳头,另一只手则为了保持体面向下拉扯着汗衫的衣角。

"我逮住他了。"她说着,扭头找到了我。

入侵者穿着一袭黑衣,被突如其来的强光照得头晕目眩。我扯掉了他的兜帽。

来人是泰图斯·恩多。

"格雷戈,"他嘴角滴血,口齿不清地说,"你确实说过你在家。"

第四章

密友小聚

拜见罗尔金领主

驱邪会

"来一杯大麦杰里科酒,要碎冰和柑橘片。"

恩多坐在我的房间中,从我手中接过饮料,忍不住咧嘴一笑。"看来你还记得。"

"那可真是美妙的旧时光。泰图斯,我给你调这种酒的次数真是数也数不清。"

"哈!我知道。是哪家酒馆来着?赞斯堡大街对吧?我记得老板经常把自己喝到破产。"

"口渴之鹰。"我回答。他其实记得一清二楚,只是有意要考验我。

"口渴之鹰,没错!真是令人怀念呀。"

他举起那杯冰凉清澈的阿玛斯克酒。

"举杯痛饮,再斟一杯!"

我也重复着那句古老的祝酒词,举起我盛满阿玛斯克酒的水晶杯。

在酒杯相碰的一瞬间,我们仿佛真的回到了旧日时光。那年我们两人都是十九岁,稚气未脱,刚刚被提拔为审讯员,即将迎接这个充满未知的银河,当时我们都拜在哈普山特门下。五年后,我们同时当选正式审判官,几乎在同一时间各自开启职业生涯。

两个十九岁的青年,喝得酩酊大醉,在赞斯堡大街附近的酒吧角落里狂欢,时不时拿我们的导师开玩笑,那时的我们称得上是生死之交,也只有年轻时建立的友谊才能如此真挚热忱、毫无保留。

恍如隔世一般。那样的日子遥不可及,似乎再也回不去了。当时,我还不是那个格雷戈·艾森霍恩。而此刻坐在房间里的这个人,这个梳着灰色的长辫、满脸伤疤、穿着防寒潜行衣的人,也还不是那个泰图斯·恩多。

"你应该提前打声招呼。"我开口道。

"我打招呼了。"

我耸了耸肩。"你本来能赶上今晚的晚宴。嘉莱特的厨艺又精进不少。"

"我知道,但是……"他欲言又止,若有所思地晃了晃手中的酒杯,杯中漂浮的冰块相互碰撞,咔嗒作响,"但是这样,大家就都知道审判官恩多拜访过审判官艾森霍恩了。"

"众所周知,我们两人是老朋友。这有什么不妥吗?"

恩多放下酒杯,解开腰带上的扣锁,从头顶脱掉了潜行衣的上装。他将衣服抛到一旁。

"你这里太热了。"他似乎有些不适应,衬衣被汗水浸透。那颗锯齿状的苏拉禽龙牙齿被他用一根黑色丝线串起挂在胸前。我依稀记得他将那头巨兽击溃后,是我从他的腿上取出了这枚牙齿。那是在勃朗托塔夫发生的事,至少过去一百二十年了。我还记得我们陪伴哈普山特在薄雾笼罩的池塘边漫步的光景。

"我是来参加'九日敬礼'的。"他说,"我奉令赶来响应奥尔西尼的号召,我猜你也是一样。我想和你谈谈,而且尽可能避免留下任何记录。"

"所以你就闯进来了?"

他深深叹了口气,饮尽了杯中酒,走到房间角落里的酒柜,又斟满一杯。

"你有麻烦了。"他说。

"当真?何出此言?"

他转过身,拿起水果刀削下一条条柑橘皮。

"我不知道。但有很多关于你的谣言。"

他又转过头看向我,眼中突然流露出坚定和期待。"你要严肃对待这件事。"

"我会重视的。"

"要知道谣言猛于虎。总有人想要指摘别人的过失,唯恐天下不乱。有不少关于你的故事。起初我都嗤之以鼻。"

"故事?"

他又叹了口气,托着酒杯回到座椅。

"有传言说,你……已经堕落。"

"什么传言?"

第四章

"该死，格雷戈！我不是你审讯的对象！我是以朋友的身份来找你的。"

"一个穿着潜行衣破门而入的朋友——"

"闭嘴一分钟，好吗？"

我没有继续说下去。

"好的，请你说明白些。"

"有人在背后对你议论纷纷。"

"谁？"

"是谁不重要。我参与了他们的讨论，直接说出了我的想法。后来我又听到了那个故事：艾森霍恩甘于堕落，走上了不归路。"

"有这种事？"

"不止如此。后来的故事变了，不再是'艾森霍恩已经堕落'，而是'高层有人认为艾森霍恩已经堕落'。似乎舆论对你的质疑已经影响到了当局的判断。"

"可我对此一无所知。"我往椅背靠了靠。

"你当然一无所知。没有人会当着你的面提及此事。能告诉你真相的只有两种人，朋友……或是内部纠察办的官员。"

我扬了扬眉毛。"你真的很担心，是吧，泰图斯？"

"该死的。有人已经盯上你了，而且是个位高权重的人。你的履历和近期活动正在被严格地审查。"

"这些信息都是谣言的内容吗？拜托，泰图斯。我能想到的会排挤我的审判官太多了。奥尔西尼原本就有独尊派的倾向，而纯净派的理想主义者们趁此机会，围绕他形成了一个权力集团。然而他们狠毒的手段丝毫不亚于激进派。作为雅玛拉锡安派，我们对他们来说都是顽劣之徒。"

我先前提到过，我极其厌恶政治。没有什么事要比审判庭内部的政治斗争更低效、更无趣了。因为信仰派别或认知理念的差异，审判庭内部的割裂十分明显。恩多和我都自称是雅玛拉锡安派的审判官，换言之，我们都保持乐观积极的态度，竭尽全力地维系帝国的完整和统一，并坚信帝国正在遵循着帝皇的计划有序地运作着。我们义不容辞地追缉帝国的重犯：异端分子、异形生物、灵能者——这是人类的三大敌人，也是我们行动的主要目标——但我们对其他任何破坏帝国社会稳定的罪恶也绝不容情，其中就包括审判庭各派系之间的内斗。

在我看来，最讽刺的事情莫过于我们为了打击派系之争，必须先要给自己一个派系的身份。

我们自称"纯净派"，这个称谓自然与审判庭极端分子的"激进派"相对立。而激进派中最极端的当数伊斯特凡派和重聚主义者。

但同样与我们格格不入的，是纯净派的极右翼——独尊派和索瑞安派——其中一些人甚至将征用经过训练的灵能者视作异端之举。

我面临的困境并非个例。如果一个审判官的信仰温和、立场中立，他极有可能触犯到极端派别的利益。

"这远非单纯的派系斗争。"泰图斯悄声说，"这不是强硬派对温和派的例行审查，而是针对你个人的行动。他们似乎握有证据。"

"什么证据？"

"确凿的证物。"

"你从何得知？"

"因为二十天前在梅西纳，我被圣锤修会审判官奥斯玛扣留审问过。"

我心中一惊，不知不觉地站起了身。

"有这种事？"

他不屑一顾地向我摆了摆手。"我当时刚刚完成了一件无关紧要的任务，正准备收拾行装赶往特雷锡安。奥斯玛和我取得了联络，问我是否能与他会面。我去见了他，整个过程都彬彬有礼。虽然他没有扣押我的意思……但我揣测他在审问结束之前绝不会允许我离开。他有护卫傍身，倘若我有意告辞……他的部下必定会出手阻拦。"

"真是傲慢无礼！"

"不，那是奥斯玛呀！你一定见过他本人——奥尔西尼的三叉戟之一。他被贝奇尔视为左膀右臂，骨子里就是死板的索瑞安派。他在审问结束之后表明了意图。"

"他问到了什么？"

"从我口中？"恩多大笑起来，"除了一些关于文献查阅的建议，什么都没有。他一小时后才允许我离开。那个混账甚至邀请我在'九日敬礼'期间与他共进晚餐。"

"奥斯玛套取信息的手段十分高明，是个老谋深算的家伙。那么……这就引出了最关键的问题，他究竟想要什么？"

"他想要关于你的信息。他对我们过往的经历和友谊很感兴趣，问了很多关于你的事情，甚至想让我透露你的隐私。他自己却没有透露太多情报，但他显然握有证据。当局已经收到了一些检举揭发你的报告，有的略带微词，有的则是正面控诉。审问结束时，我才明白先前听过的那些谣言不过是当局暗中调查时泛起的一些波澜。我决定立刻给你警告……而且不能让别人知道我找过你。"

"彻头彻尾的谎言。"我告诉他。

"你指的是？"

"我不知道。无论他们在想什么，在担忧什么，都是谎言。我问心无愧，没有做过任何值得圣锤修会如此大费周章的事情。"

"我相信你，格雷戈。"恩多虽然这么说，但语气里给我的信息却截然相反。

我们端着新调制的酒水走上了深海回廊。他看着玻璃墙外如同万花筒的纹路般变幻莫测的浮游生物群说："他们才刚刚开始。"

我点了点头，低头看着杯中的酒水。

"在莱斯世界……坦塔利德突然搅局。我本以为他是找我算旧账。但听完你今天的话，我不得不重新怀疑他的动机。"

"万事都要留心。"他低声提醒，"格雷戈，我该走了。老友重聚本应该更加惬意。"

"谢谢你专程来提醒我。你帮了我一个大忙。"

"换成是你也会这么做。"

"我会的。最后一个问题……你是怎么进来的？"

他转过身看着我，目光敏锐。

"什么？"

"今天晚上，你是怎么闯进来的？"

"我用扰频器破解了大门密码。"

"你切断了警报系统。"

"我又不是菜鸟了，格雷戈。我之所以用扰频器，就是为了发出能与安防系统信号相抵消的数据流。"

"这工具听起来不错。我能看看吗？"

他从裤子口袋中取出了一块黑色的微缩数据板，交给了我。

"是阿普洛斯的型号。"我说，"非常先进。"

"我只用最好的。"

"我也是。我曾经用过这些。这种设备……根据我的经验判断……需要经过多次调试才能起到最佳效果。"

"这话怎讲？"

"我是说，这种工具需要一两轮测试。你需要预先对渗透的目标系统进行评估。用一些相对柔和的手段去试探安防系统，并将得到的反馈数据录入到扰频器中，让它学习消化。"

"是的，不过我通常只在时间充裕的情况下进行预先测试。这些设备模拟学习的速度很快。但时间紧迫的时候，我会在现场直接破解。"

"比如说今晚？"我将设备递回给他。

"是的……你想说什么？"

"所以你今天没有做过预先准备工作？之前也没有做过测试？"

"当然没有。这次来拜访完全是临时决定。就在你那个漂亮的小贱人踢中我的脸之前，我还暗自庆幸居然会如此顺利。"

"这么说你从来没有来过这里？也从来没有成功入侵过？"

"从来没有。"他语气坚定，似乎因为我冒犯了他而略带愠怒。

"好吧，那我就不挽留了。"

"晚安，格雷戈。"

"晚安，泰图斯。按理说我应该送你离开，但恐怕你对路线已经很熟悉了。"

他咧一下嘴，举起玻璃杯，一口喝光了杯中的酒。

"举杯痛饮，再斟一杯！来日再聚。"

"来日再聚。"我答道。

特雷锡安主星的审判庭总部位于四十四号巢都高耸入云的顶端。它足足有一个城市大小，是整个赫里甘次星区审判庭的指挥中心，容纳着六万名常务人员。建筑表面镶嵌着漆黑的皂石，窗户玻璃密不透光，处处都是钢铁锻造的防护尖刺——背后的含义不必赘述。有人曾经批评审判庭的建筑风格过于夸张，是公众对审判庭最恐惧想象的具象化，更是对黑暗威慑的隐喻。在我看来，这恰恰是这幢建筑的主旨。恐惧能让民众服从于秩序，更何况这样的恐惧来自对罪恶行径毫不手软、雷厉风行的审判庭。

第二天清晨，我在埃莫斯、冯·拜戈和苏拉·索斯科娃的陪同下抵达了审判庭总部。讽刺的是，我居然因为这趟行程只带了三个同伴而感到惴惴不安。在过去数十年的征战生涯中，我更习惯于率领人数众多的队伍。有时，我不得不提醒自己，曾几何时，我的队伍全员也不过三个人而已。

审判庭总部绝不是寻常的会面地点。建筑内部是一个错综复杂的漆黑迷宫，由无数阴暗的殿厅、虚空盾构成的屏障和神秘莫测的屏蔽力场拼接而成。工作人员和访客在能量力场的遮蔽下来回穿梭，处理着一件件机密要事。在空旷寂静、回音飘荡的大厅内，一只伺服头骨向我们飞来。它在我们齐肩的高度盘旋，在我们四周无声地投射出一道绝缘力场。我们还被分配了一名星语者以进一步确保我们的隐私，但我拒绝了。索斯科娃天生的不可接触者体质足够满足我们保密的需求。

头戴兜帽的审判庭卫队带领我们穿过用黑色大理石铺设的大厅，他们身穿点缀着黄金叶片的紫红色铠甲，甲板上点缀着修会的印记。他们两手各持一把动力剑，笔直地举在面前。两侧的屏蔽力场发出暗棕色的光芒，伴随着嗡嗡声不断地闪烁，形成了一条坚不可摧的回廊，将我们与四周的环境隔绝开。

行进过程中，阿兰·冯·拜戈心烦意乱地拨弄着衣服的领口，他看起来十分紧张。审判庭总部内恐怖的压迫感甚至让忠于帝国的人怯步。

罗尔金领主正在他的私人房间等候我们。房间外的虚空盾消散不见，我们穿过圆形的入口。在我们全部走进房间后，那面虚空盾又闪烁着启动。卫兵没有跟随我们。我示意三人在前厅等我。厅堂内的设施非常朴素，只有两张铸铁锻造的长凳，上面放着白色的缎面坐垫。

我迈步穿过了内门。

我一身黑色的行装，外面披着过膝的深棕色皮革斗篷，将审判庭徽章别在胸前。我的同伴也都正装出席。在接受异形修会的导师召见时，没有人敢穿着随意。

洽谈室内明亮得令人目眩。墙壁都是晶莹剔透的镜面，四周镶嵌着金边，

第四章

地板都是抛光的奶油色大理石。在四周的烛台、立架和地板上，数千根火烛的火苗跃动着。烛光在镜子之间来回反射，格外刺眼。我站在屋内，如同身在棱镜之中，被四面八方汇聚而来的金色阳光笼罩。

我眨了眨眼，忍不住抬手遮住眼睛。恍惚间，我看到另外一百个穿着斗篷的人也在举手遮挡。无数个艾森霍恩在闪烁的烛光中晃动。镜中的自己看起来有些惊恐。

我很少如此慌乱。

"审判庭光辉之下，无人可以遁形。"一个声音响起。

"因畏光之人将注定拥抱无边黑暗。"我念出了下句。

罗尔金向我走来。"你读过《卡图德纳司诗选》，艾森霍恩？"

"他的格言诗令我着迷。尽管我不是很喜欢他晚年的寓言体。"

"文辞寡淡？"

"太拘泥于格律。对我来说，《萨瑟辛》或许很有韵味，但是缺乏节奏感。"

罗尔金面带微笑地握着我的手。"所以，与内容相比，你更看重诗歌在形式上的美感？"

"美就是真，真就是美。"

他好奇地扬起了眉毛。"这句话从何而来？"

"我曾经读过一些来自前帝国时期的文本，作者不详。关于刚刚那个问题，我更愿意读《萨瑟辛》愉悦身心，而不是去读深奥的《卡图德纳司诗选》。但我会建议我的弟子反复阅读《卡图德纳司诗选》，直到他们能够像我一样熟练地引用其中的诗句。"

罗尔金点了点头。他身材矮小，剃光了头发，留着山羊短须。他穿着黑色短衣，戴着黑色手套，外面披着一条猩红色长袍。光凭借外貌根本不可能猜出他的年龄，但据我所知，他至少有三百岁了，而他担任攘外修会的统帅也已经长达一个半世纪。得益于人造器官和回春疗法，他看上去和年近半百的中年人没有什么区别。

"想来一些茶点吗？"他客气地问。

"谢谢长官，不用麻烦了。修会给我在'九日敬礼'期间安排的日程实在繁忙，倘若能免去不必要的繁文缛节，我将不胜感激。"

"内政部给我们大家都安排了十分紧凑的日程。总指挥亲自嘱咐他们，要把这次庆典办得尽可能隆重。况且，我认识的艾森霍恩恐怕不会给内政部这个面子，配合他们的行程安排吧。"

我没有回答。他对我的心理真是了如指掌。

我不禁感到局促起来。罗尔金与我始终保持着良好的工作关系。自从八年前的《亡灵经》事件之后，他就一直对我信赖有加。从那时起，他一直对我乐于教导，并在一些案件中提供了很重要的协助。尽管如此，与赫里甘攘外修会的导师成为朋友是一件不可能的事。

"坐吧。我想你可以腾出时间陪我聊一会儿。"

我们坐在茶几两侧的高背椅上，他递给我一杯冰凉的清水——那是从基德莫斯世界采集到的富含铁质的山泉水。

"这水有康复的功效。我知道在莱斯十一星，毒巫给你带来了不小的创伤。"

我从外套口袋里取出了数据板。

"这是完整报告的初稿。"我将数据板递交给他。他接过放在桌上，并没有打开。

"你知道我为什么要你来见我吗？"

我沉默片刻，决定坦言相告。

"因为那些认为我已经堕落的谣言。"

他饶有兴致地抬起了头。"你听说了？"

"是的，风声最近传到我耳边。"

"你的反应呢？"

"实话实说？我很困惑。我不知道故事本身是怎么产生的，但我感觉那是某人充满恶意的揣测。"

"对你的恶意？"

"对我个人的恶意。"

他抿了一口泉水。"我们继续对话之前，我必须问清楚……你认为关于你的非议有没有原因？能产生非议的任何原因？"

"如我所言，这种恶意——"

"不。"他压低声音打断了我，"你知道我究竟在问你什么。"

"我没有做任何事。"我说。

"我相信你。但如果我发现你在说谎，或者你对我有所隐瞒，我将会……

非常不悦。"

"我没有做任何事。"我重新强调。

他将双手交叉在眼前，看向房间里摇曳闪烁的烛光。"事情起源是这样的。一位审判官——是谁并不重要——向我秘密汇报了一次令人不安的遭遇。一个恶魔宿主故意保全了一个人的性命，因为它把那人错认成了你。"

我颇感诧异，转念间又感到了一丝恐惧。

"我不知道此事是否虚假，但那个恶魔宿主确定是切鲁贝尔。"

我感到血液凝固了。切鲁贝尔……

"你们在56-艾扎星之后有过交集吗？"

我摇了摇头。"没有，长官。那是将近一个世纪以前的事情了。"

"但自那之后，你一直在追查他的下落？"

"是的，这并不是什么秘密，长官。切鲁贝尔背后是一个看不见的敌人。此人之阴谋甚至牵涉到了我们组织的一员。"

"莫里托。"

"不错，康拉德·莫里托。"我花了大量时间和精力，试图揭示关于切鲁贝尔的真相，并揪出幕后元凶。但一直徒劳无果。如今一个世纪过去了，我只有少数模棱两可的线索。"

"你应该知道吧，切鲁贝尔参与《亡灵经》事件的情况已经通报给了圣锤修会。他们也没有找到任何与之有关的蛛丝马迹。"

"这件所谓的'遭遇'发生在哪里？"

他顿了顿，答："在沃吉尔·佩辛纳塔。"

"那怪物以为他保全性命的人是我？"

"这意味着恶魔宿主对你似乎颇为偏爱。有人据此推测……你们之间签订了契约。"

"一派胡言！"

"我也希望如此，艾森霍恩。奥尔西尼宗师本人或许没有什么时间清理审判庭的激进派。即便他对待此类行径的态度不够强硬，我却绝不容情。与混沌恶魔为伍之人，在赫里甘的攘外修会休想找到容身之所。"

"我明白。"

"给我好好记住。"罗尔金说，他的脸色变得阴沉而严肃，"你会继续追查这个污秽之物？"

"即便此刻，我的部下也在前线追踪他。"

"有什么成功的迹象吗？"

我突然想起了前一天晚上，在深海别墅收到的用格罗西亚暗语撰写的密函。"没有。"

这是我本次对话中第一次也是唯一一次说谎。

"提出质疑的审判官曾经敦促我，让我批准圣锤修会对你发起审查。但我绝不会轻易放弃我最得力的干将，去成全那些为贝奇尔卖命的家伙。"

"可那些故事从何而来？"

"这也是困扰我的问题。然而木已成舟，对你不利的消息已经传开了。我认为有必要提醒你，圣锤修会或许会无视我的意见，对你展开全面审查。"

这是十二小时里，我收到的第二次类似的警告。

"在这件事被人遗忘之前，我建议你暂时远离特雷锡安，暂时不要涉足对切鲁贝尔的追查。"他说，"但此时此刻，你需要先出席驱邪会。"

应邀之人均已就位。凯旋庆典规模宏大，"九日敬礼"更是盛况空前。其他机构的阵列声势浩大，人头攒动。但应邀出席的高阶审判官却很少。军队和教会或许常常奉命参与这样的大型活动，但审判官却是一个完全不同的群体——他们更冷漠……也更独立。我们很少同时收到大规模集会的召集令，尤其是通过这种不容置疑的行政命令。我本以为这是奥尔西尼为了向赫里甘总指挥官示好，动用权力、四处施压的结果。

但事实并非如此。我们之所以被召集，是为了参与这场"驱邪会"。

"驱邪研习"是审判庭长年以来的集体活动，通常会有一到三名审判官参与讨论。倘若仪式的规模更大，则通常会被称作"驱邪研讨"，需要至少十一名审判官的参与。如果规模更大，它们则会被称为"驱邪会"。这样的集会极其罕见。据我所知，我已故的恩师哈普山特就曾经在该次星区主持过一场"驱邪会"。那已经是二百七十九年前的事了。

无论规模大小，这类研习的目的都是对极其罕见而具有研究价值的囚犯进行最细微的审查和评估。一名流窜的灵能者、一位蛊惑人心的异端分子，或是某个异形文明的军阀……无论是怎样的囚犯，一旦落入审判庭的法网，

第四章

都将经历漫长而正式的检视，而这种检视与其实际的罪行常常没有直接关联。他们多数情况下已经接受了最终审判，并等候判决结果的执行。然而，审判庭并不满足于将帝国之敌绳之以法，而希望借此机会扩大学习的成果，从而更加准确地理解人类之敌的本质。为了洞悉敌人的能力优劣、信仰根源和犯罪动机，审判官会对研究对象进行全面的解剖——这种解剖大多是心理和认知层面的，有时是生理层面，只有极少数情况下是字面意义上的。历届"驱邪研讨"均收获颇丰，审判庭在过程中归纳出至关重要的真理，为后来的帝国忠仆们提供了对抗邪恶之敌的弹药。举例来说，帝国卫队能够抵抗伊泽尔的元种异形并最终告捷，都要归功于阿迪缪斯·奥提玛在 M40.883 年主持的"驱邪研讨"。会上，审判官对伊泽尔的斥候变种进行了剖析，并钻研出了侦查其存在的有效方法。

　　这种调查的规模往往取决于研究对象的数量或重要性。

　　罗尔金给我展示了一块数据板。他说："在最后一次对欧非狄安的大规模征讨期间，在多尔森世界，有三十三名阿尔法及以上级别的异端灵能者被战帅抓获。"数据板上显示保密级别很高，甚至出乎我的意料。"这些灵能者都经过某种特殊的训练，能操纵那些被他们传送出来的污秽之物。他们是异端军队高级指挥防御的主力，也是整支敌军搏动的心脏。"

　　"他们是怎么被押送回来的？我指的是，活着被押送回来？"这实在是骇人听闻。未经训练的灵能者已经足够可怕，他们的思维中蕴藏着某种难以想象的潜能，只需动用意念，他们就能开启进入亚空间的大门，并让恶魔涌入我们的宇宙。更何况这些……这些邪祟还经过了训练，能够有效地施展源自亚空间的天赋，将恶魔寄宿在体内，并动用它们的毁灭性力量。尽管此刻，他们已经沦为阶下囚，但光是想象他们构成的潜在威胁，就足以令我感到晕眩。

　　罗尔金指了指我手中的数据板。"你能在主目录里找到事件摘要。简而言之，我们靠的是运气……运气，加上阿斯塔特修会令人惊叹的勇气，他们配合审判官赫尔丹、莱科和沃克完成了这场壮举。"

　　"沃克……康茂德·沃克。"

　　"我都忘了，你们是老朋友了，不是吗？就在"赫里甘之祸"前，他在古德伦也参与了讨伐格劳的行动。"

　　"'老朋友'这个词有些牵强。我们只共事过　段时间。只是在这段时间里，我们彼此尊重罢了。自那以后，我就很少见他。说实话，这条老狗居然还这么硬朗，着实让我惊讶。"

"尽管连续好几代医疗专家都预测他命不长久，但他仍然活着，威风丝毫不减当年。在暮年能取得这样的成就……"

我点了点头。只需要快速浏览这起事件，就不难看出这是一次近乎神话般的壮举。沃克一如既往地履行着对帝皇的使命，哪怕任务的艰辛程度远远超出了"使命"这个所代表的含义。

"我也认识赫尔丹。他是沃克的弟子。看来他终于被提拔为正式的审判官了？"

"已经六年了……艾森霍恩，你这些年都独来独往吗？"

"如果您指的是不参与审判官提名选举的应酬，或插手其他审判官的事务，长官，我确实算是独来独往。我只关注工作本身，只关注团队的需求。"

他微微一笑，似乎有意要纵容我的任性。事实上，我的这种态度并不鲜见。正如我先前提到的，作为审判官，我们都是最冷漠、独立的一类人，对同僚的事务不感兴趣。这也是我和罗尔金之间的另一个区别所在。哪怕我的资历辈分再高，我仍然只是这片区域的一名前线执法者，一个为了完成具体目标的执行者——如果有需要，我会毫不犹豫地潜入遥远的群星数月甚至数年。罗尔金则相反，他背负的官衔将他与审判庭总部绑定在一起，迫使他卷入帝国统治阶层——尤其是审判庭内部的尔虞我诈与文山会海。

我印象中的康茂德·沃克是一条阴险剧毒的老蛇，但同时也是一位坚定不移的盟友。在《亡灵经》事件中，他曾认定自己死期将至，并恳求我推举他的弟子赫尔丹。我虽然允诺，但既然沃克还活着，我就没有再插手这件事。沃克亲眼见证了赫尔丹佩戴审判官徽章的时刻。

至于赫尔丹……我对他没有任何好感。

我从来没见过莱科——荣耀凯旋的二名审判官之一。但他是个久负盛名的审判官，我早就有所耳闻。他们三人在多尔森的壮举将成为他们职业生涯中极其重要的筹码。

我仔细浏览了被传召参与"驱邪会"的审判官名单，其中有我的名字。名单上一共有六十人。泰图斯·恩多也在其中。此外，奥斯玛、贝奇尔也将主持出席。松嘉尔德、雷克尔的名字则显得格外刺眼——我很不愿与他们同处一室。此外，西洛、迪菲、丘威尔都是我很乐意见到的面孔，当然了，还有恩多。

　　有些名字我几乎没听过，或许根本就是头一次见。至于其他人，有的威名远扬，有的臭名昭著。真是盛大的集会，几乎涵盖了整个星区的骨干成员。

　　"我也被列入名单了？"我问。

　　"这有什么值得惊讶的。在修会中，你的资质和威望都是数一数二的。"

　　"谢谢，长官。但我想知道的是，是沃克提名我出席的吗？"

　　"他原本打算提你的名。"罗尔金说，"但在那之前，你已经被提名了。"

　　"被谁？"

　　"审判官奥斯玛。"他答道。

第五章

凯旋
斯佩迪安之门
断线

  尽管我内心十分排斥"九日敬礼"狂热、奢侈的宏大场面，但我承认，"表彰圣典"上的凯旋仪式令我感到自豪、振奋。

  伴随着喧鸣的汽笛与刺耳的钟声，黎明的金色阳光洒向了主巢都——整个特雷锡安规模最大的城市。在国教纪念碑上方，内政部正在转播凯旋仪式的空前盛况，声音通过嘈杂的语音通信和公共广播回荡在巢都的大街小巷。宫廷主教低沉的话音在巢都城市的街道上此起彼伏地响起，由于多普勒效应而显得有些失真，如同一场宏大的合唱表演。

  数百万计的平民和朝圣者纷纷走上了主巢都的街道，将主干道和支线隧道堵得水泄不通，到访的舰船遮天蔽日。不少人都涌进了周围的巢都建筑，在体育场和圆顶剧场中竖立着的巨大的全息荧屏上观看这场盛况。

  法务部努力控制着人流，确保凯旋仪式的大道畅通无阻。

  白昼看上去格外明亮。前一天夜里，气象所的飞艇在烟雾笼罩的上城区和云层间撒下了炭黑和其他化学沉淀剂。黎明前，将近1600公里宽的暴雨带冲散了云层，淋湿了主巢都的表面，将淤泥和污垢冲刷殆尽。数十年来，天空首次变得清朗。天色虽然不是湛蓝色，但显然没有了黄色的污染物。阳光透过大气层直接投射而下，巢都的陡峭屋脊和高耸入云的尖塔不时闪烁。我听说了一些不太可靠的消息，这种短时间控制天气的行为过于激进，将对行星未来几十年的气候产生深远的负面影响。由于全球气候遭到了干扰，在本周结束前，南部地区将出现突发性的飓风。此外，主巢都的排水系统也会因为这次大规模暴雨而面临堵塞。

  还有人指出，由于突如其来的雨水冲刷，大量污染物将伴随雨水涌入海洋，这对海洋的生态十分致命。

但赫里甘总司令固执己见，认为他的胜利之师理应沐浴在阳光下。

因为担心巢都的拥堵车流，我提前抵达了计划地点。我也带上了拉文纳。我们两人都盛装出席，骄傲地将徽章别在胸前，并随身佩戴着仪式性的武器。

米迪亚·贝坦科尔驾驶炮艇，载着我们降落在帝国装甲仓库南侧的空港处。在我们着陆之后，她才发现半空的航线实在过于拥挤，因此别无选择，只能留在当地等候一天。那天几乎没有向外行驶的舰艇。她祝我们一切顺利，随后漫步穿过登机平台，与轰击者战机上的地勤人员聊起了天。

国教安排了一辆私人用车，载着拉文纳和我抵达了位于勒彭纳大道的巢都旧址——那是审判庭提前集合的地点。我们乘坐的豪华悬浮轿车在路面疾驰，隔着窗户看到氤氲的蒸汽正从雨水冲刷过的街道上缓缓升腾。尽管气象部门已经尽了最大努力，赫里甘总司令在正午前还是会看到凝结在半空的乌云。

我坐在客舱中，伸手摆正了拉文纳的审讯员徽章。拉文纳看起来有些惴惴不安，我很少在他脸上看到这样的表情。他举手投足之间已经颇有审判官的风范。我这才意识到他其实没有那么紧张，只是严肃的神情与他的年轻面孔有些不相衬。就像那个在赞斯堡大街，迫不及待地走进"口渴之鹰"与好友畅饮的年轻人。

"怎么了？"他笑着问。

我摇了摇头。"今天是个意义非凡的日子。基定，你准备好了吗？"

"当然。"他说。

我注意到他制服上还挂着依修迪尔氏族的徽章。

"很得体。"我指着徽章说。

"我也这么想。"他答道。

上午十点，凯旋仪式正式开始。巢都里响起了震耳欲聋的鸣笛声和汽笛声，随之而来的是此起彼伏的欢呼。我感到短暂的窒息。那一刻，街道上挤满了将近二十亿欢欣鼓舞的居民。二十亿人同时高呼，以同样的姿态、同样的心情。如果不是亲身经历，你根本无法想象这样壮观的景象。

在明媚的阳光下，在震天的欢呼声中，凯旋的队列从装甲仓库中走出，沿着一条18公里长、1公里宽的阅兵大道，朝着巢都的中央区域和国教纪念碑的方向行进。道路两边，数百万人排成一行，欢呼鼓掌，不住地挥舞着手中的横幅和帝国旗帜。

在队列最前方，八十辆特雷锡安第五连的坦克呼啸着驶过，顶端的旗杆在空中来回摇摆。在它们身后，第五十古德伦步兵团的仪仗队身穿彩服，高奏着庄严的《原体进行曲》。

接下来是旗手队伍，五百名士兵高举着各式各样的团旗和徽章图案——每一面旗帜都代表一个参与欧非狄安远征的兵团。

他们用了整整一个小时才全部通过。

紧随其后的是帝皇的大旗，巨大的双头鹰标志迎风飘扬，如同一艘帆船的主帆，猎猎作响。那面旗帜又大又重，以至于凡人根本无法举起。担任旗手的是一台隶属于白色执政官战团的无畏机甲。那台机甲十分古老，看上去坚不可摧。那台无畏机甲由五辆毒刃超重型坦克护送。

在那之后是烈士方阵。自从远征结束后，所找到的每一具阵亡的帝国士兵的遗体都被安置在一千五百辆黑色涂装的犀牛装甲车中。一百名威风凛凛的极光战团星际战士走在滚滚战车前——他们手持绑着黑色缎带的标语牌，牌子上贴满了刻着阵亡将士姓名的金色叶片。

晌午时分，极光战团的其他成员走上了阅兵大道。他们全副武装，身披帝皇铠甲。直到此时，欢呼声丝毫没有减弱。在星际战士的方阵后，是帝国卫队——六万人来自特雷锡安，三万人来自古德伦，八千人来自梅西纳，四千人来自萨玛特。他们的胸甲和长矛在烈日下闪闪发光。接下来是斯卡鲁斯舰队的海军军官组成的梯队。然后是盔甲鲜明、令人胆寒的白色执政官方队。

接下来就是无穷无尽的内政部和各大行政机构的队伍。跟在他们身后的是星语庭缓慢移动的车队。无声的灵能汇聚在四周，如同球状闪电，在车厢头顶来回跃动，噼啪作响，空气中弥漫着金属的气味。

随后是机械教修会的泰坦。四台军阀级泰坦高耸入云，遮住了阳光。此外，还有八台猎犬级泰坦，以及一台名为"帝国赤炎"的超级泰坦。它们走动时，仿佛整个巢都的重要部分与城市分离。泰坦踏足地面的同时，原本欢呼的民众们不约而同地噤声。这些人型战争机器堪比巢都的尖塔，而"帝国赤炎"还要高出一头。它们双腿保持着相同的节奏，有力地踩踏在地面，地动山摇。

六百名科技神甫和修会牧师泰然自若地行走在泰坦的两脚之间。

纳美尼亚和斯库特兰的坦克旅紧紧跟在神之机械后面。五千辆装甲单位在缭绕的烟雾中滚滚向前，它们抬高炮管行礼。履带车拖拽着撼地炮，三门并排地驶入了阅兵大道。后方是数不清的九头蛇防空炮，炮口从左向右整齐地平移，酷似跟随太阳移动的花朵。

红衣主教鲁切夫赤足走在两千名教士前，代表国教加入了阅兵。而宫廷红衣主教安德鲁西亚斯正在纪念碑前等候为将士们赐福。

从我们位于巢都旧址的集合点看，审判庭的队伍应该就在由六百名强壮的牧师组成的队伍后方。

我们是本次凯旋仪式中唯一无需遵照秩序的方队。我们跟在教会阵列后，无声地迈步前行。我们也不像其他团队那样整齐划一，无论男女都保持着自己的风格，着装和面貌都各不相同。有的身穿深色长袍或皮革披风踽踽独行，有的在魁梧仆从的环绕下端坐在车上，有的坐在被人举起的座椅中，有的庄重威严，有的孤独傲慢，有的甚至索性将自己隐藏在个人虚空盾后。拉文纳和我并肩而行，跟在审判官尤朵拉的奢华队列之后。

领主奥尔西尼、审判庭宗师率队前行，他身穿紫色长袍，身后的衣摆被三十名机仆高高托起。在他身边侍立三人：攘外修会的罗尔金领主、圣锤修会的贝奇尔领主和异端修会的萨卡洛夫领主，人称"奥尔西尼三叉戟"。

雷鹰战机组成的荣誉护卫队从我们头顶掠过，巢都上空回响起隆隆轰鸣。焰火在半空中绽放，将天空染得色彩缤纷。

在我们身后就是战帅本人的凯旋行列。俄诺留斯与赫里甘领主指挥官并肩前行，二人都站在全军体形最大、最受尊重的极光战兽背后的驮轿上。一万名随从跟在他们身后。两百头来自极光骑兵团的巨兽发出愤怒的鼻音。八百辆征服者坦克紧随其后。悬浮摩托沿着既定轨道滑行。阅兵大道两侧的狂热人群撒出了数以万计的花朵。

他们身后是战俘队伍。

就如同犀牛战车中的烈士遗体一样，战俘同样也是帝国将士英勇作战的体现，尤其是战帅本人的英雄壮举。俄诺留斯乐于向群情激昂的民众展示战俘的痛苦。民众看到这些强大而可怖的生物也会心生畏惧，甚至顺从屈服，战帅勇武的一面自然会得到烘托。

有数百名愁眉苦脸的敌军士兵，手脚被镣铐固定，排成两组队列蹒跚前行。负责押解的特雷锡安卫队老兵们围绕着囚犯，用手中的动力警棍和神经鞭驱策他们前行。人群发出了嘘声和怒吼，向这些昔日的敌人投掷酒瓶和石块。

六辆特洛伊坦克履带车表面涂着战帅的配色，跟在被锁链束缚的囚犯后；它们如同车辇一般组成一队，牵引着一辆用于运输超重型坦克的巨大拖车。平台上，正是那三十三名灵能者，他们被铸铁镣铐固定，每个人都被包裹在单独的虚空盾囊泡中。他们才是最珍贵的战利品。

灵能者的身形在虚空盾中显得模糊扭曲，几乎看不出人类的轮廓。他们完全浸泡在奶油绿色的虚空盾中，如同一个个蚕蛹。白色执政官负责看守拖车，两百名星语者在他们两侧阔步前行。他们将灵能注入那些足以抑制狂躁灵能的虚空囊泡，将它们不断强化。车板上方覆盖着一层冰霜。更多灵能闪电汇聚而成的球体在头顶飘舞。

特雷锡安内卫军的两万名士兵和五百辆装甲车组成了凯旋队列的末尾，同时高举着特雷锡安的旗帜和战帅的徽记。

尽管只在大部队中行走了不到十五分钟，我已经感到全身麻木。阅兵大道两旁群众的喧哗声令我心惊胆寒。每当飞行器在低空呼啸掠过，或是泰坦发出震天响的攻城号角时，我感到耳膜都要被震破。眼前的场面纷繁而宏大，令人目眩神迷。我从未因为同类而感到如此畏惧。

很少有人如此有力地提醒我：在人类神圣帝国的运作之中，我不过是一个微不足道的齿轮。

沿着阅兵大道，凯旋的队伍从斯佩迪安之门下穿过——那是用整块质地光滑的白色以太石构成的建筑结构。这座纪念门高耸入云，甚至泰坦也能从门中穿过。

这座大门是为了纪念海军上将洛帕尔·斯佩迪安而建造——他在欧非狄安远征的早期，在攻打乌瑞图尔四号星球的大规模舰队行动中壮烈殉国。

拱门内部描绘着记录这一事件的巨幅壁画，画作向上延伸到顶部的圆顶，穹顶的最高处云团翻滚，形成了令人叹为观止的气象。和队列中的其他几人一样，我认识斯佩迪安本人。我在大门下驻足，向永恒烈焰表达敬意。

不对，那感觉并不真切。在"赫里甘之祸"期间，我虽然见过斯佩迪安，

第五章

但算不上与他交好。出于某种无法解释的原因,我感到自己不得不停下脚步。显然,我不需要迫不及待地对他表达尊敬。

"长官?"我迈步走到一旁时,拉文纳困惑地问。

"继续。我马上跟过来。"我对他说。

拉文纳在行列中继续前行,我点燃了一支祈愿火烛,将它放在斯佩迪安墓前的千万支火烛之中。浩浩荡荡的凯旋大军如同巨浪,在我身后缓缓地流过。其他一些人也情不自禁地走出队列,向这名伟大的海军上将默哀致意。

"艾森霍恩?"

一个声音打断了我的思绪,我循着声音转过身。一位年迈却矫健的海军军官站在我的面前,他穿着一身洁白的礼服,看上去庄严肃穆。

"马多辛。"我一眼认出了他。

我们握手致意。我已经多年没有见过欧姆·马多辛了。此时此刻,他已经升任总监察官。我们第一次见面,还是在《亡灵经》一案中的古德伦;他当时是舰队纠察分遣队的基层长官。如今,他掌管着整支分遣队。多年以来,他都是一位坚实可靠的盟友。

"真是盛况空前啊。"他微笑道。拱门外,泰坦的宏亮号角再次响起,人群中的喧闹声也格外刺耳。

"这场面让我自觉渺小,战帅一定对这样的盛会赞不绝口。"

他点了点头。"确实振奋人心,民众士气高昂。"

我表示同意,内心却在揣测另一件事。这绝不是一时兴起,更不是我对这座纪念门流连忘返。自从拉文纳和我加入凯旋阵列时,我就感到一丝不安。这种预感无时无刻不在累积。究竟是什么让我在这座庞大的拱门下驻足?

"你看上去气色很差。"马多辛说,"看来你真的不喜欢这种活动,是吗?"

"与活动无关。"

"那你怎么了,老朋友?"

我沉默半晌。这种感觉……

我快步走向斯佩迪安大门的南侧,回头眺望汇聚到一起的凯旋方阵。马多辛紧跟在我身后。这时,战帅的随从队伍正从拱门下经过。金钹撞击、号角齐鸣,发出刺穿耳膜的尖利巨响。人声鼎沸,声浪如同潮水般汹涌而来。

无数花瓣在半空中飘荡,我记得十分清楚。人群中抛出数不清的花瓣,漫天飞舞。

十二架雷电战机组成机队从南面的高空俯冲而下，它们贴地飞行，沿着阅兵大道向凯旋的队列直冲而来。机队笔直地冲向大门。它们紧挨着并排飞行，机翼顶端甚至偶尔相互碰撞。这无疑展现了舰队最优秀飞行员的高超技巧。夺目的阳光照耀在战机的座舱盖和双尾翼的叶片上，晶亮夺目。

我感到的不祥在一瞬间变成了令人窒息的现实。如同翻滚的浓云顷刻间遮蔽了烈日。

"欧姆，我——"

"帝皇赐福啊！他有麻烦了，快看！"马多辛高喊着。

雷电机队距离大门半公里处全速飞行。然而机队左侧的僚机却突然晃了晃，抬高了机身……

……然后调转了方向。

驾驶员显然正在用力拉动操纵杆，以避免与其他战机相撞。然而失控飞机的右翼却在临近雷电战机的翼尖撞了一下。明晃晃的碎片在一瞬间迸裂开。

一架接着一架，战机如同项链上脱落的珍珠，都被撞出了原本的轨道。那条刚刚还优美平滑的弧线，此刻已经乱作一团。

战机在我们头顶发出尖利的啸叫，马多辛将我扑倒在地，我感到地动山摇。

我看到两架战机在空中纠缠在一起，如同残破的玩具一样旋转翻腾，身后金属碎片闪烁着。慌乱中，我看到其他几架战机也要相互碰撞了。

一架雷电战机从空中径直坠落，砸向了阅兵大道西侧的人群——那几乎是一块以超音速飞行的重达十吨的金属。它落地后又至少弹跳了一次，将无数血肉模糊的尸骸抛向半空。在最后一次着地时，它化作一个巨大的火球，百米高的炽热蘑菇云直冲云霄。原本欢庆的人群一瞬间就被恐慌和震惊冲昏了头脑。噬人的火焰、翻腾的热浪和泼洒的钸素席卷了我的四周。

第二架失控的雷电战机旋转着消失在纪念门的阴影中，随后发出一道闪光，地面再次随之震动。几乎在同时，更加刺耳的爆炸声传出——第三架飞机也失去了控制。在我们头顶的斯佩迪安大门上，它撞断了一侧的机翼，翻滚着坠落下来。

面对这突如其来的灾难，凯旋方阵的将士们四散奔逃。我将马多辛拽到相对安全的拱门下，致命的飞机残片如同雪崩般从半空中砸落。

"一场灾变。一场恐怖至极的灾变。"

而这，只是开始。

第六章

特雷锡安的末日
混沌降临
枪口

即便在那一刻,在我被恐惧和愤怒夺走了大部分理智时,我也在提醒自己,眼前发生的一切绝不是偶然的悲剧——我灵魂深处绝不相信这是一场简单的悲剧事故。

到处都是吞噬一切的烈焰、慌不择路的民众和震耳欲聋的尖叫。

此外,还有一个声音。我意识到,在二十亿个命悬一线、惊慌失措的人发出的惨叫中,还有一种异常低沉的呻吟,暗自涌动,此起彼伏。

失控的人群涌入大街,彻底挣脱了法务部的控制。他们渴望逃离恐怖的坠机现场和烈焰,仿佛站立原地就会被另一架从天而降的帝国战机砸成肉酱。

人群就像是自然流淌的水,没有决策,没有方向。人群在本能的驱使下汇集成一股势不可挡的浪潮。他们顾不上相互践踏的风险,淹没了宽阔的街道,挡住了凯旋的阵列——绝大多数人都因为震惊和沮丧陷入了崩溃。乐曲声、欢呼声、鼓声和鸣笛声戛然而止,取而代之的是不约而同、歇斯底里的呐喊——整个世界从天堂坠入了地狱。

我看到成百上千人在顷刻间丧命,或死于践踏,或与其他人一起被撞得血肉模糊。有时,惨死之人的尸身被挤在人群之间,被推动了好几米才跌倒在地。

我看到战帅的随行士兵和法务部的警员满脸惊恐地向人群射击,随后被疯狂的人群撞倒在地。路障被掀翻。标杆摇摇欲坠。阅兵大道水渠上方的人行道已经裂开,向中间坍塌。上百人陷在了混凝岩沟渠中,无法脱身。

混乱之中,我已经找不到马多辛的身影。我拼命挤到拱门外,冲向开阔地带,却被逃窜的人群撞了个趔趄。通往斯佩迪安之门的整条街道尸骸遍地,从天而降的烈焰吞没了那里。几十名士兵死在了战机的残骸下。他们或是被坠落的碎石和金属砸得不成人形，制服上落满了白色的硅灰石粉末；或是被大火烤得焦黑。

在尖叫的海洋里，我看到几头庞大的极光战兽挣脱了束缚，狂怒地四处践踏。它们后脚直立，剧烈摇晃着身体，试图甩开背上的骑手。它们长尾一扫，将几具尸体抛向了半空。

我沿着大门的边缘向外挪步，直到能朝着远方的国教纪念碑的方向，看到北面的情况。就在宽阔的阅兵大道上，同样的惨剧正在上演。凯旋的队列被恐慌的民众冲散了。

大火也蔓延到了北方。在两侧的拥挤区域有三处火势尤其严重，甚至蔓延到了阅兵大道上，距离斯佩迪安之门七百米的位置。我发现，在相邻的尖塔处，通往工匠广场的主路处同样燃起了火焰。据我推测，至少有五架雷电战机从空中坠落，砸向了阅兵大道上惊慌逃窜的人群。

浓烟滚滚，烟尘弥漫。远方，在尸骸遍地梦魇般的景象外，我瞥见了泰坦们的巨大身影。它们正在转身扫视，似乎因为眼前突如其来的变故而陷入了踟蹰。

我应该比其他人更早看到了剩余的雷电战机。但恐惧攫住了我的内心，眼中只能看到它们。这四架战机是本次灾难般的飞行表演中为数不多的幸存者。它们扭转方向，重新沿着阅兵大道反方向飞行。它们的队形早已不如事故发生前那样赏心悦目、无懈可击。但它们的高度更低，速度更快。

我知道那一幕意味着什么，与我之前见过的一样。

这是地面袭击。

愿帝皇宽恕，我感到心脏骤停，只能眼睁睁地看着疯狂的事态在眼前展开。我高声警告，但无济于事。一个声音焉能压过二十亿个声音。

曳光弹从战机机鼻下的重型火炮中喷射而出。装载在机翼两旁的激光炮无声地闪烁着。

两架战机贴地飞行，瞬间屠杀了数千人。另外两架则沿着阅兵大道并排飞行，似乎在有意搜寻凯旋队列的将士。

这场袭击造成的破坏超乎想象，仿佛一把无形的炽热铁犁被插进了人山人海，在帝国民众中笔直地划过，留下了一条不断爆裂的细长犁沟；又好像一台快速移动的地下挖掘机，从地表下方将他们一一砍倒。由无数爆破点组

第六章

成的斑驳的线条从人群中划过，所过之处只剩下人和机械的残骸。空气中凝结着一层液化的浓雾。我看到一辆坦克在道路上被战机击中，随后在人群中化作一团火球。数百名帝国卫队和星际战士们一边躲避枪林弹雨，一边对战机齐射，弹道划过明亮的天空，留下了纵横交错的闪亮轨迹。

一架雷电战机几乎在我们头顶掠过，随后紧贴着斯佩迪安大门的左侧石柱滑行。密集而猛烈的火力将我周围的数百人轰成了碎片，沸腾的鲜血淋在我身上，也将纪念门侧面的白色石壁染得殷红。

参与阅兵的队伍中，数百门火炮一齐对准半空；九头蛇火炮率先发起了轰击。即使坦克也在开火——我认为那是怒不可遏的表现，因为它们根本无法击中风驰电掣的战机。

然而，就在第二架雷电战机穿过大门时，似乎遭到了其他物体撞击，一次看似微小的爆炸将战机的左翼和尾翼同时炸断。机身直接俯冲向阅兵大道，击中了凯旋队伍的正中央。战机尾流产生的气旋引发了一系列爆破，冲击波杀死的人数不亚于熊熊燃烧的烈火本身。

剩下的三架雷电战机再次从阅兵大道的尽头俯冲而下，第三次掠过人群上空。它们折返的动作丝毫不拘泥于团队作战的阵型，而是彼此之间独立行动。飞行员是否都失去了理智？无数的念头在我脑中闪过。其中两架战机紧贴在一起，险些相撞。其中一架并没有调整方向，而是沿着大道上空笔直地滑行，伺机进行另一次屠戮。另一架战机被迫调整方位，转头驶向了大道西侧哀嚎着的人群。

第三架战机打完了一轮弹药，就要消失在视野之中。我看到它在远处盘旋，在河面的雾霭中若隐若现，它的机翼在阳光下闪闪发光。不久后，它又折返回来——和其他战机一样，毫不犹豫地跃入了坦克、九头蛇火炮和步兵的轰射范围内。

数百人在最后一轮空袭中丧生。忠诚的公民们对这一天翘首以盼，谁能料到激动人心的盛典竟沦为万劫不复的深渊；满腔自豪的帝国卫队从战争中荣耀而归，只为了能在这一刻光宗耀祖；神秘的星际战士为了展现荣耀，应邀而来，而这突如其来的死亡不过是他们命中注定战死沙场的一种替代；数千名帝国的达官显贵顷刻毙命；多个贵族世家自从特雷锡安的凯旋大典后，再也无法恢复元气。

第六章

最后三架雷电战机是这样坠落的：

其中一架穿过了斯佩迪安之门，在九头蛇火炮的混乱轰射中炸成了碎片。

第二架战机在没有抬高机身的情况下冲进了地面齐射的范围，转瞬间被其中一发子弹击中，机身一偏，在半空中翻转；机身燃起滚滚浓烟，它似乎想向地面俯冲，却没来得及调整角度，撞毁在了国教纪念碑上。

第三架战机，枪炮震颤而来，转眼间又跃入了斯佩迪安之门。此时，泰坦们也加入了战局。它们的亚音速火力发出的轰鸣令我感到五脏六腑都在随之颤动。隔着3公里，我也能看到它们，那些武器高悬人群的头顶之上，闪烁着寒光。

其中一台军阀级泰坦"圣歌号"伸手抓住了那架战机，直接将它捏爆，但动作却不够利落。那架雷电战机已经彻底化作了一团熊熊燃烧的火球，残骸击中了军阀级泰坦的头部，引发的爆炸将泰坦巨人直接削首。

我迷茫错愕，目瞪口呆地站在原地。

我感到自己仿佛在那片喧嚣中跪坐在地，祈求人类帝皇的拯救。

但除了祈求，我还有更重要的事情要做。

瓦蓝色的灵能火焰汇聚成一面灼热的酸蚀墙，翻滚着涌向大门后方逃窜的人群。男男女女、士兵平民都被卷入其中，他们前一刻还在浑身颤抖，下一秒就化为骇人的骷髅，随后只化作齑粉，随风飘散。

我感到鼻翼传来剧痛，脊髓都在抖动。我知道那是什么。

是灵能者的邪祟之力。最原始的混沌力量正在这个世界蔓延，挣脱了束缚。

那些致命的战俘挣脱了束缚。

战俘中的战士并不是关键。在破损的斯佩迪安大门后爆发了一场大规模的枪战。特雷锡安本地的卫队士兵、极光战团的星际战士和法务官正在镇压战俘的反抗。他们之中很多人挣脱了镣铐，有些人甚至抢夺到了武器。惨烈的激战蔓延到了整条大道。

但真正令我担忧的是灵能者，那些被俘虏的异端。足足三十三名灵能者重获新生。

我立刻抽出动力剑和爆矢枪，冲入了人群。脚下遍地都是死在灵能冲击波中的尸骸，多数只剩下被钙化的骨骼。

一名外表非人的混沌战俘向我扑来。我挥剑，砍下了他的头颅。我跃过一具星际战士的尸身，鲜血从星际战士的帝国铠甲裂缝中流出，汩汩流淌在混凝岩的地面。我顾不上其他，冲进了哀嚎的人群。

四名特雷锡安卫兵在我的正前方，他们以一具极光战兽的尸体为掩护，向目标射击。

我刚要迈步上前，那头死去的巨兽重新复活，如同一只被人操纵的提线木偶，顷刻间将四人全都杀死。

面对已死之物，我的武器已经无法奏效。我集中意念，用一道灵能冲击将那头怪物轰得四分五裂。

一名极光战团的战士在我头顶10米处的半空飞过，一条腿已经断作两截。

我继续发力狂奔，剑锋挥舞，接连砍倒了几名阻拦的战俘。

尸横遍地。到处都是被烈焰焚身的人，他们跌跌撞撞地从我身边跑过，面部朝下栽倒在地。

特洛伊工兵车队已经起火，巨大的拖车停在一旁。三名灵能者的尸体躺在上面，另外有四枚虚空盾完好无损，其中的俘虏面目狰狞，已经发狂。

但其他人……

超过二十五名阿尔法级灵能者正在逃窜。

我看到了第一名灵能者，他跌跌撞撞、身形消瘦，站在拖车的另一头。球形闪电萦绕在他的头顶，而他居然正试图将一名尖叫的星语庭学徒活吞。

我用一发爆矢弹终结了他恶魔般的行径。

第二名灵能者发现我的那一刻，我感到浑身无力，跪地不起，失控地喘息、抽泣起来。对方是一名身材纤细的女性灵能者，身穿白色薄纱，露出鹰爪般的细长指甲。

她蜷缩在拖车的后方，释放着邪祟之力，向我发起了猛攻。她面目狰狞，没有双眼。

我不是阿尔法级灵能者。我感到颅内的脑浆正在沸腾。

一名特雷锡安卫兵从左侧向她跑去，她本能地将注意力转移到了那人身上。卫兵的头颅如同孢子一般爆裂。

我连忙举枪射击，正中她的心脏。她被爆矢轰飞，四肢抽搐了将近一分钟才咽气。

可怖的电光在人群中闪烁。人们在痛哭与哀嚎中被点燃，癫狂地从一名男性灵能者身边逃窜开来。那人低垂着头，一步步走向人员密集的巢都建筑。他是一个侏儒，四肢粗短，头骨硕大。球状闪电在他肥胖的手指间跃动闪烁。

为了分散他的注意力，我动用意念向他的心灵刺去，随后用一发点射轰开了他的脸。

出人意料的是，他的脚步却没有停下。我已经轰飞了他的头骨，但他的脚步却片刻没有停留。他的身体血肉模糊，显然已经看不到四周的环境。但他仍然跌跌撞撞地向我逼近，用仍然活跃的意志之力对我发起反击。

我大惊失色，再次举枪射击，炸断了他的一条臂膀。他仍在继续逼近。我的外套、头发、睫毛都被灵能点燃，大脑被一股无形的强大力量压迫，眼看就要被挤爆。

关键时刻，一名身穿极光战团铠甲的星际战士从他的背后一跃而起，用爆矢枪将他轰成了一片血雾。

"审判官？"声音透过他头盔的语音播放设备传出，"你还好吗？"

他搀扶我站起身。

"真是灾难。"他喘息着说。

"你有语音通信吗，战士？立刻向奥尔西尼领主发出警告。"

"已经发过了。"他答道，语音设备发出噼啪的电流声。

在我们身后，那台拖车被引爆了，火焰和金属残骸被炸向了半空。

一个烫伤的孩子从路边窜了出来，哭喊着从我们面前跑过。

星际战士伸出宽大的臂膀，将孩子抱起。

"走这边，离危险的地方越远越好。"

"不。"我缓慢地说，"不要……千万不……"

他透过面甲困惑地看着我，臂弯中还抱着那个孩子。

"不要做什么？"他问。

"看那个标记！那里的符号！"我高喊着，指向孩子脚踝上的"圣锤"徽记。那是巫术之锤，是异端灵能者的标记。

那个混沌之子突然抬头盯着我，咧嘴一笑。

"什么符号？"星际战士问我，"你究竟在说什么？"

"我……我……"

请务必相信我，我当时正全力抵抗那股入侵到脑中的邪力。但这个邪物，

第六章

这个所谓的"孩子"掌握的灵能远远超出了我所能承受的极限。

"杀了他。"它说。

我的双手剧烈颤抖，想要抵抗那个强大的念头，但仍然无法遏制住举枪的手。我抬起爆矢枪，一枪轰开了星际战士的脑袋。我浑身被恐惧笼罩，发自内心的痛苦如同煞白的利刃刺穿了我。

"现在，杀了你自己。"它一边说，一边咯咯笑出了声。

我将冒着浓烟的枪口抵在太阳穴上。那个孩子正坐在星际战士无头的尸体旁嬉笑，他那张骇人的笑脸充斥我的眼前。

"就是这样……继续呀……"

我的手指开始压迫扳机。

"住手……"

"继续，你这个蠢货……继续……"

我的鼻腔中喷出了一股鲜血。我想跪下，但这个怪物并不允许我有其他的动作。它只希望我做一件事，仅此而已。它在蛊惑我，将我残存的意识一寸寸撕扯开。

蛊惑之声尖叫般刺耳，我无力抗拒。

我扣下了扳机。

第七章

沃克的推断
伊萨哈顿
突破虚空盾

但我还活着。

在过去百年的征战中，那把智库馆长布莱特诺思赠予的爆矢枪从未辜负过我，此时它却卡壳了。

那个"孩子"尖叫着跳起，消失在了一片浓雾和烈焰之中。而那名死去的星际战士则轰然倒地。空气中充斥着灵能的电光，三人从身边跑过，紧跟在那个矮小的怪物之后。这三人都是审判官，或者至少是审讯员。我确定其中之一就是莱科。

我放下颤抖的手。手中的爆矢枪被灵能冻结着，内部的机械装置被锁死了。

我转过身，一眼看到了康茂德·沃克正站在我身后几步远的地方。那张苍老的面孔因为内心的压力抽搐着。他漆黑的长袍上凝结着一层灵能导致的冰霜，发出晶莹的光泽。

"枪口……移开……"他大口喘息着，每次只能发出一个音节，"我……坚持不了……太久。"

我这才领会他的意思，连忙将枪口移开，将枪口对准天空。他长出一口气，抽搐的身体终于放松下来。爆矢枪的枪口旋即跳起，致命的子弹呼啸着射向了天空。

沃克明显有些体力不支，站立困难。他依靠人工植入的骨骼支撑着虚弱的身体，努力维持着平衡。我连忙伸手扶住他。

"谢谢你，康茂德。"

"没关系。"他气若游丝。他的体能正在恢复，抬头注视着我，眼中精光四射。"如果一个人胆敢与阿尔法以上级别的灵能者正面抗衡，他要么是无所畏惧的勇士，要么是愚昧无知的蠢货。"

"那我两者都是，或者两者都不是。情势危急，我不能袖手旁观。"

我们身后传来一阵阵令人毛骨悚然的巨响。枪声、榴弹爆破声、尖叫声此起彼伏，更可怕的是那些鼓动爆裂的灵能尖啸，它们撕裂了现实空间，压缩了物质，甚至连空气也随之沸腾。我看到一个身穿长袍的人，应该是审讯员或星语者，被碧绿色的火柱缓慢地推到半空，浑身被烈焰点燃，从内到外被分解为齑粉。我看到了鲜血汇聚成血柱，如同水龙卷一般在半空中搅动。狂风夹杂着冰雹和酸雨，咆哮着席卷整个阅兵大道。这些异象无一不是灵能战争的产物。

人们纷纷投入战斗。许多来自审判庭的人都带着随身护卫，还有几十名阿斯塔特修会的战士。脚下的土地不住地震颤，我看到一台高耸入云的战犬级泰坦正穿过斯佩迪安大门，启动涡轮激光炮轰射地面的敌人。此外，还有一系列令人窒息的爆炸，主要由灵能引发。接二连三的爆炸撕裂了毗邻阅兵大道的居民区和巢都建筑。此刻的阅兵大道已面目全非，注定将成为帝国人民痛苦的回忆。

帝国的轰击者战机在半空中若隐若现。天空早已被浓烟遮蔽，透不进半缕阳光。燃烧与爆炸产生的灰烬如同雪花般飘落在我们身上。

"这是……滔天大罪。"沃克对我说，"帝国史册中黑暗的一天。"

我几乎忘记了康茂德·沃克是个多么容易低估形势的家伙。

接下来的五天，主巢都的大部分地区仍然处于无人执法的失控状态。大规模的恐慌、暴动、劫掠和内斗在主要的街区和居民区蔓延，而法务部和帝国的其他部门则在努力执行临时戒严，并竭尽所能地恢复社会秩序。

这是一项令人绝望的任务。尽管特雷锡安的原住民众多，但专程参与"九日敬礼"的朝圣者和慕名而来的旅客让当地的人口膨胀到了令人难以想象的程度。恐慌情绪也蔓延到了其他巢都，并引发了类似的骚乱。在接下来的一两天中，整颗行星似乎都将在血与火的纷争中走向崩溃。

主巢都的一部分区域已经被成功地隔离开，包括精英阶层居住的塔尖，堡垒般坚不可摧的贵族宅邸，审判庭牢不可破的区域，帝国卫队、星语庭、各个主要军械库和总指挥官的行宫。除此以外的其他地区，尤其是平民居住的街巷都陷入了混乱，危险程度丝毫不亚于前线战区。

　　国教遭受的打击格外严重。国教纪念碑的焚毁成为了信徒们眼中的梦魇，仿佛那是某种亵渎圣物的诅咒。他们疯狂地涌入他们能找到的一切教堂、庙宇和禅院。在起初的几小时内，我们就已知晓宫廷红衣主教安德鲁西亚斯在纪念碑焚毁中丧命，而他只是在那场屠杀中丧生的多名主教中的一位。

第七章

　　重新俘虏或消灭剩下的灵能者战俘是当务之急。我们已知的有十人从阅兵大道的激战中逃离，他们躲进了巢都建筑，所过之处都伴随着无情的屠戮。审判庭的部队和一切能够动员的帝国武装都投入到了对他们的追捕中。

　　他们之中的两人只坚持到距离原本的凯旋行列一两公里的位置。在凯旋大道的交战中，他们走出的每一步都遭到了来自帝国部队的猛攻。另一名灵能者目标被锁定，并被围困在外城区的一座蔬菜罐头加工厂中。行动历时整整三天，共有八百名帝国卫队士兵、六十二名星语者、两名星际战士和六位审判官丧命。最终，目标被炸死，尸身也被焚毁。至于那个罐头厂，连同方圆3公里的外城区都被夷为平地。

　　我们的部队几乎没有中央指挥。海军上将欧特隆在轨道舰队担任临时指挥官，他成功派遣了四艘纠察舰抵达了主巢都上方的行星同步轨道，并在有限的时间内为地面部队提供了语音通信和星语通信的完整覆盖。然而，在第一天的傍晚，灵能风暴席卷巢都上空，切断了所有的中继信号。

　　那是一段黑暗的恐怖时期。在烈焰笼罩的街道上，我们尽可能分散成小规模的团队，独立运作。我与沃克召集了一个团体，并选择布拉默塞德大街商业区的法务部分局为行动基地。绝望的市民向我们涌来，希望我们能够同情他们的处境，并提供援助和庇护。另外一些人聚集成了更大的帮派，他们被我们拒之门外后恼羞成怒，一次又一次对分局办公室进行袭击。

　　然而，我们既无法提供援助，也不能接纳更多人。法务部的医师和停尸房人员的工作已经严重超出了负荷。食物、药品和弹药都所剩无几。我们在定量配给饮用水，因为总供水系统已经被切断。

　　电力也被切断了，但好在分局办公室配备了自己的发电机。

整个夜晚，废弃的酒瓶、投掷物和钜素制成的简易炸弹在窗户外炸开，暴民们纷纷挥拳砸着门板。

资历最深的沃克担任团队指挥。除了我以外，还有审判官罗本、审判官叶莲娜、审判官易斯达瑞，以及二十名审讯员和审判庭的低阶探员、六十名行星内卫军、几组星语者和四名白色执政官战团的星际战士；另有法务官大约有一百五十人。办公室也收容了大约三百名参与凯旋队伍的贵族、教会牧师和政要，以及上百名普通公民。

记得那天的午夜，我独自一人惴惴不安地站在被洗劫一空的法务部办公室里，透过半掩的窗户向外眺望——窗外的街区依旧是一片火海，屋顶的灵能风暴似乎撕裂了整个天空。自从灾变开始至今，我始终没有收到来自拉文纳的任何消息。我记得我的双手甚至那时候都还在颤抖。

事实上，我承认当时的自己惊恐万分。当然，这种惊恐既源于事件本身，也与我在事件中遭受的灵能袭击有关。我向来因为自己敏锐的意识而自鸣得意，但当时，我的头脑一片混乱。

我的思维已近麻木，不断提醒自己，这次暴动背后必有主谋。

"毫无疑问。"沃克在我身后说。他未经我的允许，擅自读取我的表层思维。他拎起一把铸铁椅，将它摆直，随后坐在上面。

"战机坠毁绝不是单纯的意外！"他喊道，"它们中途还折返，发起袭击。这显然蓄谋已久。"

我点了点头。至少其中有一架雷电战机在战帅的随从部队中坠毁，另一架战机则砸中了审判庭队伍。暂时还没有人能统计出我所在的部门到底有多少人被屠杀，单就沃克所见到的局面，至少两百名与我们同阶的审判官惨遭杀身之祸。

我回忆起那次晚宴上发生的对话，那些反对俄诺留斯授勋的政治势力。

"这会是贵族开战前，某个势力企图先发制人？"我问，"会不会是国教，或者是某个权贵家族想用这种手段阻止赫里甘总指挥为战帅加官晋爵？"

"不可能。"他说，"尽管多数人恐怕都会这么揣测，从他们的立场上看，这么解释理所应当。"

沃克目光炯炯地盯着我。"释放那些灵能者才是一切的关键。"他说，"不可能有其他更合理的解释。敌人发动突袭以引发骚乱，进而给战俘可乘之机。正因如此，他们突袭的首要目标就是重创那些最擅长控制灵能者战俘的关键武装。"

"我对此没有异议。但释放灵能者战俘本身是一个目标，还是为达目的所采取的手段？"

"此话怎讲？"

"这次袭击的目的真的是为了释放那些灵能者吗？或者仅仅是一种针对帝国的极端暴力行动，而释放极端危险的灵能者会带来最大限度的破坏？"

"在我们揪出幕后真凶前，我们无法回答这个问题。"

"会不会是灵能者自己发起的反抗？他们操纵了飞行员的心智？"

他耸了耸肩。"我们也不得而知。至少现在还没有定论。战帅要为自己的好大喜功而付出代价，但他一定会提前备好万全之策，确保安全防范没有任何漏洞。我怀疑是外人在从中作梗。"

我们相对无言。圣雄俄诺留斯本人在战机坠落引发的爆炸中勉强存活，此刻正在海军船港的一艘医疗护卫舰上接受紧急手术。目前尚无人知晓赫里甘总指挥的生死。倘若他在此次袭击中身故，或者战帅负伤牺牲，这对于混沌而言，将是历史性的胜利。

"我也怀疑是来自外部的力量。"我对沃克说，"或许是另外一名或几名灵能者，潜入人群伺机帮助自己的同胞逃脱。"

他抿了抿干瘪的嘴唇，语气中充满不悦。"这原本应该是我人生中最辉煌的凯旋，格雷戈。我以帝皇之名缉捕了这些怪物……看看现在。"

"你不用为此自责，康茂德。"

"我不用吗？"他眯起双眼看着我说，"站在我的角度，你会怎么看？"

我耸了耸肩。

"我会尽力去弥补。在这些混沌杂碎被尽数消灭前，在这颗行星的秩序恢复前，我不会停下脚步。在揪出幕后真凶之前，我不会停下脚步。"

他说完，许久凝视着我。

"怎么了？"我隐约猜出了他的意图。

"你……正如你所说，你距离事发现场很近，比多数人都要近，而且你当时在斯佩迪安大门的屏障下驻足停留，刚巧避开了破坏最严重的区域。"

第七章

"然后呢？"

"你知道我要问什么。"

"我知道你忍不住会问。我当时太累了，沃克。我想在海军上将的陵墓前致意。"

他闻言，扬起一边眉毛。他似乎知道我对自己的话并没有十足的把握。但至少他还没有撕破脸，没有用他强大的灵能刺探我的心灵，去寻找可能存在的真相。我们曾经共事多年，其间积累了足够的信任和理解，时至今日，我们都还是生死之交。

这样的信任足以打消不必要的疑虑。

至少现在还不会。

一名审讯员慌张地冲进了房间。

"二位长官。"她说，"审判官罗本命我禀告，我们找到了一名在逃的异端。"

据我所知，这名在逃的异端是一位阿尔法以上级的灵能者，名叫伊萨哈顿，是"巫师会"的领军人物之一。他从束缚中挣脱后，便大开杀戒，散播混乱。在审判官莱科和赫尔丹率领的部队追踪下，他躲进了一座巢都建筑。赫尔丹设法与沃克的星语者们取得了联络，并发出了支援请求。

沃克、罗本和我率领着一支六十人的作战小队走上了巢都的街道。六十人中还包括四名白色执政官的战士——他们在身材魁梧的库尔威尔中士的带领下行动。我们迈步穿过废墟和浓烟。成群结队的暴民对我们嘲讽谩骂，并向我们投来砖石瓦块。但当他们看到那四名令人胆寒的星际战士时，便望而却步，悻悻离开。

行动之前，沃克曾经警告过我，伊萨哈顿是个聪明绝顶的异端分子，绝不可掉以轻心。而当我们看到伊萨哈顿的栖身之所时，我立刻明白了沃克的意思。

朗格家族在特雷锡安主星的贵族阶级中赫赫有名，在主巢都的东部区域享有一座奢华宽阔的夏宫，与他们赖以敛财的商业区紧紧相连。

这座宫殿傲然屹立在下等住宅区，与四周的建筑风貌格格不入。整幢建筑都被严密的力场包裹着。

这里原本应该是所有城区里最安全的所在。凭借至高的权力和优渥的资源，贵族世家理应能够在动乱期间保护自身的安全。

但对于伊萨哈顿，一切防范都是徒劳。此时，他已经闯入了夏宫，动用宫殿里的一切资源保护他自己的安全。

我们在通往宫殿西侧的道路上遇到了赫尔丹。他率领着大约二十人的团队。沿途到处是尸体，多数都是普通市民。

"他像操纵木偶一样控制人群。"赫尔丹见到我们，没有打招呼，而是简略地说明了情况，"我们尝试突破花园外墙，以及供仆人居住的副楼区域，过程中这些人被灵能操纵，一拨又一拨地对我们百般阻挠。"

我可能已经说过，我与审判官赫尔丹的共同语言很少。他是个身材极高，满脸阴沉的人。自从我们在古德伦与一头饥饿的卡诺顿兽搏斗之后，他的脸上就留下了一团丑陋的疤痕。我第一次与老沃克碰面时，他就已经是沃克的得意弟子。如今，他已经是一位正式的审判官。据说他智勇双全，谋略甚至超出了他的恩师。当我看到他的面孔时，我感到不寒而栗。据说，赫尔丹经历过一场大面积手术。这场手术非但没有掩饰他的伤痕，反而令他的创伤看上去更加可怖。他的颅骨被大幅度拉长，被改造得酷似马的头颅，动物长吻般的口鼻处暴露出一口粗钝的牙齿，双眼漆黑而浑浊，纤维导线和输液导管如同发辫般盘在他的脑后，与头盖骨紧密相连。他身穿血红色的塑钢防弹衣，手中握着一柄分段式动力剑。

"艾森霍恩。"他注意到我，对我点了点头。那神态就像是一匹战马对我晃了晃脑袋。

"他们又来了！"赫尔丹的部下喊道。大火在街道另一头蔓延，有人向我们疾奔而来。

武器就绪！赫尔丹下达了命令，但并没有使用话语。他用灵能发出的命令在我们的颅骨中回荡，一些士兵在灵能的冲击下露出了沮丧和痛苦的神情。

导弹如同雨点般从半空坠落，内卫队的士兵们举起了防爆盾牌。一些小型武器也在对我们开火，我们身旁的一名法务官中弹倒地，他的膝盖被击穿，痛苦地呻吟着。

袭击者大约有百人，甚至更多。他们都是巢都的平民，脸上一片茫然，如同木偶一般机械地移动着。正如赫尔丹汇报的那样，一股强大的精神力将他们变成了行尸走肉。夜间的夏宫外，浓雾弥漫，不时闪烁着灵能回流发出的电光。

即将开始的战斗令我感到厌烦——我对类似的局面均是如此。那个名叫伊萨哈顿的禽兽居然逼迫我们为了自我保护而与无辜的平民交战。

或许他认为这么做会让我们知难而退，放他一条生路。

但他大错特错。我们，是审判庭。

库尔威尔率领白色执政官冲在前线，用武器敲打着自己的胸甲，透过头盔的扬声器大声警告。我看到一枚钜素炸弹击中了其中一人，他全身被液态火焰吞噬，但似乎完全没有知觉，依旧大步前行。

我们瞄准暴徒的头顶射击，试图喝退他们，但对方早已失去了自我意识。原本的鸣枪示警变成了残酷的射杀。十分钟内，我们迫不得已，杀了更多人。

我们很快就攻占了街角，逐渐推进到了花园外的高墙和宫殿外散发着斑斓光芒的力场护盾边缘。

我的脑海中响起了一阵低沉的怪笑。

是伊萨哈顿。

"莱科去哪儿了？"我听到沃克用灵能询问赫尔丹。

"他带队赶去前线，正在破解力场护盾。"

"你这个白痴！"我大声呵斥，看向赫尔丹，"这个怪物能够同时控制这么多人为他卖命，你距离他这么近还敢使用心灵对话？"

"这个怪物。"赫尔丹答道，"能读懂这座城市里里外外每一个人的思想。他早就知道我们在做什么了。一切保密工作都是徒劳的。你还不明白吗？"

"距离下一次袭击还有多久？"库尔威尔一边问，一边填充弹药。

"与我们首次抵达相比，频率已经降低了不少。"赫尔丹回答，"但无论伊萨哈顿要在周围的居民区搜索多久来组建另一支傀儡部队。他每次都需要把网撒得更大些。"

"他是怎么闯进去的？"罗本问。

赫尔丹没有回答，只是耸肩摇头。罗本是一位身材健硕的中年审判官，穿着棕色和黄色相间的长袍。虽然我对他不甚了解，但听说他是一个值得信赖的人。然而，他是一位直言不讳的赞丹派，而赫尔丹作为彻头彻尾的纯净派，对他并不待见。

士兵们在我们四周筑成了防御阵地，沃克、赫尔丹与库尔威尔商讨起进攻的计划。

"这真是个吃力不讨好的任务。"罗本对我说，"我都不知道我们为什么会来这儿！"

"不会是来当炮灰的吧。"罗本麾下的年轻审讯员因沙贝尔说。他似乎比他的导师还要耿直，这句话把我们都逗笑了。

"一定有什么破绽……"我说着，从口袋中取出了一枚袖珍示波器，开始读取力场发出的能量频段与波形。

"你来一下！"我喊来团队里的一名法务官，那是一位头发花白、身穿防爆铠甲的辖区指挥官。

"审判官？"

"你叫什么名字？"

"我叫惠气，长官。"

"伟大的帝皇啊！"我长叹一声，罗本又笑出了声。

"好的，'晦气'——这座宫殿是在你管辖的巡逻范围，对吧？"

"是的，长官。"

"那么四周的街道安防也一定由你负责？"

"是的，长官。"

"所以根据行政要求，你的办公室应该登记着这座宫殿所有护盾参数和能量波段，以防万一。"根据我的经验，所有法务部的辖区都有一套标准的规章制度，要求法务部人员掌握关键建筑的内部结构和安防信息。

"那都是机密，长官。"

"当然是机密。"我又叹了口气，"你看看现在都是什么时候了。"

他戴上语音通信器，花了很久的工夫，终于接通了法务部科室的频道。

"你似乎有点头绪？"罗本好奇地问。

"或许吧，得试试。"

"狡猾的审判官艾森霍恩——"

"什么？"

"我无意冒犯。你可真是名扬四海呀。"

"现在吗？是威名，还是恶名？"

罗本咧嘴一笑，摇了摇头。那神态仿佛在说，他虽然听到了谣言，却决定由自己去下定论。

"这是一台老式的十型号圆锥形虚空盾。"法务部的惠气指挥官向我们汇报,"正切八－七－八谐波。我们没有改写权限。朗格夫人不会允许我们这么做。"

"我猜她得哭着求我们这么干。"审讯员因沙贝尔说。他虽然语气尖刻,但言辞中肯。我开始喜欢上这个年轻人了。

"谢谢你,'晦气'。"我说。

"我叫……惠气,长官。"

"我知道。"

我尝试着回忆埃莫斯多年以来对我提出的关于虚空盾的所有建议。我希望能从中摘出自己需要的信息。当然了,我更希望他能出现在这里。

"我们可以摧垮防御。"我语气中带着自信。

"摧垮一面虚空盾?"罗本诧异地问。

"它是圆锥形的……表面坚固,但型号很老。虚空盾能够抵挡任何外来之物,但如果你从中抽走一个或者多个投放器,它们在一些区域的防护就会失灵。你看那边的支架,被埋在了花园围墙中间,那一定是一枚固定在地底的投放器。"

罗本点了点头,似乎饶有兴致。"原理我懂,但怎么实现呢?"

我走到库尔威尔中士身边,打断了他与赫尔丹的对话。我并没有道歉,而是直接讲起了我的计划。

赫尔丹闻言,立刻面带讥讽。"莱科早就试着那么干了。"

"他是怎么做的?"

"他在前门找到了外部控制器,想破坏它们的编码,进而使整个护盾瘫痪……"

"伊萨哈顿会将护盾的控制代码和控制器全部锁死。莱科不过是在浪费时间。我们根本就没办法关闭这个虚空盾,更不能从伊萨哈顿手中夺回对系统的控制权。我们能做的,只有破坏系统本身。"

赫尔丹刚想再说些什么,莱科让他住口。

"我认为格雷戈的计划或许能奏效。"

"何出此言?"

沃克指向远方,将近五百名无辜的民众突然从四面八方的街道上向我们包围过来。

"赫尔丹，就在你和我商讨计策时，那个怪物能听到我们的每一句话。而他显然不喜欢艾森霍恩的计划。"

库尔威尔挥动着闪电爪在人行道和花园外墙之间挖出了一条沟壑，花了大约十分钟时间，在这期间，我们受到了越来越多的傀儡暴民的袭击。

"有下水道！"库尔威尔喊道。

在枪林弹雨之间，我转向其他几人。"康茂德……你需要再拖住他们一段时间。"

"放心吧。"他胸有成竹。

"罗本，带一支四人小分队跟我来。"

赫尔丹满脸不悦，但他也不再发号施令。我认为他正在将怒火宣泄在那些被操纵奴役的平民身上。

我和库尔威尔、罗本、因沙贝尔以及三名内卫军士兵一起潜入了下水道。头顶街道上的守卫足以将一切试图干扰的敌人阻挡在外。

肮脏的污水管道在墙体内侧径直通往地下深处。破旧的石墩在墙体下方的四周隆起。石墩散发着温热，上面长满了一层泡沫状的真菌。

因沙贝尔用聚光灯照进了管道，我方才看得清晰。

库尔威尔能看清黑暗中的一切。他取出最后两枚穿甲手雷，又从背包中抽出一管黏合剂，将手雷固定在石头上。

"我也希望我们有更有效的办法，但现在也只能把墙炸开了。"

"我们有其他办法，但是中士兄弟，这么做或许更好。"

"为什么？"

"因为如果我们只想让投放器瘫痪，那么在它崩溃前，护盾能量就将被耗尽。在力场崩溃时，内部将会产生强烈的磁场脉冲，而且不会向外扩散。我认为这种脉冲正是伊萨哈顿最忌讳的。"

仿佛是为了证明我的推断正确一般，一把意志之力形成的刺刀向我们袭来。伊萨哈顿似乎意识到了自己的弱点，将全部的灵能用来对付我们。操纵傀儡抵抗追捕者固然是他的拿手好戏，但此时此刻，他的目标是赶在我们从玩物变成猎人之前，控制我们的意念或引爆我们的头颅。

灵能冲击杀伤性极强。两名内卫军战士当场阵亡。另一名内卫军战士情绪失控地对我们连开数枪，子弹击中了库尔威尔两次，因沙贝尔也中弹受伤。罗本一脸不忍地举起激光手枪将战士击毙。

鉴于我们头顶是岩石构成的天然护盾，而且距离虚空盾溢散的能量流十分接近，我们的意念比平时更难被攻击。

幸亏如此，否则罗本、因沙贝尔、库尔威尔和我会在几秒钟内暴毙，或者自相残杀。

我当时是多么希望伊丽莎白，或任何一名纺纱小队成员跟在身边。

"快点引爆！"我喘着粗气，鼻腔和咽喉的血管在那一天再次濒临破裂。

"我们就在——"

"帝皇啊！中士兄弟，没时间了！"

爆炸摧毁了投放器。残骸在火星中闪烁，点亮了整个下水道。如果没有库尔威尔中士的庞大身躯挡在身前，我们早就被当场炸死了。

但库尔威尔却付出了生命的代价。

我对他的英勇无私记忆犹新，他的名字始终在我的回忆里，和白色执政官的原体一样刻骨铭心。

伴随着投放器的关闭，虚空盾被从内到外地击溃了。电磁脉冲如同陷入了狂怒，发出了雷鸣般的呼啸声，整座宫殿陷入了一片漆黑。

同样，伊萨哈顿的意念也陷入了漆黑。

我在和伊丽莎白及后来的纺纱小队协同作战的过程中，对不可接触者形成了更深刻的认识。一系列迹象表明，即便是最强大的灵能力也与人类大脑的神经电，也就是神经元突触之间的相互作用紧密相关。虽然原因成谜，但不可接触者能够完全隔绝这种相互作用，在人脑中创造出一片空白区域，进而干扰人脑最基本的、天生的处理信息的方式。我由此推断，这或许是灵能者在不可接触者面前无法施展灵能的原因，也是围绕在他们身边的普通人会变得迟钝健忘、焦躁不安的原因。更重要的是，这也解释了为什么他们的出现会让人类，尤其是灵能者感到不安和沮丧。

我成功地将虚空盾变成了一个闪烁的临时的不可接触力场。

此时，帝皇终于降下了天谴，异端灵能者伊萨哈顿已经变得耳聋眼瞎，短时间内更无法蛊惑人心。是时候出击了。

第八章

伊萨哈顿的巢穴

胜利者莱科

残骸

我们翻过朗格家族宫殿外的围墙。破裂的虚空盾散发出刺鼻的臭氧气味，花园里昔日精心修剪过的果树和拉雷柏树已经被烧焦，枝叶间夹杂着细碎的火星。

在罗本和因沙贝尔的协助下，我沿着仆人居住的副楼和东侧门廊之间的燧石小路闯进了宫殿。身后的花园中闪烁着手电和头盔照明设备的亮光，赫尔丹率领主力部队抵达了花园露台。

府邸内死气沉沉，伸手不见五指。所有的电力系统都在电磁脉冲的作用下瘫痪了。东侧门廊外的大门已经被炸成两截，横躺在镶嵌图案的地板上。虚空盾坍塌引发的冲击波造成了毁灭性的打击，将所有的窗户都震得粉碎。

安装在蓝色平板后方的感光接收器和温控设备一部分已经在高温中熔化，零件已经被烧焦。宫殿内浓烟滚滚，火势开始蔓延。

我们继续向前推进，沿途发现了不少死去的侍从和家用机仆。一楼的大厅已经化作一片火海，豪华的钚素吊灯被砸得粉碎。

我们一边前行，一边仔细检查两侧的房间。罗本一马当先，手握着激光手枪左右探视。

"大概需要多久？"因沙贝尔问我。

"什么？"

"他从脉冲中恢复灵能需要多久？"

我不知道。我们刚刚的袭击对伊萨哈顿造成创伤的严重程度无从知晓，也不知道他的意念是否已经恢复。我认为剩下的时间不容乐观。

二楼的以太石台阶通往一座豪华的宴会大厅。大厅上方原本是一座由强化玻璃制成的圆顶，此刻已经坍塌。大厅上方的高空中，灵能风暴噼啪作响，在空中汹涌地翻卷。我们每一步都踩在玻璃碎片或瓦砾上。

大厅中躺着贵族和家仆的尸体。

我听到隔壁前厅中传来了轻微的响动，似乎还有抽泣声。

当我们的手电找到那些可怜的住客时，他们被吓得面如土色。少数幸存者在黑暗中蜷成一团，被恐惧攫取了心智。许多人都带有灵能或心灵控制导致的灼伤痕迹。

"帝国审判庭。"我语气很轻，但态度坚决，"冷静下来。伊萨哈顿在哪里？"

有些人听到这个名字大惊失色，发出恐惧的呻吟。一名穿着破损的珠光长袍的贵族老妇蜷缩在角落里，掩面痛哭起来。

"快点……没有时间了！他在哪儿？"我原本想动用意志之力迫使他们给出答案，但他们的思维在那天夜里经受了太多折磨，脆弱得不堪一击。即便是最轻微的精神探测也足以杀死他们当中的一部分人。

"宫殿灯光熄灭的一瞬间，他就逃跑了……他跑向了西出口。"一位浑身浴血的男子说，如果我没猜错，他穿的是朗格家族保镖的制服。

"能带我们去吗？"

"我的腿断了……"

"其他人呢？请务必协助我们。"

"弗雷瓦……你带他们去吧！"那名保镖指向石柱后方的一名书童，那个男孩早就吓得不知所措。

"跟我们来，孩子，指出道路就好。"罗本语气中带着鼓励。

那个男孩站起身，眼中满是恐惧。我一时不知道他究竟惧怕的是杀人如麻的伊萨哈顿，还是不依不饶的审判庭。

一条走廊从宴会大厅后方延伸而出，一直向西与府邸的私人停机坪相连。斑驳的血迹和玻璃碎碴在铺满瓷砖的地板上闪闪发光。

我感到一股风扑面而来。或许是通向室外的出口？

装卸货物的操作间内一片漆黑，入口一旁的防爆窗已经被撬开。操作间里站着几台休眠状态下的机仆，一旁的主舱门外闪烁着星星点点的冰冷光芒。

我举起武器，向右挥动，示意罗本和因沙贝尔转移方位。书童蜷缩在门口。

我感到空气的质态正在发生微妙的变化，仿佛空气正在凝固，气压急剧上升。

如同某股强大力量化身成活物，正在调整呼吸。

我此刻已经十分确定，伊萨哈顿正在卷土重来。

青绿色的灯光照亮了装卸间，一股摧枯拉朽的灵能之力快速汇聚，散发出足以致盲的闪光。罗本和我踉跄着后退，我们的肺部都受到了严重的挤压。一根根心灵控制的手指直插入我们的大脑。因沙贝尔突然遭到来自那个名叫弗雷瓦的男孩的背后袭击，发出了一声惊呼。男孩目光呆滞，嘴角冒着白沫，顷刻间变成了一具毫无意识的傀儡。因沙贝尔和他扭打在一起，但那个男孩仿佛变了一个人，尽管审讯员身材魁梧，将他死死按在地上，他还是浑身涌起一股蛮力，奋力挣扎。

我头痛欲裂，但我知道伊萨哈顿必定还没有完全恢复。我调整心神，在脑中竖起了自己所能召唤出的最坚固的意识护盾，继续前行。

伺服齿轮突然转动起来，咔嗒作响。一只巨大的钢爪在我头顶挥动，我连忙转身扑倒在地。

那是一台装卸机仆，金属外壳上布满了铜锈，足足有三米高，液压驱动的钢腿在地板上有力地踩踏，叮当作响。就在它再次向我摆臂时，肩部的关节处喷出一缕缕灼热的蒸汽。它的面甲凹凸不平，眼窝中闪烁着两枚黄色的光点。

尽管从头到脚都是机械构造，这台装卸机仆与所有其他机仆一样由人类的器官构成：大脑、脑干、神经网络和腺体。因此，伊萨哈顿可以像操纵人类一样，操纵这些机仆。

它再次向我挥击，被我躲开了。锋利的臂膀划过空气，发出阵阵尖啸。

机仆的外观酷似一只体形硕大的猿猴：双腿蜷曲着站立，胸腔如铁桶般隆起，肩背宽阔，手臂粗壮。这样的构造十分适合将重物有效地装载到升降舱卜，也十分适合将人砸得血肉模糊。

罗本突然高声警告。第二台装卸机仆出现，它同样四肢修长，但体形更大，也动起来了。它的外壳覆盖着棕色的金属，表面充斥着凹痕，头部安装着一台附带钢叉的起重装置——这让它看上去酷似一头公牛。机仆竖起涂满润滑油的黑色钢叉刺向了罗本，罗本对着那台怪物连开了六七枪，子弹在机械的底盘处弹开，只留下了轻微的凹痕。

我避开了猿猴般的机仆连续两次缓慢却沉重的打击。我们必须争分夺秒。

每过去一秒，伊萨哈顿的力量都在积攒，变得越来越难以战胜。

我用爆矢枪轰射机仆厚重的甲板，将它轰得向后晃动，腿部的齿轮和活塞为了维持平衡而相互咬合，发出了呜咽般的拧动声。

我抽出了动力剑，剑锋仍在燃烧。英克斯的教务长曾经为我赐福，并为我选择了这把武器。我的剑术一直算得上可圈可点——阿莲霍德死前对我的剑术指导让我受益终身，我也因此学会了卡瑟人的厄尔维拉剑法。"厄尔维拉"在当地语言中的字面意思是"刀锋的天赋"，是卡瑟人举世无双的剑招。

我用剑尖在空中划出了一个"8"字形，这招叫"甘法索式"，随后背过手横扫剑锋，反方向递出一招"塔恩维拉式"。

这几招颇有成效。注满能量的剑刃切开了机仆的前臂，巨大的机械爪扑通一声坠落在地上。

它猛地跃起，如同一只被激怒的猿猴，用它的另一只手拾起冒着青烟的断手向我猛力地抽打过来。

我将剑刃水平举起，挡开了那迅猛一击——这招防守名叫"尤伟萨式"，随后左右斜方向格挡开连续两下重击——分别是"乌撒式"和"逆乌撒式"。每次金属相击，都会火星四溅。眼看机仆的下一次重击即将落下，我连忙躲开，从右侧俯下身，随后一跃而起，与它正面交锋的同时，施展出"维拉贝依式"——倾注全身的力量从左到右、倾斜着向下劈砍。这一招威力极大，伴随着电光闪动，剑锋和剑尖将机仆躯干部位的钢板全部劈成两截。

在交战的过程中，我有足够的时间寻找机仆脑干部件的位置，它残存的脑组织被灵能驱动，我在脑海中定位到它灵能的闪烁。它的脑干正深藏在机仆锁骨部位的厚实甲壳下。

我又用了一招"乌撒式"，随后是"厄尔卡式"——死亡之击。剑尖向前，沿着敌人的身体直接刺穿了对方的脑部组织。剑刃在对方的脑部噼啪作响，我让剑尖在其中停留了片刻，直到机仆双眼中的黄色灯光熄灭，方才抽出动力剑。机仆轰然倒地，我趁势跃到一旁。

"罗本！"我高喊一声，从解体的机仆身上跳过。

但罗本死了。机仆的钢叉刺穿了他柔软的腹腔。机器剧烈摇摆，似乎想将他甩到一旁。

因沙贝尔挣扎着站起身，当他用自动手枪瞄准机仆时，泪水顺着脸颊流了下来。

我咒骂着跃步上前，双手高举那柄动力剑，奋力劈向机仆的背部。我不知道卡瑟人的厄尔维拉剑法中，有没有一个名字专门用来形容这个剑招，我狂怒之下切断了那台机仆的脊椎，将整个躯干斩作两截。

机仆倒下的一瞬间，因沙贝尔飞奔到死去的恩师前，试图将尸体抬走。

"现在还不是时候！"我动用意志之力，发出了命令。因沙贝尔在极度悲伤与愤怒中几乎丧失了理智，而我此刻需要他。

他提起武器跟在我身后。

"那个书童呢？"我问。

"我给了他一拳。我希望他只是昏迷了。"

第八章

我们沿着台阶登上了夏宫的停机坪，步入风雨交加的夜幕之中。灵能闪电划破了我们头顶的天空，狂风骤雨抽打着面颊。平台上一个人影也没有，但远处的草坪上却在发生激烈的战斗。我隐约看到八个人，有的身披长袍，有的穿着内卫军配备的防弹衣。他们正围绕在一个散发着斑斓变幻光芒的人影，那人的身上传出噼里啪啦的响声。就在我们目睹这一场景时，那名被逼到角落的人身上陡然扬起爆燃的火焰，发出了震耳欲聋的爆裂声。一名卫兵栽倒在地。

是伊萨哈顿。他们已经包围了伊萨哈顿。

见情势危急，因沙贝尔和我从3米高的停机坪一跃而下，随后快速投入了战斗。

尽管隔着狂风骤雨，我仍然能够看清伊萨哈顿的样貌。那是一个身材魁梧、赤身裸体的人，一头乌黑的乱发，瘦骨嶙峋。他挥舞着纤细的四肢，浑身上下都被闪烁的闪电球体萦绕。

我们距离战场只有10米远时，一名身穿长袍的人举起一把重型武器向异端灵能者轰出了一枪。

那是一把等离子枪。

紫色的光束令人目眩，我几乎无法直视伊萨哈顿的方向。他看上去似乎十分虚弱，面对这样的袭击毫无抵抗力。

他像燃烧弹一般爆燃起来,在草坪中央被彻底引燃。

我和因沙贝尔放下武器,向那团白炽的火焰靠近,四周已经聚拢了一圈人。莱科放下了手中的等离子枪,身边几名身穿长袍、头戴兜帽的副手开始低声祈诵起帝皇的恩典与罪罚。

"帝皇感谢你,莱科。"我说。

他转过身,首次与我会面。"艾森霍恩。"他点头致意。他细长的脸上布满皱纹,肌肉紧绷,蓝色的眼眸上覆盖着眼膜。他只有大约五十岁,按审判庭的标准来看,是个非常年轻的审判官。今天发生在巢都的暴动将他在多尔森的战果付之一炬,但他如此年轻,有的是时间重整旗鼓,他的仕途并不会受到太大的阻碍。

"我侍奉帝皇,不是为了感激,而是为了帝国的荣耀。"

"确实。"我说着,回头看了看曾经的追猎目标,此刻只剩下一团焖燃的炭块。我将处决敌人的机会交给了莱科,但我并不介意。他本可以名垂青史,但灵能者的脱逃令他多年来的战果付诸东流。将灵能者尽数剿灭、缉拿归案是他唯一的补救措施。

最新的消息称,赫里甘总指挥已经确定安然无恙,而战帅也平稳度过了手术。听到二人都在恐怖袭击中幸存的喜讯,整颗行星都仿佛迎来了曙光。消息是在骚乱的第六天公布的。尽管当时的帝国当局已经基本恢复了特雷锡安公民们的生活秩序,但这则消息还是起到了积极作用。那些原本感到迷失的普通人恢复了内心的平静,他们重新燃起了对法律的信心,伟人与智者将重新接管秩序。恐慌逐渐散去。法务部的部队针对底层居民区的惯犯展开了最后一轮镇压打击。

然而,我自己的情绪却依旧阴沉。首先,我早已获悉内情。赫里甘总指挥在帝国海军的雷电战机坠落之时,在阅兵大道上吓得屎尿齐流,在惨叫声中被坠落的战机残骸活活砸死。国教和赫里甘的元老们为了安抚民众,重拾民心,特意安排了一名替身,这个傀儡此后一直扮演着总指挥官。直到多年以后,他才"寿终正寝",幕后策划者在局势稳定时任命了新的接班人。

事到如今,我也只能在私人记录中提及这些秘闻。但在当时,谈论这起关乎帝国至高统帅生死的机密都会被认定为不可饶恕的死罪。面对真相，我必须守口如瓶。而作为审判官，我更知道必要的欺骗对于公共秩序而言，有多么重要。

第八章

疲惫与创伤的痛苦都可以克服，但最令我心如刀绞的是关于基定·拉文纳的消息。当然，如今回忆起来，我们都明白他为帝国学界做出了无价、卓越的贡献；我们也都很清楚，倘若拉文纳没有被限制在那一台"思维反刍"的容器里，那些成就恐怕永远也无法实现。

然而当时，我在先驱者大街那间臭气熏天的重症病房中看到的，是一个浑身烧伤、严重残疾、下半身彻底瘫痪的年轻人。他原本是一名才华横溢的审判官，却没来得及大展宏图，就早早断送了前程。

然而，拉文纳在另一些人眼中却是幸运的。将近一百九十八名审判官在斯佩迪安之门外的坠机事故中死于非命。

他和其他五十人一样，恰好走进爆炸波及的边缘。

我几乎认不出我自己的弟子。眼前只剩下被烤焦的血淋淋的残肢，烧伤面积多达百分之百。他眼盲耳聋，无法发声。他面目全非，五官严重地扭曲在一起。为了让他呼吸，医生甚至需要在他的嘴部切开一个口子。

这对我来说是致命的打击。基定·拉文纳是我教导过的最杰出、最有前途的弟子。我站在那张塑料制成的帆布床边，静静地聆听着呼吸机和输液管中的吸吮和喘息声，脑中翻来覆去地回忆着布拉默塞德大街法务部办公室里对康茂德·沃克说过的话。

"我会尽力去弥补。在这些混沌杂碎被尽数消灭前，在这颗行星的秩序恢复前，我不会停下脚步。在揪出幕后真凶之前，我不会停下脚步。"

那一刻，为了拉文纳，我必须兑现这个承诺。

那一刻，我完全不知道这个承诺在未来意味着什么。

我终于回到了深海别墅，那是"九日敬礼"的最后一天。没有人出门迎接，屋子里显得空旷而凄凉。

我踱步走进书房，给自己倒了满满一杯陈年阿玛斯克酒，随后一头栽进了扶手椅中。几天前，我和泰图斯·恩多坐在此处小酌。在此刻看来，我们因为漫无边际的猜测和无关紧要的谣言所产生的担忧不过是杞人忧天罢了。那一幕距离此刻，仿佛隔着永恒。

门开了。空气中顿时泛起一丝寒意。我立刻知道来人是贝坤。

"我们都不知道你回来了，格雷戈。"

"嗯，我回来了，伊丽莎白。"

"你还好吗？"

我耸了耸肩。"大家都去哪儿了？"

"那场……"她顿了顿道，思考合适的措辞，"那场悲剧发生时，引发了剧烈的公共骚乱。为了安全起见,嘉莱特和克尔彻把所有人都带进了安全掩体。我和纺纱小队都退回到了西侧的副楼里，我们都在等你的消息。"

"通信被切断了。"

"是的，整整八天。"

"大家都还安全吧？"

"都很安全。"

我从椅背上探头看她。贝坤脸色苍白，想必已经担惊受怕了好几个夜晚。

"埃莫斯呢？"

"在外面，他和贝坦科尔、克尔彻及纳尔一起，还有冯·拜戈。关于基定的消息，是真的吗？"

"伊丽莎白……是……"

她半蹲下身，用双臂搂住了我。对于一名灵能者和一名不可接触者，无论二人之间相处的时间有多久、关系有多亲密，拥抱都是一个极其艰难的动作。但她是出于好意，而我也决定接受这种接触带来的痛苦，越久越好。半晌，我将她轻轻推开，说："让大家都进来吧。"

"这里可容不下那么多人，格雷戈。"

"那就在深海回廊集合。这将是最后一次。"

我忠诚的战友们或坐或立地聚集在深海回廊的荧绿色辉光之中，满脸期待地看着我。这里挤满了人。嘉莱特来去匆匆，为众人端上了饮料和甜品，直到我将一杯阿玛斯克酒塞进她粗糙的手里，强迫她坐在众人中间。

"我决定搬出深海别墅。"我说。

现场的人开始窃窃私语。

"我仍然会保留租约，但是我不打算继续住下去了。事实上，我也无意继续留在特雷锡安。尤其是在这件事……'九日敬礼'之后。因此，你们当中的任何一位留在这里都毫无意义。"

"但是，先生，藏书馆怎么办？"坐在后排的苏鲁斯说。

我竖起一根手指。

"我会与巢都住房管理局签订一份维护合同，安排机仆维护这幢别墅的日常运转。谁知道呢，或许有朝一日我还会回来。"

我转过身，给自己斟满一杯酒。

"但我必须将主要的设施转移到其他地方。这是我唯一能做出的妥协。"

听到这里，朱巴尔·克尔彻不安地低下头，出神地盯着手中的那杯果汁。

"我想将住处搬到位于古德伦的庄园。和这里……地狱般的巢都比起来，那里的环境更加宜人。嘉莱特，你和克尔彻一起负责监督行李打包的工作，并协调搬迁事宜。我希望你能继续担任古德伦庄园的管家，这可能会让你为难，你毕竟从未离开过特雷锡安。"

她向前挪了挪身子，似乎意识到自己的生活将发生天翻地覆的变化，兴奋地扬起了眉毛。"我感到荣幸之至，先生。"

"高兴的应该是我。乡间的空气对你的身体有好处。这个庄园同样需要悉心照料，所以我需要一位出色的管家，当然也需要一名资深的安全负责人。朱巴尔……我想邀请你接下这份工作，希望你能考虑。"

"谢谢，先生。"朱巴尔看上去如释重负。

"苏鲁斯……看样子我们需要把整个藏书馆永久地转移到古德伦。这项任务就交给你了，作为我的藏书馆长，交给你处理没有问题吧？"

"哦，当然没问题……不过有些依赖静滞力场的书稿会很难处理，而且——"

"但交给你问题不大吧？"

苏鲁斯神情激动地挥舞着瘦削的手，这动作把大伙都逗乐了。

"我知道整个搬迁需要数月时间。阿兰……我希望你能负责监督整个搬迁的过程，确保万无一失。"

冯·拜戈突然面带尴尬之色。"当——当然，审判官。"

"这件任务十分艰巨，审讯员。你能胜任吗？"

"能，长官。"

"很好。我会在十个月后回到古德伦庄园。我相信那时的庄园将会是我心目中家的样子。"

这注定是一个我无法兑现的诺言。

"纺纱小队呢，长官？"索斯科娃问。

"我希望将这支队伍分开管理。"我答道，"我想从中挑选六名最优秀的成员前往古德伦，就近待命。按照计划，纺纱小队未来需要和我的生活起居分开。我已经在梅西纳租下了一套塔顶公寓。那将是纺纱小队的新总部。索斯科娃，请你负责团队的迁移，并在那里重建起不可接触者的训练基地。"

她似乎受到了触动，点了点头。贝坤也面露讶异之色。

我环顾四周，看到屋子里坐满了其他人——府邸的佣人、战士和助手。

"就是这样了。在我们重逢前，愿帝皇庇佑在座的每一个人。"

屋子里只剩下埃莫斯、贝坤、米迪亚和纳尔。

"搬家这样的家务事并不适合我们这样的人。"我说。

"我早有预感，你另有安排。"米迪亚露出憨憨的笑容。

"对我们来说，有两个重要任务。"

"我们？"贝坤明知故问。

"没错，伊丽莎白。莫非你觉得我们这两个老骨头不适合这样的消遣？"

"不，我是说——"

"我在幕后主持工作已经太久了，依靠我这些能干的帮手太久了。我渴望深入战场的生活。"

"我们上一次深入战场差点让你送命。"贝坤一脸阴沉地训斥道。

"这恰恰说明我已不复当年之勇。"

"那太悲惨了！"纳尔低声悲呼，脸上却挂着笑意。

"所以我们将开始一场全新的冒险。只有我们这几个人。还记得我们一起闯荡的时光吗，埃莫斯？"

"坦率地说，现在也差不多。没错，我还记得，格雷戈。"

"伊丽莎白？"

贝坤双手在胸前交叉，故意恶声恶气地道："哦，如果能看到你最后怎么被人弄死，当然得算上我一份。"

"其实我们都差不多，是吧？"我说。拜异端分子戈尔贡·洛克所赐，我无论何时都面无表情，更无法露出笑容。但这番话却惹得纳尔、米迪亚捧腹大笑，埃莫斯也咯咯笑出了声。

贝坤本想绷起脸，却也不禁莞尔。

"如我所说，我们需要完成两个任务。这次短会之后，我需要你们各自从团队中挑选一些助手。纳尔，你需要招募一两位身手矫健的战士；埃莫斯，你负责协调一名值得以性命相托的星语者；伊丽莎白，从纺纱小队里挑选最得力的两名成员。我们最多十个人。明白吗？如果你们对人员分配有异议，请你们自己协调解决。不要让我参与那些细枝末节。我们两天内就动身，期间我不希望听到有任何没有解决的争议。"

"所以，任务究竟是什么？"米迪亚问，她懒洋洋地躺在软垫座椅上，长腿搭在扶手上，仰头喝了一口野草酒，补充了一句，"你说过有两个任务，对吧？"

"两个。"

我按下手中数据遥控棒的按钮，桌上的全息投影随之浮现。在特雷锡安的暴乱发生之前，我收到了一封密函，投影上的文字闪烁着光芒："刀锋迅捷，已剖开喉舌。卡迪亚三区。猎犬呼叫尖刺。尖刺务必锐利。"

"该死。"纳尔喊道。

"这是真的吗？"米迪亚惊讶地看着我问。

"是的。"

"帝皇啊，他遇到了危机，需要我们的支援……"贝坤的语气十分紧张。

"极有可能。米迪亚，你得安排一趟前往卡迪亚的旅程。那是我们第一个任务的所在地。"

"第二个呢？"埃莫斯问。

"第二个？"

"第二个任务？"

我看着他们所有人。"我们多少能猜出卡迪亚的事件有多么严重。但我曾经对基定立誓，要揪出这场暴乱的幕后真凶。我想要找到这起事故的根源，将牵涉其中的异端势力连根拔起，将幕后主使绳之以法。"

然而，很多事情的结果往往出人意料。

天色已晚。我们坐在嘉莱特为我们精心烹制的菜肴前狼吞虎咽。纳尔正在眉飞色舞地给埃莫斯、米迪亚讲一个十分粗俗的笑话。而我正和贝坤讨论纺纱小队的重置事宜，以及与任务有关的情报。

看得出，她非常兴奋。正如我一样，她退居幕后已经多年。

克尔彻沿着台阶走上了回廊，融入了朦胧的绿色荧光之中。

"先生，有客来访。"

"这个时候了，会是谁？"

"他说他名叫因沙贝尔，先生。审讯员拿图恩·因沙贝尔。"

因沙贝尔正在我的藏书馆等候。

"你好，审讯员。管家给你上点心了吗？"

"我不需要，长官。"

"很好……不知道你来访的目的是？"

因沙贝尔不过二十五岁年纪。他抬手将浓密的金发刘海拨到脑后，一双眼睛犀利地注视着我。"我已经无处可去……罗本已经牺牲……"

"愿帝皇赐他安息。我们会怀念他。"

"长官，您可曾想过，倘若有朝一日您战死沙场，这里会是什么样子？"

这个话题让我感到错愕。实话实说，我从没考虑过这个问题。

"我没想过，因沙贝尔。"

"后果非常可怕，长官。作为罗本的高级助手，我负责清退他的组员，并处理全部资产和情报文件。我必须将罗本的遗产做好清算。"

"我确定这对你来说不是什么难事。"

他露出一脸苦笑。"谢谢您，长官。我本想去找您，请求您收留我。我向来立志成为一名审判官。我的导师已经身故，而我听说您的审讯员……"

"确实如此。我对麾下成员自有安排。我——"

"审判官艾森霍恩，我来这里绝不是为了请求您收我作弟子。正如我所说，我有义务清算所有罗本留下的遗产。这就意味着我必须按时完成他的死亡病理报告的授权归档工作。审判官罗本是被一台异端灵能者操纵的装卸机仆杀死的。"

"所以？"

"所以为了完成证明文件,我必须逐一审查伊萨哈顿的死亡证明,并确定凶手的作案动机。"

"这是常规流程。"我附和道。

"没错,但那份死亡证明非常简略。伊萨哈顿的尸体被焚为灰烬。和普通人一样,他的身体被等离子武器轰击之后剧烈燃烧,唯一能够辨认的是一双脚和脚踝上的皮肉。那是唯一的残骸。"

"然后呢?"

"在残存的脚踝皮肉上,我居然没有找到圣锤的徽记。"

"什么?"

"我不知道审判官莱科那晚在朗格宫击毙的是谁……但那绝不是伊萨哈顿本人。"

第八章

第九章

六周后的伊肯

与方特会面

夜幕下的利刃

长着两个头的看守正坐在肮脏的酒吧门前，歪着一个长满虱子的脑袋盯着我们；另一个脑袋一边抽着暗影烟，一边眺望远方。

"走开，这不是你们的地盘。"

黏稠的雨水透过破烂的雨篷落在我们的头顶，我觉得在雨篷下等候毫无意义。我向同伴点头示意，他拉高了帽檐，向看守眨了眨几对畸形的眼睛，两排眼窝从他的面颊一直延伸到苍白的脖颈。我掀开身上湿漉漉的斗篷，露出了右侧腋下的额外袖子，袖子里伸出了一条臃肿的瘤状触手。

看守从凳子上站了起来，一个头昏昏欲睡地点了点。他体形魁梧，和欧格林人一样高大，滑腻的皮肤上布满文身。

"哼……"他咕哝着，一瘸一拐地在我们四周踱步，上下打量我们，"没准你们可以进去。你们闻上去可不像怪种。好吧……"

我们走进酒吧，沿着漆黑的楼道走进了夜总会的房间。房间里烟雾弥漫，伴随着一种叫做"重击"的刺耳到失真的音乐。灯桶是用红色的玻璃板制成的，一切物体都散发着红光——这里就如同地狱般的沼泽，此情此景让我不禁想起疯狂的天才画师奥玛梅提亚笔下的诅咒油画。

畸形、变异和混血的变异人沆瀣一气，他们有的在赌博，有的在酗酒，还有的在载歌载舞。在一块高高隆起的舞台上，一个浑身赤裸、胸脯高耸的女孩正在跳舞，但她没有眼睛，原本应该是肚脐的地方长着一张咧开的嘴，跟随"重击"的节拍在旋转。

我们走到吧台，那是一块硬木制成的曲面，表面沾满了尘土。吧台上方打着明晃晃的白色灯光。吧台酒保是一个浑身肿胀的家伙，双眼充血，一张嘴就露出满口黏稠的烂牙，一条漆黑的酷似蛇信的长舌在牙缝之间盘绕。

"嘿，怪种。来点啥？"

"两杯那个。"我指着一名女服务员手中托盘上看似清澈的酒精饮品。如果不是皮肤上长满了鹅黄色的倒刺，她应该会是个美人。

怪种。我们在这里都相互称作怪种。对变种人而言，"变种人"的称呼反而是个带有歧视性质的词汇。他们热衷于用帝国最下流低俗、最有市井气的俚语来称呼自己，并将其视作荣誉的象征。这是一件值得骄傲的事，是任何底层民众的共性。没有灵能的变种人常常自称"钝刀子"，而那些身材瘦高的希尔万人则自称"长棍"。如果你用脏话称呼自己，那就不算是脏话了。

伊肯星的劳动法允许怪种们在农业加工厂和酿酒厂担任临时劳工，前提是他们必须遵守当地政府的规定，住在位于伊肯主巢最外沿的棚户区，而且必须经过严格的审批。

啪的一声，酒保将两只沉重的酒杯拍在柜台上，然后拿起喷口瓶，倒了一满杯谷物酒。

我抛过去两枚硬币，伸手去取饮品。

那对充血的双眼斜睨着我。

"这是啥玩意儿？帝国硬币？你在搞啥花样，怪种？你知道我们从不用这破烂做交易。"

我一愣，用余光扫向隔壁的柜台，这才发现其他客人都在用工厂授权的代金券或最常见的废弃金属付钱。他们一个个凶神恶煞地盯着我们，满脸怒意。这实在是一个常识性错误，我们就快露馅了。

我的同伴向前欠了欠身子，呷了一口酒水。"你恼啥，怪种？我俩怪种挣了点黑钱，得罪你了吗？"

酒保笑了笑，黑色舌头上下打颤。他用手掂量着硬币。"我可没恼。只要这钱是你们自己挣的，那就收。我只是提醒你们别到处显摆。"

我们提着饮品离开吧台，找了张小桌子。我们花了六周时间才抵达伊肯星，我迫不及待地想找到线索。

音乐的节奏出现了变化。另一首"重击"乐从地板下方的扬声器中传出，这种音乐在我耳中与变着花样敲打物品没有区别。但现场的人纷纷鼓掌欢呼起来，似乎对这首"曲子"青睐有加。那名用肚皮咧嘴笑的裸女换了一个方式扭动起来。

"我总觉这种事情还是得交给你们做。"我低声对同伴说。

"你扮得挺像的。"

"你恼啥，怪种……看在帝皇的分上……你这话是和谁学的？"

"你没和怪种打过交道？"

"没这么打过交道。"

"那我猜你也不爱听基因杰克的重击乐了，怪种？"

"再这么说话我就给你一枪。"

哈伦·纳尔咧嘴一笑，随后眨了眨十六只眼睛，假装受到了冒犯。

"喝一杯，怪种。如果那个人不是方特·马斯狄克，我就把所有的眼睛都挖出来。"

"哦，让我瞅瞅。"我低声说着，一口喝光了杯中的酒，"让我们举杯痛饮，再斟一杯！"那杯烈酒入肚，灼烧着食道，我被刺激得龇牙咧嘴，随后从豪猪女郎的托盘上又取过两杯饮品。她大摇大摆地从我们身边走开了。

方特·马斯狄克和他的朋友坐在一个侧面隔间中。经过几轮辐射突变，他的体形已经十分臃肿，五官异常肥大，健硕的肌肉表面满是褶皱。他耳朵上的皮肤严重皲裂，像两把磨损严重的蒲扇，多肉的鼻子微微下垂。尼安德特式的额头后点缀着一缕极不协调的红色发辫。

他眼窝深陷，眼眸中满是漆黑。

而且满是黯然，我想。那是极其深切的悲伤。

他正端着一只巨大的酒杯痛饮，用下垂的鼻子从杯中吸吮。他的嘴唇因为满口的獠牙而扭曲变形。一名长着多余手臂的变种人女性坐在一旁，一手握着酒杯，一手夹着暗影烟，一手拨弄着化妆品，一手在桌子底下做着显然让方特十分享受的事情。

我们向他走去。

方特的保镖立刻起身阻拦。一个是头上长角的野兽人，另一个怪种则顶着巨大的头颅，那头颅看上去就像用满是褶皱的头巾包裹住的硕大眼球。两个人都将手伸进了长袍口袋。

"怪种们，今晚过得如何？"

"挺好的。不想惹事，只想和方特谈谈。"纳尔说。

"那不可能。"大眼睛说，他的声音似乎是从衣服里面传出来的。只有帝皇才知道他的嘴长在哪儿。

"我也这么想，不过我们能给他介绍点挣黑钱的野路子。"纳尔丝毫没有示弱。

"放他们进来"方特说，他的声音从人造发声器官中传出。那是一台植入人体的通信设备。很少有怪种能买得起这样的设备。毫无疑问，方特在这一带混得风生水起。

两名保镖让到了一边。我们走进隔间坐了下来。

"继续。"

"怪种，我们想参加阿尔法脑力奴隶的黑市。我们听说你搞到一个。"

"听说？从哪儿听说的？"

"周围的人。"纳尔说。

"啊哈，你们是什么人？"

"只是两个挣钱的怪种。"我说。

"当真？"

我们沉默片刻，方特又点了几杯饮料。那个女人正在一边梳理头发，一边化妆。她的一只手伸到了我桌下的膝盖上。

她冲我抛了个媚眼。

不过那只眼睛长在她的舌尖。

"我的货物不是阿尔法级的，怪种，是阿尔法以上级的。"

"否则我们才不会来哩，方特！我们会给个好价钱！"

"你们愿意给多少？"

纳尔将一锭金子扔到了桌上。

"十足金。我们有的是金条。所以，黑市在哪儿？啥时候办？"

"我得找人商量。"

"好吧。"

"我该怎么和你们联系？"

"怪种安眠旅馆。"

"那就好好睡吧。没准我会派人找你们。"

我们与方特的会面告一段落,回到舞台附近的桌子旁。我们又多待了一会,尴尬地欣赏着那个肚皮上长嘴的女孩的不雅表演。

大约一小时后，我们看到方特和他的爪牙们从侧门离开。"我们走吧。"我说。我们喝光了酒站起身。纳尔递给豪猪女郎一把硬币，拍了拍她的屁股。她身上的倒刺竖了起来，但脸上却笑得很开心。

我们离开时，看守并没有用任何一个脑袋关注我们。我们脱离对方视野的一刻，在一个沉闷酒吧间的门廊拐角处，我递给纳尔一个黄铜注射器，我们很快就将体内残留的麻醉神经的酒精全部清除。

尽管夜深人静，我们头顶却亮如白昼。伊肯星的环形照明系统内侧的巨大弧面在太阳的照射下折射出夺目的光芒，如同镶满钻石的铂金手环。

棚户区的主干道实际上是一片泥沼，表面满是积水，布满了往来车辆留下的车辙。斑驳的人行道残破不堪，沿着破旧肮脏的建筑物边缘延伸。街道的水坑折射出路标和街灯的光芒。

棚户区西侧，主巢建筑的屋脊在星光的映衬下蜿蜒起伏，如同一座用无数小灯装点的荒山。东侧是农产品加工厂和酿酒厂。烟囱和厂房相互堆叠，酷似堆积如山、污秽不堪的菌群，源源不断地将棕色的浓烟与焦黄色的废气排向天空。

南侧是一片茂密的平原农场，隔着很远能看到几台巨型收割机发出的灯光。它们是由多个结构组装在一起的庞然大物，状似甲虫、大小近似小型星船的机器在用巨大的下颚啃咬着绿地，并通过消化管道般的巨型内置管道传输到收割机体内。排气管如同脊椎般排列在它们的背后，不时喷吐着废弃的蒸汽。雾化的植物汁液被喷射到大气中，随后凝结为雨滴下落。变种人的棚户区的一切都沾满了植物汁液。浓稠的雨水如同糖浆，街面上的积水坑也是黏糊糊的。排水管发出砰砰坠地的声音，而不是普通的流水声。到处都是正在分解的植物纤维和液化纤维素散发的恶臭。

"你觉得他上钩了吗？"我问。

纳尔点了点头。"你能看得出他确实很感兴趣。黄金在伊肯星上十分罕见。我给他看那锭金子时，他眼睛都发亮了。"

"不过他一定会核实我们的身份。"

"当然了，他是个精明的商人。"

我们沿着街道继续前行，头顶的兜帽沾满了黏滑的雨水。我们四周有几个变种人，他们穿着臭气熏天的破烂衣服，蹒跚地走在路边。有些人围坐在火盆四周的门口，有些人则聚集在昏暗的通风口里避雨，分享着同一根暗影烟的烟斗。

大街上响起了嗡嗡的汽笛声，纳尔带着我走到巷子尽头。一辆配备黑色装甲的兰德速攻艇停在路边，车上的格栅射灯格外扎眼。

我看到兰德速攻艇侧面的主巢法务部徽记，一名身穿铠甲的军官坐在速攻艇顶部的舱门处，手中握着聚光手电。

几道光束从我们身边穿过。伴随着警笛声，我们听到了扩音器里传出的声音："出示证件和凭证，你们五个。快！"

一群怪种发出了不满的咕哝声，在聚光手电的照射下不情愿地走上了街道，警官们跳下速攻艇，将他们控制住，并用检测系统检查他们的基因指纹。

然而我们却不能经过这样的检测，否则我们作为变种人的潜伏身份就会暴露。我的证件足以快速通过任何审判庭机构的重重检查。但它也极有可能打草惊蛇，莱科必定会发觉。

我必须确保这次任务完全隐秘。没有人会从任何官方渠道得知我们在这里的行踪。埃莫斯已经做了一系列机密审查，同样没有找到莱科的踪迹。但这本就在意料之中。我也推测主巢的警察系统已经被他破解，一旦识别到审判庭的行踪，系统就会直接向他报警。

纳尔和我在下一个路口向西走，出租屋和工厂厂房组成了大大小小的街巷和通风口，仿佛是一座巨大的迷宫。我们选择了一条交错复杂、远离主路的岔道，朝怪种安眠旅馆的方向行进——这条路线十分偏僻，始终被法务部的巡逻队忽略。

事实证明，这条路线反而给我们带来了不少麻烦。

起初十分顺利。一个衣衫褴褛的侏儒突然钻到我们身前，像推销员一样咧嘴怪笑。他摊开双手，做出了类似屈膝行礼的动作。"怪种，我的怪种朋友们……给我们这些倒霉蛋几块帝国硬币当买酒钱吧。"我听到纳尔说："今晚不行，怪种，一边去。"

我感到一丝不安。倘若这些无赖没在酒吧见过我们，并且一路跟踪，他们是怎么知道我们带着帝国硬币呢？

他的同伙从我们身后昏暗的雨幕中走了出来。

我用意念将"闪避"这个词用力投射到纳尔的脑海中。

一根巨大的钉刺武器向我们的头部砸来。好在我们闪避及时,武器划破空气,呼呼作响。

那个拦住我们去路的侏儒对着我破口大骂,那是我听过的最下流的咒骂。他抽出了一把带有护手的双刃匕首。

他抬手向我刺来,我抓住了他的手腕,另一只手劈断了他的胳膊,将他一脚踢飞到附近的栅栏里。他痛得大声尖叫。

"老大,快躲!"我听到纳尔的喊声,耳旁的重器已然砸落,连忙低身在泥泞中翻滚。那根钉棍砰的一声砸进了泥潭中。

那是一根十分粗重的木槌,上面钉着几十颗钉子,钉子之间还镶嵌着锋利的刀片。

握住钉棍握柄的爪子大得惊人。对方是一个浑身绿色的巨型怪物,看上去将近200公斤重,身上密密麻麻地覆盖着肿胀的鱼鳞和骨质甲片。他只穿着一条破旧的蓝色裤子,用一条红色的绑带固定在腰腹间,看上去竟有些滑稽。

他再次举起钉棍,向我猛击,我不得不俯下身子,翻滚逃脱。

纳尔正在与另外两人搏斗。对手一男一女:女性打手身穿黑色皮衣,长着诡异的马脸,她的口鼻因为变异融合在一起,发出咆哮的同时不住地流淌出涎水;男性则身材高瘦,脸上的骨头和软组织严重变形。

女打手双手各持一把镰刀,高个子男人手持钉锤,钉锤顶端固定着两根支柱,上面分别镶嵌着两枚生锈的锯片。

纳尔抽出了锯齿短剑和单手战刃,抵挡着两人凌厉的攻势。

动力剑、爆矢枪或卡宾枪……任何一件称手的武器都足以立刻结束这场不必要的遭遇战。但我们先前已经约定不携带任何过于招摇的武器。棚户区的技术水平很低。等离子枪或许能快速解决对手,但毫无疑问,关于这些武器的消息会快速流传开来。

鳞片巨人再次向我扑来,为了躲避他的挥击,我从腐朽的栅栏板上一跃而下。我发现自己正躺在一家丑陋的租户后院的废墟里。楼顶的一扇窗户亮起了灯,有人被噪音惊醒,一边咒骂,一边朝我扔来石块和残羹剩饭。

那个巨人走来,挥舞着手中的钉棍。漆黑的钉齿和刀片上沾满了凝固的血液。

他尾随我走进了后院，再次朝我挥击。

"住手！"我动用意志之力，发出了命令。他立刻僵立在原地。屋顶上的咒骂声和乱抛的杂物也戛然而止。

他需要相当长的一段时间才能恢复自己的意识，并重燃怒火。我迈步上前，用一记侧勾拳猛击他鼻子的位置。拳头砸落的瞬间，传来一声骨头裂开的声音，鲜血四溅。

那个巨人断裂的鼻骨被砸进了大脑，轰然倒地。

纳尔面对这场不公平的决斗似乎乐在其中。他嘲讽着对手，一边用短剑拨开横刺过来的镰刀，一边用战刀弹开钉锤猛烈的劈砍。我见他旋转着身体，一脚踢在男打手的小腹上，将他踢飞，随后拧过身，全神贯注地盯着那名愤怒喘息的女打手。

更多的人从夜幕中走来。

三四个面目丑陋的变种人劫匪，穿着破衣烂衫向我们包围过来。

我向纳尔发出警告，抽出黑火药手枪。那是一件十分笨重的古旧武器，是我从前端星的黑市上买来的，但即便如此，我还是需要把这把枪改装得更加简陋——用一块木料替换掉原本精细雕镂的外壳，这才勉强和伊肯星技术水平持平。

好在这把枪的内部接卸构造状况尚佳。我扣下扳机的瞬间，伴随着嘶嘶的点火声，枪口轰然作响，后坐力让我手腕发麻。一颗弹丸旋转着从枪口射出，轰进了距离最近的那名怪种的前额，随后从他的后脑飞出。

但这是一把单发手枪，我根本来不及装进第二枚子弹。

剩下两名匪徒向我直扑过来，另一人则加入了与纳尔的搏斗。

我抡起手枪的圆形枪托砸断了第一个人的牙齿，随后弯腰避开了第二个人刺来的破绽百出的一剑。

我退后一步，抽出了自己的刀刃——那也是一柄剑，虽然比我的对手短了整整十厘米，但锻造的工艺更加精良，装配着用金属丝线缠绕的握柄和护手。

我们刀剑相交。对手的剑术不错，都是被下巢都的喋血生活磨砺的结果。但是，我……经历的磨砺远超他的想象。

我用"乌撒式"和"逆乌撒式"左右格挡，对方显然被震慑住了。随后

第九章

我用"佩尔甘式"和"逆佩尔依纳式"连续递出四剑，以一手迅捷的"塔恩维拉式"变招将他手中的剑刃弹飞。

最后是"厄尔卡式"，我的剑尖径直刺穿了他的躯干。他在被刺中的开始一秒面带困惑，随后一头栽倒，我顺势抽出了剑身。

那个被我打断牙齿的怪种同伙啐了一口血，向我直逼过来，我横扫剑锋削下了他的头颅。卡瑟人认为横扫是一种十分怠惰的攻击方式，因此更加注重用剑尖突刺杀伤敌人。

但这时候谁顾得上呢。

纳尔挥拳打死了第三名袭击者，当我转过身时，他已经用那柄短剑锁住了女打手的镰刀，并用作为主武器的战刀刺穿了她的身体。

他也转过身，将那柄鲜血淋漓的短剑举在鼻子前对我致意。我也举剑回礼。

警笛声中，一辆法务部的警车从不远处的巷口急速驶来。"该走了。"我招呼纳尔。

"我以为你们都死了！"贝坤看到纳尔和我匆忙地走进怪种安眠旅馆的房门，忍不住抱怨起来。

"我们回来的路上找了些乐子。"纳尔说，"别担心，利兹。我把咱们的老大安全带回来了。"

我笑着从桌上取过一瓶阿玛斯克酒。贝坤痛恨别人叫她"利兹"。只有纳尔有这个胆量。

埃莫斯警惕地趴在窗口。不知什么缘故，他穿着变种人的褴褛衣服似乎显得很合身。

"真是蹊跷的扰动……法务部的人怎么来了？"

"什么？"

纳尔也走到窗口前。

"埃莫斯说得没错。外面停着三辆兰德速攻艇。有几名警官正往我们的方向走来。"

"藏好，马上！"我命令道。

埃莫斯佝偻着身子，一路小跑着穿过侧门，一头钻到了隔壁房间的床上。纳尔跌跌撞撞地飞奔到了紧邻的卫生间，抄起一只漱口杯，口中发出干呕的声音，假装正在呕吐。

伊丽莎白惊恐地看着我，满脸不知所措。

"上床来！快点！"我命令道。

法务官一脚踹开了房门，用手电筒照亮了床铺。"巢都法务部！你们是谁？"

"怎么回事？"我一边问，一边拽了拽毛毯。

"街头斗殴，还发生了命案……目击者说凶手往这里跑了。"法务部警官说着向床边走来。

"我整晚都在这儿。我和我的朋友们。"

"他们能替你作证吗，怪种？"警员举起武器，一脸警惕。

"发生什么了？灯光太亮了！"贝坤说着，从那条满是灰尘的毯子里探出身。不知什么时候，她已经神不知鬼不觉地脱光了衣裙，只穿着内衣贴在我的身上。

"你们要干什么？居然对一个女孩做这种事？真不要脸！"

警官悻悻地用手电上下打量着她紧贴在我身上的身体，而我脸上则挂着所有健全男性都会露出的侥幸、痴呆的笑容。

警员关掉了灯。"很抱歉打扰您了，女士。"法务官关上房门，随后赶往别处。

我低头看着贝坤，挤了挤眼。"不错的即兴发挥。"我说。

她从我身上一跃而起，顺势捡起了衣服。"别想那些有的没的，格雷戈！"

说实话，这些年我经常会想"那些有的没的"。贝坤始终美貌出众，极具诱惑力，但她是一位不可接触者。我只要稍微靠近她就会感到痛苦，那是一种切肤之痛。

我最不愿承认的事实是，我内心深处渴望与贝坤在一起。但这根本不可能发生，永远不可能。

这是我一生中最大的悲哀。

在我狂妄自大的内心深处，我希望这同样令她感到悲哀。

我躺在床上看着她穿好衣裙，感受着汹涌欲望带来的无边痛苦。

没有办法能让我们真正地相爱。整个银河都没办法。

她是个不可接触者。我是个灵能者。

我们之间只会诞生痛苦与癫狂。

第九章

第十章

关于莱科的思索

大荒地

最高出价

　　破晓时分,暴雨再次笼罩着变种人凋敝的城镇。半空中雷电交加,蒸汽和雨云被旋风席卷成一团,杂物飞溅,将地砖和门窗敲打得哐当作响。风雨过后,薄雾重新笼罩,寂静的街道上只剩下窸窣的虫鸣和滴答的水声。

　　纳尔一早就和埃莫斯出了趟门,从街对面的变种人商铺买来了纸筒包装的热乎乎的餐食——当地的不少商铺都被改造成了专门为工厂换班工人服务的外卖店。两人带着食物归来时,因沙贝尔和胡斯曼也走进了餐厅,他们昨晚似乎并没有被法务部的人惊扰,一直睡到天亮。

　　我还没有正式向修会发出接纳因沙贝尔为团队成员的申请,但他此刻是我们当中的一员。我认为他理应参与这次行动,这既是为了罗本,也是为了他自己。他毫无保留地将关于伊萨哈顿的情报交给了我。团队中很少有人用职位称呼他——在我们的潜意识中,审讯员这个称谓始终和拉文纳紧密相连,这在短时间内无法改变。但因沙贝尔却很好地融入了团队。他十分聪慧,谈吐风趣又不失有益的思辨。他为我创造的价值已经远远超出了冯·拜戈。

　　杜吉·胡斯曼最初是家乡茶隼星的一名猎皮人,后来遇到了哈伦·纳尔。当时的纳尔还没有加入我的团队,过着赏金猎人四处缉凶、颠沛流离的生活。八年前,我在纳尔的推荐下招募了胡斯曼。事实证明,他是一位足智多谋、迅捷矫健的战士。虽然有时显得神神叨叨,但他有着高超的寻路技巧。纳尔亲自从我的部下中挑选他作为本次行动的一员,我认为这个选择十分明智。

　　胡斯曼个头中等,身材纤细,有着古铜色的肌肤,一头白发,留着山羊胡须。他和我们一样,抵达伊肯星之后就换上了变种人褴褛的黑色长袍。他顾不上拆开埃莫斯从商铺带回来的一次性木叉,而是迫不及待地用手指从纸筒里拿出热腾腾的食物。

我看似漫不经心地挑起一块食物，心中默默盘算着我们与莱科的距离。

莱科是个彻头彻尾的蠢货。倘若莱科略施手段，或有意掩盖，朗格宫草坪上被烧死的人并非伊萨哈顿这件事本可以被掩盖得毫无痕迹。况且他还可以对外宣称这是误杀，是异端灵能者另一个阴谋的得逞。

但莱科偏偏逃跑了。我不知道他逃跑究竟是出于恐惧还是另有图谋，但逃跑的行为无异于认罪。

在因沙贝尔连夜警告我其中有诈的当晚，我就拜访了莱科位于十号巢都尖塔顶层的住处。但他带着所有的部下连夜逃离了。他的住处遭到了遗弃，空空如也，只剩下毫无价值的垃圾。

我立刻着手安排部下追查他的踪迹，这将是一项十分艰巨的任务，因为暴乱发生后，整个行星的数据访问系统都出现了故障。我同时决定独自追缉莱科，并没有提前通报审判庭。或许你会认为我的行动过于鲁莽，不顾后果。某种程度上，你说得没错。但莱科是一位久负盛名的审判官，口碑极佳，左右逢源。倘若我堂而皇之地向审判庭汇报这次行动的前因后果，并向高层告发他窝藏了一名罪恶滔天的异端灵能者，这些消息很难不传到莱科的耳朵里，而与他交往甚密的其他同僚也极有可能出面阻拦。

当然，这些朋友包括赫尔丹和康茂德·沃克。他们在多尔森的征战中建立了深厚的友谊，并齐心协力一举创下俘虏三十三名灵能者的壮举。如今看来，那些"英雄"之举是多么地空洞无力。早在罗尔金领主向我展示报告时，我就大受震撼。但如果莱科与伊萨哈顿秘密勾结，或许"俘虏"本身并不是难事，甚至是提前写好的剧本。或许一切都是整个精心酝酿的阴谋的一环，其目的正是现在特雷锡安主巢的大规模暴动。

这些问题至今仍然没有答案。我无法真正证明莱科的腐败，即使是现在也会因为没有确凿证据而反复怀疑他是否真的有罪。在多尔森和朗格家族的宫殿里，或许他只是一枚遭人利用而不自知的棋子；或许他一直都是幕后的主使；或许他撤离特雷锡安只是一个被我误解的无心之举，审判官秘而不宣而采取的重大行动并不鲜见。

甚至还有一种可能：他在事后也发现了骗局，并决定迅速采取行动弥补自己的失误。他有可能为此感到羞愧，而选择避开众人的目光，独自行动。

有太多可能了。我必须做最坏的打算，以确保万无一失。我认为莱科是有罪的，只是参与深浅的问题，所以决定追查他。如若他真的是为了将功补过，正全力追缉伊萨哈顿，至少我也在正确的方向上。

我不能告知审判庭，更无法与沃克或赫尔丹说明情况。一切都扑朔迷离，以至于我甚至不确定他们两人是否也牵涉其中。

在决定追踪前，我们获取的与莱科有关的线索错综复杂。我不打算在这里讲太多的细节。这些线索唯一的帮助是给我带来数不胜数、枯燥乏味的文书工作，而处理文书通常是一个审判官生涯里最惬意、舒适的时光。简而言之，我们搜索并处理了莱科的语音通信日志，并调用了当地星语庭的全部广播档案。我们检查了船舶调用、轨道交通、离港清单和货物流通记录。我在大街小巷安插了几十名探员，负责监视最重要的地点，并调查各地的交易站；我从朋友和熟人处旁敲侧击地打探，也曾联系老死不相往来的对头。在莱科遗弃的公寓中，我还用追踪器和猎犬搜寻了一切可能的线索。我甚至将信息素检索代码录入到大量机仆的颅骨存储器中，并将它们投放到各个港口和轨道服务站。

我有超过一百名部下，其中多数人都是经过特殊训练的猎手、研究员和监听员，但我发誓，光是这些数据本身就足以让我们脑力耗尽。

倘若没有埃莫斯，我们的努力注定会付之东流。我的老学者云淡风轻地接受了挑战，面对令人发狂的数据泰然自若，丝毫不知疲倦。他的头脑沉浸在堆积如山的报告和图文影像中，每小时就能进行数千次交叉分析——对我而言，任何一次分析，不用编码引擎或数据图表都几乎不可能完成。

他都这把老骨头了，居然还乐在其中。

线索接二连三地浮现。一批神秘的货物被长期存放在八号巢都货舱内——款项由莱科名下的众多账户中的一个借记账户支付。在远巢贝塔海岸商业港口的海关大厅，我们发现了一段长达两秒的信息素记录。由内政部安装在主巢都街道上方的一个摄像机捕捉到了一张模糊的照片。

某个航班的乘客在离开行星之前，在空港之间反复进行过不必要的转机，似乎在有意逃避事后的追查。

然后是最关键的线索：在一次对货运商品的例行税务检查中，出现过灵能屏蔽设备的出口记录。这些记录前后矛盾，掩饰的手段十分拙劣，显然是第一星港的码头工人在受贿后仓促编造的结果。与此同时，一艘名叫"融汇号"的行商浪人的商船在高锚点挺高的时间比批准时间超期了一天，随后突然改变了航行计划。

这艘船并没有按照原计划长途跋涉到乌苏里达礁，而是调转方向，途经前端星，前往伊肯星的变种人农场。

第十章

黎明刚过，外面就响起了敲门声。我示意除了纳尔以外的所有人躲进隔壁的房间。贝坤和因沙贝尔留了个心眼，将食物用纸筒包好，只留下两人份。我走到窗前，纳尔则在椅子上坐好，将手臂随意搭在椅背上——这是为了让进来的人看不到他手中握着的自动手枪。

我仔细检查，确保两人的变种人伪装仍然奏效，随后说："进来吧。"

那扇门开了，怪种酒吧的豪猪女郎大摇大摆地走了进来。她穿着雨衣，浑身都是晶亮的雨滴，进屋后掀起兜帽，好奇地看着我们。

"不用着急，怪种。"她说。

"你有什么事吗，甜心？还是昨晚在酒吧见了我就对我念念不忘？"纳尔露出了色迷迷的笑容。

女郎却皱起了眉，头上的尖刺高高竖起，摆出了威胁的姿态。

"我给你带了封信，你们应该知道是谁的。"

"方特？"

"俺不说是谁，就负责送信。"

"好吧。"

她将手伸进衣袋，取出了一只技术落后的破损跟踪器。她轻巧地托着机器，用拇指拨动旋钮，给我们看了看上面闪烁着的绿色信号灯，随后关掉机器，咔哒一声将它丢在掉皮的桌面上。

"有一场拍卖会。很多人会参加，所以要多带些金子。他说多带些。"

"哪儿？什么时候？"

"第二次轮班的时候，在大荒地。那个东西会给你们带路的。"

"就这些？"我问。

"只有这些信息。"她走到门口，似乎有些犹豫地说，"你们是不是应该给点辛苦费？"

我将手伸进上衣口袋，掏出一枚大面额的帝国硬币。

"你收这个吗？"

她眼前一亮。"我啥都收。"

我抛出硬币，她伸手接住。

"谢谢。"她说着走出门。随后回头看了看我们，仿佛我的慷慨解囊改变了她对我们的看法。

悲哀的是，在这个生活艰苦的地方，慷慨足以改变一切。

"别信他的话。"她出于好意地提醒了一句，随后关上门离开了。

"大荒地"是当地人对机械收割后剩下的大片空旷农田的称呼。在收获的几天后，那些残留的植被将进入再生，这也得益于伊肯星上植物旺盛的生命力与繁殖速度。在任何时候，主巢都周围的农田里都有几千平方公里的粮田。

我们随着跟踪器的信号向南走，踏上了刚刚完成收割的废弃田地。

正午时分，也就是豪猪女郎所说的第二次轮班的时间。我们花了两个小时，抵达了目的地。

除了我对莱科的推测外，事态依旧没有进展。纳尔四处打探，了解到方特·马斯狄克是当地的奴隶贩子，并且特别擅长交易灵能者。但是莱科为何要利用他？为什么莱科要卖掉伊萨哈顿？

埃莫斯曾经指出一个关键的问题，既然伊萨哈顿已经完成了他的任务，那么将伊萨哈顿转手卖出或许是整个计划的最后一步。我不禁怀疑莱科是否真的能够掌控局面。如果他能在阴谋得逞后将异端灵能者直接革毙，又为什么要卖掉他呢？更何况还要千里迢迢地来到这里。因沙贝尔则认为，或许莱科只是急于甩掉灵能者这个累赘，因为他对伊萨哈顿心生惧意。

事实上，我已经有自己的推断。莱科将伊萨哈顿送到伊肯星必定有其他目的，而通过方特安排这场拍卖会，只是为了逢场作戏，吸引那些暗中追踪他的人。

事实证明我的推断是正确的。我对此并不惊讶。换做是我，也会采取同样的计谋。

大荒地是一片散发着刺鼻气味的废弃农田。前一天晚上的浓雾尚未散去，我们的可视范围十分有限。眼前尽是破败之景，随处可见剖开的枝条、碎裂的植物杆茎、破裂扭曲的根块、被收割机压裂的土壤。巨型收割机在地面留下人腰粗细的车辙，地表的植物纤维和土壤被挤压得平平整整，如同玻璃表面一般平滑，仿佛被凝固在肉冻里。

空中的雾滴浸润着植物汁液，所有东西的表面都爬满了虱螨和风暴虫。它们在空中成群结队，密密麻麻地吸附在我们身上，我们隔着衣服都能感觉得到。

行动中，尽管我们都穿着变种人的伪装，但我们都荷枪实弹，并穿上了最坚固的护甲。黑火药手枪和普通刀剑已经不再能满足我的需求。我穿着贴身铠甲，带着我的动力剑和爆矢枪。其他人也都全副武装。如果我们的身份暴露，就必须殊死一搏，而保持伪装的优先级会降到最低。

我们向南走了10公里，隔着弥漫的浓雾，我们还能听到收割机运作时发出的切割和撕裂之声。每隔几米就会发现一块血迹斑斑或毛茸茸的肉团，那是没能逃脱收割机锋利刀片的啮齿动物的尸体。

"我原本以为。"因沙贝尔说，擦了擦脸上黏稠的汗水，"这些野生动物现在已经习惯了农产工厂的环境，至少应该懂得怎么躲开收割机。"

"有些动物从来不知道学习。"胡斯曼喃喃地说，"尤其是涉及生存资源的时候。"

"他指的是食物。他永远都在讨论吃。"纳尔笑着对我说，"对杜吉来说，大自然里的一切都和吃饭有关。"

"根据工厂的统计数据，"埃莫斯开始发挥了，"每一个标准农田空间中就有40亿只田鼠。在收割机到达前，它们会成群地逃窜。刚刚这段路程，每隔22米就能看到一具老鼠的尸体，这表明只有2.2%的老鼠不幸死在了刀片之下。这也说明绝大多数都成功逃脱了。它们要比你想象中聪明得多。"

他这才发现大家都停下了脚步，盯着他看。

"怎么了？"他问，"怎么了？我只是表达一下观点……"

"老家伙喜欢数学和统计,而我更爱女人。"纳尔仍然学着变种人的语气对贝坤说。

"我真不知道更该为你们两人中的哪位感到遗憾。"她评价道。

胡斯曼脚步放慢,举起豪猪女郎给我们的跟踪器,左右摇了摇。随后他又使劲拍了拍机器。

我们艰难蹚过植物纤维表面,跟上了他。

"有麻烦了?"我问。

"这破玩意……太旧了。"

"让我看看。"

胡斯曼将仪器递给我。那可真是一块地地道道的破烂。从出厂至今恐怕不知道因为失灵被人拍打了多少次,依靠一枚可怜的电池勉强运转。我思忖片刻,不得不承认莱科是个心思细腻的对手。一个不可靠的追踪器让这个陷阱看上去更加真实。倘若方特送给我们的是一台崭新的、动能充沛的装置,那就无异于一封愚蠢的书面邀请,开头写着"追捕我的人,请来杀我吧"。

我晃了晃那台设备,指示灯又恢复了运作。这机器刚好能让我们放松警惕,自投罗网。

"那边。"我指着前方。

时间已经接近晌午时分。日上三竿,但浓雾仍未消散。我们沐浴在温暖而朦胧的鹅黄色日光下。追踪器显示,我们距离拍卖现场只剩下半公里不到。

"敌人对我和纳尔都有所防备,所以我们得带上贝坤一起。"我需要一名不可接触者。"因沙贝尔和埃莫斯向东,胡斯曼向西,你们守在附近随时响应。除非收到我的命令,千万不要贸然闯进拍卖场。明白吗?"

三人一齐点头。

"如果你们发现异常,就用格罗西亚暗语汇报,尽量简短。开始行动。"

拿图恩·因沙贝尔抄起激光卡宾枪,与埃莫斯一起沿着收割机留下的宽阔车辙向东方移动,车辙上隐约还能看到巨大的田鼠被碾碎后留下的残留尸块。胡斯曼包裹着棉布的激光步枪也已经上膛。他向右飞奔,很快就消失在迷雾中。

"走吧？"我对贝坤和纳尔说。

"您先请。"纳尔咧嘴笑道。

我拨开语音通信器，用格罗西亚暗语发出了最后一个命令，随后艰难地在荒地残存的低矮树丛间跋涉。

方特的人已经用火焰喷射器清理了荒地沼泽的大片区域。我们隔着几十米就能闻到烧焦的植物纤维的气味。

雾气依旧浓密，但我能辨认出停在漆黑的空旷地面上的几辆作物运输车、飞艇和速攻艇。不少人围着载具忙碌。

"你能看到什么？"我问纳尔。

他又习惯性地玩弄着电磁镜片的边缘。"方特……和他的怪种部下。那个长角的家伙，还有那个眼球怪胎。四周还埋伏着十几个打手，有些人的潜伏技巧相当高明。至于潜在的买家，我判断，大约有三个……不，四个买家，全部来自巢都，都配备了保镖。有十六人。"

我拉起头顶的兜帽。"走吧。"

"现场周围都设了警报器。"

"我们去触发它们。这不就是警报的作用吗？"

警报是一根脚踝高的钢丝绳，被绑在残留的茎秆之间。每隔一米左右，就有一只风干的风暴虫空壳被小心翼翼地系在上面，形成了一枚枚中空的铃铛。我们故意拨掉钢丝绳时，铃铛发出尖锐的鸣叫声。

顷刻间，几名衣衫褴褛的变种人壮汉从草丛中跃出，手中握着火绳枪和刀剑。

"我们是来参加拍卖会的。"我说，举起了方特的追踪器，"你们老大邀请了我们。"

"名字？"长着青蛙头的怪人手中握着十字弓，唾沫横飞地问。

"眼·戈，外世界来的。另两位是我的怪种朋友。"

青蛙头挥手示意我们进入拍卖场。其他人都已经聚集到低矮的平台前，方特·马斯狄克正站在拍卖台正中央，转过身看着我们。

"眼·戈！外世界怪种，还有两位上宾！"青蛙头大喊道。

方特点了点海象般的头，青蛙头和同伙们退后，提着武器走开了。

"很高兴你们能来，怪种。"

"你是方特。你有好玩意。但是……我只听到自己的名字，其他人俺都不认识。"

"我们可以先认识下，再开始拍卖会。"

方特低头看向其他人。其中有一位很漂亮的女子，她身穿紧身防护服，对众人点了点头。"弗洛维希·法斯科。"她通过肩膀一旁飘浮着的伺服颅骨率先报上姓名，声音透过传声设备听起来十分干瘪。

她用的是当地高种姓贵族的方言，通过无人机进行了翻译。我很快留意到她身旁的两名男性保镖：都是半路出家的富家子弟，或许是某个教派的信徒。他们全副武装，配备的都是用钱能够买到的最精良的装备。

"梅尔多克。"第二个买家也报上了姓名。那是一个身穿白衣的老人，倚靠在一根拐杖上，用一条日本纳伽出产的蕾丝手帕擦拭着额角的汗水——这条丝帕的市价要比方特的整套礼服还要昂贵。他身后跟着四名守卫——四名身穿塑胶战服的女战士组成了一个作战小队，每个人脖子上都戴着电子项圈。

"谭瑟尔曼·菲比斯。"一个方脸男子向前迈出一步，语气平淡，礼貌地点了点头。他穿着一件橘红色的低温外套，肩膀上安装着巨大的散热叶片和制冷器。由于周围气温骤降的缘故，他在谈吐之间都喷吐着雾气。

他独自一人出席，这反倒让他看上去比其他被保镖环绕的巢都白痴们要危险得多。

"你们可以叫我厄洛蒂克。"最后一位老妇一脸媚态地说。她将苍老的身体塞进了一件贴身的、附带各种铁钉的黑色紧身衣中，那身衣服是拜死教的标志。

我猜测他们或许只是一厢情愿的拜死教追随者。她身边有五名戴着面具和镣铐的奴隶，都因为湿热的雾气浑身大汗。我一眼就看出他们不是什么行家里手。他们或许时常出没在主巢的拜死教机构四周，或许会偶尔切开自己的皮肤，甚至喝过一两次人血。但他们参与拜死教活动的唯一的目的，不过是给朋友炫耀一些模棱两可、滥竽充数的照片罢了。

"向你们致意。我叫眼·戈，外世界来的。他们都是怪种朋友。"

我鞠躬行礼。菲比斯和法斯科对我回礼，梅尔多克擦了擦额头，厄洛蒂克则煞有介事地做了一个表示真正死亡的手势——那个动作模仿得实在拙劣透顶，纳尔险些笑出了声。

"我们可以开始了吗？我的方特朋友。"梅尔多克问着，又用丝帕擦了擦脸上的汗水。此刻正值晌午，户外酷热难当。

"我还有刺杀任务，还要饮血！"厄洛蒂克喊道。她身后那些肥胖病态的守卫们也此起彼伏地叫嚷起来，不时扭动身体，试图让绑带更舒服些。

"帝皇啊……看样子这些滥竽充数的家伙应该没办法活着离开了……"贝坤低声道。

"真是太愚蠢了。"我回应道。

方特的部下用动力杆和电棍将待售的"商品"从一台作物运输车上驱赶到拍卖台中央。那是一个身材消瘦的人，穿着紧身外套，被蒙住了双眼，头上戴着一台沉重的灵能抑制器。

"货真价实的阿尔法以上级别。仅此一位。现在开始拍卖！"

"十根金条！"厄洛蒂克立刻嚷道。

"我出二十。"法斯科说。

"二十五！"梅尔多克喊道。

菲比斯清了清嗓子。他四周的空气冰冷，咳嗽在空气中凝结成蒸汽。"我认为我们已经达成了共识，不用在低价上浪费彼此的时间了。我出价一千条。"

厄洛蒂克和她的守卫们都惊愕地呼出一口气。

梅尔多克脸色苍白。

法斯科转身看了一眼菲比斯。

"啊！看样子有人看到了待售商品的真正价值。很好。我们要开始动真格的了。"法斯科清了清嗓子，咳嗽声也被颅骨的扬声器翻译成了白噪音，"一千两百根。"她接着喊出了报价。

"一千三！"厄洛蒂克喊道，似乎已是孤注一掷。

"一千五！"梅尔多克说，"这是我的最高出价了，真没想到这次拍卖竟然这么激烈……更没想到在座的各位都是一掷千金的主。"

"两千。"法斯科的颅骨中又传出了声响。

第十章

"三千。"菲比斯说。

梅尔多克摇了摇头。厄洛蒂克开始朝拍卖场边缘走去，大声向环绕在四周的肥胖男宠们不住地抱怨。

"三千五。"法斯科毫不退让。

"四千。"菲比斯继续报价。

"感受到什么了吗？"我对贝坤低声说。

"甚至丝毫潜在的灵能波动都没有。但可能是那些抑制装置在发挥作用。"

"所以可能是伊萨哈顿？"

"是的，有这个可能。"

"纳尔呢？"

"没有什么变化。方特的守卫们似乎都很紧张，因为那个老巫婆和她的胖奴隶们似乎正打算在拍卖结束前提前撤场。除此之外，没什么特别值得留意的……"

"五千五！"法斯科的伺服颅骨发出嘶响。

"六千。"菲比斯依旧面无表情。

梅尔多克和他的看守们撤到了拍卖现场的另一侧，从一根便携式的水烟烟斗中吸了几口暗影烟。他的一名守卫奴仆为他端着烟管。厄洛蒂克和她肥胖的男宠们已经走到了烧焦田地的边缘，正与头上长角的看守和其他几个变种人争辩。

"八千五。"法斯科似乎下定了决心。

"九千！"菲比斯紧咬住不放。

"五万！"我轻声说着，将一大袋金锭扔到肮脏的泥土上。

沉默。漫长而令人窒息的沉默。

"出价五万。"

方特低头看着我们所有人。

梅尔多克、厄洛蒂克，以及其他所有人都目瞪口呆。法斯科扭头就走，口中高声怒骂，她暴跳如雷，一旁的守卫不得不伸手搀扶。

菲比斯盯着我看了一会儿，口鼻喷吐的气息缓慢流动，凝结成了云雾。

"五万？"他说。

"就是出价五万，一根金条不少。你能出价更高？"

"万一我能给出更高的价格呢，眼·戈？另外，拜托你……别再装变种人的腔调了。真让我心烦。"

菲比斯向我一步步走来。他伸出一只手扯掉了脸上的人皮面具。以假乱真的皮肤如同薄纱般从他的脸上被剥落下来，只剩下一双空洞却直刺人心的眼睛。

"哦，格雷戈。你这么说话，就是为了混进来，不是吗？"切鲁贝尔说。

第十章

第十一章

正面对视

不留活口

管道里的死亡

那是一张我这辈子最不愿面对的脸孔。尽管一百多年来，那张面孔都萦绕在我的脑海和梦魇里。

"好久不见了吧，格雷戈？"恶魔宿主柔声问，语气近乎热忱，"我时常想念你，对你念念不忘。你在56-艾扎星上击败了我。我不得不承认，我在一段时间里对你怀恨在心。但当我获悉你后来活下来后，我不由得十分高兴。这就意味着我们总有机会再次相逢。"

那件橘红色的制冷外套开始燃烧，熔成一缕缕丝线，最终化作散落的灰烬，直到他完全赤身裸体。他在空中轻巧地飘浮着，张开双臂，如同一位舞者，在沸腾的土壤上方几米高的风中盘旋。他身材依旧高大，体格健壮，但身上散发的光环不再是纯金色，而是萦绕着一抹病态的绿光。

他浑身上下血管凸起，额头上的双角已经长成了一对短而扭曲的倒钩。

"我们终于重逢了。你不打算叙叙旧吗？"

我感到身边的贝坤正在因为恐惧而颤抖。

"冷静下来。"我提醒她。

恶魔宿主瞥了她一眼，咧嘴一笑。"哦，不可接触者！太妙了！简直与我们首次相遇时的情景一样。你好吗，亲爱的朋友？"

"你有何图谋？"我问。

"图谋？"

"你总是有所图谋。在56-艾扎星，你渴望得到《亡灵经》。哦，我忘了。你从来都不会图谋什么，对吧？你不过是个为他人唆使的奴隶，根本没有自由。"

切鲁贝尔微微皱了皱眉。"别这么戳人痛处，格雷戈。我对你挺有好感的，你应该珍惜才是。我对待其他人可从来不会这么心慈手软。多年以前我就该杀了你。但我知道……我们之间有一道羁绊。"

"收起你蛊惑人心的谜语吧，一派胡言！告诉我一些真相。告诉我你在沃吉尔·佩辛纳塔上做了什么。"

他肆无忌惮地大笑着，笑声十分刺耳。"哦，你听说了，是吗？"

"这件事的报告让我遭到了众人的怀疑。"

"我知道。祝福你，但那绝不是我的本意。我承认自己犯了一个不大不小的错误。如果给你带来了不便，我只能深表歉意。"

"我绝不愿被视为与恶魔签订契约的叛徒。"

"你当然不想了。但无论你想不想，这一切都是无法避免的。这是命运，格雷戈。你我的命运早已纠缠在一起，而你甚至看不到一丝端倪。否则你怎么会频频梦到我呢？"

"因为将你猎杀放逐已经成为我人生的首要目标。"

"哦，这绝不是普通的职业病。仔细想想，你为什么会梦见我？你为什么如此费尽周章地要找到我？甚至对你的上司也隐瞒了追查的进度。"

"我……"我的头脑飞速运转。这个邪物知道的太多了。

"我为什么要放过你？如果当初在沃吉尔·佩辛纳塔的人是你，我也会放你一条生路的。你能在特雷锡安上活下来，全是因为我。"

"什么？"

"当初你在特雷锡安主星，在斯佩迪安的墓前驻足致敬，纪念门让你免于一死。为什么你会停步？你自己也无法解释清楚，对吧？那是我的功劳。是我在暗中守护你。是我给了你暗示，让你没来由地驻足。我们已经一起共事很久了。"

"不可能！"

"你对此心知肚明，格雷戈。你只是不知道自己知道罢了。"

切鲁贝尔言罢，向半空中飘浮了一段距离，随后环顾四周。拍卖会现场的每个人仿佛都凝固了一般，所有人都僵立在原地，目不转睛地凝视着他。即使是意志力最薄弱的变种人守卫也没有挪步逃离。即便是不知他为何物的局外人，也能在第一眼感受到他身上散发的、足以压倒一切的邪恶与力量。

"你还在等什么？"一个声音从附近传来。几名持枪者冲出了大荒地一旁的掩体。来人居然是莱科，身后跟着六名肌肉虬结的扈从。

"看看我找到了谁，莱科。我听取了你的建议，布下这个陷阱。如果有人在追缉你，这是个引蛇出洞的好时机。"

"艾森霍恩……"莱科喃喃道，脸上闪过一丝恐惧。他转身看着切鲁贝尔。

"我说了。你在等什么？杀了他们，我们立刻离开。"

我突然意识到一点，莱科并不是恶魔宿主的主人。正如多年前的康拉德·莫里托一样，莱科不过是一枚棋子，是幕后之人……幕后势力的代理人。

"我必须这么做吗？"盘旋在半空的身影似乎对这个提议不屑一顾。

"马上动手，不留活口！"

"拜托！"年迈的梅尔多克打断了他们的对话，"我们只想——"

莱科猛地转身，用等离子枪将老人轰成了灰烬。

场面顿时失控。方特的人和其他买家惊慌失措，纷纷抽出武器，喊叫声不绝于耳。残酷的屠杀开始了。莱科率领的枪手都是退役士兵，全部装备了自动炮，用密集的火力冲击着拍卖台的区域，并切断了所有逃跑和迂回的路线。我看到方特·马斯狄克被一连串子弹击中，身体被轰成了几块，从平台上跌落下来。

他那名长角的护卫冲向了切鲁贝尔，手中那把破旧的激光手枪发出了几道轰击。

切鲁贝尔纹丝不动。他只想默默地欣赏眼前上演的屠杀。激光枪的子弹击中了他的皮肤，发出嘶嘶的响声，他低头看了一眼，仿佛自己的片刻消遣遭到了干扰。

恶魔宿主甚至连一只手、一根手指都没有动。他对着长角的护卫微微点头，那名变种人不知何故突然凝固住，脸色狰狞，火焰将他身上的皮肉一块块剥落下来，露出了森森白骨，一部分骨架结构仍然清晰可见。

切鲁贝尔投身战场之时，我感到亚空间席卷在整个区域四周。他痛下杀手的一瞬间，就开始宣泄无限的怒火。梅尔多克的战奴被卷入了一股突如其来的亚空间涡流中，他们的身体被混搅在一起，当场毙命。法斯科脚下的泥土顷刻间剧烈沸腾，她和护卫们都被卷入其中，在绝望的尖叫与挣扎中陷入了泥潭深处。

我浑身冰凉，一时间不知所措。我感觉贝坤正拉着我。

子弹划过我的脸颊，灼烧感立刻令我清醒过来。我转身看到莱科的两名手下正向我冲来。其中一人突然仰面栽倒，掩藏在远处植物茎秆丛里的胡斯曼将他一枪狙杀了。

纳尔从我身边飞奔而过，手中握着特伦瓦瑟型号的帕拉贝伦手枪。

"快！我们得赶紧离开！"他朝我大喊。

空中飞溅着血迹、污泥和漫天飞舞的植物纤维。一场亚空间风暴在我们四周涌动，那股黑暗的力量几乎让人无法喘息。我们几乎无法看清任何事物，几乎无法在这股摧枯拉朽的邪力中保持站立。我唯一能分辨出的，是切鲁贝尔闪烁的人影。

我抽出动力剑向他跑去。

"格雷戈！别去！"贝坤尖叫道。

我别无选择。我等候这一刻已经上百年，不能再让他轻易溜走。

他悬浮在半空俯视着我，面带微笑。

"把剑拿开，格雷戈。别大惊小怪的。我又不会杀你。莱科的力量绝不在我之上。我不必对他言听计从——"

"谁的力量在你之上？你究竟听命于何人？告诉我，是你引发了特雷锡安的暴动吗？为什么？受谁的指示？"

"走吧，格雷戈。这都不是你现在应该关注的问题。走开。"

我举起动力剑刺进了他的胸膛，他看上去居然有些诧异。

我除了这一剑，实在不知道该如何对他造成伤害。

那柄被赐福的利剑足以将他开膛破肚，随后剑身发出了爆炸，把我向后方甩飞了出去。

他满脸沮丧，低头看着胸口的伤痕。来自亚空间的邪能夺目耀眼，充满剧毒，从那条创口中逸散而出。但仅仅一秒后，伤痕便重新愈合。

"你这个软弱的蠢货。"切鲁贝尔说。

我被一股强大的力量掀飞，口中喷出了鲜血，狠狠地砸在地上，浑身的骨头都快散架了。我几乎喘不过气来，眼前天旋地转，恶魔宿主的邪力将我抛到了三十米远的低矮茎秆之间。

四周充斥着剧烈的灵能爆炸。尖叫声不绝于耳。仿佛带有情绪和感知的狂风从亚空间的深处呼啸而来，将最后几名变种人和逃窜的买家轰成了碎片。

我想挣扎着站起身，但失去了意识。

当我醒过来，整片大荒地都陷入了一片火海。没有切鲁贝尔的迹象。因沙贝尔和埃莫斯搀扶我站起身。

"贝坤！纳尔！"我忍不住咳嗽。

"我去找他们。"因沙贝尔答道。

"莱科去哪儿了？"因沙贝尔跑开后，我抽出武器问埃莫斯。

"他带着一队人马，分乘两艘兰德速攻艇逃跑了。"

"恶魔宿主呢？"

"我不知道。他好像就那么凭空消失了。他可能带着传送力场装置。"

我顾不上身体的剧痛，开始跑回拍卖会现场。埃莫斯在我身后呼喊。

多数载具已经被摧毁或掀翻，但有几辆仍然完好无损。

我爬进一辆黑色的快艇。这是来自巢都顶层的型号，艇身是浑圆的流线型，它极有可能是法斯科的座驾。我启动推进器，顾不上系好安全带，连忙操纵飞艇向半空抬升。

这艘飞艇动力过于强劲，起初让我感到有些不适应。我花了一些时间熟悉飞艇加速所需要的触感轻重，从而避免速度的过度起伏。由于抬升速度过快，飞艇在半空中开始打旋。我看到浑身血污的纳尔正在地上对我大声呼叫，原本就粗陋的衣服早已破烂不堪。

我驾驶着快艇升到了百米高空，方才冲出了滚滚浓烟，看清周遭的环境。荒地的四周仍在向外蔓延，直到这里重新被郁郁葱葱的作物覆盖。远处主巢的建筑若隐若现。他们去哪儿了？去哪儿了？

我在西侧 3 公里处遥遥瞥见两个黑点，立刻向他们发起攻击。那是两艘重型兰德速攻艇，正向附近的收割工厂疾驰。

我将涡轮马达的转速推到最高，下降到低矮的升降机之间作为掩体，朝敌人全速追击。我知道他们发现我时，自动炮的火力已经对准我的方向。

在他们瞄准我之前，我开始学着米迪亚进行躲闪。我本想发起反击，但为了保持快艇的平衡，必须双手都握紧操纵杆。

我穿过一片绿油油的庄稼地——那是一片翠绿色的海洋，在飞艇的气旋中泛起阵阵涟漪，飞快地扩散向四周。大量的农田追踪器在我两侧飞速掠过。

一个巨大的黑影掠过了太阳。

我的炮艇正在空中，喷气口向下喷吐着火焰，流线型的艇身靠拢过来，和我保持同步。与炮艇相比，我驾驶的这台渺小的快艇显得相形见绌。炮艇大约有一百五十吨，从机鼻到尾翼足有八十米长，起落架像昆虫的足肢般垂在机身下。我甚至看到米迪亚正在驾驶舱中对我龇牙咧嘴。

我不敢将手从剧烈震动的操纵杆上移开，就没有打开语音通信器。

我直接通过意志之力向她传话。

"将他们驱赶到地面。"

"哎哟！"语音通信器中传来了一声惊呼，"下次你这么干之前，记得提前打声招呼。"

庞大的炮艇突然向前猛冲，动力补燃室的火力烧得炽热，一边将起落架抬升，一边向右倾斜。我驾驶的飞艇在它的尾流中剧烈摇晃。炮艇在米迪亚的操纵下，划过一道宽阔的半圆弧线，紧贴着庄稼地疾驰，下方的气流划出了一条宽阔的沟壑。炮艇酷似一头硕大的猛禽，扑向地面进行猎杀。

炮艇凭借跨星际水平的动力，很快就超越了对方的速攻艇，随后迎头追来。

我感到灵能水平正在积蓄。敌人们除了灵能外，他们的常规武器面对炮艇毫无招架之力。

炮艇突然向左倾斜，猛地向下一沉，随后又迅速调整机身的角度。他们的灵能触碰到了米迪亚，但只是一瞬间。

这下彻底激怒了她。我单单从她的飞行动作就能看出来。伴随着急刹喷气机的尖啸声，她将炮艇调整到了失速状态。两艘速攻艇从炮艇两侧疾驰而过。

炮艇下方的火炮噼啪作响，摧枯拉朽的火力将其中一艘快艇轰成了一团烈焰。

我猛踩油门，驾驶快艇从悬在半空的炮艇后方窜出，追赶另一辆速攻艇。

"够了！剩下的交给我！"我将意念传给米迪亚，"尽可能留活口！"

剩下那艘速攻艇很快跃入我的眼前，我能感觉到莱科的意念就在上面。

他正快速靠近临近的收割机，那辆庞然大物几乎挡住了我的视野。收割机大约六百米长、九十米高，车脊如同甲虫的外壳般高高隆起。它身后扬起了一大片植物汁液凝结成的浓雾。在快艇引擎的尖啸声中，我能清晰地听到收割刀片有节奏地咔嚓作响。

莱科的速攻艇朝地面快速下降，随后紧贴着巨大收割机器的脊背滑行，逐渐驶向机器后侧顶部高高隆起、状似肉瘤一样的机库。快艇的语音广播装置发出嘟嘟的提示声，这是收割机对我发出的警报。

那架重型速攻艇猛地刹车，强行在对接机库的入口处着陆。我调整方向紧跟在敌人身后，看到人影在机库附近奔跑。他们消失在机库，只有一个人，他在入口的阶梯处单膝跪地，手持自动火炮向我瞄准。

几梭炮弹从我两侧掠过。随后，接二连三的子弹从左舷轰射进来，气流从弹孔中急速涌入，发出阵阵轰鸣。艇身上下抖动，舱内火星飞溅，将陈设之物全都抛向了半空。

控制面板上的警示灯频频闪烁。

我向下坠落了将近十米，将机鼻对准机库。

我决定放手一搏，跳舱而出。

我撞到收割机上，摔断了左手腕和四根肋骨。事后回想起来，我没有当场摔死，甚至没有砸在收割机顶端的硬壳上，实是万幸。我在坠落的过程中死死抓住了一根立柱上的缆线，将缆线缠在右臂上方。

我的快艇就没有那么幸运了。它一头扎向地面，随后弹至半空，尾翼朝上，在半空中断成了两截。快艇的残骸上下翻飞，爆炸产生的高温将那名手持火炮的暴徒瞬间气化。其中一块残骸击中了莱科停靠的速攻艇，爆燃产生的火焰迅速蔓延到机库内。四周火光冲天，金属碎片飞溅。

我一瘸一拐地走上阶梯，避开剧烈燃烧的残骸，跨过被击中的速攻艇，潜入到机库内部。两侧的汽笛发出刺耳的尖啸，自动灭火器喷射着阻燃泡沫剂，但对于正蔓延着的火势而言不过是杯水车薪。

在机库后方，一扇舱门半掩着，紧挨着货箱和货梯。

我推开舱门，一道金属楼梯向下方的工厂延伸，在底部与收割机的管道相连。工人们目瞪口呆地看着我，其中多数是变种人，身上的工作服沾满了植物汁液。

"帝国审判庭。他们去哪里了？"

"谁？"

"他们去哪里了？"我怒吼道，毫无保留地动用起意志之力。

他们反应剧烈，但没有一个人开口回答。有几个人当场昏厥过去。其他人整齐地指向工厂前端的加工管道。

眼前是另一扇舱门，另一段阶梯。内部的谷物脱粒机发出足以震破耳膜的噪音。我来到一条巨大的内部管道中，管道与收割机一样长。这是个宽阔的空间，震耳欲聋的响声在四周回荡，空气中弥漫着浓烈的植物汁液气味。巨型传送带以每秒数吨的速度运输着新收获的作物，从收割机的刀片源源不断地向后方流动。怪种工人们头戴面具、身穿围裙站立在巨型履带的两侧忙碌地进行处理工作，手中的锯子和各式切割工具都通过橡胶软管与供电系统相连。他们将大块的根茎分拣切割，随后将处理过的部分送进巨大的碾磨设备和冲压机。

警报声大作，红色的灯光在管道内闪烁不停，传送带也停了下来。工人们慌张地四处张望，植物的汁液和纤维沿着手套、工作服和切割用具流淌下来。

我跌跌撞撞地从他们身边跑过，几名监工站在高处的龙门架上对我大声吵嚷。我看见了莱科，他正在管道前方三十米处逃窜，身后跟着最后一名枪手，拽着一个被五花大绑、头戴面罩的人，那是伊萨哈顿。

枪手转身从管道的尽头向我接连射击。三名无辜的工人身中数枪，瘫倒在地，其中一人倒在了传送带上。子弹击打在金属履带和机器表面，火星四溅。

其他工人连忙扑倒在地上，寻找掩体。我跪在地上，伸手从腰间拔枪，但枪已经不在那儿了。事实上，整副枪套都被扯掉了。我不确定自己是何时弄丢它的。要么是在和切鲁贝尔的战斗中被撞飞的，要么是落在收割机上时弹开的，我不得而知。但那应该有一段时间了。而我视若珍宝、削铁如泥的动力剑也在刺入恶魔宿主身体的一瞬间崩裂。

更多的子弹沿着传送履带呼啸着袭来，将履带的金属表面砸出无数的凹坑。我躲在盛满工具清洗液的铁桶后。

我从靴子侧面的脚踝搭扣中抽出了备用武器。那是一把短柄自动手枪，枪口很短，长度略超过扳机护环。手柄要比枪管长得多，内部安装着能够容纳二十发小口径子弹的滑轨弹夹。

我试探着打出几枪，但角度不佳，火力也不理想。看样子，这注定是一场焦灼的苦战。

管道另一侧的敌人见我的反击软弱无力，似乎想要乘胜追击，将武器调整到了全自动模式，在工作区域和空旷地带来回扫射。工人们一窝蜂地挤到掩体后，发出一阵阵惨叫。

枪声戛然而止。我无暇向外观察。伴随着一声轰隆巨响，传送带又开始滚动起来。

那名枪手转身去追赶逃窜的主人。我几乎看不到莱科的身影，他将灵能者俘虏推在身前。

为什么他们还是将伊萨哈顿视作俘虏？我很困惑，始终没有厘清莱科、灵能者和切鲁贝尔之间的关系。

我奋起直追。那名枪手、莱科和他的灵能者俘虏穿过了一扇金属舱门，消失在我的视野里。为了追赶他们，我必须只身冲进门去。如果我是莱科，一定会将这扇舱门视作埋伏反击的关键。

到目前为止，我对他行动的直觉判断都没有出过差错。

我无视两旁的工人因为恐惧发出的惊叫声，跳上了宽大的传送带，沿着履带在堆积如山、沾满淤泥的作物之间穿梭。黏滑的汁液和快速移动的履带让我几乎无法保持站立。有几次我险些跌倒，栽进一旁的冲压机。

我看准时机一跃而起，跳到一旁的坚实铁板上，脚下满是黏滑的绿色糊状物和植物汁液。我看到传送带在收割机中央分出两条并列的岔路，我站在另一根履带上继续前行。

这根传送带通向另一扇并排的舱门。

我俯身从中穿过。

那名枪手躲在原先的舱门后，见我从另一扇门中穿过，口中不住地咒骂，随后抄起自动火炮向我开火。但我率先开枪了。即便在如此近的射程内，我自动手枪的威力也显得十分可怜。而他强大的炮火似乎在宣告我的末日。

我急忙卧倒，用拇指将武器拨到自动模式，在一连串尖锐、连续的高声轰鸣中打空了整个弹匣。

威力不够，数量来凑。我的子弹接连六七次轰射在他的左臂和领口处，他朝后摇晃，铠甲也被子弹轰开了。他松开了握着重炮的双手，炮筒落在我们之间的传送履带上，很快被传到了视野之外。

尽管他浑身上下都是小口径子弹带来的擦伤，弹孔处血如泉涌，可他离死还远着呢。他极有可能为了保持清醒，给自己注射了兴奋药剂。

他用涅克洛蒙达语怒吼一声，从绑带中抽出了一把军用的制式手枪，随后攀上传送带一侧的扶手，以便更好地瞄准我。我抡起空枪向他砸了过去，趁他低头躲避的瞬间，抄起悬挂在履带边缘的一根与电线软管相连的刺枪。

他对我开了一枪，险些击中我的肩膀。我举起长矛用力递出，矛尖的链锯咯咯作响，隔着履带向他刺去。我的腕骨断裂，刺出的力道远远不够。

情急之下，我将挥击转为投掷，用投射鱼叉的手法将刺枪掷向敌人。

附带链锯的矛头将他刺了个对穿，他死时还尖叫着想将刺枪从胸口拔出。他一瘸一拐地想要逃离，然而刺枪一端连接的电线软管却被传送带上的东西钩住了，一股巨力将他的身体拽回到传送带表面。传送带将他的尸体送出很远，在软管绷紧之后继续在尸体下方滑动。

潮湿的植物纤维在尸体一侧堆积，滚落在两旁的地板上。

"艾森霍恩。"一个声音在我脑中响起。

我转过身，见到莱科正站在龙门架上——那座龙门架横跨在传送带上方，宛如高速公路上方的步行桥。他此时手中还握着那柄击杀冒牌伊萨哈顿的等离子枪，枪口对准了我。我也看到了那名狼狈的灵能者，仍然头戴面具，被蒙住双眼，双手被绑在墙边的管道上。

"你原本可以独自离开，艾森霍恩。你就不应该一路追来。"

"我只是奉公执法，你这个混账。你在做什么？"

"我只是在做必要之事。"

他从铁架上走下，向我步步逼近，脸上却闪过被猎杀者惊恐的表情。

"你们究竟有何打算？"

沉默。

"为什么，莱科？特雷锡安上的暴行……你为什么会允许这种惨剧发生？你参与其中了？"

"我……我不知道！我不知道他们在计划什么。"

"他们是谁？"

他将枪口按在我的脸颊上。

"没什么好说的了。"这是他第一次开口说话。

"如果你要杀我,那就动手吧。你到现在还没杀我,反倒令我惊讶。"

"我需要先弄清一件事。有谁知道?除你以外,还有谁知道这件事?"

"关于你与恶魔邪物之间的可悲契约?关于你偷走的阿尔法以上级灵能者?关于你眼睁睁地让特雷锡安的百万人死于非命?哈!"

"所有人。"

为了震慑住对方,我用灵能喊出最后一个词。

所有人都知道。我行动前就禀告了罗尔金和奥尔西尼。

"不可能!他们当时都在怀疑你……"

"说得没错。"

"你在撒谎!你只有一个人……"

"你的末日到了。"

他的意念向我袭来,在我脑海中疯狂地搜索着真相。我想他这时才明白自己犯下了怎样不可弥补的过错,即将陷入万劫不复的深渊。

我挡开了他狂热的心灵袭击,随后发起反击。我探测到他的后脑正涌现一股愤怒的热流。我能从那里感觉到他真正的主人。我试图看清那张脸……那个名字……

他意识到我在做什么,也意识到我的灵能力远高于他。他试图用等离子枪对我射击,但那一刻我已经关闭了他的神经系统,切断了他体内全部的自我意识功能。我再次侵入他的意识。他浑身发冷,如同待宰羔羊。尽管他在脑海中设置了重重防护和记忆锁,但面对我的入侵他已毫无招架之力。

快了。马上就要得到答案了。

他突然发出一声痛苦、怪异的尖叫。

莱科想避开我却摔倒了。

切鲁贝尔在我们头顶盘旋,凌驾在工厂管道的顶部,污秽的亚空间光芒频频闪烁。

莱科仿佛突然从受控的意识中挣脱,露出窒息的表情,四肢不住地抽搐。他的口鼻冒出了浓烟。

"好了,好了,格雷戈。"切鲁贝尔说,"我承认你有些手段。但天机不可泄露。"

他说罢，点了点头，将莱科扔到半空。叛徒审判官被抛向了工厂前端，随后重重地砸在收割机内部飞旋搅动的刀片上。

他的身体被彻底肢解。

切鲁贝尔盘旋着下降，一把抓住了陷入昏迷、浑身被束缚的伊萨哈顿，就像孩子伸手去捡地上的玩偶。

"我不会忘记你今天做的一切。"恶魔宿主说完，最后瞥了我一眼，"总有一天，你会付出代价。"

他言罢，遁于无形。伊萨哈顿也消失在虚空中。

第十一章

第十二章

在卡迪亚三区
标塔
与妮芙的对话

　　萧瑟的秋风席卷荒野。梧桐树的斑斓叶片如同纷飞的彩带，从树梢缓缓飘落。它们聚集在一起，如同一团干枯的海藻，在陵园的矮墙外无人问津，最终分解为细碎的灰尘。

　　头顶，阴晴的天空中棕色的流云奔涌。

　　我沿着年代古老、杂草丛生的小径，走过树木繁茂的山坡，独自站在沙沙作响的阿克谢树下，眺望着山坡下宽阔的陵园，与守护陵园的神龛塔遥相对望。除了风以外，没有生命的迹象，一切静止不动。从提洛克堡的着陆点送我前来的那辆轻马车已经离去多时。我甚至有些怀念马车司机沿途不住抱怨路途太远的咕哝声。

　　在火红色的荒野边缘，我能看到距离我们最近的一座著名而神秘的标塔的轮廓——看上去棱角分明。即使距离很远，我也能听到塔身的几何结构发出的奇怪蜂鸣。数千年来，人类的学术研究从未真正解释这些几何结构的来源与作用。

　　这是我首次来到这个被称作"帝国大门"的世界。到目前为止，它在我眼中丝毫不值得留恋。

　　"看样子，尖刺……你一点也不锋利，对吧？"

　　我缓缓转身。他走到我身后，如同在真空中行动，悄无声息。

　　"嗯？"对方问，"你们一般管这场面叫什么？"

　　"可以称之为，法务部召见？"我回答。

　　他脸色凝固了一会儿，随后露出微笑，双眼下的伤疤也随之抽动。

　　"欢迎来到卡迪亚，艾森霍恩。"费希格说。

第十二章

除了埃莫斯以外，古德温·费希格是我认识最久的战友，尽管他和贝坤常常因为二人的资历高低争得不可开交。在追缉混沌使徒艾克隆的征途中，我在倨傲星上遇到了他们两人，随后他们就跟我解决了《亡灵经》血案。

事实上，我认识费希格的时间更早。彼时，他担任当地法务部的一名惩戒官，奉命监视我的行踪。在后来并肩作战的过程中，我们成为了相互信赖的盟友。认识费希格大概一天后，我与贝坤相识了，不久后就选择让她为我工作。严格意义上讲，费希格在正式辞去职务、加入我的团队之前，一直是法务部官员。

这就是为什么贝坤总能最终赢得争论。深夜时分，我们开启一瓶阿玛斯克酒时，他们总会重新挑起这个话题。

他体格魁梧，年龄和我差不多，原本的一头金色短寸已经变成银色。但他依旧强壮，穿着一身黑色毛皮大衣，外面套着锁子甲，脚穿铁头皮靴。

他握住我的手。

"我都开始怀疑你能不能活着赶来了。"

"我也开始这么怀疑。"

他微微昂起头。"有麻烦？"

"别故作惊讶了。我们边走边说。"

我们在树荫遮蔽的小径上漫步。他对特雷锡安的暴动有所耳闻。这件事已经过去了七个月，但他并不知道我也被卷入其中。

当我告诉他更多的细节，尤其是关于拉文纳的状况后，他的脸色阴沉了下来。

他向来十分钦佩基定。坦率地说，很少有人见到基定却不感到钦佩的。有时候，我能感觉出基定正是费希格想要成为的那类人。

费希格最大的优点在于他的自知之明。他知道自己的局限所在。他对帝国忠心耿耿，精通格斗与枪械，洞察力过人，嗅觉敏锐，从不放过任何细节。但他算不上聪慧，他对书本知识的厌恶和排斥决定了他甚至连审讯员的级别都无法企及。尽管他十分渴望在审判庭内得到晋升，但从没有主动尝试过，而是心甘情愿留在我的小队中，负责最基础的任务。

他知道，尝试就意味着失败。古德温·费希格最讨厌的就是失败。

我们穿过狭窄的陵园小道，穿梭在古老石窟旁的墓碑之间。我对他讲了莱科与伊萨哈顿的事情，提到了恩多和罗尔金对我的警告，还说起了伊肯星那场血腥的战斗和悬而未决的谜团，以及切鲁贝尔的事。

"原本我一收到你的讯息就该全速赶来，但罗尔金却提醒我应该暂时远离对恶魔宿主的追查。然后，正如我所说的，一切都失控了。"

他点头说：" 没关系。我是个很有耐心的人。"

我们站在宽阔的墓园中央。几位衣衫褴褛的黑袍牧师在寒风中瑟瑟发抖，他们排成一队在墓碑之间徘徊，在每一块墓碑前都停下来检查。

"他们在干什么？"

"在读死者的名字。"他说。

"目的是什么？"

"为了判断能不能读出来。"

"好吧……为什么？"

"你应该可以想象。在这个为战争而生的世界会产生源源不断的阵亡士兵。很久以前，行星政府就颁布了一条法令，规定只有特定的土地才能用于丧葬。墓园因此变得十分稀缺，于是就有了《读碑令》。"

"那是什么？"

"《读碑令》规定：一旦自然因素的侵蚀让陵墓石碑上的名字变得难以辨认，那些无名的死者就会被挖出，尸骨会被集中焚化，而这块墓地就可以用来埋葬新的死者。"

"所以他们年复一年地来回阅读，直到石碑上的文字无法辨认？"

他耸了耸肩。"这是他们独有的方式。一个人的姓名消失后，关于他的记忆也将不复存在，随之消逝的还有荣誉。有人告诉我，再过一两年这片陵园也就到时候了，届时新的一批烈士会在此长眠。"

我感到一丝彷徨。卡迪亚是属于伟大战士的世界，屹立在帝国疆土与恐惧之眼之间，防范一切亚空间的混乱威胁。这片区域被称为"卡迪亚之门"，是混沌入侵帝国的首选路线，更被大多数人视作帝国的第一道防线。自从人类迁居到此，它就为帝国输送了源源不断的精英部队，数十亿的卡迪亚儿女前仆后继，为了保家卫国，不惜血洒沙场。

血染沙场……然后被遗弃在这片荒凉的陵园中，等候被时间遗忘。

这是一处令人沮丧的所在，却也是世世代代卡迪亚人的坚韧品质的化身。

费希格推开灵龛塔的阿克谢木大门。伴随着凛冽的秋风，我走进了塔底。

塔楼是一个单独的房间，门口放着一架石鼓，塔顶附近开了几个小孔。一圈粗糙的木制长椅环绕在中央的祭坛四周。横梁上用铁链悬挂着一座双头鹰形状的铸铁烛台。

在这个晦暗的秋日，那只双头鹰舒展着双翅，金属羽毛上的祈愿火柱是屋子里的唯一光源。那是一道冷清、萧索的金色光芒，营造出简朴却圣洁的典雅氛围。空气中飘荡着腐败的阿克谢树叶的气味。

我们并排坐在长椅上，对悬挂着双头鹰标志的祭坛默默致敬。我们都将手抵在胸前。

"真奇怪。"费希格沉默良久，长出一口气说道，"多年前，你原本派我来这里的目的就是为了寻找恶魔宿主切鲁贝尔的踪迹。然而就在我费尽艰辛，终于寻得端倪的时候，你却遇到了他，偏偏在这个该死星区的另一端。"

"我可不会用奇怪形容这种事。"

"那就是巧合。是巧合吗？"

"我不知道。看上去是一种巧合。但是那个邪物……切鲁贝尔解除了我的武器。"

"这没什么稀奇的，老朋友。"

我摇了摇头。"凭他的力量，这么做绰绰有余。但我想说的不是这个。"

"是什么？"

"是他对我说的话。他说，他在利用我。"

"恶魔在蛊惑人心！"

"或许如此。但他知道得太多了。他知道……该死！他似乎知道我们的命运相互交错。好像他对我十分重要，反之亦然。"

"他现在确实对你很重要。"

"我知道，他是我追踪的目标、我的猎物、我的宿敌。但他的口吻似乎在暗示更多的东西，就好像他能看穿未来、解读未来。他对我说话的方式就像……

他对我下一步的行动了如指掌。"

费希格皱起了眉。"那么……你下一步打算怎么行动？"

我站起身，大步走向祭坛。"我不知道！我无法想象自己会做出取悦、协助恶魔的任何事情！我绝不会丧心病狂到此等地步！"

"相信我，艾森霍恩。如果我发现你是那样的人，我会亲手毙了你。"

我看向他。"请务必这么做。"

我停下脚步，抬头看着摇曳的烛光，看着烛光在石头地板上投射出的杂乱阴影——我自己影子也交错在其中。那就像是未来无数的可能。我尽量不去看那些最厚重、最黑暗的影子。

"这头亚空间诞生的邪魔不过是在玩弄你。"费希格说，"仅此而已。他想用这个游戏让你望而却步，束手束脚。"

"如果是这样，他为什么三番两次地要放我一条生路？"

我们走出塔门，走进荒野的风中。标塔发出的呼啸声听上去似乎更响亮了。

"你带了哪些人来？"费希格问。

"埃莫斯、贝坤、纳尔、米迪亚、胡斯曼……还有一个你没见过的家伙，因沙贝尔。我们从伊肯星直接赶来。"

"长途跋涉？"

"那可是六个月以来最舒适的日子。我们乘坐了一艘叫'鹰王'的自由商船抵达了莫迪亚，然后受到机械教修会的邀请，乘坐超重型驳船奥林巴斯号，船上还装载着一台刚刚竣工、正前往支援卡迪亚之门驻军的泰坦。"

"真了不起。"

"审判庭的徽章带来了不少便利，但不得不说，对于长达两个月的旅途而言，火星的科技神甫们确实是最糟糕的旅伴。如果不是贝坤绞尽脑汁举办了一场弑君棋大赛，我恐怕也会无聊得发疯。"

"纳尔的棋艺有进步吗？"

"一点都没有。我想想，他现在欠我……除了钱还有什么来着？嗯，他的长子，还有他的灵魂。"

费希格放声大笑。

"对了，旅途算不上很糟糕。同行的人当中还有一个老家伙，他是泰坦军团的老驾驶员。应该活了几百年了。他退休多年，但仍然在为帝国服务，当时正在监督新战争机器的运输和交接。他名叫赫卡特。我们偶尔在晚上会小酌几杯。以后有时间，我再给你讲讲他的战斗故事。"

"我会的。上车吧。"

在阿克谢树下停靠了一辆他的兰德速攻艇。我们拂去引擎盖上如彩带般的落叶，走上了车。

"让我给你看看我发现了什么。然后我们就可以找个安全的地方与大家见面。"

"多安全的地方？"

"最安全的地方。"

我们迎着刺骨的秋风，在沼泽地上空掠过，眼前的地貌一览无余。天色渐暗，卡迪亚晦暗的壮阔景色在我们脚下展开。这是一片凄凉而萧索的荒野，这里的土壤孕育了全帝国最顽强的战士。我们路过了卡杜卡迪斯海域的群岛——卡迪亚的孩童会被遗弃在那里，赤身裸体地度过整个"磨砺月"，冒着生命危险磨练生存技能。我们经过了一座座山地堡垒。卡迪亚的青年军就在这些堡垒中过冬，一边接受训练，一边伺机对隔壁的堡垒发动模拟战争。我们还经过了无数峭壁、冰湖和阿克谢树林。他们就在这些天然屏障和战场中磨练伪装技术。

最后，我们来到了一处宽广的平原，这是他们进行实弹射击演练的地方。

当地人流传着一句古训："刀枪不真，何来练兵？"卡迪亚稚气未脱的青年们在被配发属于自己的激光步枪的时候，也是他们第一次领到书本的时候。他们自始至终只用实弹进行演练。绝大多数人在成为标准成年人之前，就知道如何射击、杀戮，并能够完成步兵在野外演习中的多数内容。

因此，卡迪亚的突击步兵在所有帝国当中都是数一数二的。

但我们来这里的目的绝不是为了观摩这些英雄儿女和大好河山。

我们的目的是那些标塔。

"切鲁贝尔来过这里。"费希格说着，一边转动操纵杆，一边观察着风速表，"据我所知，在过去四十年里来过九次。"

"你确定？"

"没错，这是你给我安排的任务，不是吗？你的恶魔宿主，无论他在为谁效力，似乎都对卡迪亚很着迷。"

"为什么审判庭没有发现这一点？"

"拜托，格雷戈。偌大的银河，岂能这么容易就发现？埃莫斯曾经告诉我，如果将帝国产生的数据同时输入到泰拉的存储器和编码器中，它们会立即爆炸。一切都是相关性的问题。筛选出最有关的数据。审判庭，包括你，一直都在搜索与切鲁贝尔有关的蛛丝马迹，但很多东西藏得很深。我只能说，自己运气不错。"

"怎么讲？"

"当时我正在毫无头绪地处理线索。我意外遇到了来自法务部的老朋友。他名叫艾萨克·艾克特，之前是我的顶头上司。他后来光荣晋升，担任锡德拉夫法务部的统帅。当时他正在前往卡迪亚内卫军进行审查。我几年前和他联系过，后来收到了一个关键信息。"

"说下去。"

他驶过一片海岬，我们的飞艇在脚下闪闪发光的冰湖上折射出一个尖锐而细小的倒影。

"艾克特来信说，大约在十年前，法务部曾经在卡迪亚取缔了一个异端组织。他们自称是'贝尔之子'。听说这是一群没什么威胁的乌合之众。但进一步的审讯中，他们承认组织在供奉一位名叫'贝尔'或'圣贝尔'的恶魔。当地的审判官与他们交涉了一段时间，最后将他们都烧死了。"

"这位审判官叫什么？"

"格尔法。但他三年前就死了。继任者是一位女审判官，审判长妮芙。回到话题。从那时起，这个组织就时常死灰复燃。但他们造成的混乱很少，普通的防爆警员就能摆平。正如我刚刚强调的，'贝尔之子'几乎对社会无害。他们只关心一件事。"

"什么？"

"测量标塔的尺寸。"

标塔距离我们的挡风玻璃近在咫尺。费希格驾驶速攻艇绕着标塔飞速旋转，艇身几乎与黑石塔擦肩而过。

高空的狂风呼啸着吹过标塔的表面，发出啸叫和呜咽声。那声音刺耳洪亮，堪比高速行驶下的速攻艇发动机涡轮发出的声响。

标塔十分庞大：将近五百米高，截面大约四分之一平方米。光滑的黑石表面用十分精湛的工艺进行过钻孔，孔洞不比人头大多少。这些孔洞之间用将近250米长的狭窄管道相连，而那些刺耳的啸叫声，正是由流淌在其中的空气发出的。

这些管道并非笔直。它们如同蠕虫钻出的隧道般穿过塔身。科技神甫曾经尝试让一些小型机仆探测器穿过这些孔洞，并以此绘制标塔内的回路。但这些机仆基本上没有一个回得来。

我们向高处攀爬，准备再进行一轮观测时，我看到沼泽尽头的另一根标塔与之遥相对望。卡迪亚地标安插着5810根已知的标塔，这还不包括那些残破不堪或深埋在地下的遗迹。

没有任何两根标塔在设计上是完全相同的。每一根的高度都是十分精确的半公里，在地下的部分刚好是四分之一公里。早在人类出现之前，这些标塔就屹立在这颗星球上，它们的制造方式是一个千古之谜。根据人类目前的科技水平探知，这些标塔的材质是完全惰性的。但很多人相信它们的存在或许是亚空间的汹涌激流得以归于平静的原因，这使得卡迪亚之门成为通往恐惧之眼可靠而宁静的航路。

"他们想测量这种东西？"

"嗯哼。"费希格操纵速攻艇掉头急转，却丝毫不影响他清晰地回答我的问题，"他们调查过这一根，还有其他的。他们有一台测距仪、方位测算器和磁性探测锤。测量精确的尺寸和形状是他们的首要目标……'贝尔之子'对精确的要求非常高。"

"他们除了'贝尔'这个词以外，和切鲁贝尔有什么其他关系吗？"

"我借阅了审判庭的审讯日志，他们口中的'贝尔'所指的是一位名叫'贝尔天使'的神明，用当地的语言就是"贝尔的切鲁"。他们相信这位神明降临人间后，将赐予众生至高无上的学识与伟力，前提是他们能测量出标塔的精确数据。"

"至于当时负责这件事的审判官……那个格尔法，他没有继续追查吗？"

"没有。我想他是个办事草率的人。"

"我想与现任审判长沟通……你说她叫妮芙？"

"是的，我认为你应该见见她。"

天亮时分，我们向西飞行，抵达德尔斯堡——该区域规模最大的棱堡城市，也是卡杜卡迪斯行省政府的所在地。费希格打开了速攻艇内置的安全装置，在我们通过外环的隧道时，向哨兵塔楼发送了当天的访问密令。即便如此，我们经过关隘时，两侧的蝎尾狮和九头蛇的炮口自始至终都对准我们。

速攻艇的安全装置监测到了被多个武器锁定的危险，开始频频发出警告。

"别担心。"费希格见我神色警觉，宽慰道，"我们很安全。我猜那些卡迪亚人总是利用一切机会练习瞄准。"

我们跟在前方的车队后。在走路摇摆的哨兵机甲护送下，几辆装甲十二轮运输车缓慢前行。它们沿着公路驶向高处的防御工事。穿过那道防御工事之后，等候我们的还有两道相同的关隘。德尔斯堡坚实的防御工事和层层营垒在暮色下显得庄严而阴森。

位于防御工事上坡的铁塔上亮起了无数盏明晃晃的探照灯。防御护堤上排列着的炮台和堡垒如同手指上凸起的指节。安全装置再一次警报声大作。

费希格降低了速攻艇的速度和高度，调转方向，驶向东方的一座碉堡。碉堡顶端配备着撼地炮平台，右侧建有一座小型营垒，它的顶部装饰着一枚帝国双头鹰的浮雕。

我们驶入碉堡的大门，穿过内侧的护城河上方的液压基座，最终汇入堡垒内部的街道，它们被故意设计得狭窄而曲折。

卡迪亚最早的棱堡城市都遵循高泰拉式的城市风格，街道宽阔，城区按照网格均匀分布。但在 M32. 早期，一场混沌入侵给当时的三座城市造成了毁灭性的打击。事实证明，追求秩序的宽阔道路根本无法长时间抵御外敌入侵。

自那时起棱堡城市就被设计为更加复杂的几何图案，街道就如同钥匙齿一般上下起伏。从空中观察，德尔斯堡就像是一个精心构思、暗藏玄机的谜题。考虑到卡迪亚人个个英勇善战，巷战的技艺更是出类拔萃，这种棱堡城市在遭受外敌入侵时，每一条街道、每一寸土地都能坚守数月，甚至数年。

我们沿着迷宫般的繁忙街道无声地行驶，挂在笼中的路灯已被点亮，街道两旁的商铺也已暂停营业。我刚想对费希格说，整个世界就像是一个军营，但随即发现当地最时尚的服饰居然是迷彩服。我们很容易通过服装分辨出当地人和访客。点缀着锯齿状白色图案的苔原灰军装，或者绿色与米色相互镶嵌的工作服，两种配色分别代表新兵和退伍军人。而德尔斯堡的居民们都穿着灰色和棕色格子图案的城市迷彩。

我们穿过卡迪亚帝国粮仓的高大仓库，以及专供富人与成功人士消遣的训练堡场。即使是富人居住的别墅区，也在复折式屋顶的顶端镶嵌着厚实的护甲。

左侧是灯火通明的赌场，当夜幕降临，赌徒们蜂拥而至，在这里赌光他们的工资。右侧是棱堡议事厅，顶端是一座耀眼夺目、用陶钢锻造的金字塔。再往前就是审判庭的办事机构了。当两侧高墙上的火炮将准星对准我们时，那台安全装置再次不知疲倦地发出了警告。

费希格将速攻艇停靠在议事厅内院的石板路边，路口安插的导向灯投射的光线相互交叉。身穿金边暗红色铠甲的审判庭护卫向我们走来，我们抬手掀起速攻艇的顶棚，跳出了驾驶舱。

我向领头的卫兵出示了徽章。

他脚跟一并，向我敬礼。

"长官。"

"我想见审判长。"

"我会禀告她的下属。"他顺从地说。随后匆忙地穿过人字形石板铺陈的道路，手中提着佩剑的饰带以免被动力剑绊住脚步。

"你不会喜欢她的。"费希格一边说，一边从速攻艇的另一侧与我会合。

"为什么？"

"啊，相信我。你不会喜欢她的。"

"天色很晚了。按理说，今天应该告一段落。"审判长妮芙说着，将手中的全息笔插回到写字台上的黄铜电源接口中。

"抱歉，女士。"

"不必介怀。我可不会将大名鼎鼎的审判官艾森霍恩拒之门外。我们与赫里甘次星区相去甚远，但你早已名扬四海。"

"我希望不是什么恶名。"

审判长从写字台边站起身，抚平了绿色法兰绒长袍的褶皱。她个头不高，身材结实，如果我猜得不错，她的年纪应该不到一百岁。黑白相间的长发被紧紧地扎成马尾，她有着典型卡迪亚人苍白紧绷的肌肤和紫罗兰色的眼眸。

"那倒无所谓。"她说。

我们站在她的办公室中。这是个八边形的房间，铺设着黑白相间的卡斯摩提地板，以太石墙面上镶嵌着幌菊图案。屋内被烛火点亮，明亮的焰心是一枚精心雕琢的莲花图案。

审判长妮芙倚靠在一根华丽的银质手杖上，站在写字台边看着我们。

"你想审阅关于贝尔的记录，是吗？"

"你怎么猜到的？"我问。

她将重心转移到健全的那只脚上，抬起手杖，用橡胶包裹的杖尖指了指费希格。

"我认识他。他之前来过。审判官，我猜他是你的人。"

"是我最好的部下。"

她扬了扬纤细的眉毛。"哈，这句话算是交底了。跟我来，去档案室。"

一座昏暗的螺旋式阶梯通向地下室的拱门。她吃力地调整着时刻需要转向的步伐，但当我提出要帮助她时，她却十分粗暴地拒绝了我。

"我无意冒犯，审判长。"我说。

"你这类人从来不会冒犯到我。"她厉声说。虽然我不知道这类人指的是什么，但我觉得还是先不要追问比较好。

档案室是一间修长的装饰着镶板的房间，一排双向的办公桌横在中央，桌上的台灯是唯一的光源。

"开启检索！"妮芙说罢，一枚伺服颅骨从天而降，在她的肩膀盘旋。颅骨眼中燃烧的卤素发出亮光。

"依次检索'贝尔'和'子'。"她下达了指令。颅骨随即转身行动，眼中投射的光芒在档案室的书架上逐一扫过。

它随后在八个档案区以外的位置停了下来，在书架上方盘旋，嗡嗡作响。书架上堆满了数据板、文件磁条和落满灰尘的纸质书籍。

费希格和我跟在妮芙身后，她一瘸一拐地走向颅骨的方向。

"……之子……之子，图斯之子、马卡里乌斯之子，还有狗崽子。"她侧头瞥了我一眼，说道，"这在我们这儿是个不错的笑话。"

"我也觉得，女士。"

她将手指按在档案上，沿着颅骨扫描仪的光束，拂过磨损严重的书脊和贴着标签的数据板保护套。

"巴巴鲁斯之子……巴尔卡之子……找到了！贝尔之子。"

她从档案架上取下一个文件盒，将盒子上的落灰吹到我的脸上，随后递给了我。"查阅结束后，放回原处。"她说完，转身离开。

"抱歉，请留步。"我说。

她用拐杖在地面猛地敲击了两下，转过身再次面对我。

"怎么了？"

"你的前任官员……叫……"

"格尔法。"费希格在我耳边提醒。

"格尔法。他没有经过详查就将这个邪教组织的成员全部烧死了。你从没查过这个案子吗？"

她面露微笑，但笑容中却满是寒意。

"你知道吗？艾森霍恩……我一直都渴望拥有如你一样充满奇遇、惊心动魄的生活。你经历的一切都会令你感到振奋。你每天都能遇到银河系中最重要的人物，无论名扬四海的英雄，还是罄竹难书的恶徒。我曾经梦想成为和你一样的人。你恐怕一无所知吧？"

"审判长，我无意冒犯。您说我对什么一无所知？"

她愤怒地指着我手中的文件盒。"那些荒唐透顶的故事、毫无意义的细节，全是吹毛求疵，浪费时间。贝尔之子？我为什么要去关注这种案件？这个组织已经死透了，永远消失了。一群蠢货想要趁着午夜拔掉西部荒原的标塔，目的居然是为了尝试他们的地理测绘仪。喔！我好怕呀！我猜他们想通过测距来毁灭人类！你知道守护这个地方是什么感受吗？"

"审判长，我——"

"你知道吗？这里是卡迪亚，你这个蠢货！帝国正对混沌的大门！一切矛盾的中心！邪恶的渗透无处不在，我每个月要处理上百个活跃的邪教组织。

上百个！这里滋生的异端惯犯要比肮脏池塘里的浮渣还多。如果幸运的话，我每晚能睡上三四个小时。通信器随时会告警，我必须保持待命状态，赶去搜查法务部发现的异端巢穴。巷战随时会发生，艾森霍恩！帝国大敌随时可能在街道上流窜！我每天在内部清洗和剿灭异端的工作之间疲于奔命，更顾不上我这位愚蠢前任留下来的流水账一样的卷宗。这里是卡迪亚！这里是恐惧之眼的大门！这里是一切审判庭血腥任务的最前线！我不会因为你'测绘俱乐部'的狗屁故事而分心。"

"我很抱歉。"

"我接受你的道歉。翻完卷宗，赶紧滚蛋！"她怒气未消，跛着走开。

"妮芙？"

她又转过身。我将卷宗摔在办公桌上。

"这些热衷于测绘的异端或许都是蠢货。"我说，"但此事非同小可，可能与一个极端邪恶的恶魔宿主密切相关。"

"恶魔宿主？"她面露惊异。

"没错。还有躲在暗中操纵一切的真凶。这位幕后主使，如果我猜的没错，是我们当中的一员。"

她步履蹒跚地从楼梯上走回。

"拿出证据。"她说。

第十三章

久别重逢

战钟

漫长任务的开始

　　我不知道自己是否说服了审判长，更不知道该怎样说服她。但她听完了我的话，随后在档案室停留了两个小时，协助我查阅与案情相关的档案和其他材料。九点之后，她收到支援请求，前往卡斯卡迪斯群岛平息当地的一场纷争。她出发前，给我和团队成员提供了食宿，我婉言谢绝，确保自己保留在德尔斯堡继续调查的权限，并定期向她通报进展。

　　"我听说过你不久前的……遭遇，艾森霍恩。我不想在我的地盘上发生类似的事。明白我的意思了吗？"

　　"明白。"

　　"晚安。祝你追查顺利。"

　　费希格和我被独自留在档案室。

　　"你猜错了。"我对费希格说。

　　"哪儿错了？"

　　"我挺喜欢她。"

　　"哈！那个泼妇？"

　　"事实上，我之所以喜欢她，恰恰因为她是个泼妇。"

　　我对于那些劳苦功高的审判官同僚总是钦佩有加，即便他们的行事风格与我截然不同。妮芙是一位骨子里的纯净派，对于多数事物都缺乏足够的耐心，甚至称得上草率鲁莽。她辛劳过度，但她对一切潜在的隐患与威胁都会全力投入，一丝不苟，将保护神圣帝国与伟大人民看得比一切都重要。在我看来，一名审判官理应如此。

　　我们一直工作到半夜，研究整理了数百份与案情相关的文档。

当时，我的炮艇已经停靠在了位于提洛克堡的登陆场。费希格找来了妮芙手下的一位拓印员，并安排他完成了最重要文档的复写工作，以便我们返回时携带。我们随即返回速攻艇，穿过棱堡蜿蜒曲折的街道，向镇区飞行。

群星在空中闪耀，天气渐凉。夜间出没的飞蛾在炮艇的着陆灯外飞舞。

一道淡紫色的污痕悬挂在东方的地平线上方，那是缓缓升腾的恐惧之眼星云。尽管恐惧之眼距离我们十分遥远，只在空中留下了一抹朦胧的雾霭。但这景象仍然令我不寒而栗。如果双头鹰象征了人类帝国一切美好、高贵和正直的品质，那么眼前这团恶心的模糊则代表与我们永世为敌的憎恶与邪恶。

费希格登上了炮艇，迎接他的是真挚的欢笑与热切的问候。埃莫斯机械地与他握手。贝坤欣喜地在他脸上留下了轻轻一吻，他脸上立刻泛起了红晕。纳尔把费希格高高举起，费希格挣扎着跳回地面，转身又将米迪亚高高举起。他随后转向胡斯曼，问他是不是又饿了。

"怎么了？有吃的？"瘦高的猎人瞪大眼睛，露出了充满期待的神情。

"因为晚饭时间到啦。"费希格说，"贝坦科尔，把这个箱子也带上。"

我们启动引擎，驶向他此前所说的"安全所在"。

我有将近五年没有登上过伊森号了。这是一艘古典的伊索尔德式的重型商船，船体看上去就像是一艘穿梭在银河间的教堂。它有3公里长，放下低锚停靠在卡迪亚的上空。我第一次看到它是在倨傲星冰冷刺骨的轨道上，时隔百年，伊森号依旧气势恢宏。

"是行商浪人的船？"因沙贝尔有些不安，隔着我的肩头观察着前方的舰船。

"是老朋友。"我安慰道。

我认为托比亚斯·马希拉船长是最不可能与我成为盟友的那种人。他从事着运输奢侈品的行当，无论是出于官方名义还是私人名义，他都会沿着赫里甘次星区的航线年复一年地往返。时至今日，他仍然以此为生。

尽管如此，他对冒险这件事却有着海盗般的奇特癖好，十分怀念昔日的闯荡生涯。在《亡灵经》事件中，我曾经雇用过他的船，只是作为团队远距离航行的交通工具，但他却乐此不疲，深陷其中。在过去的 1 个世纪里，每隔几年我就会雇用他为我和团队成员运输辎重，有时候他也会主动问我是否需要他的协助。只因为他感到百无聊赖，只因为他与我们"距离不远"。

马希拉是一位饱学之士，智慧过人，体察入微，并懂得享受最高品质的生活。他同样也是一位充满魅力的主人、一名值得信赖的队友，我很喜欢他。尽管他绝无可能成为团队的正式成员，但在经历了漫长的共处时光，在经历了无数次出生入死之后，他已经是我们当中的重要一员。

一年前，当费希格开始这场在卡迪亚的漫长追寻之旅时，我请求马希拉驾船送他前往。他立刻欣然同意，原因并不是我出手慷慨。对他来说，这次旅程听上去更像是一场真正的冒险。除此以外，这场旅程更为古老的伊森号提供了一个千载难逢的机会，尝试一场与赫里甘常规航程不同的远距离航行。

一波三折的旅途，荡气回肠的英雄之旅。这才是马希拉一生的追求。

在炮艇还没排完推进器的浓烟前，他就迫不及待地走到登陆舱的中央迎接我们的到来。他一如往常地穿着华贵的服饰：蓝色的天鹅绒粗呢大衣，袖口宽大，搭配着褶皱领结，大衣内是一件十分考究的日本纳伽丝绸上衣，镶嵌着黄金袋口的皮革长裤，精致粉饰的假发上佩戴着一顶令人惊叹的扇尾羽帽。他的皮肤被染得煞白，脸上点缀着一颗翡翠色的美人痣。他身上的古龙水气味甚至比推进器的浓烟还要呛鼻。

"我亲爱的格雷戈！"他兴奋地高喊，大步向我走来，伸出双手紧握住我的手，"欢迎光临鄙船，我真是太高兴了。"

"托比亚斯。见到你一如既往的令人高兴。"

"还有亲爱的伊丽莎白！看上去越来越年轻，越来越光彩照人！"他轻握起她的手，吻了吻她的脸颊。

"留神，你的……妆会花的。"

"哦，聪明的埃莫斯！欢迎你，学者！"

埃莫斯的手被船长握住时，发出咯咯的笑声。尽管埃莫斯喜欢分析判断，但我猜他从来都不真正知道该如何评价马希拉。

"纳尔先生！"

"马希拉……"

圣锤

"还有米迪亚！你真令我着迷！"

"当然啦。"米迪亚半开玩笑地说，向马希拉递出一只掌心镶嵌着电子回路的手。

"你早就知道我们要来，马希拉。你应该搞些新花样的。"费希格说着，握了握马希拉的手。我意识到二人的关系已经异于往常。他们在一起执行这项任务已经有一年了。此前，费希格从未与马希拉产生过交集。他们的出身背景与人生履历差异过大。但很明显，一年的彼此陪伴终于促成了一段真正的友谊。

这令我十分欣慰。审判官的团队唯有相知相识，才能事半功倍。

马希拉转身看向胡斯曼和因沙贝尔。

"抱歉，我不认识你们两位。但我会在晚宴上好好了解你们的。欢迎光临伊森号。"

马希拉的机仆用黄金铸造而成，每一个都是精致华美的艺术品。机仆们为我们准备了一顿丰盛的晚餐。当天早晨刚从卡杜卡迪斯海域捕捞的螃蟹，带着浓郁的蟹籽，在蟹壳里还盛放着昂托花甜酱。还有红烩卡迪亚野猪肉、搭配奶油和糖浆的黑檀果煮塔鼠肉、卡迪亚红酒。镀金的调酒机仆端上了小杯的萨米特玫瑰酒、口味浓郁的凯迪亚红酒、产自海德拉夫盆地口感甜腻的托卡伊酒，还有辛辣的莫迪安杜松子酒。

大家都兴致高昂。这一桌临时筹措却极尽奢华的晚宴让我们从繁忙的工作中抽身，得到了些许放松。我们都对经手的案件绝口不提，也没有人询问下一步的计划。放松头脑能够令人清醒。

我此刻就需要这样的清醒。

第二天清晨，我们乘坐炮艇回到了德尔斯堡。广阔的卡杜卡迪斯群岛上空的黎明有着钢铁般的光泽和质地，却在炽热的红日照耀下融化为两截。我们从崎岖的大陆架上空疾驰而过，脚下是熟悉的荒原，原本肃杀的山峰和悬崖此刻都沐浴在温煦的粉色朝霞中。

尽管我们发送了正确的通行代码，但在短短半个小时的着陆过程中，我们接受了六次拦截检查。令人啼笑皆非的是，在其中一道关卡处，一对卡迪亚轰击者居然用高难度的翻滚动作从侧面拦截住了我们。

军事安全是卡迪亚人生活的重要旋律。每一艘非军事运输艇、航天飞机和星船都会受到极为严苛的审查，尤其是行踪可疑或者偏离授权航线的飞船。埃莫斯告诉我，在六个月前，来自阿努什的总执事乘坐快艇前往卡迪亚参与内政部的宣传研讨会，不料飞艇在半空被击落——原因很简单，它出示了错误的密码。这不禁让我怀疑我们这位神秘莫测的敌人是如何载着他的爪牙在卡迪亚进出自如，却丝毫不留痕迹的。

除非他的身份或官阶能让他免于一切例行检查，就像我们一样。

由于一场战争正在进行，我们被转移至德尔斯堡以西60公里处。黎明的阳光不时被大规模火箭轰击发出的闪光遮盖。

几天前，卡迪亚突击队的八个兵团刚刚被卡迪亚之门的一个内部堡垒世界派来执行军事任务，此刻正在进行实弹演练。

我们降落在议会的停机坪上时已经比计划晚了一个小时。棱堡内的每一座瞭望塔和金字塔的战钟全都被敲响，这个信号在提醒当地人，附近的平原与荒野传出的战斗轰鸣只是一场军事演练。

我们团队内进行了分工。费希格带着埃莫斯去了议会档案馆，负责核对前一天晚上我们复写的文稿，并展开进一步研究。贝坤在胡斯曼的陪同下，前往圣徒殿搜查国教卷宗。因沙贝尔和纳尔前往内政部查找有关的名录。

我与米迪亚同行，前往内防部。

卡迪亚没有设立法务部。这是一个处在永久戒备状态下的世界，因此，所有的民间警务职责都由内防部统管。它是卡迪亚帝国卫队的分支机构之一，总部就位于该区域的行政中心——德尔斯堡。这座灰色的石质建筑坐落在德尔斯堡的正中央，毗邻军事统帅的要塞。

内防部的成员是随机调配的。在这个世界，每十名被征召到卡迪亚军队中的士兵就有一人在结束预备役和基础训练之后被抽调到内防部队。无论士兵们取得过怎样的成就，或展现出怎样的才能，他们都必须服从调剂。因此，在这个为战争而生的星球上，总是不乏最优秀的士兵留下来保卫故乡世界。卡迪亚拥有号称所有帝国世界中作战效率和战斗技能最顶尖的防御部队之一。

第十三章

圣锤

一位名叫伊贝特的上校负责接待我们。他大约四十多岁，精瘦，却给人一种力量感。他神态威严，俨然有率军杀向恐惧之眼的气魄。他的态度彬彬有礼，却总是对我们怀有戒心。

"我们这里从来都没有关于非法或者可疑移民的记录。"

"这是为什么，上校？"

"因为这种事情从来不会发生。防御系统不允许这样的人活着着陆。"

"你确定没有例外吗？"

伊贝特将手指摆成了尖塔的形状。他身上灰白相间的迷彩制服被浆洗过，而且被熨得十分平整，平整到你可能会被衣角的折痕割伤。

"好吧。"我决定换个思路问道，"如果有人想要匿名潜入这个星球，他该怎么做？"

"不可能。"他说，语气坚定，没有丝毫犹豫，"所有乘客的身份和来访目的都会被严格记录在案、归档备查。任何违规行为都会在第一时间严格处理。"

"那么，我们就从这些违规行为着手吧。"

伊贝特无奈地将我们领到了一间档案室，并指派了一位文职人员带我们审查记录。我们整理翻阅了将近三个小时，逐渐厌倦了无休无止的清单：轨道登陆、空中拦截和地面突袭记录。我敢说，光是将这些记录逐一审查完就需要数周时间。

但这正是我们需要做的工作。我们用了十个半星期的时间翻阅德尔斯堡的档案和名录。其间我们住在炮艇的隔间，早起晚归，轮班查阅当地浩如烟海的卷宗。每隔几天，我们就会回到伊森号休息思考。待到工作结束时，俨然已是隆冬。

第十四章

冬天的机会

名字

戈锡堡的标塔

这是卡迪亚的隆冬。

那天早晨，闪亮剔透的浮冰在卡杜卡迪斯群岛四周铜绿色的海水表面起伏，荒原上雪花飞舞。每年的这个时候，即便在白天也能清晰地辨别出恐惧之眼散发的污秽光晕。原本在夜间才出现的淡紫色光芒，在冬日的衬托下成为一片紫色的薄雾，如同白纸上晕染开的墨渍。

这让我们感到自己始终处在监视之下。那只充血的巨眼无时无刻不在愤怒地瞪着我们。

从北极圈吹来的荒原风凛冽刺骨，如同卡迪亚人的冰冷刺刀。海拔较高的湖面已经凝结成冰，致命的火山灰笼罩着荒原和高地。生活在堡垒中的人似乎对加热器和隔热窗户有着病态的恐惧，任凭寒冷侵入到每一个角落。

寒风吹过议事厅和内政部的大楼。水管中的水都已凝结成冰。

尽管如此，战钟每隔几天就会响起。荒原上到处都是冬季集训的声音。我不禁怀疑卡迪亚人只是为了取暖而相互射击。

在漫长而寒冷的十个半星期里，我们系统搜查了德尔斯堡的全部卷宗。期间，我养成了每天早上从审判庭办公室步行到内卫部总部的习惯。我穿着一件厚实的毛皮大衣抵御严寒，脚踩钉底皮靴以应对路面的冰层。我感到十分苦闷。伴随搜索工作的进行，我们因为在昏暗的房间中度过了太多徒劳的时光，一个个面色苍白，心急如焚。

潜在的线索很多。"贝尔之子"曾经留下的踪迹，未经授权的星船通行记录，可疑的消费税务登记。

他们如今消失得无影无踪。根据我们的分析，"贝尔之子"没有留下任何余孽，或旁支成员。没有与标塔有关的任何邪教活动记录，甚至没有异形考古工作。我走访了当地大学的专家和教授，甚至请教了来自机械神教的科技神甫。他们都是现存记录中对标塔研究最深入的学者。

结果一无所获。

我与因沙贝尔、纳尔或费希格走访了整个区域，最远曾去过提洛克堡和贝兰堡。在位于贝兰堡的一家武器店，一名工人疑似是贝尔邪教的成员，但调查结果表明那只是登记时的拼写错误导致的同名。我们乘坐速攻艇往返，白白浪费了十个小时。

埃莫斯创建了一个数据模型，通过该模型，我们能从邪教组织过去的行程列表中找出异常。

但没有任何相关性。

我踏上内防部大楼的台阶，接受门后警卫室的检查。我对这样的检查已经司空见惯。在过去七十五天里，我几乎每天都在这个时间抵达。我甚至一眼就能认出其中的几名卫兵。

但每次检查都和第一次一样。我的文书不仅需要盖章，并且要经过逐字逐句的阅读和防伪监测仪的比对。我的审判庭徽章也经过反复核验，被一丝不苟地贴上了标签。值班官员将我的具体信息同步给了主楼，方才获得了通行的批示。

"这会令你厌倦吗？"我一边等候一边问他，随后将文件叠好，塞进皮包。

"什么会令我厌倦？"他问。

从第一周开始，我就再没见过伊贝特了。好几位主管轮流接待我。有人说那是轮班安排的缘故，但我知道，或许是因为他们之中没有人乐意与审判官打交道。尤其是我这种死缠烂打的审判官。

那天早上，负责护送我的是勒维尔上校。他是个脾气暴躁的年轻人，那是我们首次见面。

"我能帮什么忙吗？"他语气急促。

我叹了口气。

数据板和日志文件被堆放在工作台四周，那是我昨晚结束工作时留下的材料。勒维尔正命令一名下属将文档收拾好，给我腾出空间，我连忙解释说这是我昨晚忙碌的结果。

他拘谨地看着我。"您之前来过？"

我又叹了口气。

我查阅了两个小时。十一点时，我与因沙贝尔和贝坤一起赶往卡杜卡迪斯群岛中的一座岛屿上的村庄，当地有人自称掌握了走私活动的内情。我甚至可以提前断言，我们又将无功而返。

途中，我阅读起两年前某个夏日的轨道交通清单。数据板的半个屏幕都写满了一艘舰艇的出入境记录，它从轨道上的星船起飞，最终降落在戈锡堡登陆场。戈锡堡距离标塔很近，也是"贝尔之子"频繁出没的城市。我继续阅读，发现记录清单末尾标注的日期恰好是邪教徒最近一次围绕标塔活动的前三天。

我将数据板插入转接口，并申请获取更详细的资料，但我的访问遭到了拒绝。我转而调用一组更高级别的秘钥，屏幕上弹出了详细的报告，但星船的具体信息和授权加密的人员姓名都被隐去了。我感到兴奋异常，迫不及待地向下滚动屏幕，但访问受到了进一步限制。

我不得不录入我权限内最高等级的秘钥。伴随破解的进行，终端屏幕上的文字也在频频抖动。

一个名字弹了出来。我狂喜的内心转瞬间被泼了一盆冷水。

是妮芙。这条神秘的记录不过是检察长执行秘密任务时留下的痕迹。

一切又重回原点。

岛上冰冷刺骨，一片荒凉。一个小渔村依偎在西侧的海湾。因沙贝尔将飞艇停靠在铺满鹅卵石的海堤上，摊开在一旁的渔网早已凝结成冰，冻得僵硬。

"还要多久，格雷戈？"贝坤说着，裹紧了脖颈上的围巾。

"什么还要多久？"

"距离我们放弃离开，还要多久？我没办法继续在这个被命运遗弃的世界待下去了。"

我耸了耸肩。"我们待到圣烛节。如果到时候我们还是一无所获，我确定大伙儿就要告别卡迪亚了。"

我们三人在结冰的道路上艰难前行，前方出现了一家能够俯瞰整条海堤的酒馆，酒馆内一片阴暗。酒馆的门外挂着一条和人一样高的船锚鱼。鱼肉被腌制过，在冬日的冰冷空气中晾着。

酒保对我们丝毫不感兴趣，但服务生给我们端来了饮料，并将我们领到了后堂的一间包厢。他承认是他发送了关于走私犯的信息，并表示那名走私犯不在别处，正在这里等着我们。

我们走进包厢。屋内一人正坐在噼啪作响的壁炉旁，将佩戴着珠宝戒指的手指伸到火边取暖。我闻到了熟悉的古龙水的气味。

"早上好啊，格雷戈。"托比亚斯·马希拉向我致意。

尽管包厢里传出了一阵阵惊呼，但侍者还是若无其事地端上了香草蛋卷和热气腾腾的鱼肉汤，还有一瓶加强型葡萄酒。

"你有什么想要解释的吗？"因沙贝尔没好气地问。

"当然啦，拿图恩·因沙贝尔。当然。"马希拉说着，给在场的每一个人都斟了一杯酒。

"有点耐心。"

"快说，托比亚斯！"我说。

"哦。"他见我露出了不悦的表情，忍不住向后挪了挪，"不得不承认，我在这几周时间里感到无比沉闷。大伙儿都忙得不可开交，而我只能在伊森号上眼睁睁地看着，等你们回来……不管怎样，你们不止一次提到过，这起案子中存在一个最为关键的症结：是否存在能让人自由出入这颗星球严苛安防系统的有效途径？于是我对自己说：'尽管格雷戈对此明令禁止，但托比亚斯，这不是你最擅长的吗？走私，托比亚斯，是你的拿手好戏。'所以我下定决心，想看看凭借自己的本事能不能将货物走私到这里来。你猜怎么着？"

他又向后挪了挪，端起酒杯啜了一口，看上去洋洋得意。

"你成功地偷渡到这颗星球，为了证明这件事是可能的？"贝坤的语气有些迟疑。

他点了点头。"我将飞艇藏在了村子后面的小树林里。真是不可思议，在这里你用一袋钱能让不少人为你守口如瓶。"

"真是让人哭笑不得。"我说。

他摊开双手。"你几周前告诉我，内卫部的存档里也没有发现任何非法或可疑的移民记录。好吧，我今天用实际行动证明了这个观点大错特错。我承认，卡迪亚是个固若金汤的世界。这也是我无比漫长、放荡不羁的职业生涯中遇到过的最艰难的挑战。但正如你们亲眼所见，这并非不可能。"

我将杯中的酒一饮而尽。"我就不该对你诉说这件事，托比亚斯。你知道的。"

"哦，得了吧，格雷戈！因为我愚弄了卡迪亚的内防部？"

"因为你知法犯法！"

"啊！没有。或许我钻了个空子，但是没有犯法。无论是卡迪亚的本地法律还是帝国通用律法，我能出现在这里都是完全合规的。"

"什么？"

"拜托，我的老朋友！你认为我的飞艇今天早上为什么没被卡迪亚的风雨雷电给劈下来？——这是个比喻。至于答案嘛……因为那些拦截机争先恐后地迎接我时，我向他们发送了正确的通行代码，他们就都服服帖帖地让道了。"

"可是通行代码是特权！需要三重认证才能拿到！只有高权限的人才能获取这种凭证。你怎么会有这样的特权？"

"我当然没有，格雷戈……那是你的特权。"

真相与我近在咫尺，但直到马希拉演出这场值得他四处炫耀的闹剧后，我才后知后觉。内卫部之所以没有非法或可疑访客的记录，是因为根本没有符合这类性质的档案。那些妄图挑战卡迪亚安防系统的人全都未能得逞，被尽数歼灭。而那些成功通过的不法分子却从未被留意。

因为他们使用了最高级别的通行代码，并伪装成了官方访客。这类人向来我行我素，不受限制。

正如妮芙和我。

"我从没去过那里。"妮芙说着，仔细检查着我给她出示的数据板，"这里也没有。"

"当然没有。但有人冒领了你的通行代码，并用它突破了轨道安全检查。他们就这样大摇大摆地走进了这个世界。这里又出现了你的代码，反反复复。在此之前，他们用的是你的前任格法尔的代码。这些行动可以追溯到四十年前。'贝尔之子'所采取的每一次诡异的行动和其他邪教的活动……都能和某一次

第十四章

审判庭从太空抵达地表的飞行记录联系起来。"

"帝皇庇佑！"妮芙抬起头。她放下手中的数据板，用嘶哑的嗓音唤来机仆，将八边形的会客室照得更加明亮。

"但我的代码受到严格的保护，怎么会被人窃取呢？艾森霍恩，你刚刚提到自己的代码被人盗用过，那是怎么被盗走的？"

我顿了顿。"那算不上失窃，不完全是。我的一名同事为了证明这一点，盗走了代码。"

"我怎么丝毫不感到惊讶呢？哦，得了吧，艾森霍恩，我们从来就不是一路人。你的队伍里充斥着鸡鸣狗盗之辈，他们会在你背后偷奸耍滑，采用各种非常规手段。我却没有。我的代码根本不会被人滥用。"

"我明白你的意思，但这件事并不绝对。除了你以外,谁还有这样的权限？"

"没有人！在我之下没有人能拿到。"

"在你之上呢？"

"什么？"

"我想说，可能是我们中的一员，某位高阶审判官，甚至是审判庭宗师级别的人物。当然，他是个老谋深算、心思缜密的家伙，否则不会将这件事做得如此滴水不漏。"

"这就需要审判庭的最高权限，能直接读写你我的代码。"

"没错，我们就朝这个方向查下去。"

终于，我抓住了敌人的命门。那些惨烈的流血牺牲，那些无处宣泄的怒火，那些夜以继日的鏖战，与这条即将揭示敌人真实身份的线索相比，都显得微不足道。为了窃取妮芙及其前任审判长的授权代码，我的敌人必须通过显露自己的身份来调用这些机密文件。

当然，调用操作记录本身也是严格加密的。妮芙和我并排坐在办公室侧屋的一台编码器旁，很快就找到了对应的操作记录。这个文件甚至没有被隐藏，而是堂而皇之地列在众多文件夹之中。对方从没想过有人会关注它。

但它终究还是被加密了。

加密技术已经超出了我和妮芙的理解能力。但我们的职级允许我们通过星语庭向审判庭当局发出调用最高级秘钥的申请。

第十四章

联合评级的过程用了整整五个小时。

午夜刚过,来自星语庭的抄写员给我们送来了一块数据板。仲冬凛冽的寒风将办公室的窗户吹得哐当作响。

此前,我和妮芙两个人一直在焦急地等候。此事非同小可。我们都感到如坐针毡。我们开始高谈阔论,试图在各种话题里消磨时间,但都不可避免地感到惴惴不安。为了御寒,她倒了满满一杯卡迪亚的格雷瓦鸡尾酒。

她的助手通报了抄写员到访的消息。随后,那名星语者垂首鞠躬走了进来,人造底盘在长袍下摩擦旋转。他将数据板递到妮芙手中。妮芙接过,示意他离开。

我站起身,放下手中几乎一口没喝的酒。

妮芙拄着银色的拐杖,一瘸一拐地走到我跟前,手中托着数据板。

"继续吧。"她说。

我们走进侧屋,将数据板装进那台古老的编码器。眼花缭乱的符号在碧绿色显示屏上疯狂地闪烁。她选中了目标文件,用秘钥将它打开。

整个过程用了一两秒。

绿色荧屏上终于弹出了那个动用职权调用妮芙代码之人的身份。那是一个名字。

那个名字令我瞠目结舌。

"帝皇啊。"妮芙倒抽了一口凉气,"奎索斯!"

埃莫斯正在和妮芙的学者卡奇喋喋不休地争论。

"奎索斯死了!早就死了!"卡奇一口咬定道,"显然是有人冒名顶替,调取了他的权限。"

"根据审判庭年表的记录,奎索斯还活着。"

"这不能说明问题!从没有人发现过他的尸体,更没有死亡证明——"

"确实如此……"

"但是,一百多年来,没有人见过来自奎索斯的任何信息。"

"我们刚刚见过。"我说。

"艾森霍恩是对的。"妮芙说,"审判官乌特伦曾经被推断为死亡长达七十多年。但他后来又出现在了依思奎斯特二星,一举推翻了当地的暴君统治。"

"真是蹊跷的扰动。"埃莫斯嗫嚅道。

奎索斯,伟大而光明的奎索斯,帝国有史以来最为人敬仰的大审判官。他早期的著作是我们的必读读物。他是一个传奇。早在二十一岁时,他就焚灭了侵袭阿尔图姆的恶魔。随后,他清洗了恩多里安次星区,将四处滋扰的伪羊神异端彻底剿灭。他亲笔誊抄了《伊本之书》。他捣毁了将荼毒泰拉宫殿的纳垢邪教。他成功猎杀了混沌星际战士班戈洛斯。他让多马克托尼的低语者们彻底归于沉寂。他将萨佩斯的巫王钉死在了焚毁殆尽的巢都之上。

但奎索斯带有一种特别的气息。他与毕生追猎的邪恶势力走得太近了。他当然是激进派。有些人称他为流亡者。更有甚者会在私人场合对他妄加非议。

对我而言,他是一个僭越过多的伟人。我对他的经历与成就钦佩有加。

因为,至少在我看来,他已经死去多年。

"他可能还活着?"妮芙问。

"女士,不可能……"卡奇开口反驳。

"我不知道你为什么要雇佣他。"我轻蔑地指了指那名卡迪亚学者,"他的建议丝毫没有参考意义。"

"岂有此理!"卡奇怒气冲冲地说。

"闭嘴,出去。"妮芙命令道。

她走到我身前,从我手中接过空杯。"请继续。"

"你想听吗?听我这个与鸡鸣狗盗之徒共事的冒险者的观点?你确定吗,审判长?"

她斟满一杯格拉瓦鸡尾酒,猛塞到我手中,但用力过猛,酒水泼溅了出来。

"立刻阐明你的观点!"

我抿了一口。埃莫斯坐在门边的座椅上看着我,神情有些紧张。

"奎索斯极有可能还活在世上。他应该已经……多少岁了,埃莫斯?"

"三百四十二岁,长官。"

"没错。这点岁数算不上什么,不是吗?如果没有人造的植入器官,没有回春药物……没有巫术。"

"说正题！"妮芙说。

"他的职业经历足以证明他天赋异禀。他因为过于偏向激进派的立场而背负恶名，尽管这件事本身就缺乏充分的证据。他……多次涉足亚空间。我只能说这些。如果仅仅因为一百多年没听到奎索斯的消息就断定他停止活动，这未免太草率了"

"是什么活动？"妮芙说，她将手杖在地板上连续敲击了两下，"他究竟做了什么？动用恶魔宿主？谋杀审判官？追查《亡灵经》一类的邪祟文本？掀起特雷锡安的可怖暴动？"

"不排除这些可能，不是吗？"

"这些会让他沦为怪物！那是我们崇高使命的对立面！"

"说得没错。当强者距离自己抗争的邪恶过近，他便会被卷入其中，无法自拔。此种惨剧自古有之，例如：审判官卢贝鲁。"埃莫斯说。

"对，卢贝鲁！我知道……"

"德肯大导师？"

"没错。我记得……"

"弥米伽的帕尔弗洛大主教？圣徒伯尼菲斯，人称千泪死颅？"埃莫斯念经般地脱口而出。

"帝皇啊！"

"至高卿范迪尔？"我补充道。

"是的，是的——"

"荷鲁斯？"埃莫斯鼓起勇气，小声说道。

漫长的寂静。

"奎索斯。"妮芙缓缓转过身，看着我低声说，"这串不洁之人的名单上，是否也有他？"

"如果罪行属实，他必定位列其中。"我答道。

"我们该怎么做？"她又问。

"我们会找到他。我们要一探究竟，过去几个世纪是否真的将他变成了我们担忧的样子。如果他确实已经堕落，愿帝皇宽恕，我们将以异端与勾结恶魔之罪，将他绳之以法。"

第十四章

妮芙跌坐在椅子上，盯着手中的空杯。办公室外传来了敲门声，埃莫斯走去应门。

来人是费希格。

"长官……二位……"他刚说完，发现妮芙也在场。

"怎么了，费希格？"

"就在你们找到关键点之后，我们一直都在监视轨道交通的数据。两小时前，一艘飞船在戈锡堡着陆。它在通过空中安防系统时，用的就是审判长的代码。"

戈锡堡是最后发现异端活动的地点。

我拿起外套。"请批准行动，审判长？"

妮芙随我起身，脸色严峻。"应该是请你批准，审判官艾森霍恩。我申请参与你们的行动。"

戈锡堡距离德尔斯堡有三个小时的航程。凛冽的寒风从高地的荒原呼啸而下，炮艇在猛烈的冰雪风暴中左右摆动。

此刻，我的全部队员都已经登船。审判官妮芙率领着一支由卡迪亚精英突击队员组成的六人小队也加入了进来。六名士兵穿着冬季迷彩盔甲，面无表情，端坐在船员舱中擦拭亚光处理过的白色激光步枪和短枪。

"神圣王座啊，真是一群结实的牲口。"在我走出舱门时，纳尔从我身边经过，口中喃喃道。

"佩服吧？"

"不如说是吓人。普通的卡迪亚战士对我来说足够了。这些都是精锐，精锐中的精锐，卡舍津。"

"卡什么？"这个名字可不像是新兵对老兵的称呼。

"卡舍津。卡迪亚的顶尖战士，我想你应该知道这意味着什么。神圣泰拉啊，他们能把石头挤出水来。"

"你怎么知道？"

"哦，拜托……他们的脖颈上是卡杜卡迪斯海鹰的军徽。嗨，别看军徽了，就只看他们的脖颈，有些树桩都没那么粗。"

"谢天谢地，他们在我们这边。"我说。

"那倒是真的。"纳尔转过身,向前走去。

舰艇甲板微一下沉。我沿着舱壁走回,伸手拉住头顶的圆环稳住重心,随后向刚刚登船的妮芙走去。

她穿着卡迪亚的网格铠甲,正在调整风帽的松紧。我见她并没有带上银杖,而是带着一根内置小型榴弹发射器的助力拐杖。

我当时只穿着贴身铠甲,外面套着一件毛皮大衣。我不禁觉得自己有些疏于防护。

"你平时的作战装备?"我问。

"都是必要的防护。或许你应该体验一下我出勤的过程,在漆黑的群岛上追猎异端。"

"我的队友似乎有些……受到惊吓。这些人都是卡舍津?"

"没错。"

"他们全都是威名远扬的战士。"

"你不也一样吗?"

"谢谢。不过……"

妮芙转身看向那排卡迪亚的精锐。"艾克巴上尉!"她提高了嗓门,压过了炮艇引擎的轰鸣与震颤声。

"审判长!"坐在另一侧的战士说。

"审判官艾森霍恩想要确保你们是百里挑一的好战士,会时刻保护他和队友。"

六张戴着雪地面甲的脸庞齐刷刷地看向我。

"我们已经将您和队友的生物特征录入到了视觉检测仪中,长官。"艾克巴对我说,"就算我们想射杀你们,我们也做不到。"

"请务必不要轻易射击。我和队友会率先投入行动。这种情况有可能并不需要火力。如果真的需要,我会用语音通信或者灵能下达'玫瑰尖刺'的命令。语音通信的调频是 γ-9-8。你们能进行灵能通信吗?"

"我们无所不能。"艾克巴说。

炮艇停止了晃动。

"我们已经驶离风暴。"米迪亚通过语音对我汇报。

片刻后,她又拨开了通信器。"我看到前方的亮光了。我们将在两分钟内在戈锡堡着陆。"

标塔屹立在戈锡堡东侧 3 公里的位置。繁星满天，晴朗的夜空在星光的映衬下呈现出玻璃般剔透的质感。恐惧之眼在苍穹顶部闪烁跳动。在我看来，它比以往任何时候都要更加明亮可怖。

我知道，此时此刻，在我们头顶的某个位置，卡迪亚内卫军的轨道分遣队正在全力搜寻那艘运载敌人前来的星船。我们离开前，妮芙已经将他们训斥了一番，并下令在我们着陆之后才能行动。

我们不希望打草惊蛇。

我们的队伍在荒野坡道上结满冰霜的灌木丛之间前行。眼前屹立的标塔是一片漆黑且没有星星闪烁的虚无长方形。我听到它在风中呜咽。

我抽出主力武器——一把风暴爆矢枪。我将枪身涂成了绿色来纪念我在伊肯星遗失的那把武器，希望智库馆长布莱特诺思能原谅我的莽撞。这把风暴爆矢枪体积更大，威力更强，但与我一直视若珍宝的那把爆矢枪相比，在构造的精巧程度上逊色很多。

我腰间别着一把双刃卡迪亚弯刀。我用这把刀替代我心爱的动力剑。这不过是一块构造简单的锋利钢片，但我让德尔斯堡的修士们帮忙做了一些改进。

即便如此，在攀爬上斜坡的过程中，我仍然感到底气不足。

纳尔在我左侧架起了一门火炮。胡斯曼在我右侧托着他最信赖的激光步枪。因沙贝尔在他右侧，双手握着一对曾经属于审判官罗本的老式激光手枪。费希格举着一杆古老而可靠的法务部配装防爆枪，远远地走在左前方。

贝坤佩戴着护手，手中握着长筒自动手枪，紧跟在我身边。

在我们身后，妮芙和她的卡舍津潜伏在暗处，等候我们的信号。

埃莫斯和米迪亚都留在炮艇上候命。此时的炮艇正在降落点上空无声地盘旋，不发出半点灯光。他们和妮芙率领的精锐战士一样，是我坚实的后盾。

"你们看见什么了？"我拨开通信器。

"什么都没有。"胡斯曼和纳尔答道。

"我这里能看见标塔，"因沙贝尔低声回答，"我看到了亮光。"

"我确定。"通信另一头的费希格附和道,"塔下有人。数下来应该有八个,不,十……十二个人。他们都提着便携探照灯,带着机器。"

"机器?"

"也是手持的。是测距仪。"

"又在测量。"妮芙隔着通信器低声说。

"八成是的。"我说。随后我用格罗西亚暗语发出了指令:"尖刺发现肉身,狂兽入手。神盾武装就绪,熔炉战术。剃刀环面路径,使用黑檀战术。"

我的风暴枪发出了咔哒咔哒的声响。

那些标塔下身穿长袍的人惊讶地僵立在原地,从手头的工作中转身看向我。

我从荒坡高处冲了下来,踏过被冻得僵硬的蕨草,将手中的风暴枪对准他们。

贝坤紧跟在我身后。手中的枪不断调整方向,随时准备扫射。

我知道我们此时早已在胡斯曼、因沙贝尔、纳尔和费希格四人的掩护下。

"你们的头目是谁?"我将枪口逐一扫过他们。

"我。"其中一个穿着兜帽的人说,语气十分冷静。

"向前一步,报上姓名。"我说。

"对谁报上姓名?"

我左手举起徽章。"帝国审判庭。"几名穿长袍的人发出了沮丧的呻吟声。

但他们的头目却不为所动。他迈步上前的同时,我立刻嗅到了一股冰冷的金属气味,这气味对我来说并不陌生。

但当我闻到这股气味时,为时已晚。

那个头目缓缓揭开斗篷。他棱角分明,面容狰狞,头顶没有一根发丝。面部皮肤泛着冰蓝色的光芒。他的额头长出锋利的尖角,双眼泛白,一片虚无。

是恶魔宿主!

"切鲁贝尔?"我又笨又愚地问。

"你那位古板的盟友可不在这里,艾森霍恩。"那个邪物说完,露出了一口闪亮的尖牙。

"吾名普罗法尼狄。"

第十四章

第十五章

玫瑰尖刺

卡迪亚人的宿命

意料之外

　　眼前只剩下两条路可以走。第一条路，是继续这场毫无意义的对话，直到恶魔宿主将我杀死，将我冒烟的尸体扔到同伴的尸体之间；第二条路，是说出"玫瑰尖刺"命令并将身家性命托付给我勇敢的队友，当然还有永远警戒地凝视人间的帝皇。

　　我说出"玫瑰尖刺"。

　　那个邪物——普罗法尼狄朝我步步紧逼。我用风暴枪向他连续轰了几枪，却眼睁睁地看着他伸出双手，若无其事地从半空中接住了炽热的子弹，就好像一个人轻而易举地接住缓慢掉落的球拍。

　　几枚爆矢弹在他的掌中化作了暗红色的灰烬。他将它们抛到一边。

　　但他的全部注意力都集中在我身上。

　　这是个错误。

　　胡斯曼用一发炽热的激光弹击中了他的侧脸，冲击力震断了他的头骨。他左摇右晃，身上的长袍被因沙贝尔的两发子弹击穿。接着是费希格防暴枪的轰射，将他击倒在一旁的蕨草丛中。费希格喜欢用闲暇时间动手制作防暴弹。每个小球都是银制的，上面压印着我很久以前教会他的神圣守卫符文。

　　普罗法尼狄痛苦地扭动着，那一发被赐福的弹丸轰进了他的肉身。他开始向空中飘浮，满脸愤怒和癫狂的神情。此时，我的左侧传来了刺耳的呜呜声，如同一把加速旋转的圆锯。

　　纳尔自动火炮的炮弹扫射在恶魔宿主及其周围的土地上，造成了可怕的破坏。暴风雪般倾泻而来的火力让他身形扭曲，膝盖下的半条小腿被撕裂，左手的几根手指也被轰飞。

　　一股诡异阴森的邪力像岩浆一样从伤口中涌出，如冰霜一般煞白，顷刻间点燃了他脚下的土壤。

其他邪教徒也有所行动。他们抽出武器，朝着夜色中发疯般地齐射。标塔下瞬间被枪火的亮光照得通明。

两发激光从我们身后袭来，弹道与我们极其接近，几乎擦过我们的手肘和肩膀。两名邪教徒应声栽倒，其中一人摔碎了几盏测绘使用的泛光灯。

艾克巴和他的卡舍津战士们从我们身边掠过，向敌人发起了猛攻。

实话实说，我现在回忆起来，这些卡舍津是要比恶魔宿主更令人毛骨悚然的存在。普罗法尼狄是一个超自然的产物，人们对它的恐怖力量有所预期。

但卡舍津只是人类。这让他们的战场表现格外令人骇然。那是六个白色的残影，向邪教徒飞速移动，激光枪在近距离接连轰射。他们自始至终没有浪费子弹。一发子弹，杀死一名敌人。一个邪教徒企图从我身边逃跑，被一名卡舍津伸腿扫翻在地。他的武器瞄准镜立刻识别到了我的生物特征，因此无法开火。一秒后，我的身体不再阻挡他的子弹，那把武器随即恢复射击。

有几名邪教徒沿着灌木丛跌跌撞撞地逃跑。

标塔另一侧出现了更多的异端分子，我能够听到对面方向传来的快速交火声。纳尔的火炮发出独特的金属撞击声。因沙贝尔的一对激光手枪发出相互重叠的呼啸声。

"费希格！"我喊道，"沿着标塔后方找找。看看你能找到些什么。或许能趁着卡舍津杀光他们之前找到一两个俘虏。"

我转身去对付那个残破的恶魔宿主。尽管我们给他造成了很大伤害，但他的韧性不容小觑。

或者……我只是一厢情愿地这么认为。

普罗法尼狄消失了，只剩下散发着浓烟的土壤和重新凝结的岩浆。

"该死！该死！"

妮芙一瘸一拐地从斜坡上向我走来。"艾森霍恩？"

"恶魔宿主！你看见他了吗？"

她摇了摇头。一声巨响从标塔的另一侧传来。

"你杀了他，是吗？"

"我根本就没伤到他分毫。"我回答。

"格雷戈！"贝坤尖叫起来。

第十五章

普罗法尼狄陡然出现在我的身后,身形悬在半空,散发着炽热的光芒。他身体赤裸,身上满是密密麻麻的可怖创伤,如同一位将军悬挂在胸前的奖章。他右腿膝盖已经被掀开,发出白色秽光。伤口处不断地鼓胀,整个胸口都冒着青烟。他的头松弛地垂落在一边,脖子仍然保持着被胡斯曼的激光弹轰断的状态。他张开双臂,一只手只剩下一根拇指,另一只手的掌心已经残破不堪。两只断手向草丛中喷射着闪电,点亮了晦暗的夜空。

"不错……的尝试……"那颗垂落的头颅咯咯笑着。

他的长袍已经剥落,我看到他的躯干上挂满了锁链、扣锁和绑带。缝合针和其他金属椎体刺穿了他发光的皮肉。各式各样、构图复杂的护身符镶嵌在锁链上,有些则被带有倒刺的铁丝挂在胸前。

"快跑!"我对妮芙和贝坤喊道,"跑!"

妮芙举起她的手杖,触发了杖头的发射器。

榴弹击中了普罗法尼狄的腹腔,刺眼的爆破产生的冲击力将它击退到了几米之外。

他陷入了狂怒,朝我们直冲过来,口中不住地用来自亚空间的恶毒语言进行咒骂。

贝坤抓住我和妮芙。她不可接触者的体质是我们现在唯一的防御。正因如此,她选择放手一搏。

普罗法尼狄在距离我们只有1米左右的地方停了下来。他起身在空中盘旋,散发着恒星般的夺目光芒。我能嗅到他身上散发着的充满杀意的臭味。

他将慵懒的头颅转向我们时,折断的脖颈发出树枝折断的声音。双眼和口中倾泻出死日般的光芒。

贝坤的手指死死攥住我的胳膊。我们三人同时仰头看着他,头发被亚空间的狂风吹得狂乱飞舞。

"十分顽强。"他说,"难怪切鲁贝尔对你青睐有加。他说你雇用了不可接触者。明智之举。你们的枪炮伤不了我,我也无法用灵能触碰到你们。"

"好在我根本就不需要。"他补充了一句。

他猛地举起一只断手。妮芙被一掌掀飞,发出了痛苦的呻吟。鲜血沿着普罗法尼狄残存的拇指流淌下来。

伊丽莎白的灵能阻断了他的灵能狂怒,但面对他物理上的袭击却无能为力。

他再次发动猛袭,我向后一跃,拉扯着贝坤。

普罗法尼狄发出了难听的干笑声。

"伊丽莎白!"我紧紧握住她的手说,"跟我来!"

我抽出砍刀。粗短弯曲的刀刃在普罗法尼狄散发的强光照耀下折射出刺眼的反光,镂刻在刀刃上的国教符文格外显眼。

我疯狂地用力劈砍,丝毫没有技巧可言,刀刃狠狠地砍进了它肋骨间的皮肉。他一声哀嚎,飞向了半空,伤口中冒出缕缕青烟。

我迈出两步,右手持刀摆好防守的架势,贝坤握着我的左手。

"你的作业做得不错呀。刀刃上是五芒符文。很高明!它们确实会给我带来痛苦。"

他向我俯冲下来。

"但与你的痛苦相比,不值一提!"

伊丽莎白尖叫着,向后摔倒。我连忙拉她起身。如果我们之间的联系被切断,我面对恶魔宿主的邪能将毫无还击之力。

我用镰形的刀口挡住他迅捷的一击,随后挑动刀剑撕开了他胸口左侧的皮肉,肋骨从创口露出。

他的利爪则撕开了我的左肩和小腹的侧面,将我的贴身护甲撕成了碎片。

我浑身血流如注,衣服浸透了鲜血。

我再次挥刀,尝试使出一招"逆乌撒式"。但他居然伸出了那只完好的手握住了我的刀刃,浓烟从握紧的拳头中向外溢散。

他痛得龇牙咧嘴。"符文……确实令我痛苦……但它们……还不够强……你下次应该学会……锻造一把真正的利器……"

"不会有……下次了……"他又补充了一句。砍刀越发灼热,温度急剧上升,我被烫得喊了一声,松开了手。普罗法尼狄将熔化中的钢铁扔到一旁。他的手同样严重烧伤,但毫不介意。

"现在,该上路了。"他说完,向我伸出了手。

在我漫长人生的记忆深处,接下来的几秒始终都在炽热地燃烧。我敢肯定,自那之后再也没有见过那样英勇无畏的壮举。艾克巴上尉与其他两名卡舍津战士从后方冲向了普罗法尼狄。由于我和贝坤出现在他们的瞄准镜中,他们

第十五章

无法使用激光武器发起攻击。

艾克巴用血肉之躯冲向了恶魔宿主，将他从我们身前撞开。普罗法尼狄挥手将他甩到一边，将第二名冲上来的卡舍津战士在半空中焚为灰烬。第三名战士将卡迪亚刺刀插进了普罗法尼狄胸骨的缝隙间，一团烈焰从伤口中喷涌而出，沿着战士的手臂吞没了他的全身。

他遭受这一击，尖叫着向后退步。艾克巴的脸颊和咽喉处各留下一处骇人的伤疤，但他丝毫不惧，重新跃回到恶魔宿主的身前。他双手持刀，劈开了它的脊骨。沸腾的亚空间邪能将艾克巴轰得四分五裂。

普罗法尼狄发出了凄厉的尖叫声，在空中扭曲地挣扎着。

我知道他并没有死。我知道这样的邪物永远不会真正地死去。

但卡迪亚的精英战士们牺牲生命，为我争取到了扭转战局的时机。他们为了帝皇战死沙场。这是卡迪亚人的宿命。

"呼叫神盾！猩红炼狱！尖刺新生！"

我对着语音通信器喊出了口令，仍然牢牢握住贝坤的手。

普罗法尼狄又一次向我们俯冲而来。

伴随着通明刺眼的火光，炮艇从头顶猛冲下来，火力全开。炮艇下方席卷的气流将结冰的蕨草吹得扁平，也把我们掀翻在地。米迪亚几乎是在贴地飞行。

炮艇的枪炮机仆和机鼻下方的火炮向冲锋中的恶魔宿主展开了齐射。

摧枯拉朽的火力将恶魔宿主的肉身完全气化。

漫天的火光重新黯淡下来。

我扶起贝坤。气化的物质在冬夜的严寒中重新凝结成雨滴，滴落在我们身上。

我听到费希格正在喊我的名字。

"保护好她。"我站起身对费希格说。他抱起了贝坤。

我环顾四周。这里遍地尸骸，其中多数人都是邪教徒。因沙贝尔在高坡上方的20米处发现了妮芙，审判长身负重伤，但好在性命无虞。他在呼叫医疗救援。

炮艇的尾部推进器在夜空中迸发出炽热的白光，米迪亚在空中飞速盘旋，以最迅捷的速度开始降落。

纳尔的手臂上已经皮开肉绽，倚靠在标塔旁，关闭了手中呼呼作响的火炮。

"我们需要重新集合。"我说。

"同意。"费希格说。

"你根本就不知道自己在面对什么,是吗？"胡斯曼突兀地问。

我们全都转过身。来自茶隼星的老猎人沿着荒野的斜坡向我们走来,一手挎着那条长管激光步枪。雪片化作冰雹,从浓云遮盖的夜空中砸落。

"你知道吗？"他发出了嘶嘶声。我感到贝坤的手握紧了我。

他绝不是胡斯曼。

"胡斯曼"盯着我,双眼闪烁着白光。他的声音来自普罗法尼狄。

"你甚至丝毫不了解。"他说,"你能毁灭我肉身的宿主,却无法切断我和主人的联系。"

"胡斯曼！"因沙贝尔悲伤地大喊。

"他早就不在了。他的意念门户大开,占为己用简直易如反掌。他将为我所用一段时间。"

我向他走近一步。"胡斯曼"抬起一只手。"不必担心,艾森霍恩。"普罗法尼狄说,"我完全可以立刻将你挫骨扬灰。但是我可不愿错过即将上演的好戏。"

"胡斯曼"伸展双臂,仰起头,突然升腾到半空,将那柄被原主人视若珍宝的长管激光步枪丢弃到地上。他平稳地向空中飘浮,最终消失在了荒野之上黎明的耀眼光辉中。

"他是什么意思？"贝坤问。

"我也不——"

远处的山丘上闪烁着泛光灯。我耳旁突然传来了装甲车履带滚动的声音。

二十辆卡迪亚装甲运兵车如同汹涌的潮水向我们奔袭而来。几名卡迪亚突击队士兵沿着斜坡向下冲锋,枪口正对着我们。

"怎么回事？"纳尔喊道。

我感到十分错愕,怎么也想不到会发生这种事。

"审判官艾森霍恩,"位于队列前方的装甲运兵车透过增强通信器发出低沉的话音,"因背叛帝国、煽动特雷锡安暴动、与恶魔宿主勾结三项异端之罪,你已被逮捕并将被判处死刑。"

我认出了那个声音。

是奥斯玛。

第十六章

猎巫之锤
死牢里的三个月
卡迪亚的苦难

六名身穿长袍的审讯员大声宣读着《苦痛箴言》和《惩戒宪章》走入我们的视野。在他们的簇拥下，审判官莱昂纳德·奥斯玛沿着荒原的坡道向我大步走来。浅红色的朝霞将一缕缕相互交错的晨光洒在荒凉的平原上，清晨的微风吹拂着金雀花和蕨草。远方，仲冬的温暖日光下响起了黑琴鸡和塔森雀的啼鸣。

奥斯玛身材魁梧，肩膀宽阔，大约一百五十岁。他的黄铜铠甲在鲜红的黎明映衬下散发出橙色的柔亮光泽，铠甲和头盔装饰着华丽的圣锤图案，六枚描画着纯净纹章的飘带随风舞动。白色皮草大氅在身后猎猎作响，长袍的衣角拖在脚下的金雀花和蕨草上。

他一脸英气，看起来勇武好斗。他双眼冒着精光，眼睑微微隆起，长着两道浓密的灰色眉毛。他的头发泛着金属剑刃的光泽。几年前，他在与恐虐狂战士的肉搏中失去了下颌骨。他的下巴上安装了一块高高隆起的铬金装置，通过几根导管和微型伺服处理器与颅骨相连。他的一只手中握着一柄动力锤——那是他所在修会的标志。

他另一只手上持着一个用黑檀木密封的卷轴。我立刻认出了那份文件。那是一封革职罪诏。

"这简直荒谬！"费希格怒吼一声。围绕在我们四周的卡迪亚士兵立刻紧张起来，手中的武器咔嗒作响。

"够了！"我警告费希格。随后我转身看向队友，他们全都一脸迷茫，面带失落与沮丧的神情。

"我们不打自己人。"我对他们说，"交出你们的武器，我会尽快消除这个可笑的误会。"

贝坤和因沙贝尔将武器递给了卡迪亚士兵。费希格迟疑地让突击队员从他手中抽走了防暴枪。纳尔解开了绑在躯干上的火炮的扣锁，将炮筒后方的弹夹弹出，交给了一旁等候的士兵，那台重型武器也因此失去了威胁。

情势有所缓解，我点了点头。"尖刺呼叫神盾，浸于凉水，解除武器。"我小声对语音通信说完，转身走向奥斯玛。

他做了一个噤声的手势，随后举起了动力锤。那些原本振振有词的审讯员纷纷归于沉静，合上了手中的书本。"格雷戈·艾森霍恩，"他用熟练、标准的高哥特语说，"负永世帝皇之命，受黄金王座之恩，承审判庭圣锤修会之名，吾责汝为勾结恶魔之罪徒，以此诏令，将汝缉拿。泱泱帝国，有犯而必施。愿帝皇庇佑。"

我将暴风枪从枪套中抽出，弹出弹夹递给了他。

"君之所言，吾俱知晓。"我同样用古文回答，"泱泱帝国，有犯而必施。愿帝皇庇佑。"

"汝等可愿接令服法？"

"吾愿接令，然服法实乃冤屈。"

"接令却不服罪，要自证清白？"

"字字属实，诸位可录为呈堂证供。"

奥斯玛麾下的审讯员身后盘旋着几台语音无人机，它们将我说的话一字一句地记录了下来。其中最年轻的一名审讯员正握着一支全息笔，一丝不苟地在悬挂面前的数据板上记录。见到这一情景，我心中略感宽慰。

尽管我遭到的指控十分荒谬，但奥斯玛的逮捕行动却是有备而来。

"吾命汝呈交官印。"奥斯玛说。

"恕难从命。按帝国律法，程序竟尽者需保留职权。"

他点了点头，随后将高等官方语言改为低哥特语。"我也料到你会坚持。不过，还是要感谢你避免了不愉快的发生。"

"我避免的绝不是不愉快，奥斯玛。我避免的是手足相残。这项指控荒谬至极。"

"每个异端都这么说。"他冷笑一声，转过身去。

"不。"我尽可能心平气和地说，"那些染指邪祟的异端，他们会抵赖狡辩，更会拼命抵抗。我铲除过九个勾结恶魔的罪徒。没有一人甘愿束手就擒。把这句话也记下来。"我对那位负责记录的审讯员说:"如果我当真有罪,我不会毫无抵抗地服从你们的程序。"

"如实记录!"奥斯玛命令那名犹豫中的学徒。

他转身看向我。"艾森霍恩,好好读一读你的'革职罪诏'。你罪行昭著,而你现在信誓旦旦表现出来的的合作态度,恰好符合我对你这个精明狡猾家伙的判断。"

"这是恭维吗,奥斯玛?"

他向脚边的蕨草啐了一口。"你是我们之中的佼佼者,艾森霍恩。事实上,罗尔金领主曾经出面为你辩护过。我承认你昔日功勋卓著。但你真的变了。你已堕落为恶魔的使徒。你会为此付出代价。"

"一派胡言……"妮芙说着,一瘸一拐地向我们走来。

"此事与你无关,审判长。"奥斯玛答道。

妮芙面对着他,破碎的盔甲沾满了鲜血。

"这个行省由我管辖,审判官。艾森霍恩是清白的。这种徒劳的相互猜忌将会严重损害审判庭当前的事务。"

"读一读这份'革职罪诏',审判长,"奥斯玛傲慢地说,"然后闭嘴。艾森霍恩是狡猾伪善、巧言令色之徒,连你这样的人都会被蛊惑,女士。你应当庆幸自己没有被牵连。"

我的队友在妮芙的担保下被传讯到了德尔斯堡,我却没有这样的待遇。我乘坐一架卡迪亚军用押解艇向南方行驶,穿过破碎的黎明,直抵卡杜卡迪斯群岛最偏远的小岛。那是卡迪亚最臭名昭著的监狱群岛死牢。

他们束缚了我的手脚。在卡迪亚卫兵的重重监视下,我安静地坐在押解艇舱壁顶部悬挂的支架长凳上,借着窗缝中透过的不断游移的光线阅读那封罪诏。

我几乎不敢相信我在读什么。

"如何?"费希格坐在角落的座椅上咕哝道。法律允许我带上一位联络人,我选择了有执法背景的费希格,他对司法程序了然于胸。

"读一读这个。"我说着,将罪诏递给了他。

一名面无表情的卡迪亚士兵从我手中接过卷轴,递到了愁容满面的倨傲星人手中。

　　费希格用了很长时间，在反复阅读卷轴上的文字后，一句带有亵渎性质的惊叹脱口而出。

　　"和我想的一样。"我说。

第十六章

　　群岛死牢屹立在汹涌的海浪之上，如同一排食草巨兽的臼齿，只是牙龈已被啃噬殆尽。

　　与其说这座囚牢是人为筑造的，倒不如说它是从沿海峭壁镂空而成。这座孤岛上没有一堵墙的厚度低于5米。

　　汹涌的海浪拍打在花岗岩基座四周，而西侧遭到的洋流侵蚀尤为严重。来自卡杜湾和卡杜卡迪斯海峡的冰面崩解形成了大量的浮冰。死牢所在的孤岛与相对的环礁之间是一片开阔的水域，浮冰在水域中上下起伏，相互撞击。

　　漂浮的海藻点缀在孤岛低矮的石坡下方，几株耐寒、纤细的阿克谢树稀稀疏疏地排列在岸边。

　　押解艇在东侧的高墙上方左右摇摆，最终停靠在用巨石切分而成的停机坪上。我被押到了寒冷的阳光下，并被带进了冰冷潮湿的岩石隧道中。白色的墙体上布满水珠，散发着海水的腥臭。锈迹斑斑的锁链从隧道顶端垂落，延伸向两侧遭人遗忘的昏暗囚牢。

　　我听到了囚犯们的吵嚷与尖叫声。卡迪亚的那些精神错乱和被混沌玷污的人都被囚禁于此，其中多数是在与恐惧之眼对抗的过程中被逼疯的老兵。

　　几位卡迪亚士兵将我转交给了一队身穿红色制服的狱警，他们身上散发着刺鼻汗臭，手中握着连枷与皮鞭。

　　狱警们打开了一扇半米厚的牢门，门上嵌满了铁钉，随后将我推了进去。

　　牢房内四步见方，四面的石壁同样是从峭壁上切割而成，没有窗户。空气中弥漫着尿骚味。前一位囚徒已经死去多时……而且从未从这里移走。

　　我将那副枯骨推到一旁，坐在木质床铺上。我对事态的发展一无所知。我不知道卡迪亚内卫部是否成功截获了那艘载有异端的星船，更不知道有没有人追踪到那个占据了可怜的胡斯曼肉身的邪物。

　　追缉奎索斯的道路，那条我们费尽艰辛寻得的道路，在这场无聊游戏开始的瞬间前功尽弃了，而我束手无策。

"你第一次决定与恶魔勾结是什么时候？"审讯员里格尔问。

"我从未勾结恶魔，更没有做过这种决定。"

"但恶魔宿主切鲁贝尔知晓你的姓名。"审讯员帕尔菲说。

"那是个问题？"

"这——"帕尔菲支支吾吾地想要解释。

"你和恶魔宿主切鲁贝尔究竟有何关联？"审讯员莫雅格严厉地质问道。

"我与任何恶魔宿主均无关联。"我答道。

我被锁在群岛死牢的一把木椅上，冬日的阳光从高处的窗口照射进来。奥斯玛麾下的三名审讯员如同笼中的野兽般围绕着我，他们的长袍在气流中打旋。

"他知道你的名字。"莫雅格试探地说，略带愠怒的语气。

"我也知道你的名字，莫雅格。所以我也能驾驭你？"

"你是如何策划特雷锡安主星暴动的？"帕尔菲问。

"我没有。下一个问题。"

"你知道是谁干的吗？"里格尔问。

"我不能确定。但我认为该事件与你刚刚提到的东西有关。切鲁贝尔。"

"他曾经与你有过交集。"

"我曾经挫败过他的阴谋。那是一百年前，在 56-艾扎星。你肯定有相关的纪要。"

里格尔回答之前瞥了一眼他的同事。"我们有。但是你自那之后就一直在搜查他。"

"是的。此乃分内之事。切鲁贝尔是一个污秽之物。我追猎他有什么值得怀疑的？"

"你们之间的接触并不全都记录在案。"

"什么？"

"我们知道你们在暗中接触。"莫雅格重新组织了语言。

"为什么这么说？"

"我们掌握了阿兰·冯·拜戈的宣誓证词。他说你在一年前曾经派出一名代号为'猎犬'的特工与切鲁贝尔取得联络。可疑的是，你并未将此事反馈给你的修会上司。"

"我不想因为这种事烦扰罗尔金领主。"

"所以，你不否认？"

"否认什么？追猎混沌之物？我当然不否认。"

"你在暗中行动？"

"什么样的审判官不是暗中行动呢？"

"猎犬是谁？"帕尔菲问。

我当时不想让费希格也惹上麻烦，于是说："我不知道他的真名。他一直都秘密行事。"

我本以为他们会继续逼问，但莫雅格却改变了话题。"你为什么会在特雷锡安的恐怖事件中活下来？"

"我很幸运。"

帕尔菲绕着我走了一圈。他擦得锃亮的皮靴将破旧的地板踩得吱嘎作响。"我再强调一遍。这场审讯刚刚开始。考虑到你的等级和职业履历，我们只使用了审讯的第一手段。所谓第一手段，指的是——"

我打断了他的话。"我担任审判官多年，帕尔菲。我知道第一手段是什么。不带胁迫的口头审讯。"

"那么你知道第三和第五手段吗？"里格尔讪笑道。

"轻微的肉体折磨和灵能拷问。顺带说一句，你的这个问题已经是第二手段了——口头威胁或者描述后续的审讯手段。"

"你被折磨过吗？"莫雅格问。

"当然。他们胆大妄为得多。我自己也进行过审问。所以，第二手段对我来说毫无作用。"

"审判官奥斯玛已经授权我们动用第九手段之前的所有方法，包括第九手段本身。"帕尔菲气愤地说。

"又是威胁，第二手段。这对我毫无作用。我说过，我已经非常配合你们的工作了。"

"猎犬是谁？"里格尔问。没错，这是常规的审讯技巧。通过打乱提问的顺序让受审人犯错。我内心开始称赞他们的审讯技巧。

"我不知道他的真实姓名。他一直都秘密行事。"

"难道不是古德温·费希格吗？那个被你选择陪同的人。那个正在房门外等候的家伙？"

有些时候，戈尔贡·洛克在我的面部神经上造成的创伤并不是没有好处。我的面部根本无法表露出他们希望看到的任何反应，但我的内心却陷入了犹豫。他们的情报工作十分到位，甚至破解了格罗西亚暗语，或者至少一部分。与此同时，我也弄清了他们的情报来源。他们刚刚提到了懦弱的冯·拜戈。几个月前，早在暴动发生之前的特雷锡安，我就对冯·拜戈的言行举止产生了怀疑。当时，我只是揣测他或许是罗尔金领主安插来监视并协助我的帮手。如今，我才回想起他对每一位审判官都十分殷勤。我认识到冯·拜戈身上的缺陷，并认为他资质平庸，难以胜任审判官一职。显然，他在意识到自己无法受到重用后，便决定将我出卖，以获取其他审判官的提拔。

"如果你告诉我费希格就是为我效力的猎犬，我只能表示惊讶。"我尽可能保持语调的平静，并选择最为严谨的措辞。

"我们不久会与他交涉此事。"帕尔菲说。

"但他是我的代理人。审讯他将有违避嫌的原则。如果你们想审问他，我就需要一名新的代理，必须由我自己选择。"

"我们会按照章程办事。"里格尔说。

"你为什么能从特雷锡安的恐怖暴动中活下来？"莫雅格问。

"我很幸运。"

"如何幸运？"

"我在海军上将的陵墓前驻足。斯佩迪安之门刚好让我免于空袭的伤害。"自从切鲁贝尔在伊肯星对我讲述那则谎言之后，我对这个问题就颇为忌惮，尤其是在灵能审讯时。这些谎言或至少掩盖这些谎言的意图会被侦测出来。

"特雷锡安的暴动只是你解救异端灵能者伊萨哈顿的障眼法。"

"我通常会十分蔑视这种推断。如果只是为了解救灵能者而谋划了这场暴动，未免大动干戈了。然而，我认为在某种程度上你是正确的。灵能者确实是这起暴动的目标，但幕后主使不是我。"

莫雅格焦急地舔了舔发黄的牙齿。"你仍然坚持审判官莱科是幕后主使？"

"是他勾结了恶魔宿主。"

"但是莱科已经无法服罪了，对吧？你在伊肯星杀了他。"

"莱科是帝国的叛徒,我在伊肯星将他就地正法。"

"我推断你之所以杀了他,是为了杀人灭口。他握着你的把柄。"

"那我为什么要来这里?你在自圆其说方面很有一套。"

"伊萨哈顿在哪里?"

"不知道,切鲁贝尔将他带走了。"

"带去哪儿了?"帕尔菲问。

"带给他的主人——奎索斯。"

三人大笑。"奎索斯死了。他死了很多年了。"莫雅格笑着说。

"那为什么审判长妮芙和我发现他窃取了她的通行代码并多次闯入卡迪亚?"

"因为那是你掩人耳目的伎俩。你说奎索斯窃取了她的安全代码。倘若当真如此,任何曾经有名望的审判官在自甘堕落之后都能做到这一点。你当然也可以。用已故之人的密码窃取数据,意味着没有人会出面反对。"

"奎索斯没有死。"我清了清嗓子,"奎索斯才是你们要征讨的异端和勾结恶魔之徒。他麾下有莱科和莫里托这样的审判官。他擅自使用了恶魔宿主,不惜发动屠杀来掩盖他窃取阿尔法以上级灵能者的罪行。"

三位审讯员陷入了片刻沉默。

"你们在浪费时间。"我说,"我不是你们要抓的人。"

然而,这种对时间的浪费仍在继续。一周过去了,然后是第二周。每天,我都会被带到审讯室,接受两到六个小时不等的第一手段审讯。同样的问题被反复提及,令我感到十分厌烦。似乎没有一位审讯员愿意真正聆听我的陈述。根据我的观察,我的故事并没有得到证实。

显然,他们对肉体和灵能的拷问手段心存忌惮。因为我是一名灵能者,我会给他们造成足够的阻碍。他们或许永远也不会知道从我的口中或脑中探得的情报有多少真实成分。奥斯玛似乎下定决心,要用无休无尽、高强度的口头盘问折磨我的精神。

每天黄昏时分,海浪泛起的光芒逐渐黯淡,我被允许与费希格交谈十五分钟。这些谈话毫无意义,牢房里到处都是语音窃听器和录音设备。我们知道格罗西亚暗语已经被破解。

费希格能告诉我的讯息很少。我从他口中得知的唯一的消息是米迪亚、埃莫斯和炮艇都没有落入奥斯玛手中，伊森号也在没有受到牵连。

没有进一步有关普罗法尼狄 - 胡斯曼的发现。经过查阅拦截记录，费希格已经确定，在那个关键的冬夜，运载普罗法尼狄前往卡迪亚的神秘星船没有受到任何阻拦。

我委托费希格向奥斯玛、罗尔金和妮芙递交了多封请愿书，对自己遭到逮捕一事提出了严正抗议，并敦促当局采取针对奎索斯的进一步行动。这些书信全都石沉大海。

圣烛节已经过去了三个星期。转眼间一年已经过去。在群岛死牢厚实、荒凉的石墙外，M41.340 年已经到来。

在被拘留审问的第三个月末，我被带到审讯室接受日常拷问。我发现与平时不同的是，等候在此的不是审讯员，而是奥斯玛。

"坐。"他说着指向了房间中央的椅子。

屋内昏暗而阴冷。东面的暴雪席卷而来。虽然是白天，高处的窗户却透不进半点光线。窗口被厚厚的积雪遮蔽得严严实实。我的呼吸在空气中凝结，浑身瑟瑟发抖。奥斯玛在房间的墙角处摆放了六盏灯。

我坐了下来，双手插在上衣口袋中御寒。我不想让奥斯玛见到我痛苦潦倒的样子。他一脸凛然地站在一旁查看着数据板，身上穿着金光闪闪、隔热性能极佳的动力铠甲。

我能从他的背部护甲上看到自己的倒影。我衣衫褴褛，肤色惨白。囚牢生活让我瘦了整整 7 公斤，满脸胡须，一头蓬松的乱发。我能留在身边的东西只剩下放在外套口袋中的审判庭徽章。它是我唯一的慰藉。

奥斯玛转头看向我。"三个月来，你的故事一点都没变。"

"这应该能说明问题。"

"这说明了你是个城府极深、心思缜密的叛徒。"

"或者说明了我没有说谎。"

他将数据板放在其中一盏灯旁的桌面上。

"让我向你解释一下事态的进展。罗尔金领主已经说服了奥尔西尼大宗师将你引渡到特雷锡安主星。在那里，你会接受内部纠察部和圣锤修会的联合宣判，并将罪诏里的全部罪状昭告天下。罗尔金表达了不满，但这是奥尔西尼能做出的唯一妥协。我听说，罗尔金认为正式宣判之时，你是清白的或者有罪才能确认。"

"裁决的结果会令你和你的上司贝奇尔领主蒙羞的。"

他大笑了两声。"如果能证明你这样才干出众的审判官无罪，我们宁愿蒙羞，艾森霍恩。但我不会进入你的圈套。在特雷锡安，你将会被活活烧死，艾森霍恩，与你在这里伏法没有什么区别。"

"我翘首以盼，奥斯玛。"

他点了点头。"我也是。黑船将会在三天后抵达，送你前往特雷锡安主星。这说明我还有三天的时间从你口中挖出我想要的真相。"

"你要小心，奥斯玛。"

"我总是十分小心。明天，我的手下们会开始第九手段的审讯。在黑船抵达或你说出我想听到的真相前，我们不会停手。"

"连续两天第九手段的审讯就足以确保我在黑船到达前毙命。"

"或许吧。多么可惜，届时恐怕会有不少好事之徒向我问责。这就是为什么今天我选择亲自到这里与你交谈。只有你我二人。这是对你下的最后通牒，艾森霍恩，告诉我整件事情的前因后果吧。这能让我们都轻松不少。赶在明日真正的痛苦来临前坦白你的罪行吧，别再大张旗鼓地折腾到特雷锡安了。我会确保干净利落地将你处决，不带一丝痛苦。"

"我很乐意吐露实情。"

他眼前一亮。

"都在那里，在你刚刚翻看的数据板里。和我三个月里重复的证词一字不差。"

海风呼啸地拍击着石头走廊，卫兵将我送回冰冷的牢房时，费希格正在一旁等候。这是我们每天不变的十五分钟。

他提着一盏灯和一只盛着晚餐的托盘。托盘上是一碗温热的鱼肉汤、几块不太新鲜的脆饼和一杯兑了水的朗姆酒。

我坐在床铺边。

"我将被引渡接受审判。"我对他说。

第十六章

他点了点头。"我知道明天开始,你会接受酷刑。我已经写了抗议信,但我知道他们会'不小心'把信丢到垃圾桶里。"

"我也这么想。"

"你应该吃点东西。"他说。

"我不饿。"

"吃吧。你看上去十分憔悴,你需要补充些能量。"

我摇了摇头。

"格雷戈。"他突然压低嗓音说,"我有一个问题想问你。你可能不会喜欢,但这个问题十分重要。"

"重要?"

"对我。对你的所有朋友都十分重要。"

"问吧。"

"你记得去年——帝皇啊,那感觉已经过去很久了!——你和我在卡迪亚重逢,当时我们在提洛克堡的墓园外散步的时候吗?"

"当然。"

"在神龛塔里,你曾经对我说过你不愿做出任何取悦或协助恶魔之事。你说过,'我绝不会丧心病狂到此等地步'。"

"我记得这么说过。你当时说,如果你发现我沦为异端,会亲手毙了我。"

他点了点头,发出苦涩的干笑。我们相顾无言。监狱石墙外侧探照灯发出的噼啪声打破了沉寂,远方海浪的隆隆声不绝于耳。

"你想确定,是吗,古德温?"我问。

他看着我,目光如炬。

"我完全理解。我知道你和其他成员对我保持绝对忠诚。你们有权从我这里得到同样的保证。"

"你知道我的问题。"

我凝视着他。"你想问我是否撒了谎,你想问那些指控是否属实,你想问我是否自己一直在为勾结恶魔的叛徒卖命。"

"我知道这是个愚蠢的问题。如果你真的是这样的人,你丝毫不介意再撒一次谎。"

"我已经十分疲惫。除了真话我说不出别的。古德温,我发誓我绝不是奥斯玛那样的人。我效忠于帝皇与审判庭。如果我此刻站在双头鹰前，我仍然会立下此誓。我不知道还能说些什么，才能让你信服。"

他站起身。"这些话对我来说已经足够。我只是想再确认一次。在我们出生入死这么多年之后，我相信你说的话……即使……"

"听着，老朋友。即使我真的是奥斯玛口中的那个叛徒，即使我能在他面前瞒天过海……我也没办法对你有任何隐瞒。我骗不了你，惩戒官费希格。"

狱警砸响了牢门。

"再给我们一分钟！"费希格喊道。

"好好吃晚饭。"他转身叮嘱我。

"是奥斯玛让你这么做的？"我问。

"该死，当然不是。"他仿佛遭到了羞辱一般，怒吼道。

"是呀，我也觉得不是。"

狱警又敲门了。

"行了，马上结束！"费希格吼了一声。

"明天再见。"我说。

"再会。"他回答道，"替我做件事。"

"说。"

"好好吃你的晚饭。"

午夜时分，我感到胃部开始剧烈地痉挛。我从睡梦中惊醒。痛感涌上了我的全身，麻痹了我的大脑。自从制毒师派伊在莱斯十一星上给我投下剧毒之后，我还从来没有如此痛过，那还是整整两年以前"极暗夜"的时候。

我挣扎着想站起身，却从床铺上跌落。痉挛带来的撕心裂肺的痛苦几乎将我吞没，我痛苦地喊出了声。我将胃里残留的晚餐全都吐了出来。我浑身抽搐，寒热交替之下几乎丧失了心智。

我不知道自己花了多久爬到牢门前，更不知道自己挥拳捶打门板，直到狱警开门一共用了多久，或许是几个小时。

痉挛带来的痛感越发剧烈，我感到天旋地转，意识不清。

"帝皇啊！"狱警打开牢门，发出一声惊呼，举起手电观察着我。

他向门外呼喊。片刻后，牢房外的走廊里传来了急促的脚步声。

"他病了。"我听到其中一人说。

"等到天亮再说。"另一人说道。

"他会死的。"第一名狱警答道，话音正在颤抖。

"请你们……"我几乎说不出话来，伸出一只手。那只手剧烈抽搐，因为剧痛逐渐失去了知觉，状似丑陋的兽爪。

更多人闻声赶来。我也听到了费希格的声音。

"他需要医生。快去叫医护人员。"费希格说。

"这是违规的。"一名狱警说。

"你看看他！他就快死了！显然是急性疾病。"

"让一下。"另一个声音响起。

来人是监狱的医师。审讯员里格尔紧跟在他身后，看上去好像刚从睡梦中惊醒。

"他在装病，别管他！"里格尔语气中充满了蔑视。

"闭嘴！"费希格怒吼，"你睁开眼看看！怎么可能是演戏！"

"他极善欺诈。"里格尔反驳道，"他很有可能为了制造以假乱真的腹痛，故意舔食了门上的锈迹。这是虚张声势。不要管他。"

"他快死了。"费希格说。

"他看上去确实病得厉害。"一名狱警附和道。

接二连三的抽搐让我身形扭曲。

医师伏在我身旁。我听到他从药箱中取出了综合诊断仪，仪器发出了嘀嘀的声响。

"这确实不是表演。"他神情紧张地小声咕哝道，"他浑身都在痉挛。任何人都不可能控制自己的肌肉以这样的方式剧烈收缩。他的血氧含量已经降到了正常水平的30%，心脏的震动频率也大幅下降。不到一个小时,他必死无疑。"

"给他一剂强心针。救活他！"里格尔吼道。

"我做不到，长官。至少这里不行，我们没有设备。啊，帝皇啊，看他！眼睛和鼻腔已经往外渗血了。"

"想想办法！"里格尔焦急地大喊。

"我们需要将他送到正规的医务中心，距离最近的在德尔斯堡。我们必须尽快送医，否则他就死定了。"

第十六章

"这不可能，医师！"里格尔说，"你必须做点什么……"

"这里不行。"

"去叫一架飞艇来。"费希格说。

"他是审判庭的一等重犯！他不能离开这里！"

"那就立刻去禀告奥斯玛——"

"他整晚都在大陆架区域。"

费希格压低了声音。"你是准备等奥斯玛回来，然后告诉他最重要的犯人死在了监狱里？"

"不——"

"我会亲口告诉他。我要告诉奥斯玛，他的部下里格尔破坏了他职业生涯最重要的案件之一，原因只是他疏懒成性，拒绝呼叫救援艇，眼睁睁地看着艾森霍恩因为毒性休克惨死在监狱中！"

"去叫一辆飞艇！"里格尔心烦意乱地说，"快！"

他们用担架将我抬到了巨石停机坪上。隔着刺骨的寒风和肆虐的暴雪，我听到夜空中响起了大声的争吵。医师为我挂上了点滴药水，随后从药箱中取出了一些止痛药以缓解症状。

停机坪四周的白色灯光频频闪烁，在冬夜里平添了一分寒意。纷飞的雪花被灯光照成了一片跳动的黑点。

一架卡迪亚运输机驶入了低空区，调整垂直推进器向地面靠拢。我眼前的雪花开始肆意地朝各个方向飞舞。

他们将我带进了一间点亮了绿光的舱室内。舱门关闭的一刻，寒意渐渐退去。我感到机身微微倾斜，随后向上抬升，掉头向大陆区域驶去。费希格偶尔在我身边出现，调整我固定在运输机床铺上的绑带。在引擎的轰鸣声中，我听到里格尔正对飞行员大声呵斥。

费希格趁人不备，从外套中取出了一只不起眼的注射药水瓶，将瓶身固定在静脉注射的装置内，换掉了监狱医师提供的注射液。

一瞬间，我感到缓解了许多。

"别乱动，深呼吸。"费希格低声说，"注意抓紧扶手。马上会有些……颠簸。"

"注意！前方三公里处有情况，对方移速极快！"我听到副驾驶匆忙的汇报。

"那究竟是什么？"里格尔问。

运输机的传讯装置发出高频率的蜂鸣声。

"黄金王座啊！他们是冲我们过来的！"驾驶员说。

"听着，前方的运输机。"语音通信器中传来了对方的嘶吼，"立刻降落在西侧的小岛上，坐标：52，36。立刻照办，否则我会将你们轰成碎片！"

我的视线已经清晰了许多。隔着机舱内绿色的灯光，我看到里格尔抽出了激光手枪。

"这是叛逃！"他说着，看向费希格。

"我想你应该立刻按照对方说的做，现在坐下。"费希格语气平静得出奇。

里格尔刚要开枪，但一道灼热的火光从二人之间划过。费希格右手食指上佩戴着一枚内置喷火器的戒指——那是太空猿猴的武器。烈焰顷刻间就将里格尔吞噬。

我意识到，这是马希拉珍藏的珠宝之一。

费希格抬手，又烧毁了飞艇内置的语音通信器。

"立刻着陆！"他将戒指对准驾驶员命令道。

运输机在暴风雪中紧急降落在无人问津的礁石海岸。

"双手抱头！"费希格大声命令船员，随后快速将我搀扶出舱门。

我几乎无法行走，他不得不托着我。

"是你给我下的毒。"我喘息道。

"我必须以假乱真。埃莫斯研发出了能重新激活你体内残留毒药的配方，再次触发了派伊的毒药。"

"你们这些混蛋！"

"哈哈！底气十足，看样子应该不会死！"

迎着海面吹来的狂风，他半提着我横穿过卵石滩。纷飞的雪花如同冰锥般扎在我们的脸上。刺眼的灯光从空中直射下来，炮艇在结冰的卵石滩上完成了一次无可挑剔的贝坦科尔式的着陆。

"帝皇啊，这是你们一起合计的法子？"我气喘吁吁地问。

"当然了！"贝坤厉声说，"拿图恩，去拿一管抗毒血清！"

第十六章

在不到两年的时间里，我死了两次。昔日在莱斯星，毒巫萨蒂亚爪牙用化合毒药置我于死地；如今我又坠机身亡——我乘坐的运输机在卡迪亚卡杜卡迪斯群岛的上空，遭到致命风暴的袭击，机毁人亡。

炮艇升向半空，驶出了一段距离，随后调转方向，正对着那架运输机。

愿帝皇宽恕。我们迫不得已杀死了里格尔和两名驾驶员。他们的死是我们安全的唯一保障。

"开火。"我听到纳尔对米迪亚说。

炮艇的炮弹击中了卡迪亚的运输机，将机身轰成了一团火球。拂晓时分，小岛海岸上残留的运输机残骸静静地诉说着被风暴摧毁的悲惨命运。

我们在暴风雪的掩护下直冲向轨道空间。虽然没有人告诉我，但我知道这次飞行早在计划时就已经准备好了某人的通行代码。

我猜那是妮芙的授权指令。这次行动或许得到了她的准许。

伊森号正在等候我们。

"现在呢？"我嗓音沙哑地问费希格。

"可恶。我豁出身家性命把你救出来这么远。"他回答，"我还指望你能告诉我下一步怎么走。"

"辛卡尔。"我说，"告诉马希拉，我们要去辛卡尔。"

总有些秘密值得守护。

"辛卡尔有什么？"贝坤问。

"一位老友。"我说。

"准确地说，不算是朋友。"埃莫斯补充道。

"是呀，埃莫斯说得对。只能说是个老熟人。"

"准确地说，两个老熟人。"埃莫斯继续接茬。

贝坤一脸怒容。"你俩的小秘密可真不少啊。为什么不直接回答？"

"这件事你们知道得越少越好。如果我们被捕，审判庭就不会给你们太多麻烦。"我说。

"这个皮包骨的是谁？"当我走上伊森号的舰桥时，马希拉装腔作势地问。

当时的我已经剃了胡须，打理完乱发，随后洗过澡，并换上了一套黑色亚麻布外套。我仍然十分虚弱，几乎无法长时间站立，更没办法回应马希拉滑稽的问候。

"我们就要启航。"马希拉显然体会到了我的情绪，语气也郑重起来。他的金面机仆发出了整齐的低鸣。他的导航员头戴兜帽，此刻将所有的感官汇聚到一个截然不同的位面中，一言不发。

"我有个问题。"因沙贝尔说。他坐在副驾驶的位置，仔细端详着手中的星图。"为什么去辛卡尔？那是一个矿业世界，位于整个星域的边陲，几乎是一颗光环星。我以为我们下一步要去找奎索斯。"

"那毫无意义。"

"为什么？"

我坐在一张柔软的皮革座椅上。"奎索斯能轻而易举地将我们抹杀，我们为什么要去赴死？面对他的两个恶魔宿主，我们毫无胜算，甚至没有生还的可能。我们的力量还不足以与之战斗。"

"所以呢？"因沙贝尔不安地问。

"所以，我们要做的第一件事，是找到能够击败他的力量。我们要养精蓄锐，打磨武器，做好与帝国疆域内最强大的邪恶势力对抗的一切准备。"

"那为什么我们要去辛卡尔？"因沙贝尔放低了声音。

"因为辛卡尔是我们反攻的开始。"我说，"相信我。"

第十七章

漂流恒星

萨文博士、科拉和霍恩先生

机械教驻地

即便在亚空间中全速航行，伊森号也花了三十周才抵达辛卡尔。

诚然，我们选择了一条颇为迂回的道路，以避免遭遇帝国军队的一切可能性。我对这样的逃避之举十分反感。唯独这次，我对秘密行动感到深恶痛绝。

在启航的几周后，我们间接得到消息：我逃离卡迪亚的真相已经被发现。审判庭和其他官方机构正在全力追捕我。我被正式宣布为异端和恶魔使徒。罗尔金领主终于没能顶住压力，签署了奥斯玛呈交的罪诏。

此刻的我与以往判若两人。

我是一名逃犯，沦为了当局眼中的叛徒。而我的战友为了救我，也甘愿浪迹天涯。

我们接连遇到了阻击。伊森号在马里德补充燃料时，我们被一艘不明来历的舰艇发现。对方一路追击，直到我们遁入亚空间。在艾维诺，一支由教会战舰组织的方队守卫着教区边境，试图将我们的炮艇击落。

多亏了马希拉的驾船技巧和米迪亚的战斗天赋，我们才得以逃脱。

在特雷克西亚的贝塔星，纳尔和费希格在招募星语者的过程中被法务部的追猎者发现。两人从没有告诉我，他们在冲突中被迫杀了多少人，他们连续几个星期默然不语，黯然神伤。

在玟枚港星，贝坤成功地争取到了一位星语者的协助，那是一位名叫塔萨拉·温格希的女性灵能者，看上去病恹恹的。当温格希发现我的身份时，她立刻央求我们让她返回到那个一潭死水般的世界。我们花了很长时间才让她相信我不会伤害她。最后，我不得不毫无保留地向她开启我的心智。

在欧特星，我们在重新购买补给时被审判官福伦特尔发现。正如审讯员里格尔和那些无辜的卡迪亚飞行员一样，那些无法避免的死亡一直困扰着我。

我尝试向福伦特尔自证清白。我已经仁至义尽。他还年轻。对他来说，击败我是名扬四海、大展宏图的契机。"异端艾森霍恩"，他自始至终都这么称呼我。那是他被投入沸腾的地热交换器前说的最后一句话。

从特雷克西亚贝塔星的冲突开始，坊间就有传言称圣锤修会派遣了一支灰骑士杀戮小队追杀我们。此外，攘外修会的死亡守望战团也加入了行动。

我诚恳地祈求帝皇，祈祷我们在被正义的力量击溃前能完成这项任务，祈祷我的队友们都能得到善终。

在亚空间深处，我们焦虑地度过了漫长的数周时间。我将所有的精力都投入到了研究和与纳尔、费希格或米迪亚的武器训练上。我努力让自己恢复健康。群岛死牢的磨难令我虚弱了许多，我感到身心俱疲。尽管马希拉每天都能供应丰盛的大餐，我失去的体重却迟迟没有回升。

我感到自己变得十分迟钝。无论是剑术还是步伐都比以往慢了半拍，就连举枪瞄准的动作都显得缓慢而笨拙。

就连我的思维也停滞了。我不禁担忧奥斯玛是否已经将我击溃。

塔萨拉·温格希是一名半身瘫痪的五十多岁女性。她年轻时曾经在安枚港的星语庭任初阶导航员，长年围绕亚空间进行的艰苦仪式拖垮了她的身体，她弱不禁风的身躯用人造外骨骼支撑着。我相信她曾经是个美貌的女子，但如今她面颊深陷，头发稀疏，浑身上下都是植入接口留下的疤痕。

"又到时候了，异端？"我走进她的隔间时，她抬头询问。当时是航行的第二十周。

"我希望你别这么称呼我。"我说。

"实话实说。"她咕哝道，"那个叫贝坤的女人哄骗我走出了安枚港的安全生活，参与你这个异端的私人行动。"

"温格希，你说安全生活？你会惨死在那里。在那种高强度的交通调度工作中，你活不过半年。"

她沉默不语，身上的人造支架呼呼作响，伸手倒了两杯阿玛斯克酒。她的头发涂满了用于增强共鸣的膏剂，屋子里充斥着洛草烟的刺鼻气味。我知道她的生活一直不尽如人意，艰辛的工作带来了严重的身体劳损，她始终都在与病痛抗争。

"我会在半年内死去，埋在安枚港……或者在你的行动中惨死。"

"不会那样的。"我接过她递来的玻璃杯点了点头。

"不会吗？"

"不会。你看过我的意念，你知道我内心纯净。"

她皱了皱眉。"或许如此。"她握杯的手有些不听使唤，右臂的机械肢体十分陈旧，移动迟缓。

我要上前帮忙，被她挥手制止。

"或许如此？"我问。

她大口饮了一口酒，用皱缩的嘴唇含住一根洛草烟。

"我窥探到了你的思维，异端。你并不像你想象的那样纯净。"

我在她身前的矮凳坐下。"此话当真？"

她点燃了洛草烟，深吸一口，吞云吐雾的同时轻叹了一声。

"啊，别介意我说的话。像我这种疯疯癫癫的灵能者总是信口开河。"

"不，我很感兴趣。你窥探到了什么？"

她走到一旁的软椅前，外骨骼发出轻微的摩擦声，腿部的液压装置发出了嘶响，支撑着她坐了下来。她再次深吸了一口烟草。

"抱歉。"她说，"你要来一根吗？"

我摇了摇头。

"我半辈子都在勤勤恳恳地履行星语者的职责，无论是在公会内任职，还是像现在这样自主选择工作，我都逆来顺受。当那个女人向我发出了工作邀请，当然还承诺了相当不菲的报酬，我就接受了。但是，我……"

"星语者应当保持中立。"我反驳道。

"星语者应当为帝皇效命，异端。"她说。

"你究竟在我的头脑中看到了什么？"我打断她的话。

"我看到了太多。"她说着在半空中吐了一个华丽的烟圈。

"说出来。"

安装在她头颈上的铁笼嘶嘶作响，我不知道这是否意味着她在摇头。

"我想我应该心存感激。是你将我从死气沉沉的生活解脱出来，参与到了……这场冒险之中。"

"我不需要你的感激。"我说。

"我会在半年内死去，埋在安枚港……或者在你的行动中惨死。"她重复说着这句话。

"不会那样。"

她又吐了一口烟圈。"哦，会的。我亲眼所见，仿佛就在眼前。"

"你亲眼所见？"

"无数次。我会因你而死，异端。"

温格希是个顽固的失败主义者。我知道她十分避讳谈论预见到的事，也不再追问。我们每隔几天就会见一次面，她用灵能探测从我的脑海中捕捉到了一些画面。卡迪亚的标塔、切鲁贝尔、普罗法尼狄，以及他们身上的那些诡异配饰。

多亏了这位身残志坚的星语者，我们抵达辛卡尔时，我通过她的灵能侦测出了一些图像，对即将面临的严峻挑战也有了更深刻的认识。

辛卡尔，一颗环绕漂流恒星的矿业世界。

由于引力风暴的干扰，辛卡尔所在的星系在帝国疆域的边缘漫无目地游荡。将近一万年前，它曾经是3459-多纳的比邻星，有九颗行星和一条完整的小行星带。当我们最终找到它时，这颗恒星正蹒跚地划过皮姆拜耳星系。它从主星系向子星系穿行，其间经过了两次严重的星体撞击。如今，它只剩下六颗行星和散落成辐射状的小行星带。辛卡尔的流亡恒星被束缚在皮姆拜耳子星系狂乱的相互作用力之中，这是一场星体引力的角逐，至少还需要一百万年才能尘埃落定。

我们的目的地辛卡尔，严谨地说是辛卡尔漂流星系X181B的第四行星。它是一颗由蓝色的金属矿石构成的行星，沿着"8"字形的轨道环绕在破碎的恒星周围，在变幻莫测的重力井之间摇摆不定。

这颗星球蕴藏着大量的稀有金属，包括安克林矿和紫磷石。自从这些矿藏被发现，它就成了矿工们的淘金圣地。

"四周没有巡逻的舰船，浮标基本都关闭了。"马希拉说，他驾驶着伊森号驶入了星系，"我检索到了一处聚居区。我打赌，这里是矿工的殖民地。"

"在轨道停靠。"我对他说,"米迪亚,启动炮艇准备着陆。埃莫斯,你跟我们一起。"

"哇!"米迪亚低声惊叹,用镶嵌着电子回路的手掌紧紧握住炮艇操纵杆上的生物感应装置。艇身再次剧烈摇晃起来。

"重力扰乱无处不在。我得一直按住涡旋稳定器。"

"这也难怪。"埃莫斯咕哝着,蜷缩在甲板上的座椅中,腰间系着安全带,"漂流的恒星和四周的行星群很容易产生毁灭性的重力系统。"

"哼……"米迪亚若无其事地驾驶着炮艇,艇身在轨道上猛地倾斜,灵巧地避过了一颗表面粗糙的黑色小行星。在接近辛卡尔的区域聚拢着一团碎石,到处都是岩石撞击后产生的熔渣。它们沿着复杂奇特的轨迹高速旋转。聚拢在辛卡尔四周的碎石颗粒形成了一片状似雾霭的环带,在奇特的重力作用下,环带也发生了扭曲。我们被笼罩在一片朦胧的金色物质中,恒星的光芒照射在细小的尘埃与岩石表面。虽然炮艇的护盾能够有效抵挡多数旋转飞舞的岩石,但对于一些体积较大的石块,我们需要不断地避让。

透过尘埃折射的金光,辛卡尔的地貌展露无遗:一个构造不规则、散发着夺目光芒的幽蓝色星球正沿着一条波动起伏的轴线飞速旋转。辛卡尔一半的地表藏在阴影中,伴随着日夜分割线的快速移动,几座矿山的山脊化作一条条闪亮的金线,在晨光中闪耀。

"当然,我们距离星体越近,重力扰动就越严重。"埃莫斯饶有兴致地说。米迪亚并不需要这种建议。就连我都知道一个不规则星体,尤其是由不同密度的物质构成的不规则星体会形成一个重力效应异常的特殊空间。我认为埃莫斯只是在通过自言自语缓解紧张的情绪。

米迪亚驾驶炮艇跟在三颗小行星的尾迹后,仿佛驶入了一条高重力通道。辛卡尔的表面跃入眼帘,那是一片地表崎岖的极寒之地。急速下降的过程中,警报声响起。米迪亚不耐烦地伸手一拨,警报声戛然而止。艇身渐渐恢复了水平。

"采矿场亮起了通信灯。"米迪亚清了清嗓子说,"我收到了一组遥控对接信号。对方需要核实我们的身份。"

"发送吧。"

第十七章

米迪亚启动了炮艇的信号发射器，随后发出了炮艇的身份验证信号脉冲。那只是我们事先存储在编码器中的伪造凭证，由米迪亚和马希拉精心编制，足以掩人耳目。根据凭证中的信息，我们是曼德琳皇家地质学院的一支研究小组。

"他们批准放行了。"米迪亚说完，将炮艇平稳地驶过了重力扰动的缓冲带。"他们已经开启了通道导航。"

"有语音通信吗？"

她摇了摇头。"都是机械设备。"

"准备着陆。"

辛卡尔矿区的主城区是一座古老的工业建筑群，坐落在一处由外部撞击形成的上冲断层锥体的顶部。炮艇降落在陨石坑边缘的一条沟壑旁。这些建筑表面粗糙，乍看尚未竣工，似乎是从蓝色的岩石上开凿形成的原始建筑。但我不久就意识到它们其实是标准的帝国建筑模组。之所以产生那样的错觉，是因为大量的蓝色尘埃和碎晶体结块后覆盖在表面。根据记录显示，辛卡尔的矿区已经建成将近九百年。

我们在一处安装着闪烁标志灯的平台上着陆。炮艇的缓冲喷气装置在四周搅动起一片晶体尘埃，飘向了半空。在短暂的等待之后，两台装配着履带的单线程机仆前来接应我们。它们从漆黑的停泊仓中缓慢移出，驶入了冰冷的星光中，随后用对接口钳住炮艇的前端，无声地将我们拖进停泊仓的铁门内。

仓门内是一个阴森可怕的空间，四处可见布满油污的金属和起重设备。停泊仓里容纳着两台探测舱，不远处的阴暗角落里停靠着一艘废弃的货船。

我们身后的仓门缓缓关闭。伴随着仓内大气循环的恢复，停泊仓上方闪烁的安全指示灯从琥珀色转变为绿色。眼前除了机仆外，没有任何生命迹象。

"炮艇的外部感应系统已经亮起了绿灯。"米迪亚从座椅上站起，转身看着我。

"一切就绪？"我问。

"当然。"米迪亚说。她原本爱穿常规的格拉威亚飞行员制服，在外面套上那件独一无二的樱桃红夹克。此刻她却换上了一套毫不起眼又肮脏的飞行服。那套棕色的衣服厚重而臃肿，实际上是一套铠甲的内衬，表面满是孔眼和绑带，一些需要和驾舱衔接的部位还装有螺栓接口。米迪亚摘掉了固定头盔的环锁，将沉重的颈圈敞开着。她戴着工作手套，穿着钢板保护的军靴，头戴民用飞行员中常见的尖顶帽，帽檐上点缀着帝国双头鹰图案。

埃莫斯正在调整外骨骼的液压装置，并确保自己能保持最挺拔的姿态。他身穿黑色长外套，头戴着白色骷髅帽，手中握着一柄带有数据刻度的手杖。举手投足之间俨然是一位名声在外的地质学专家。

我则彻底舍弃了审判庭的常规穿着。我穿着学徒风格的马裤和高筒排扣皮靴，一件镶嵌着肮脏陶钢护板的陈旧马甲，头戴镶嵌着眼孔的酷似一只狰狞颅骨的过滤面罩。纳尔从他的个人装备中翻出了一台动态捕捉仪，借给我使用。我将捕捉仪固定在右肩上，将一把沉重的短柄手枪别在腋下的枪袋中。此外，我肩扛装着霰弹枪的枪筒，腰间绑着填满子弹的腰带。我看上去就像是个充满暴力倾向的打手。这足以掩人耳目。

米迪亚打开了舱门。我们沿着台阶走下。

四周的气温极低，空气经过反复的机器筛滤，已经十分干燥。远处不时传来古怪的机器轰鸣声。低矮的机仆正忙碌地修补着一台飞行器暴露在外的发动机外壳。

我们沿着网格阶梯向上攀爬，钻进了内部舱室。舱门外标记着机械教修会的浅浮雕符号，下方悬挂着一块搪瓷标牌，标牌上写着：科技神甫是整个辛卡尔矿区的至高权威。

厚重的舱门通向一条阴暗的检修通道，通道两侧用挂钩悬挂着两排太空服，在呼啸的风中摇曳。此外，还有一间阴冷潮湿的清洁室，一间昏暗无光的办公室，门外还挂着一把密码锁，以及一间空空如也的中控室，墙上还挂着一面停用的图表监测屏。

"人们都去哪儿了？"米迪亚问。

我们沿着充斥着回音的走廊穿过建筑群中央的大厅。肮脏的采矿设备散落在角落里。一座小型医疗急救站上，手术设备已被拆除，堆满了一箱箱的腌鱼。一旁的侧屋里除了堆放在角落的几百个啤酒瓶以外，再无他物。废弃多年的冷藏食品店门户敞开着，腐败肉类的腥臭味飘散而出。水从漆黑的天花板上滴落，在地上溅起水花。几根锁链悬吊在起重机上方。寒风在大厅中穿堂而过，冰冷刺骨。

高墙上悬挂的广播突然响起，我们都心中一惊。

"帝国联合矿业公司！十五分钟之后轮班！"

那是一段自动录音。随后又是一片死寂。

"真是蹊跷的扰动。"埃莫斯喃喃道，"根据帝国的档案记录，辛卡尔矿区是一片高度活跃的工业区。帝国联合矿业公司有将近一千九百名劳工在这里的矿山深处劳作，而奥塔格钜素专营公司也在采石场安排了七百名员工。更不用提那些独立的勘探员、负责地勤的安保人员和机械教修会的专员。矿场的常住人口将近有三千人。"

我们抵达了一座大型公共区，以及一条被顶灯照亮的宽阔道路。不少灯泡都已经破裂。两侧都是废弃的商铺和酒吧。

"我们四处找找。"我说。三人分头行动。我沿着道路北侧堆满垃圾的台阶前行，走进一条开阔的商街。街道上空无一人，只剩下许久无人问津的商铺。

我听到左前方传来了电机的蜂鸣声，循着声音走去。在餐厅后方用木板围拢的拐角外一片狼藉，有一辆大轮货车停靠在入口处。我走了进去。地板上满是泛黄的纸张和布满凹痕的数据面板。废弃模具和食品包装纸箱堆成了小山，堵住了一旁档案室的侧门。

纳尔的动态捕捉仪咔嗒作响，并发出了轻微的呼叫声。它将扫描的图像投射到了我面具右眼的棱镜中。在后方的办公室大约八米外的地方，有人在移动。

我缓慢地向门口移动，将手放在枪套上，向门内观察。

一名四肢修长的男子穿着肮脏的工作服，正背对着我蹲在墙边，低头在一个储物柜中搜寻着什么。

"你好？"我试探着说。

他被吓得魂飞魄散，猛地跳了起来，随后举止疯癫地转过身，后脑勺砸在了身后的一排金属柜门上。他修长而呆滞的面庞因为恐惧变得煞白。他举起了双手。

"哦，见鬼！帝皇啊！求求你……"

"冷静点。"我说。

"你是谁？哦，该死，别伤害我！"

"我不会伤害你的。我叫霍恩。你是谁？"

"班德比……费因·班德比……奥塔格钜素专营公司的二级矿务监督，别伤害我！"

"我不会伤害你的。"我语气坚定地重复道。至少他工作服上那块磨损严重的名牌与他刚刚喊出的名字相符——班德比·F，奥钜·二级监督。

"把手放下。"我说，"为什么你会认为我要伤害你？"

他放下双手，耸了耸肩。"我不知道……我……不知道。"

他恢复了些许镇定，眯起双眼看着我。"你从哪里来？"他问。他相貌丑陋，长着灯笼般的肥大下巴，头发蓬乱而油腻，留着浓密的胡茬。他的脖颈一侧长着一处刺眼的粉红色胎记。

"我们是外地来的，刚刚到这里。我想知道，为什么四周一个人都没有？"

"都走了。"

"走了？"

"走了。坐船离开了。因为重力病。"

"重力病？"

我不知道他是否打算解释。我的动态捕捉仪突然亮起了警报。我转身看到一个人正站在入口处。他身材魁梧，肤色黝黑，留着雪白的短髭。他右手握着自动手枪，枪口正对着我的脸。

"动作放慢。"他说，"放下手中的枪。摘下面罩。"

"发生什么事了？这里谁负责？"一个声音从门外传来。来人是埃莫斯。

拿枪的人看了一眼门外，随后向我比划了两下。埃莫斯站在入口货车旁的街道上，看上去温文尔雅，一身傲气。

"哦？我是萨文博士，来自曼德琳皇家地质学院。这就是辛卡尔矿区的迎客之道吗？我算是开了眼了！"我不由得十分惊奇。那是一种不怒自威的语调。埃莫斯的表演天赋令我刮目相看。

"你有凭证吗？"持枪男子问道，枪口仍然对着我。班德比已经缓过神来，观察着我们之间的交涉。

"当然！"埃莫斯说，怒意未消，"而且我会出示给这里的负责人。"

持枪男子将另一只手伸进用网格加固的防暴外套中，从颈链上拎起一枚抛光的银质徽章。"执法者卡雷尔，辛卡尔矿区安全局。我就是你能在这里找到的唯一负责人。"

埃莫斯用数据手杖的尖端敲击着混凝岩地面。杖头咔哒一声，在半空中投射出一幅微型全息图，包括他的身份信息、皇家地质学院的校徽，以及埃莫斯本人缓慢旋转着的三维肖像。

"好吧，博士。"卡雷尔点了点头。他用枪指了指我，问道："这个蠢货是谁？"

"你觉得我会独自一人跑到这个偏僻的矿场，一个保镖都不带？这个蠢货叫霍恩。"

"这个蠢货企图对我的朋友班德比不利。"

埃莫斯严厉地瞪了我一眼。"我警告过你，霍恩！该死！你早就不是莫迪安帮派雇佣的打手了。"

埃莫斯转身看着卡雷尔。"他就这么缺乏管教，睾酮分泌过剩的结果。没办法，但我需要肌肉发达的打手，笨就笨点吧，好歹他比电子獒犬便宜多了。"

谢天谢地，你看不到我面罩后的表情，我暗想。

"好吧。但好好看住他。"卡雷尔一边说，一边将武器放回枪套内，"我们可以去趟安全局。然后，你得告诉我究竟为什么要来这里。"

"然后，你得告诉我其他人究竟去哪儿了。"埃莫斯接着对方的话茬说。

卡雷尔点了点头，向我们做了个手势，示意跟着他前行。

"萨文博士，看样子你不需要我打爆任何人的脑袋了？"有一个声音突然响起。

卡雷尔和班德比僵在了原地。米迪亚从一旁的卷帘门中偷偷溜到了我们身边的隐蔽处，双手握着一支格拉威亚针刺手枪，瞄准了卡雷尔的脑袋。

"该死！"班德比骂道。

"这是我的飞行员。"埃莫斯面无表情地说，他将米迪亚的手拍到一旁，"别这样，科拉。这二位都是我们的朋友。"

米迪亚咧嘴一笑，对卡雷尔眨了眨眼，将武器放进飞行服的内衬口袋中。

"得罪啦，卡雷尔长官。"

卡雷尔恶狠狠地瞪了她一眼，带着我们向安全局走去。

安全局位于废弃广场拐角处的一座圆形建筑的二层。办公室四周被齐腰高的护栏围绕，此外，透过向内倾斜的窗户玻璃能够俯瞰广场区域的全貌。

第十七章

卡雷尔用拇指按下了墙壁上的控制按钮，玻璃的色调变淡，屋内也明亮了许多。

几排座椅被摆放在中央的圆形工作台四周，工作台上放着一部全息影像仪，空的食品袋和麦芽酒瓶杂乱地摆放在工作站的桌面上，手写的便条和备忘笺贴在工作台的边缘。屋子四周摆放着沙发椅，其中不少椅背的软垫装饰都已经裂开。后方的一扇门通向军械库和休息室。空气十分潮湿，弥漫着汗水和许久未洗衣服的气味。

卡雷尔脱下了那件网格外套，扔在沙发上。他身上是一件脏兮兮的背心，露出了一身强健的肌肉和帝国卫队的文身。

他的那枚徽章如同运动员的奖章一样挂在胸前。

"给他们找些酒水。"他对班德比说。矿工开始清理工作台表面的麦芽酒瓶，从中挑选了一瓶还没喝完的。

"还算新鲜，刚开瓶没多久。"卡雷尔说，语气不善，"我想博士应该会想喝点更柔和……或更浓烈的？"

"阿玛斯克酒，如果你有的话。"埃莫斯说。

"麦芽酒还不错。"米迪亚微笑着，扑通一声倒在沙发上，将双腿盘在身下。

我摇了摇头。

班德比走开了。

卡雷尔向工作椅的椅背上一仰，将双臂交叉放在靠背的顶部。

"好吧，博士。说说你的故事吧？"

"我是皇家地质学院冶金系的主任。你知道曼德琳吗？"

卡雷尔摇了摇头。"从没去过。"

"是一个宜人的世界，体面的世界。因为学术成就闻名于世。"埃莫斯小心地坐在米迪亚身旁。

我站在窗边，发现卡雷尔的目光始终在我身上。

"我们受到费雷德里克大公的全权委托，正在进行一项为期二十年的研究计划。我们的目标是计算最稀有金属的密度……事实上，这项研究工作是高度机密。研究的成果能够有效改善曼德琳引擎制造厂的运行效率。大公是一位热心的冶金学爱好者。事实上，他也是我们皇家学院备受赞誉的资助人。"

"继续。"卡雷尔兴致索然，但还是想听下去。

"紫磷石是我们这次研究计划中的重要对象，而这颗星球正是它的主要产地。内政部当局已经批准了我来辛卡尔提取样本的申请，我还收到了帝国联合矿业公司总裁的信件，想委托我考察紫磷石开采工作的近况。我能看看开采现场吗？"

卡雷尔不屑一顾地摆了摆手。

"我也希望能与驻扎在本地的科技神甫会面，与他们一起讨论关于这种珍贵物质的学识。"

"你是在寻找真相？"

"准确地说，是研究任务。"埃莫斯说。

班德比带着三杯麦芽酒和一个瓷杯回来了。他找来一块满是凹痕的柜门当作托盘，将酒水杯盏放在上面。

"这不是什么讲究的饮品。"他说着将杯子递给埃莫斯，"穷乡僻壤，也没什么好招待的。"

埃莫斯呷了一口，丝毫没有反应。"口感粗糙，但是麦芽香很提神。"

卡雷尔拿起瓶子，仰脖喝了一口。

"恐怕你们白跑一趟了。"他说，"只有帝皇才知道帝国联合公司给你写信时在玩什么把戏。他们很早就把矿工们都撤走了。"

"为什么？"我话刚落，卡雷尔警觉地瞥了我一眼。

"在过去9个世纪里，这颗行星就在不断地遭到开采。这是一项非常危险的工作，但利润回报却十分可观。正如你所说，辛卡尔是许多稀有金属的重要产地。这些金属价值连城。"

他又抿了一口酒。

"在过去二十年间，当局开始担心重力失衡的状况。辛卡尔距离皮姆拜耳星系的重力场越来越近。甚至有专家揣测，再过八九十年，这颗星球就会土崩瓦解。帝国联合和奥塔格公司开始加快开采工作。有朝一日，辛卡尔将被重力摧残到几千年都无法靠近、登陆的程度。在那之前，他们渴望尽可能多地榨取它的价值。独立勘探者也一样……他们成群结队地涌到了这个世界。在过去几年，这里出现了淘金热。"

"后来呢，究竟发生了什么？"米迪亚问道。

"重力病。"班德比说。他在铺满纸张的沙发上坐下，随后抬起头，看着米迪亚因为困惑而高高扬起的眉毛。

"重力失调症。"他立刻回答了她想要追问的问题。他有些紧张地挠了挠脖颈旁的胎记。他始终用热切的眼神看着米迪亚——她可能是他很长一段时间以来见过的第一个女人。与之相比,卡雷尔淡定得多。

"重力失调症。"班德比继续说道,"头重脚轻……就是重力病。"

"完整的名称叫慢性重力知觉失调,也被称作马兹博综合征。通常是由引力的急剧变化引发的一种渐进性系统紊乱。临床症状包括偏执、动作失调、突发焦虑或狂喜、记忆力下降、产生幻觉,在极端情况下甚至会产生杀人的冲动。伴随症状还有重症肌无力、骨软骨炎、骨质疏松症、脊柱侧凸和白血病。"埃莫斯信手拈来。

卡雷尔惊得目瞪口呆。"我以为你是研究金属的博士,不是学医的。"

"没错,但重力是一种无形无影却无处不在的力量,是所有生命元素得以存续的基础构成部分。因此我对它十分感兴趣。"

"是啊。根据专家的预测,辛卡尔在九十年内将彻底失去开采的环境。但人体比矿石脆弱得多。重力病大约在两年前首次出现。一些工人最先患病,同时也出现了一些暴力冲突和精神错乱的案例。我们随后意识到了问题所在。帝国联合公司九个月前就撤走了矿工。奥塔格钜素专营公司七个月前也采取了同样的行动。"

"这真是讽刺。"埃莫斯说,"辛卡尔之所以有丰富的矿藏,正是因为它在数十亿年的演变中经受过奇特的引力作用。元素在这里以独特的方式重新组合排列。我的朋友们,辛卡尔在我们眼里是一块贤者之石,是每个冶金学者的梦想!如今,人类再也无法从中获得任何益处,而导致这种悲剧的原因竟然恰恰是它最初得天独厚的优势!"

"是啊,博士。多么讽刺。"班德比一边给他倒上麦芽酒,一边连连附和。

"但你为什么留下来了?"我问。

"充当敢死队。"卡雷尔用一种稀松闲事的口吻对我说,"机械教修会三个月前也全都撤离。但他们中的一位留了下来,从事着必须完成的重要研究。我们奉命留了下来,暂时守候在辛卡尔的矿区,直到他完成全部的研究工作。"

我转身看向窗外。广场上除了垃圾外,空无一物。"'我们'有多少人,执法者?"

"一共有二十人。我负责统筹管理。全都是自愿留下的。"

"科技神甫答应给我们三倍报酬哩！"班德比对米迪亚说，显然是想给她留下个不错的印象。

"天呐。"她笑道。

卡雷尔从椅子上站了起来，将空瓶扔向角落里装得满满的垃圾筐。酒瓶弹了起来，在地板上摔得粉碎。"我们四处巡逻。这是个很大的地方。你们看到的不过是，是什么一角……有些星球上的海里会有大块的浮冰漂流，那种冰块叫什么来着？"

"冰山？"米迪亚提示道。

"对，冰山一角。辛卡尔矿区的90%都是土地。这个破地方空间很大，我们需要不停地巡逻、维护，保持适当的警惕。"

"你和其他敢死队员通过语音通信联系？"

"我们都保持着联系。有些人几周也难得一见。"

"那个科技神甫是谁？"埃莫斯问，"他在哪儿？"

卡雷尔耸了耸肩。"在岩层深处。他在矿井和熔岩之间出没。我有两个月没见过他了。"

"你觉得他什么时候会回来？"埃莫斯的语气轻描淡写，似乎毫不介意。

卡雷尔又耸了耸肩。"不知道，可能这辈子都不会回来。"

"他叫什么名字？"我问，看着执法者的黑色眼眸。

"布尔。"他答道，"怎么了？"

"哦，真是蹊跷的扰动！"埃莫斯的口头禅脱口而出，"大公一定会暴跳如雷的。这项任务花费了大量的时间和金钱。卡雷尔长官，我们已经不远万里跋涉到此，我不能就这么退缩。"

"你想做什么，博士？"

"比如，获取一些样本，并且观摩一场完整的紫磷石开采现场，好好翻阅矿场的开采记录？"

"我不知道……根据当局命令，辛卡尔矿区理应彻底关闭。"

"这么要求或许真的太过分了。但如果你愿意与我合作，我相信帝国联合矿业公司的总裁会十分高兴。如果我向他汇报这件事，他一定会倍感欣慰，并发给你们一份不菲的报酬。"

卡雷尔假装皱着眉。"现在聊的才是正事儿！"

第十七章

"我需要一天时间浏览矿场的记录和矿藏数据库,也许再用一天研究采石场的样本归档。此外……这个,我需要多久才能有幸观摩紫磷石的开采场面?我想去最新的矿址。"

"我可以联系部下,或许往返只需要两天。"

"那就……太好了!我们只待四天,然后就离开。"

"我不知道……"班德比说。

"难道你不想让我在这里逛几天吗?"米迪亚问道。和任何训练有素、善于察言观色的审判官一样,米迪亚敏锐地看穿了班德比的肢体语言,并展现出丝毫不逊色于埃莫斯的表演天赋。

"我不应该让你们留下。"卡雷尔说,"此地严禁入内。这是公司的规定。你们在这里一刻也不应该多留。"

"你就留在这儿了。"我反驳道。

"我挣的是辛苦钱。"他说。

"那么你能挣得更多。"埃莫斯说,"我答应你,我会在帝国联合公司的总裁面前为你美言几句……还有我在机械教修会的老朋友。他们对协助大公的人总是慷慨解囊。"

"给我拿一瓶麦芽酒。"卡雷尔说,他支开了班德比,看着我们,摩挲着下巴,"我会和部下们谈谈,看看他们怎么想。"

"很好,很好。"埃莫斯说,"我希望我们能尽快开展合作。但等候期间,我们需要找个住处休息。这里有多余的床铺吗?"

"自从劳工们撤离之后,辛卡尔到处都是空床。"班德比对米迪亚露出了一脸猥琐的笑容。

"给他们安排个住处。"卡雷尔命令矿工,"我去联系其他人。"

"事有蹊跷。"我说着,摘掉面罩扔在地上。

"这些帆布床还挺舒服。"埃莫斯说着,调整外骨骼的压力,躺在了床垫上。

我们正在一间干燥而闷热的矿工休息室内。窗外广场的人造灯光通过下垂的百叶窗斜射进来。班德比为我们提供了三张金属床,并送来了配套的床垫和睡袋,床铺散发着汽车燃料混杂着卷心菜的怪味。

"你总是疑神疑鬼。"米迪亚说着,耷拉着肩膀,将飞行服踢到角落里。

她只穿着背心和内衣，正在解开肩膀上的枪套。

埃莫斯翻身看向别处。

"我的工作就是疑神疑鬼。另外，别脱衣服了，我们的任务还没结束。"

米迪亚闻言，瞥了我一眼，皱了皱眉，将枪套重新绑在了肩膀上。

"好吧，我的长官……怎么了？哪里不对？"

"我现在还不能完全确定……"我开口说道。

米迪亚哼了一声，躺倒在床上。

"你能确定的，格雷戈。"埃莫斯说。

"或许吧。"

"试试看。"

"首先是关于重力病的事。即使这些公司里的管理人员全都是酒囊饭袋，机械教修会绝不会预测失误。任何一名宇宙学家都会知道辛卡尔即将进入一片重力扰动区，这对人体的危害不言而喻。他们一定很早就测算出了这个结果。帝皇庇佑。与善变的人心相比，星体之间的相互位移要容易预测得多！"

"有道理。"埃莫斯说。

"我确信你也已经想到这一层了。"我说。

"是的。"他说，"卡雷尔显然有所隐瞒。"

"你不觉得这件事情值得追查吗？"

"当然。"埃莫斯嘀咕道，"但我累了。"

"起来。"我粗鲁地喊道。

他坐起身。

"至少我们知道布尔还在这里。"我说。

"我们来这里，是为了找这个人？"米迪亚问。

我点头承认。"布尔神甫。"

"你们怎么会认识他的？一个科技神甫？"

"那是很久以前的事了，亲爱的。"埃莫斯说。

"我有的是时间。"

"他是我的导师、埃莫斯的老东家审判官哈普山特的盟友。"我赶在埃莫斯开口之前抢先说道。

"那是很久以前的交情了。"她笑道。

"算是吧。"

"尽管如此，这么万里迢迢地赶来见这位老朋友，未免太多此一举了。"她说。

"够了，米迪亚！"我说，"你不需要知道这些细节。你知道得越少越好。"

她朝我吐了吐舌头，随后重新穿上了飞行服。

"你能联系上伊森号吗？"我问。

"我的通信器超出了距离限制。"她面带愠怒地说，拨弄着拉链，"重力扭曲带来的干扰很大。我可以返回炮艇，用主信号发射器取得联系。"

"我需要你留在这里，我们需要尽快找到一些问题的答案。我想请你将埃莫斯偷偷送到内政部的档案馆。如果数据库还能正常运作的话，帮他把关键信息复制出来。"

"你呢，做什么？"

"我得去一趟机械神教在矿区的驻地。我们三小时后在这里会面。我们必须抓住一切机会寻找线索，尤其是布尔的行踪。"

埃莫斯点了点头。"如果我们被发现了呢？"

"就说你睡不着觉，想要四处走走，然后迷路了。"

"如果他们不相信我呢？"

"那就是我让米迪亚带你去的原因。"我说。

科技神甫的驻地位于辛卡尔矿区的西侧拥挤的住宅区和矿石加工棚外，距离我们所在的商街仅两公里远。起初，我不知道自己应该走哪条路，但好在每一条隧道和运输轨道都标着清晰的编号和目的地标志。片刻后，我就在公共饮用水池边发现了一幅金属蚀刻而成的大型导航图。

我拧了拧饮水池的水龙头，除了干瘪的摩擦声外，一滴水也没有流出。

我向驻地建筑靠近，粉刷过的隧道墙壁上涂抹着深红色的条纹，上面写满了警告标志和标语，要求来访人员必须携带正确的文件和身份证明。

这里依旧空空如也，只剩下厚厚的积灰和遍地的垃圾。

在红色条纹通道的尽头，一扇巨大的精金防爆门敞开着。一片诡异的寂静。

驻地建筑是一座巨大的高塔，用凿开的岩石块堆砌而成，墙面上镶嵌着红色的钢板，位于辛卡尔矿区所在的椎体结构一侧。一个密封的玻璃圆顶精巧地覆盖在防爆门和建筑之间的院落上方。建筑的墙体沿着圆顶一直延伸到陨石坑边缘的最高点。我仰头能看到蓝色的岩块和宇宙中闪烁的星光遥相呼应，几颗流星从头顶划过。

机械教驻地的门口是一座比三个人还要高大的铁门，门板由一整块漆黑的卢尔卡石雕砌而成。石门上镂刻着机械之神的形象，它的双眼俯视着每一位访客。按照原本的设计，矿井中排出的可燃气体将散发出不祥的光芒，透过这双机械之神的双眼不断闪耀。此刻，这双眼睛却空洞无神，毫无生气。

然而这样一扇威风凛凛的大门却毫无防备地敞开着。

我迈步走进。门廊的地面上铺满了细沙。光芒透过屋脊缝隙倾泻而下，形成了一根根充满寒意的光柱，尘埃颗粒在光中闪烁着晶莹的光芒。两面墙排满了编码器和差分装置，所有机械电源都已被切断，并处于休眠状态。每一组开关和仪表盘上都布满了一层圆弧形的灰尘。

我立刻意识到这是个坏兆头。科技神甫们最珍视的莫过于机械。如果他们真的像卡雷尔所说的那样撤离，他们不可能在这里留下如此先进而丰富的技术成果。况且每一台设备都被安放在黑色石墙上事先开凿的凹槽中，将它们取出带走不是难事。

门廊后方是一座气势恢宏的教堂——用于供奉火星之主与神之机械的圣地。地板是精心打磨过的奶油色石灰华板，板材之间拼接紧凑，连一张薄纸也无法在石缝之间滑动。教堂是一座三面墙体构成的建筑，墙面光滑而冰冷，穹顶将近 30 米高。这里最珍贵的技术都凝结在教堂中央的黄铜工作台中。工作台的做工十分精良，由六个同心圆构成，共同环绕在中心基座四周。这里一片死寂，依旧没有动力。

我穿过大厅走向中央的基座，脚步声回响在耳畔，令我感到一丝悲怆。凄冷的星光透过屋顶中央的乳白色区域投射下来。一只古老的军阀级泰坦的巨大头颅被切割下来，悬挂在基座上方，星光垂直地洒在头颅表面。我意识到那颗头颅并没有任何实物支撑，既没有电缆，也没有平台，更没有用于支撑的铁架。它只是凭空悬浮着。

我走近基座，抬头看着泰坦的脸庞，感到汗毛倒竖。或许是静电作用，或许是某种类似的物理效应让四周的空气都开始震颤。

某种看不见却真实存在的强大力量，或许是重力，或许是磁力，当然更可能是我无法理解的力量正在发挥作用。它将数吨重的机械头颅轻而易举地悬在半空。眼前的景象静默却震撼人心，是科技神甫们的杰作。即使失去了动力，这种奇迹般的现象仍在延续。

其中一座工作台，那是一块布满咬合着的铁制齿轮、镀银电缆和玻璃阀门的黄铜面板，表面上嵌满了帆布包裹的神经导管，一端与显示屏的接口相连，另一端则留下了撕扯和切割的痕迹。这绝不可能是匆忙撤离时留下的踪迹。

多年以来，我与机械神教之间几乎毫无交集。正如阿斯塔特修会一样，他们遵循自己的律法，奉行自己的行事准则，只有蠢货才胆敢干涉他们的事务。布尔，吉尔德·布尔神甫，是机械神教中与我关系最为密切的一位。倘若没有火星科技神甫的加持，帝国的科技很快就将灰飞烟灭；倘若没有他们锲而不舍的努力，人类将再难创造出新的奇迹。

然而此刻，我就站在他们的内殿中央，非但不请自来，而且丝毫没有感到畏惧。

我的语音通信突然响起。米迪亚的声音传来，但显然受到了重力扰动的影响，断断续续。"神盾呼叫尖刺。半衰——"

语音被切断了。

"尖刺回应神盾。"我立刻回复，毫无声响。

"尖刺回应神盾，虚空无言。"

仍然没有回答。米迪亚不完整的通信信号令我感到一丝惶恐。"半衰期"是格罗西亚暗语中的一个暗号，在一些短语搭配中可以用来描述一个重大的发现或严重的困境。但更令我不安的是她中途切断了通话。如果她收到了我的答复，应该会知道她的信息传输出现了中断或错误。

我等了整整两分钟，始终无果。

在没有任何警告的情况下，我的通信器在耳畔跳动了三下。米迪亚尝试用非语音代码向我表明她此刻不能说话，并示意我等候。

我拂去工作台上的一层落灰，凝视着桌面上古老的符文键盘和用厚厚的凸面玻璃制成的显示屏幕，思索自己能否从中挖掘出珍贵的秘密。

我承认我几乎毫无办法。坦率地说，埃莫斯要比多数头脑正常的人有更加丰富的知识储备，他或许有机会破解这些设备。多年以前，埃莫斯就和布尔密切合作过一段时间，我当时很惊奇地发现，与神秘的科技神甫相比，他

第十七章

实际上掌握的技术经验要远比他所承认的要丰富得多。

我的动态捕捉仪再次发出了咔哒声。我如临大敌，抽出短枪。在我面罩右侧棱镜上的追踪器显示，我左侧十七步远的地方有人或物正在移动。在我转身的同时，那个亮点闪烁得更加频繁。棱镜上弹出了多个亮点，频频闪烁，相互重叠在一起，追踪器也因此变得十分模糊。设备开始计算方位矢量，片刻后，我的眼前居然弹出了默认值"00：00：00"。紧接着是一连串快速滚动、彼此相连的坐标。

但在那一刻，我意识到发生了什么。

机械神教的内殿正在苏醒。

四周的工作台接二连三地开始运转，发出此起彼伏的蜂鸣声。齿轮飞速旋转，呼哧作响，玻璃阀门频频闪烁，大大小小的屏幕被点亮，活塞嘶嘶作响。气动泵阀喷吐着雾气，信号管发出间歇性的爆破声。控制台和墙壁之间，由玻璃与黄铜组成的信息官网络正在优雅地扩散开。控制台上重新投放出了全息影像：三维底层图、光谱图、声呐数据和不断震荡起伏的波形。位于泰坦头颅下方的基座闪烁着微弱的光泽，令那张古朴的脸庞显得格外阴森、邪恶。

我倚靠在一座工作台前，台面在我的背后剧烈颤动着。这种突如其来、毫无征兆的生命力令我又惊又怕。在附近的某处，某台构造奇特的机器仿佛是一挺全自动机枪，发出重复而刺耳的摩擦声。

转眼间，那股生命力又消逝不见了。工作台恢复了寂静，灯光尽数熄灭。伴随着黑暗的到来，动力系统又一次被彻底切断，泰坦头颅的底部灯光也完全黯淡了下来。全息图转瞬不见，操作板再次进入休眠。齿轮与伺服装置的阀门也归于沉寂。

最后发出的声音依旧是那台酷似机枪的机器。在其他一切都停滞之后，那台机器继续运转了几秒，随后也完全停止了。

那一刻，这座教堂和我刚刚走进时没有任何区别，昏暗而静谧。

我站起身。这片区域的动力供给已被切断，更没有独立的动力源。究竟是什么启动并唤醒了这些机器？必定是外部信号激发了此处的开关。

我一边根据常识进行推测，一边在距离最近的工作台四周绕了一圈，开始寻找发出疑似机枪声的设备。其中有一台办公桌大小的设备似乎带有声音外放的功能。但当我按下开关，它却没有丝毫反应。

我灵光乍现，跪坐在地上向书桌后方探看。机器的打印出口下方，原本用于盛放文件的筐篓已经被移除，一沓打印出的纸页落在了下方的灰尘中。

我捡起其中一张，将纸张展开。文件大约有9米长，被印刷机的钳口压印成不同的段落。显然，已经有很久没有人来收集这里的打印文件了。最下方的纸页已经泛黄。

我将文件的内容全都浏览了一遍，但它们几乎没有任何含义。通篇都是密密麻麻的机械代码，以表格的形式整齐地排列。我小心翼翼地将纸张放在石灰华地板上，将它们卷成厚厚的一捆。

就在我即将完成这些工作的时候，我的语音通信器响了起来。

"神盾呼叫尖刺。内政部已有微光解惑。眼中落鳞。变化灵出没，形态莫测。建议用顶针战术。"

米迪亚言简意赅地告诉了我所需要知道的一切。他们在内政部发现了一些关键信息，需要我尽快返回。这里已经被混沌之徒侵蚀，我不应该轻信遇到的任何人。

我抽出手枪，将那捆卷轴塞在腰间。

在我跑出机械教驻地，沿着红色条纹隧道向外奔跑时，我从背后取下那杆霰弹猎枪，用力拉开了枪栓。

第十八章

顶针战术

岩石深处

吉尔德·布尔的穿石蟒

格罗西亚暗语并不难理解。它使用五花八门的潜意识符号与藏头词，不需要过度解读其中的内涵。这就是为什么这种代码在我们之间是一种十分高效的联络语言。无需额外的计算和破解工序，至少没有任何数据层面的加码。它完全源于我们的日常生活和约定俗成的习惯。这是一种语言层面的印象主义。它的含义无法计算，而是依赖通话双方对彼此的了解，并不拘泥于固定的句式。在过去相当长的一段时间里，随着我的审判官职业年资不断积累，总会有盟友或部下在发送给我的格罗西亚暗语中使用此前从未用过的术语或名词。尽管如此，我都能准确理解他们的意思。

这其中有一个诀窍。你需要懂得如何即兴创作或分享一套属于你自己的语言体系。当然，你需要遵循某些基本的构词和隐喻规则。但格罗西亚暗语的优势就在于它的模棱两可。只有彼此之间才能理解的搭配和意象是必不可少的。它有些类似艾尔米诺人的帮派俚语，这些俚语甚至成为了替代肤色去识别敌友的标志。

举个例子，米迪亚刚刚发送的"顶针战术"。

"战术"，顾名思义，代表行动过程中的整体方案。而"顶针"是一个关键的限定词。顶针是纺织工人佩戴的一种锡制指环，可以用来保护手指免受针头的刺伤。它看上去微不足道，无法抵挡原子轰击或一大群基因窃取者。但在格罗西亚暗语中，这组词可以指代一种能够时刻提防突如其来的近距离刺杀的行动方式。而使用的武器也应该像顶针一样尽可能低调。

因此，我悄无声息地沿着辛卡尔矿区的隧道潜入了内政部办公厅。我的行动十分隐蔽，而我使用的"顶针"是那台动态捕捉仪和那杆猎枪。

顶针战术，基定·拉文纳最早发明了这个特殊的短语，并将它添加到了格罗西亚暗语的词汇表中。

想到拉文纳，我的内心又涌起一阵酸楚。他独自躺在特雷锡安的塑料病床上。我的怒火在过去的几个月中逐渐平息，此刻又重新燃起。

第十八章

在我走到距离广场半公里外的交通隧道岔口时，动态捕捉仪警告我立刻隐蔽起来。我躲在一堆空钷素桶后，看到两辆电动货车一前一后地闯入视野，嗡嗡驶向矿区中央的大道。班德比行驶在前方，与两名矿工坐在一起。后面的车厢中坐着三名矿工，看上去肮脏邋遢。

广场上停靠着更多货车，都在安全局的门外。我看到有两个工人正抽着洛烟棒，懒洋洋地躺在大楼门外。

我从后门溜进了矿工休息室。米迪亚和埃莫斯正在破旧的房间内等我。

"怎么样？"

"我们潜入了内政部办公厅。"埃莫斯说，"大楼甚至没有上锁。"

"然后这个地方就挤满了卡雷尔的人，我们就逃回来了。"米迪亚继续说道。两个人都惊魂未定，显得忧心忡忡。

"他们看到你们了吗？"

她摇了摇头。"但他们人很多，远远不止二十人。我粗略数了数，得有三十多，至少三十五人。"

"你们发现了什么关键信息吗？"

"最近的档案已经被删除了。"埃莫斯说，"在过去两个半月里没有任何记录，甚至连基本的设施维护日志都没有，这样的数据卡雷尔理应该会保存下来。"

"他会不会存在安全局办公室里了？"

"如果他遵守规章制度，那些数据会自动同步到中央档案馆。你也知道，内政部有多么重视完整数据的保管。"

"还有别的发现吗？"

"嗯，我们做了一次粗略的数据筛查，时间人紧。但卡雷尔说过，帝国联合矿业公司在九个月前撤走了全部劳工，奥塔格钷素专营公司在两个月后也跟着撤出了。可档案却显示，这两家公司在当地的经营活动直到三个月前还十分活跃，工作井然有序，人员饱和，设备齐全。几乎没有关于重力病的病例，也没有任何关于此类疾病蔓延可能性的备案报告，连最简单的备忘录都没有。"

"卡雷尔在撒谎？"

"他说的都是谎言。"

"所以人们都去哪儿了？"

埃莫斯耸了耸肩。

"我们要离开这里吗？"米迪亚问。

"我决定继续寻找布尔。"我答道，"这里发生的事情疑点重重，我必须——"

"格雷戈。"埃莫斯喃喃道，"虽然我不想明言，但是这里的事情与你无关。尽管我深知你一如既往地效忠于黄金王座，但从各方面看，你都已经不再是审判官了。帝国不会承认你的权威。你现在是一个逃犯，一个自身难保的逃犯，你应该避重就轻，先摆脱最重要的麻烦。"

埃莫斯似乎已经做好了把我激怒的思想准备，但我并不生气。

"你是对的……但我仍应当侍奉帝皇。无论其他人怎么看，我的使命不能动摇。如果我能让这个世界恢复秩序，无论是官复原职还是接受制裁，我都心甘情愿。"

"我告诉过你，他会那么说。"米迪亚斜睨着埃莫斯，得意地笑着。

"是呀，你说过。她说过。"埃莫斯转头看向我。

"抱歉，我一如既往地固执己见。"

"你不需要为自己难以撼动的信念道歉。"埃莫斯说。

我取出了从机械教驻地带回的卷轴，递给了老学者。

"你能看出什么端倪吗？"我随后对他们讲述了在机械之神内殿中发生的事。

他用几分钟时间研究了那卷文件，目光上上下下地反复比对着什么。

"这组机械代码中有我无法理解的元素，应该是机械教修会加密的。但是……你看这些文本段落的间隔，这应该是从矿区外的某个位置定期传送过来的存档记录。每隔六个小时，就会重复一次。"

"而内殿中休眠的系统会在外部信号的激活下被唤醒？"

"没错，目的就是接收这些信息，并保持记录。这些机器恢复运作的时间大约有多久？"

我摇了摇头。"两分钟，或许两分半钟。"

"是两分四十八秒吗？"他问。

"或许吧。"

他的手指扫过纸张上的最后一行文本。"那是最后一次传输记录持续的时间。"

"所以说某个人正在辛卡尔矿区之外活动？他定期向机械教的驻地发送信号？"

"不仅仅是某个人……是布尔。这组修会代码就是他的名字。"埃莫斯仰起头说，视线集中在文件的开头，开始阅读那段泛黄最严重的段落，"他一直在发送信号……已经是十一周了。"

"他说什么？"

"我不知道。主段落的文本太晦涩了。使用的是机械语系的A系或C系，可能是经过十六进制编码加密过的当代文本，也有可能是第九代模拟信号处理之后的版本。我看——"

"你看不懂。不用说那么多没用的。"

"是的，但我知道他在哪儿。"

"你知道？"我大吃一惊。

埃莫斯笑了笑，用手拨弄着眼前那台沉重的透镜装置。"嗯，准确地说我不知道他的位置，但我知道怎么找到他。"

"怎么找？"

他指了指文件上一条垂直的彩色条带。彩带沿着传输信号的一侧向下延伸。

"每次传输都会附带一份与发射机位置有关的光谱信号，而光谱的颜色恰恰代表了他周围岩石的类型、混合构成和密度，就像指纹。如果给我一张统计辛卡尔地质结构分布的地图或图表，我就能轻而易举地找到他。"

"我就知道带上你准没错。"

"我们要去找他？"米迪亚问。

"是的，我们要尽快动身。我们需要一辆载具，最好是探矿机。你开得动那种设备吗？"

"那还不是小菜一碟。我们从哪儿能搞到探矿机？"

"帝国联合矿业公司的配给站里全都是。"埃莫斯说，"我见过用铆钉固定在墙上的矿区示意图。"实话说，我也见过，但我绝不会记得这么多细节。埃莫斯对图像有着超出常人的记忆力。

"那你刚刚提到的地质图表怎么办？"米迪亚接着问。

"任何探矿设备都应该安装了矿石监测器和地质扫描仪。"埃莫斯慢条斯理地说，"那就足够了。但我们需要的是整个星球的地质分布图，常规的开采设备可没有这种数据。我们出发前需要先确认清楚。"

他坐在帆布床上，开始调试佩戴在腕部的迷你数据板。

"你在干什么？"我坐在他身边问。

"访问安全局的终端，下载图表。"

"你能这么干？"米迪亚一脸诧异。

"这很简单。尽管重力失调产生了一些干扰，但我数据板上的信号发射器能够与安全局办公室的编码器连接。我可以搭建一个数据传输通路，申请下载任何图表文件。"

"当然，当然，但是你没有本地系统的用户密码，应该没办法访问呀？"米迪亚的困惑丝毫没有消退。

"确实没办法。"埃莫斯说，"但幸运的是，我知道密码。"

"怎么知道的？"

"密码就写在中央控制台侧面的便笺上。你们都没看见吗？"

我和米迪亚面面相觑，只能摇头苦笑。埃莫斯只不过与卡雷尔对坐着，聊了会儿天，喝了几口五流的阿玛斯克酒，居然将那个地方的所有细枝末节记得一清二楚。

"最后一个问题。"米迪亚说，"我们虽然不知道这里发生了什么，但可以断定的是卡雷尔和他的部下应该不是你们这位老友的朋友。既然我们能通过光谱找到他，他们为什么不能呢？"

"我怀疑再有经验的矿工也无法理解这种光谱背后的含义。这是机械教修会的代码。"埃莫斯沾沾自喜地说。

"没有这么复杂。"我说，"他们根本就没找到这沓文件。机械教昔日的驻地到处是积灰。我认为卡雷尔和他的部下都没去过那里。民众对机械神教有着本能的恐惧。他们对这件事一无所知。"

第十八章

当晚，他们就准备杀我们灭口。

埃莫斯完成了图表和其他一些必要的数据文件的下载后，我们决定小憩片刻再动身出发。

我睡了大约一个小时，猛地在黑暗中惊醒，发现米迪亚正用手指猛戳我的脸颊。

我刚要质问，被她按住嘴唇。

"鬼魅潜入，螺旋藤蔓。"她低声道。

我立刻调整视线，适应起四周昏暗的环境。埃莫斯正在打鼾。

我从床上爬起身，听到了米迪亚所说的"鬼魅"：录像播放厅外面的楼梯吱呀作响。米迪亚正在穿飞行服，但手中的针刺手枪一直瞄准着门口的方向。

我从枪套中抽出激光手枪，俯身趴在埃莫斯身边，用手捂住了他的嘴。

老学者的眼睛睁开了。

"继续打鼾，但准备撤离。"我在他耳畔轻声说。

埃莫斯挣扎着坐起身，一边收拾长袍和手杖，一边继续假装打鼾。

我当时只穿着贴身背心，外套和动态捕捉仪都被放在床脚的地板上，已经没时间去拿了。

房门被猛地踹开。两道明晃晃的蓝色激光弹轰进了休息室，与此同时，一发子弹将我的帆布床板轰出了一个大洞，床垫内的填充物从破洞中鼓胀出来。

米迪亚和我举枪还击，连续轰出十几发子弹扫平了门外的区域。两个黑影向后栽倒，有人痛苦得尖叫起来。

从窗外下方的地面传出了一连串机枪声，呼啸的子弹将其中一块玻璃炸成了漫天碎碴。被轰断的百叶窗在窗沿边摇曳着。

"后退！"我高喊一声，对着门外的人影开了两枪。作为反击，三道灼热的激光脉冲贴着我的脑袋呼啸而过。

后侧的一扇门猛地被撞开，光线从我们身后亮起。米迪亚转过身，她体态轻盈，四肢修长，用一记高踢击中了第一个闯入者的脸，对方踉跄着退后。

更多人从面前和身后的两扇门中冲了进来。我开了两枪，但有两人已经扑到我的背上，疯狂地拼抢着我手中的枪。我拧过身，用膝盖撞在其中一人的腹部，将他击退半步，一枪打穿了他的脖子。

另一人在我身后扼住了我的咽喉。

我催动意志之力，将灵能轰击刺入他的脑部，大出血使他的颅压急剧上升，直接挤爆了他的眼球。他当场毙命。

刺鼻的血腥味和矿工身上散发的无烟火药气味弥漫在空气中。米迪亚高高跃起，用肘部猛地击中了另一名刺杀者的脸，对方摔倒在地，喘息着想要爬起身。

她压低身子，用一记力道极大的回旋踢将他踹出了窗外。

另一人从她身后猛扑过来。我看到刀锋在黑暗中闪光。

埃莫斯举起了刀，动作缓慢却十分稳健。他将刀尖准确而直接地刺进了杀手脖颈上的动脉。这是埃莫斯今天第二次令我刮目相看。我的老学者还有一项极其容易被低估的特质，那就是他的外骨骼所蕴藏的非人的力量。

紧接着是一阵更加狂野的枪响，米迪亚的格拉威亚手枪也发出了有节奏的尖鸣。

我俯下身，猛地跃起，将一名手持霰弹枪的人掀翻在地。

屋内恢复了寂静，烟尘弥漫。

窗外的广场上传来了更多吵嚷声。

"收拾东西，"我命令道，"立刻撤退！"

我们半披着衣服，拖着剩余的装备冲下了楼梯。被米迪亚击毙的矿工尸体正蜷缩在一侧的台阶上，他带有"奥塔格钜素"标志的制服上沾满了鲜血。

在他扭断的脖子上印着一块青绿色的胎记。

"看上去眼熟吗？"埃莫斯问。

确实很眼熟。

"那个叫班德比的家伙是不是也有一个？"米迪亚也觉察出了端倪。

"没错。"我答道。

我们穿过了一片杂乱的储藏室，沿着休息室附近商店后方的通道前行。一名姜黄色头发的矿工被安排在此处伏击，见我们突然从身后出现，大惊失色，双手摸索着皮带上的霰弹枪。

第十八章

"放下武器，走过来！"我动用意志之力。

他扔下武器，向我们小跑过来，眼神呆滞，神色迷茫。

"露出脖子！"我再次命令。

他用手撩起蓬乱的头发，另一只手将工作服的领口向下拉了拉，脖颈上有同样的胎记。

"没时间了！"埃莫斯说。急促的脚步声夹杂着喊叫与咒骂声，从我们身后大楼的另一侧传来，距离越来越近。

这个记号是从哪里来的？我满腔怒气，询问姜黄色头发的人。

"卡雷尔给我的。"他心不在焉地说。

"什么意思？"

我的意志之力令人无法拒绝。尽管他的灵魂与思想都在极力抗拒，但他仍然不得不吐露实情。他吐出了一个模棱两可的音节，发音类似"里斯"，但随后便力竭而亡。

"可恶，格雷戈！我们快走！"埃莫斯喊道。

仿佛是为了印证埃莫斯的话一般，两名矿工从我们门前冲了出来，用自动步枪对准我们。米迪亚和我在同一时间举枪，一人一发子弹将敌人击毙。

多亏了埃莫斯精准的记忆，我们很快就穿过了辛卡尔矿区蜿蜒的街道，抵达了帝国联合矿业公司庞大而潮湿的配给站。敌人在身后穷追不舍，叫嚷声夹杂着电动货车的呜呜声一刻不停地在我们身后回响。

我们穿过厂房外侧的金属吊桥，推开环绕着锋利铁丝的混凝岩大门，走进了飘荡着回声的大厅。

身后传来了杂乱的脚步声。

配给站是一间由压印着波纹的钢板制成的半圆形仓库，站在它顶部的平台上能够俯瞰整个矿场工作区。六台探矿机停靠在仓库屋檐下满是油污的铁壳中。它们的舱头是子弹的流线型，表面涂抹着帝国联合矿业公司通用的银色和卡其色油漆。每一台机器都安装着泛光灯和聚光灯，灯架固定在驾驶舱的上方。舱室下方排列着定位绞盘和大型机械臂。

"那台不错！"米迪亚说完，朝着第三台机器走去。她一边走，一边将飞行服的扣带系好。我手上还拿着外套和动态捕捉仪。仓皇逃跑的过程中，我们都没有时间穿好衣服。

"为什么选这台？"我跟在她身后，喊道。

"动力排线看上去更结实，而且信号装置上还闪着绿灯！拔掉缆线！"

我将手上的装备扔给埃莫斯，他跟在米迪亚后面，急匆匆地钻进了舱门。我急忙跑向探矿机吊舱侧面与三根缆线相连的部位。正如米迪亚所说，接口上方的指示灯全都是绿色的。

我拧动缆线上的阀门，将它们一根一根拔了出来。最后一根连接得格外紧密，我不得不用一些蛮力。

激光枪的子弹轰射在我身旁的铁壳上。

我猛地拔出缆线，随后转身沿着仓库墙壁开枪还击。在米迪亚娴熟的操作下，那台探矿机开始重新启动，推进器的管口喷吐着浓烟，仿佛在一边喘息一边咳嗽。

实弹和激光弹在我四周的墙上炸开。我拔腿就跑，一头钻进了舱门。米迪亚正在狭小的驾驶舱内操纵着驾驶台。

"快！"我喊了一声，摔上了舱门。

"拜托！拜托！"米迪亚对着驾驶台拼命操作，发动机发出了痛苦的嘶鸣。

"铁壳还锁着！"埃莫斯突然叫道，语气中满是绝望。

米迪亚猛地意识到了自己的错误，咒骂了一声，随后按下了一旁的电源，将一根沾满油污的黄色操纵杆向右侧的舱壁上一推。锁链上原本紧扣舱身的扣锁缓缓松开，发出了刺耳的金属摩擦声。

"抱歉。"她情急之下居然还扮了个鬼脸。

挣脱束缚的探矿机从着陆架上升起，在枪林弹雨中左右摇摆，随后加速启动，猛地窜进了无光的矿井坑口中。

帝国联合矿业公司的矿场上方是用混凝岩加固而成的作业区，堆满了废弃的采矿机器。米迪亚对探矿机的灯控面板踢了一脚，一道清晰的白光照亮了我们前方的道路。灯光消失在一根加固管道的尽头。那是一处坡度极大的拐角，原本水平的露天矿场在那里陡然下降。废弃的缆车正沿着陡坡行驶，缆车的车厢就是串联在一起的肮脏矿斗。此外，坡道上还架设着一条缆索轨道，是将工人运往深处作业区的专用设施。

埃莫斯坐在探矿机的狭小车厢内，一边查看着从安全局办公室中调取的图表，一边指点方向。"继续向下走。"他好像自始至终都在说这句话。

陡峭的坡道向下持续延伸了大约1500米，偶尔会恢复平坦，与两侧的挖掘作业脚手架相接。挡风玻璃上的画面似乎变成了黑白相间的图像，不时有刺眼的白光穿透黑暗，但眼前所见的只有浅灰色的灰尘和矿石，偶尔还有闪烁的火光。

米迪亚在经过更加杂乱的废弃矿场时放慢了速度，随后在埃莫斯的指示下，操纵着探矿机驶入了一种近乎垂直的"烟囱"结构。"烟囱"只是矿工们日常的称呼，实质上是一个自然形成的地质构造，极有可能是地质活动过程中形成的熔岩管。我们在管状构造中缓慢地旋转，贴着石壁向下盘旋。流石包裹在石壁外，如同一层乳白色的帷幔，羽毛形状的火山玻璃石如同生长在地下的灌木丛，紧贴在墙上。管状构造内的空间十分狭窄，尽管我们的探矿机体积并不大，但行进的过程仍然惊心动魄。米迪亚不时会撞倒或折断一两根玻璃石，断裂的晶体无声地坠入下方的深渊，在探照灯的照耀下发出晶亮的光泽。

在向下大约两公里处，"烟囱"逐渐变成了一系列构造复杂的弯曲通道，通道四周到处都是地穴与泥坑。我们仿佛走进了某个巨物的肠道，古怪的腔室随处可见。流石开始呈现出更丰富的色彩，乳白色方解石中夹杂着旋涡状的钢蓝色花纹，鲕粒岩偶尔闪烁斑驳的鲜红色泽。古老的石板上布满光滑的褶皱，那上面覆盖着坚硬的晶簇和各种碎裂的矿石。

米迪亚伸手指了指安装在岩层分析仪下方的那台显示屏，示意我注意观察。屏幕上是一幅几乎无法辨认的地质分析图谱，十分详细地展示着四周岩层的密度。三枚黄色的光标在图像的上半截闪烁。

"他们追上来了。"她说。

"他们似乎在朝我们直追过来。他们是怎么追踪到我们的？"

"和我们看到的一样，他们也能看到我们的坐标。"

"这台设备的定位器功能怎么会这么强大？"

米迪亚摇了摇头。"它们识别方位的功能确实很灵敏，但是发射的定位信号远远无法穿透岩层。"

"所以呢？"

"我认为这些探矿机都安装了功率极高的信标发射器。有可能内置在飞行记录仪中。他们需要这种发射器进行日常搜索和救援。"

"让我看看。"

我从座椅上站起，弯下腰，抬手扶住舱顶。埃莫斯仍然在聚精会神地进行分析工作，他打开了探矿机的矿物分析仪，进行着极其复杂的交叉检索，全力搜查出现在机械教文件上的光谱纹路。他甚至连我给他的卷轴都没有打开，那些纷繁复杂却又微妙到难以察觉的彩色条带，他早就烂熟于心。

每隔几分钟，他会翻看一次主要图表，并要求米迪亚调整航向。

在探矿机后方是一个置物架，架子上盛放着呼吸交换机和腐朽的橡胶面罩，我在它们之间的夹层找到了一处与引擎舱相连的缝隙。

我从一旁的呼吸交换机上解下一枚红色的灯管，将头和肩膀探进缝隙中，伸手照亮了引擎舱内部。我开始用最简单的排除法，逐一检视舱内的装置，最终锁定了一台位于重力装置和陀螺仪之间的金属器件，它的密封盖上画着机械教的徽记。

我缩回到机舱内，从工具网格上摘下了一枚中型等离子切割器，扭头钻进引擎舱。切割器冒出炽热的蓝色火舌，很快就切开了外层的封盖，我继续操作，将其中不断闪烁的类似发射器的装置逐一熔毁。

待到我返回驾驶舱时，我们正沿着一座宽阔的隧洞前行，两侧布满了表面黏滑的滴水石，它的表面覆盖着散发暖光的乳白色沉淀，和天使发丝般的玻璃纤维。

"他们好像迷失方向了。"米迪亚说着，朝着屏幕点了点头。她说得没错，那些黄色光标开始四处游移，显然失去了先前的那种自信。他们停在原地踟蹰，试图重新获取我们的坐标信号。

我们继续行进了两个多小时，穿过镶满穴珠的狭小矿洞，跃过宽广的燧石堆和火山灰相连而成的海洋，在巨大的钟乳石之间穿梭，它们如同巨兽的门牙，横在隧道中央。带有些许咸味的碱性水汇聚在水坑中，看似静谧安详，但一旁的喷气孔中喷吐的浓烟却暴露了另一个事实——此刻的地下气体已经充斥着甲烷、硫黄、氡气和一氧化碳。辛卡尔有一颗活跃跳动的心脏，在重力结构的影响下化学反应以特殊的方式进行着，在地下深处产生了大量的气体，缓慢渗透到没有大气的表面。船体的温度开始上升，我们在距离地表十五公里的位置已经能明显感受到软流圈带来的影响。

"嘿！"米迪亚突然说。

她有意识地放慢了探矿机的速度，前方的灯柱上下抖动。我们此刻身处在一座狭小的腔室中，地上铺满了燧石，地面呈现出辐射状的扇形，那是万亿年间水流冲击形成的图案。两侧隆起的石柱弯曲着向内部延伸，聚拢成另一根岩石管道。根据图表上的数据，这根管道长度不到20米。

"你看到什么了？"我问。

"那里！"

聚光灯勾勒出一个黑色的轮廓，我原本以为那只是一堆层次不齐的巨石或石笋。但米迪亚让我们靠得更近了些。

那是一台探矿机，和我们的一模一样，但舱门上刻着"奥塔格钷素专营公司"的标志。它就像是一个废弃的罐头，被人压碎，从中间断成了两截，舱身的支架如同肋骨般从金属残骸上伸出。

"妈呀……"米迪亚喃喃道。

"采矿从来都是危险的工作。"我说。

"残骸很新。"埃莫斯探到我们肩旁道，"看看四周的火山灰。"

"什么？"米迪亚问。

"不是真的火山灰，是泛指空难现场四周碎屑的行话。仔细观察那台设备下方的灰尘和页岩层。灯光照上去，对，那边。四周的火山灰原本都是黄白相间的，但在残骸下面的碎屑已经烧焦熔化，完全不是一种颜色。我们刚才经过的那些排气孔散发的矿物烟尘一定会飘过这里，那种密度的灰尘足以覆盖一切。我敢打赌，如果这台机器坠毁在这里超过一个月，灰尘一定会完全覆盖在那些烧焦的表面……整个残骸都会被盖住。"

"准备打开舱门。"我说。

地底的气温近乎热得发烫。我从舱门跳下时就已经大汗淋漓。除了呼吸面罩里刺耳的气流声，我什么也听不见。我艰难地走到那台废弃舱体前方，走进锥形的光柱中。我转身看见驾驶舱里的埃莫斯和米迪亚，他们也都佩戴着呼吸面罩，随时准备响应。

我挥了挥手，在满是灰烬的舱板上踱步，发出嘎吱嘎吱的声响。我的金属鞋尖偶尔会插进残骸的空洞中。

毫无疑问，沉船的船身上分布着不少爆炸产生的空隙，极有可能是被激光武器的持续火力轰穿的。我点亮手电向舱内照了照，舱室早已面目全非，内部的装饰都被熏得焦黑。

三名船员的尸体仍坐在座椅上。他们暴露在腐蚀性极强的酸性空气中，数百条闪闪发光的白色蠕虫在他们的面孔上蠕动。尽管辛卡尔炎热潮湿，内部充斥着致命的气体，但它完全不是一个死亡世界。

更多造型诡异的生物在我脚边急促地蠕动。长腿的金属甲虫和鼓胀的软体动物都聚集在这里，享受着这些从天而降的丰富营养。

某样东西突然出现在我左侧，撞击在我的左臀部。我重重地摔倒在破损的残骸上，心中暗骂自己居然没有佩戴动态捕捉仪。那个生物又撞了过来，我感到大腿一阵酸麻。

那生物的体形和獒犬一样大，但身形修长，凭借纤细的后腿快速移动。它通体的皮肤几乎都是银色，头部没有眼睛，只有一只巨大的下颚，口中有数百颗透明的尖牙，腹部长着鬃毛和卷须，在气流中来回拂动。

它再次猛扑过来，将细长而僵直的尾巴高高举起以保持身体的平衡。我猜测，这头生物在辛卡尔的无光洞穴中应该位于食物链的顶端。它的体形很大，无法钻进残骸内，更无法触碰到尸体。它一直蹲守在残骸外，以食腐蠕虫和软体动物为食。

它扭过头，死死咬住我的左脚踝。我感到它的利齿已经刺穿了我厚实的皮靴。

我设法从背后的枪套中抽出霰弹枪，一枪轰中了它的躯干。黏稠的组织和碎肉四处飞溅，那个生物当场毙命。就在我抽出刀，从靴子上撬开它死死咬合的下颚时，那些食腐生物已经蜂拥到它的身体上开始进食。

我们再次启程，沿着一条长着石笋的坡道，驶入了布满玻璃纤维和数十亿颗穴珠的洞穴，这一幕令人叹为观止。

"下面应该发生过战斗。"我抬高嗓门对埃莫斯和米迪亚说。米迪亚沿途已经将探矿机内的辛卡尔空气泵出，使驾驶舱内重新恢复了空气循环。我说话时，最后一丝有毒的气体才刚刚排尽。

"谁打谁呢？"

我耸了耸肩。在船舱内坐好，随后从皮靴中拔出了一颗烂牙。

"好吧。"埃莫斯说，"我有一个好消息，有残骸的洞穴的地质环境与机械教信号中的光谱信息十分吻合。"

"什么时候的光谱？"

"两周前。"

"所以……布尔或许是那个发起攻击的人？"

"布尔……或者向内殿发射信号的任何人。"

"但他为什么击落那台探矿机？"我问道。

"那要取决于那台探矿机想要对他做什么了。"米迪亚说。

埃莫斯扬起了一边的眉毛。"真是蹊跷的扰动。"

第十八章

三小时后，我们又向下行进了两公里。温度再次骤升，大气中混杂着蒸汽。石壁上排列着形态各异的喷气孔，有的很大，有的密密麻麻地聚拢成一簇，远看仿佛是一只只蜂巢。酸性液体汇聚在坑洞内形成湖泊，在地热的作用下不断地沸腾涌动。峡谷和偶尔出现的狭窄管道闪动着软流圈熔浆和半熔化的岩石散发的赤红光泽。

我们不再需要灯光。地下系统中流淌着炽热的岩浆、沥青和钜素散发着红光，厚实而黏稠的发光真菌在炎热的管道中肆意生长。探矿机的空气净化器已经无法清除舱内空气中越发刺鼻的硫黄气味，冷却系统也已经力不从心。我们全都汗流浃背，就连舱壁内也在流汗。水珠凝结在舱室内，沿着裸露的金属表面流下。

"请停下。"埃莫斯说。

米迪亚熄灭了引擎，让我们沿着沸腾的熔岩湖面缓慢滑行，熔岩湖在本该伸手不见五指的地下深处散发着近似于霓虹灯般的光芒。

埃莫斯把手中的地址分布图与矿物分析仪屏幕上的分光镜读数进行了比对。

"就是这里。最后一次信息的源头。"

233

"你确定？"我问。

他略带讥讽地看了我一眼。"当然。"

我嘱咐米迪亚："四周盘旋，速度放慢。"我们把脖子探到舷窗外观察，将灯光对准两侧的墙壁，试图看清洞壁上阴影般的东西。

"那些是什么？岩洞吗？"

"监测器显示，这些洞口延续了有100多米。帝皇啊，从外面看上去都很原始。"米迪亚擦了擦快流到眼睛里的汗水。

"灯光现在照的是什么？"

埃莫斯沿着我手指的方向看去。"俗称杏仁孔，"他说，"是一种充满石英或其他次生矿物的岩洞。"

"好吧。"米迪亚说着，拧开了一瓶水，"看样子，什么都难不倒你……那又是什么？"

"嗯，我……真是蹊跷的扰动。"

那是一个直径30米的圆孔，圆周的弧度几乎完美，显然是从岩壁上穿凿形成的。

"靠近。"我说，"这不可能是天然形成的构造。它的结构太精确了。"

"这到底是什么洞？"米迪亚小声嘀咕着，推动舱身靠近。

"如果用一台钻矿机应该可以——"

"在这么深的地下？这里距离作业区的基础设施非常远。"我打断了埃莫斯的话，"看看四周。只有我们这样的密封设备才能抵达如此深的地底。"

"而且很勉强。"米迪亚似乎有些担忧。驾驶过程中，她一直在关注艇身各部分的数据。驾驶台上的琥珀色信号灯总是断断续续地闪烁。

"隧道似乎很深。"我说着，看了看扫描仪的显示屏幕，"继续向前，直到我们看清它的具体形状和大小。"

"但这台设备完全凿开了火成岩……况且是在一座四十公里见方的地下深谷中。这可都是最坚固的黑玛瑙！"埃莫斯苍老的声音中透出一丝困惑。

"我鸡皮疙瘩都起来了。"米迪亚突然说。伴随着我们进入地底深度的增加，地震仪上的指针也在左右摇摆，持续了一个小时甚至更久的时间。但此时此刻，那些指针疯狂地抽搐起来，俨然已经失控。

"指针似乎都在遵循同样的规律。"埃莫斯说，"这不是简单的地质构造。

太规律了，只有机械才有这样的效果。"

我略一迟疑，思索下一步该如何选择。"我们飞进去。"我说。

米迪亚看了我一眼，似乎希望自己听错了。

"行动。"

第十八章

那座切割形成的岩洞展现出的圆形如此完美，以至于身在其中的我们都感到了恐惧。就在我们减速时，我们看到隧道的内表面就如同流水石一样完美融合在一起，表面布满了放射状的细小沟壑。

"这是等离子切割。"埃莫斯仔细研究着说道，"但无论是怎样的切割技艺，都会在岩层冷却前留下切割工具的痕迹。"

隧道内部偶尔有弯曲，但截面的形状毫无变化。弯道的弧度又长又平滑，但米迪亚仍然小心翼翼地驾驶着。地震仪的指针仍然在剧烈抖动。

我抽出一支全息笔，在一块图表仪盘后写下一个词。

"你能将这个词翻译成简单的机械语吗？"我问埃莫斯。

他看了一眼。"嗯……'Vade elquum alatoratha semptus'……你记性真不错。"

"能翻译吗？"

"当然。"

"你们在说什么？"米迪亚问，"咒语吗？"

"不，"我笑着观察着埃莫斯进行翻译，"就像是我们的暗语。这是一种私人加密语言，不过我们很久没用过了。"

"好了。"埃莫斯说。

"将这串字符用通信设备发出，设置成重复发送。"我说。

"我希望这能起作用。"埃莫斯说，"我希望你是对的。"

"我也希望。"我说。

测距设备发出了鸣叫声。"我们就要抵达隧道尽头了。"米迪亚说，"向前行驶1公里，我们将到达一座更大的岩洞！"

"继续发送通信信号。"

我们很快就抵达了隧道的尽头，眼前是一片更加开阔的空间，那是一条巨大的金属管道，直径30米，长70米。它的前端固定着一台巨型等离子切割器，一排排爪形切割叶片沿着侧面展开，如同无数巨型链锯剑的锯齿。那台机器正在另一侧切割，坚硬的岩壁被轻而易举地切开，化作无数微尘和岩石蒸汽从机器后方倾泻而出。

"帝皇庇佑！好一个庞然大物！"埃莫斯感慨道。

"黄金王座啊，那究竟是什么？"米迪亚倒抽了一口凉气。

"减速！减速！"我喊道，但她已经将探矿机开到了那个巨物之后。

"哦，糟了！"米迪亚说。那头巨物侧翼的凹槽旋转着打开，几挺激光炮从中伸出对准了我们。

我一把夺过扩音器的手持对讲机。

"Vade elquum alatoratha semptus！"我朝着对讲机大声喊道。

那些武器只需要一轮齐射就足以令我们灰飞烟灭。它们迟迟没有开火，炮口却始终对准了我们。然后这巨大机器尾部的沉重金属门缓缓开启，露出了一个明亮的小型机库空间。

"再不进去就没机会了！"我对米迪亚说。

米迪亚满脸愁容，操纵面板，将探矿机驶入了金属门。

我领着二人走出舱门，跳到拱形机库的地板上。我们身后的金属大门缓缓闭合，刺鼻的硫黄雾气在我们脚边快速流淌，很快就被隆隆作响的空气处理器抽出了机库。

机库内部十分宏伟，随处可见黄铜和钢铁锻造的精细配件。在我们刚刚停靠在机库的探矿机旁，有一台全新的探矿机被固定在铁壳容器内，表面被漆成了氧化铁的红色。另外三只崭新的容器空置着，表面涂满了黑亮的机油。机库的光芒都来自周围玻璃罩里的磷光气体，四周的一切金属表面都随之闪烁，散发着微弱的辉光。有一架扶手包着皮革软垫的铁制旋梯，通向我们上方的登机平台。

"这是个好兆头。"我看到金属门内侧上方机械神教的浮雕。

几台手臂修长的机仆从隐藏的墙体内钻出，把我们三人都吓了一跳。短短一秒钟之内，六台机仆已经将我们团团包围。其中两台手持监测传感器，在我们身上反复嗅探，另外四台荷枪实弹，警戒地站在两侧。

第十八章

"我们都不要乱动。"我低声说。

内锁开始旋转,缓缓开启。一个身披橘红色长袍、头戴兜帽的身影在平台上方摇曳着走出,他缓步走到平台中央,双手扶住栏杆,向下端详着我们。

"Vade smeritus valsara esm."那人大声念诵。

"Vade elquum alatoratha semptus."我答道,"Valsarum esoque quonda tasabae."

那人将兜帽掀开,露出了涂满机油的机械颅骨。棱镜般的双眼闪烁着剔透的绿色光芒。他下颚的黑色轮廓正在跳动,与咽喉部位的通信器相连。

"格雷戈……尤伯……好久不见。"

第十九章

穿越岩层

魔晶

囚徒

"这位是米迪亚·贝坦科尔。"我说完，吉尔德·布尔有力的机械手掌才松开我的手。

"贝坦科尔小姐，"布尔微微鞠躬道，"来自火星机械教修会、机械之神的神圣奴仆，欢迎您的莅临，这是台值得信赖的装置。"

我刚要提醒米迪亚，向她解释刚刚她受到了正式的欢迎，但她似乎并不需要我们的提示。

她乖巧地举起内置机械的拳头，随后向神甫微微鞠躬以示回应。"愿您的装置和意志都能侍奉帝皇，直到永恒，神甫。"

布尔被逗得咯咯笑了起来——那是一连串电气蜂鸣形成的怪响，普通人听到都会感到毛骨悚然——他随后用散发着绿色荧光、永远一眨不眨的双眼看向我。

"你训练得不错，艾森霍恩。"

"我——"

"他确实对我悉心教导。"米迪亚快速地回答，"但刚刚的回答是我从《机械圣引》里读到的。"

"你读过《机械圣引》？"布尔问。

"这在我故乡世界的航空学校是基础课程。"她答道。

"米迪亚……在机械方面有极大的天赋。"埃莫斯介绍道，"她是我们的飞行员。"

"难怪……"布尔绕着她走了几步。他并不在意肉身的禁忌，用金属手指抚摸着她的身体。米迪亚暂时迁就了他。

"她浑身上下都散发着机械的智慧，但她居然没有植入的增强器官？"布尔问我。

米迪亚摘掉手套，向他展示了镶嵌在掌心的复杂电路。

"恐怕不是这样的，神甫。"

神甫握起她的手，贪婪地凝视着掌心的纹路。润滑油像涎水一样从他的合金牙齿间流淌下来。

"是格拉威亚人！你的增强装置……可真美丽……"

"感谢夸奖，先生。"

"你还有别的植入装置吗？四肢？器官？那会将你从肉身的束缚中进一步解脱的。"

"我……没别的了。"米迪亚微笑道。

"我想也是。"布尔说着，突然转身看向我，"欢迎光临我的穿石蟒，艾森霍恩。你也是，埃莫斯，我的老朋友。我还不知道你们此行拜访的原因，是因为魔晶吗？审判庭派你们来对抗那块魔晶？"

看来关于最近背负的恶名还没有传到他耳中，我不禁感到一丝庆幸。

"不是，神甫。"我说，"一场奇特的经历让我们重逢。"

"是吗？真是巧合。当我第一次检测到你发的信号——用的还是亲爱的哈普山特的旧代码——我简直不敢相信。我差点把你们从空中轰下来。"

"是我冒失了。"我说。

"好吧，你的冒失举动也将你带到了我身边，我真高兴，跟我来。"

他伸出机械骨骼外包裹着的银质双手，迎接我们走进了大门。

布尔没有下肢。他飘浮在一座反重力悬浮平台上。橘红色长袍的下摆垂落在镀金甲板上方几厘米处。我们跟在他身后，沿着一条长长的椭圆形道路前行，道路两侧排列着做工精细、表面光洁的黄铜隔板，隔板上安装着更多白炽灯。

"这台挖掘机真是个奇迹。"埃莫斯说。

"每一台机械装置都是奇迹。"布尔答道，"这是我在辛卡尔工作必不可少的工具。当然，我曾经也建造过几台略带瑕疵的原型机，但这台穿石蟒是我三标准年前在莱萨的铸造世界设计并铸造完成的，三年前被运到这里供我使用。有了它，我就能自如地穿梭在坚硬的岩石之间，并解锁有关辛卡尔金属矿藏的神秘学识。"

圣锤

布尔神甫从事冶金学研究已有两百余年，他在这个领域的发现和理论被其他学者和神甫们奉为圭臬。在此之前，他在"三法尔"担任泰坦铸造厂的装配建造师。根据我能找到的确切信息，他大约有七百岁了。哈普山特在世时，曾经暗示我布尔可能远远超过这个年龄。

神甫身上没有留下一点血肉之躯。他作为人类仅存的器官大脑组织和神经系统都被密封在闪烁的机械体内。我从来都无法理解这种选择究竟是出于设计方面的考虑还是出于必要性。或许，他和多数人的状况一样，因为严重的疾病或创伤迫使他通过机械变得更加强大；亦或许，就像托比亚斯·马希拉一样，他故意舍弃了贫弱的肉身，转而追寻无可挑剔、至高无上的机械躯体。考虑到机械神教牧师对技术有着狂热的癖好，我认为后者的可能性更大。

我已故的导师哈普山特在职业生涯早期就与布尔神甫相识。当时他们共同参与了与"科技铁匠"尤利多争夺 STC 珍藏的任务，并一战成名。正如我先前提到的，即便是审判庭——整个帝国最庄严的机构——都认为与机械神教很难相处，其他的机构更是避让三分。机械神教的权威在帝国内无人匹敌，也正因如此，它也保持着绝对的孤立。教派是一个极其封闭的组织，谨小慎微地经营、保护着最核心的技术机密。但布尔与哈普山特在相互尊重的基础上发展出了极为罕见的协作关系。有几次，布尔的专业知识与独到智慧为我的导师在诸多案件中提供了极大的帮助。当然，哈普山特也都用实际行动给予了回报。

因此，一个世纪前，我决定将一件特别重要的物品托付给他保管。

穿石蟒呼啸着前行，我们所在的控制室是一座单独的隔间，中央安装着一面凸起的指挥台，如同一座用黄铜铸造的讲坛，俯瞰着下方的两排半圆形控制台。控制室镶嵌着铆钉的铁墙表面涂满了亚光涂层，表面蚀刻着机械之神的多面图案和符文，而正面的主墙被一面红色的天鹅绒窗帘遮住了。

六名浑身涂着机油的机仆正在嘈杂的控制台中忙碌地工作，他们的双手和面部的接口通过缆线或导管与主系统相连，每一根都贴着纯洁印记和羊皮纸标签。玻璃阀门和刻度盘闪闪发光，空气中弥漫着令人陶醉的圣洁油膏的气味。

两名造型与人接近的科技修士正在监督机仆们的操作过程。他们身穿橘红色的长袍，其中一人通过一个三联神经接口与整台机械的精神脉冲单元直接相连。当我们走上指挥台时，另一人转过身向我们鞠躬致意。

他的面部进行了改造，原本应该是嘴唇的部位被一台金属网格扬声器替代。他说的是一段二进制机械代码。

布尔也用相同的方式进行了回答，并在几分钟内与他交换了大量的数据。随后，布尔飘浮着攀上了黄铜指挥台，掀开长袍，将两根侦测神经电缆从合金胸骨上伸出，姿态宛如一只正在捕食的吸盘虫，那两根电缆敏捷地接入控制台抛光的接口中。

此时，布尔也与穿石蟒的精神脉冲单元融合为一体。

"我们的移动速度很快。"他开口对我们说。他的身体微微抽搐了一下，房间对面的天鹅绒窗帘自动拉开，露出一幅巨大的全息显示屏。次屏幕挡在主屏幕之上，显示着旋转的三维图标和功率/速度的具体数值。与清晰的次屏幕相比，主屏幕只是一团漆黑模糊的影像，偶尔发出夹杂着蓝色电弧的爆裂声。

这是我们正前方的实时影像。坚不可摧的岩石在等离子螺旋刀刃前，顷刻间就化作了齑粉。穿石蟒名副其实，正笔直地穿过密度极高的岩层。

"或许我们可以讨论一下这里发生的事。"我说。

"我们在狩猎。"布尔说。

"你已经狩猎很久了，神甫。"埃莫斯说，"已经有十二周了。你在追猎什么？"

"除此以外，为什么辛卡尔矿区已经遭人遗弃？"我补充了一个问题。

布尔准确地完成了电子记忆的移植，随后停下了手头的工作。他几乎还沉浸在与机械精神脉冲单元相融合的喜悦中。

"九十二天前，据我所知，一位名叫法鲁克的独立勘探者得到了奥塔格钜素专营公司的许可，在本地进行探勘工作。他从岩层中归来后，向他的主人展示了一个独一无二的发现。他们试图保守那个秘密。我相信，他们都希望从中寻找有利可图的机会。但这样的判断令他们付出了高昂的代价。当他们意识到问题的严重性，并将情况通报给修会人员时，为时已晚。"

"法鲁克找到了什么？"埃莫斯问到了关键。

"它被称作魔晶。我从来没有见过它，但我仔细研究了那些遭到污染的人身上重生的物质。"

"重生？"米迪亚紧张地倒吸了一口凉气。

"不错，死后重生。魔晶是一块密度极高的晶体，大约有七百吨重。根据我目前的情报，它是一个构造完美的十面体矿物，直径四米。它的晶体构造十分奇特，矿物成分更令人费解。而且它是个活物。"

"什么？神甫！活物？"

"至少有知觉。魔晶充斥着混沌与污秽。我不知道它在这个世界地下深处默默潜伏了多久。或许它自诞生之时就在此地，或许它是在前帝国时期被某人藏在这里，以确保它的安全……或以这种方式处置它。或许，这才是辛卡尔摆脱了群星的秩序与束缚，在星空中居无定所，四处漂流的真正原因。起初，我只希望找到并将它带回修会。光是魔晶的构成就蕴藏了大量珍贵的知识。但此时此刻，我寻找它的目的……只有将它彻底毁灭。"

"它会腐化这个世界，对吗？"我问。

"完全正确。它一旦与人类接触，就会动用邪恶之力扭曲他们的思维，直到把他们彻底征服。奥塔格派遣的专项工作小组率先进行了检查，而这一举动促成了一个邪教的产生。组员们很快产生了共同的目标，自发地为魔晶效命。一场简单而残酷的仪式中，每一位参与者都被分配到一块晶体碎片，直接植入在皮肤下。"

"我们见过那些标记。"

"伴随着邪教的壮大，混沌也蔓延了整个辛卡尔矿区。魔晶本身无法移动，但源源不断的晶体碎片被新的邪教徒带到了地面上，受到感染的劳工数量与日俱增。一旦受到感染，工人们就会拒绝劳作，转而不知疲倦地前往矿井深处，对魔晶顶礼膜拜。他们一心只想守护自己的神祇，但法鲁克的原始数据并不可靠。我始终没有找到魔晶的真实位置。起初这只是时间问题，但伴随着魔晶邪教的发展壮大，总有一天信徒们会扩散到辛卡尔之外的地区，这令我感到迫在眉睫。况且……"

"况且什么？"

"况且那些四处扩散的教徒可能会承担更具破坏性的神秘任务，并完全唤醒魔晶的力量……或者允许它与同类联系上。"

我们沉默不语，在内心思索着这种可怕的可能性，不由得毛骨悚然。埃莫斯悄无声息地从数据板屏幕中调用了一组资料，将数据板从手腕上解开，递给了布尔。

"这会有帮助吗？"他问。

布尔盯着数据板端详了片刻。那双散发着绿色光芒的双眼汇聚成了两个明亮的圆点。

"万机之神啊，你究竟是怎么知道的？"

"那是什么？"我迈进一步，问道。

"魔晶的地点。"埃莫斯洋洋得意地说。

"你是从哪里得到了它的位置信息？"布尔的嗓音因激动而产生了电气的蜂鸣。

"因为邪教徒需要知道它的具体位置。我从安全局下载的图标上清楚地记载了这个位置。直到现在，我才意识到它正是这起冲突的关键。"

"你直接下载到的？"布尔问。

"我认为他们没有理由隐瞒。这段信息也没有加密。"

布尔扬起合金头骨，发出了咯咯的笑声，声音刺耳而干瘪。"十一周！我用了十一周的时间在这颗星球的岩层里搜寻，寻找与魔晶有关的一切线索。谁能想到，答案就在眼前！用肉眼就能看得一清二楚！"

他兴奋地转身看向埃莫斯，用钢铁铸造的手掌搭在学者隆起的肩头。"我一直都很钦佩你过人的智慧。尤伯，我也深知为什么哈普山特对你如此器重……直到此刻我才意识到，大道至简，最高深的智慧来自最扼要的逻辑。"

"这只是幸运罢了，仅此而已。"

"这是果敢与朴素的智慧，学者！你的思维直击要害，清晰了然。远远胜过了我在底下漫无目的的苦苦追寻。"

"你这么说，真是太客气了……"埃莫斯有些不好意思。

"客气？我可一点都不客气。"布尔说，他的眼中闪烁着光芒，"我将直捣黄龙，将魔晶击碎。让它的追随者们体会到我究竟是个多不客气的人。"

两小时后，布尔的机仆将我们带进了一间设备简陋的小屋，给我们端上了营养的肉汤和坚硬的纤维面包。这些食物既没有芳香也没有任何味道。随后我们被召回到指挥室中。

一场小规模战争已经打响。

我已经感觉到，穿石蟒前端刀刃旋转频率已经显著降低。此刻，我终于明白了原因。我们在岩层间凿穿一座高耸的拱顶，拱顶内的空间被汇聚的岩浆和喷吐着燃烧气体的喷气口照亮。在指挥室的全息屏幕上，我能够清晰地看到外部参差扭曲的岩壁，几门激光炮正向我们无声地轰击。

布尔的神经已经与指挥台相连。

"我们已经找到了他们的巢穴。"他说，"他们正在抵抗。"

就在我观看战局的同时，两台浑身沾着煤烟的探矿机向我们袭来，他们开启舱门，用不起眼的武器向我们发射各种枪弹。

布尔向一边的科技修士点了点头，那两艘小艇的外壳顷刻间就被强大的激光火炮击穿。一枚在空中化作一团光球，随即爆炸；另一枚从半空中滚落，在坑道底部砸成了碎片。

我随即意识到坑道上也站着人，身穿装甲工作服的矿工们正一边向前狂奔，一边朝穿石蟒开火。

布尔将显示屏的放大倍数调高，我们看到他们当中有人携带着用于盛放炸矿炸药的托盘。他们想尽可能靠近我们，用同归于尽的方式轰开我们的护甲。

"追踪者。"布尔轻描淡写地说。这显然是一条命令。机械底部的舱口打开，发出了哐当的巨响，随后新的身影浮现在了屏幕上。

他们都是作战机仆，每个都身材魁梧、闪烁着令人胆寒的银色光芒，两条腿向后弯曲，背部的烟囱中喷吐着浓烟。他们有条不紊地启动瞄准，并将邪教徒们一一击毙，被替换成炮筒的上肢在强大后坐力的作用下不断向下震颤。

"453号追踪者，锁定左侧目标。"布尔低声说。每一台机仆都接受布尔的直接调度。

其中一名追踪者重新调整了武器，并击毙了另外四名邪教徒。他们手中的炸药散发出刺眼的闪光，显示屏一片漆黑。全息图像很快恢复，那名追踪者已经在与新的目标作战了。

"130号和252号，向右分散作战。钟乳石掩体后还有残余的敌人在抵抗。"

"哦，帝皇啊。"埃莫斯感叹道，"他们有些人连护甲都没有。"

他说得没错。许多袭击我们的人都没有穿任何护甲，甚至连适应环境所需的防护都没有。他们的衣服被烧焦，只剩下熏得焦黑的碎布，浑身的皮肉都被烫得起泡，不少地方生出了硬化的组织。某股力量迫使他们在这个巨大的地狱深渊保持着生命力，在这种环境下，没有生物能够在毫无保护的状况下生存。极端的高压与高温，甚至是剧毒的大气都没能阻止他们。魔晶的玷污已经将他们转变为这个地下世界的住民。

在这些行尸走肉之间，追踪者似浪潮一般无情地扫荡。穿石蟒缓慢地跟在它身后，身体下方镶嵌着精金锻造的细足推动着它穿过岩层。多重激光炮再次发射，将一辆急速行驶并企图撞击我们的矿石运输车轰成了碎片。

强大的等离子刀片再次高速旋转起来，撕裂了一块巨大的滴水石。细雨般的灰尘模糊了显示屏，几秒钟后才恢复清晰。

当屏幕恢复清晰之时，我们见到了真正的恐怖之物，并意识到了这些辛卡尔矿区供奉魔晶之人最终的悲惨命运。

那头亵渎之物硕大无比，是用烤焦的血肉和煮沸的骨头混搅在一起的块状物，在我们眼前不断地扭动。辛卡尔被污染的工人们，甚至包括布尔神甫在机械教修会的同胞，全都心甘情愿地走下矿洞，为这团污秽之物贡献出自己的血肉之躯。

那团邪物进入我们视野，它向上升腾，形成了一条由红色肉泥和焦黑肉块拼接而成的巨大蠕虫，足足有50米高。它的头部从中间裂开，张开了一张足以吞噬一台探矿机的血盆大口，向我们喷射出了一枚剧烈燃烧的气态火球。

穿石蟒剧烈震动着，警报声大作，显示屏上的画面也丢失了。其中一座控制台发生了爆炸，与之连接的机仆被震飞到了地上。滚滚浓烟弥漫在整个指挥室。

"如此邪恶的力量。"布尔感慨了一句，却丝毫不带感情色彩。尽管穿石蟒内部配置了十分先进的重力系统和惯性阻尼器，剧烈的摇晃还是将我们掀翻在地。

屏幕重新恢复，虽然画面在剧烈抖动，但足以看到那团污秽之物正在我们四周盘旋。我们四周的墙壁发出了被挤压的声响。低层甲板上传来了一阵阵爆破声。几处经过电镀和焊接的地板缝隙向上突起，铆钉如同子弹般向半空飞出。

"布尔？"

"我会消灭它！我会把它击垮！"

"布尔！以帝皇之名！"

他并没有理会我，而是将全部精力都集中在控制台的精神脉冲上。他全身心地操纵着穿石蟒，配合着追踪者作战机仆进行反击。他对自己的机械有着凌驾于一切之上的自信，甚至忽略了所向无敌的机械神教总会面临难以对付的敌人。

我转身向米迪亚和埃莫斯示意。

"立刻行动！"我喊道。

我们在穿石蟒体内的隧道中穿行，向这台巨型机械的尾部前行。外部发生了一次更加猛烈的撞击。在没有任何预兆的情况下，惯性减震器遭到了严重破坏，我们被撞倒在地，又因为惯性被推到一侧的墙壁上。燃气灯的玻璃罩已经被打碎，微弱的火焰仍在跃动，沿着墙壁噼啪作响。此外，敌人的攻击造成了一系列严重的后果。

我们站起身，不得不以弯曲的墙面作为地板。当时，多门激光炮轰击时发出的脉冲尖叫形成了持续的足以刺穿耳膜的尖锐噪音。

红色的警示灯频频闪烁。我们先前乘坐的探矿机从收纳它的铁壳中摇晃着砸落下来，侧翻过来，横躺在机库中央。但那台氧化铁红色的探矿机仍然安全地锁定在原位。

米迪亚和我从机库舱口跳到了那台机器的顶端，但埃莫斯却在我们身后停下了脚步。

"我跳不了那么远。"他无奈地说。我知道他说得没错。

"那就封锁这里的舱门，回去协助布尔作战！"

"帝皇保佑你们！"机库舱门关闭的一刻，他对我们大喊。

之前横放在地上的电缆此刻就像绳索一样垂直悬挂着。我们一人一根，朝那台固定的探矿机荡去。整个世界似乎都在颤抖。穿石蟒猛地又翻了过来。米迪亚和我砸在了地上，四周都是碎裂的金属块，与此同时，那台侧面翻倒的探矿机向我们滑过来。我双足蹬地，将米迪亚拖到一旁。那台机器与我们擦肩而过，猛地砸在地板上。

又是一次碰撞，甲板朝另一个方向倾斜，与水平方向偏离了大约二十度。那台没被固定的探矿机又向我们滑来。

"上车！"米迪亚跳上了那台完好的设备，打开了舱门，将我拖了进去。可刚拖到一半，穿石蟒的角度又变了，向反方向倾斜了30°。

另一台探矿机划过甲板，再次撞上了舱壁，甲壳与地面摩擦，发出尖锐的呼啸声。我双手牢牢抓住红色探矿机的舱门，整个人被悬挂在半空。

"该死！快进来！赶紧！"米迪亚喊着，用力抓住我。我低哼一声，双腿向上摆动，用脚尖钩住了门槛。经过一番挣扎，我终于爬了上去，米迪亚连忙关上了舱门。

外面的一切仍然在左右摇晃。我们爬上低矮的驾驶舱座位，系好安全带。米迪亚按下了探矿机的点火开关。此时，穿石蟒又一次上下颠倒，我们几乎被安全带挂在了椅背上。

"这应该会很有趣。"米迪亚兴奋地大笑。她发出了一个远程口令，将机库的舱门打开，随后她将探矿机的引擎动力开到最大，并松开了固定挂锁。

一瞬间我感到头晕目眩，我们像石头般笔直地坠落。她再次调整推进装置的角度，我们在空中划出了一条弧线。就在穿石蟒再次翻滚的时候，我们险些与机库顶部的黄铜板相撞，从敞开的舱门窜了出去。

那团邪物已经缠住了布尔神甫的地下挖掘巨兽。它用力摇晃着机器，我清楚地看到穿石蟒的装甲外壳已经开始弯曲、皱缩。激光炮已经被撕扯掉，只剩下冒着浓烟的孔洞。追踪者队伍聚集在那头巨大的污秽之物上，向那条混沌蠕虫宣泄着火力。几台机仆的残骸落在石柱上，顷刻间就被挣扎中的穿石蟒碾得粉碎。

米迪亚调转机头，尝试着适应控制面板的敏感度。

"我们该怎么办？你有计划吗？"

我摇了摇头。"我还在思考。"布尔的探矿机并没有配备任何武器。我之所以知道这一点，是因为我在机身起飞的一刻就进行了全面的检查，没有任何物件具备攻击性，除了驾驶室下方采矿用的激光切割器——一种锋利无比、射程只有5米的矿用激光枪。

"我们潜到地穴深处。"我说着，开始查阅探矿机配备的地质检测仪。

"要远离战场吗？"米迪亚有些困惑。

"我们没办法和它正面对抗……所以我们要找到魔晶本体。或许这样才能扭转战局。"

屏幕上亮起了一枚跃动的光标：体积庞大，轮廓十分清晰。

就在我们沿着火山洞穴穿行时，下方的祭拜者们开始向我们猛烈射击。汇聚的岩浆不时喷吐着烈焰与石块，似乎也在有意阻拦我们的行动。

然后，我们看到了魔晶的本体。

它被掩埋在岩壁内突出的黑曜石之间，但矿工们的认真开采总有一天会将它暴露出来。

下方的火山灰斜坡表面布满了黑曜石颗粒，几台重型探矿机和反重力钻井机停靠在上面。

正如布尔神甫描述的一样，那是一块近乎完美的十面体，直径四米，通体都是深绿色，仿佛是凝结的绿色冰块。它自内而外闪烁着寒光。即使从高处观察，我们也能感受到它散发的恶意。我通过灵能感应到一丝令人不安的波动。米迪亚面如死灰。

"我不想再接近它了。"米迪亚突然说。

"我们必须靠近。"

"然后做什么？"

我不知道我们能否用舱前的矿用激光枪将它切开。我不知道那样会造成什么样的后果。我甚至怀疑，如果我们朝着魔晶俯冲砸落，是否会在上面留下半点凹痕。

既然邪教分子能从魔晶表面切割下碎片来传播邪恶，或许它的质地并不坚硬……除非它是为了达到自己的目的，以某种方式允许人们轻而易举地切割。

显然，我们也无法移动它。

但此刻，我能感受到它在蠕动。它在我脑中不断地低语，不是文字，而是一段直刺脊梁的呢喃。它散发着阴险的恶意，语调却十分缓慢……慢如亿万年形成的地质结构，慢如冰川或板块的移动。它慢条斯理地讲述着，和缓地展现出最诱人的信息。它丝毫没有展现出半点急躁的情绪。它拥有银河系所有的时间……

舱身开始剧烈地摇晃。我回头探看，发现米迪亚已经部分失控。她突然栽倒在座椅一侧，脸色惨白，气喘吁吁，大汗淋漓。

"我……我不能再接近它了……"她喘息着说。

她已经到极限了。我俯下身子，将手轻轻放在她的头上。"睡吧。"我动用意志之力，轻声说道。

她立刻陷入了昏睡。

我接过了驾驶舱的控制权。

与米迪亚·贝坦科尔相比，我的飞行技巧不值一提，甚至就在我想要操纵升降杆时，飞行器险些坠入沸腾的熔岩湖中。

但米迪亚已故的父亲却给了我不少必要的训练。我在熔岩湖上方疾驰，气流将硫化液体搅出一片旋涡，随后在一根巨大的一直上升到参差不齐的矿洞顶端的黑玛瑙石柱前调转方向。此刻，我与魔晶所在的火山灰斜坡之间隔着一片火海。

它又在窃窃私语，但我将那些话语抛在了脑后。我的头脑经受过严苛的训练以抵抗一切混沌侵袭和灵能诡计。这就是魔晶让人意志消沉的原因。这就是它玷污辛卡尔矿区的广大民众的方法。低语……无形的话语常常充满了蛊惑人心的力量，短短几个音符就能将人类拽入万劫不复的深渊。

我的脑海中突然闪过了一个念头。我认为那个念头恰恰来源于布尔称赞埃莫斯的那种品质——朴素、直截了当的思维。一种看似简单、实则完美的可能性。

我心中不免为埃莫斯和神甫的性命感到担忧，随即试图将这些负面情绪抛到脑后。此时此刻，在我身后的岩洞中，那条邪祟的混沌蠕虫或许已经将穿石蟒撕成了几截。但如果他们还有希望，这或许是我能做出的最好的选择。

我试着腾出一只手，按下开关，激活了舱外的扬声器，并将播放系统设置为录音状态。随后在确保艇身的方向和速度均安全后，我对着话筒开始清晰嘹亮地念诵起来，从我的记忆中提取每一句话。很久以前，在我出生的星球上，当我还是个孩子的时候，我就与其他学生一起站在忠嗣学院的走廊里一起背诵。

碰撞警报响起，我连忙向左侧调转方向，瞥见另一台探矿机，对方见我躲开，立即加速从我的身侧飞驰而过。

角落里的显示器上出现了两枚明亮的黄色光标。那是信标定位器，和此前我们被追进矿井使用的定位器一样。

试图撞击我的那台探矿机在熔岩湖上方划过一条弧线。另一台正试图从侧面的角度进行拦截。我调转方向与它正面相对，随后在最后一刻避开了对方的撞击。我们的距离，近到我能够看清机身侧面绘制的"奥塔格钜素专营公司"的标志，近到我能透过驾驶舱的挡风玻璃看到执法者卡雷尔的脸。

前一台机身上的帝国联合矿业公司的标志在高温下已经开始剥落。它再次拦住了我驶向魔晶的道路。它的驾驶员身份不明。他砸开了前端的玻璃，从缝隙中伸出了一支激光卡宾枪。尽管我们的行驶速度很快，我还是感到有几发子弹扎扎实实地击中了机身。我再次避开对方的撞击，尽管我将全部精力集中在眼前的空战上，我还是尽可能不打断自己的背诵。

我像念诵咒语一样，逐字逐句地高声背诵着。

我刚刚甩开帝国联合矿业公司的探矿机，迎面又来了卡雷尔。我拼命翻滚，想要避开，但两架飞行器还是发生了碰撞，整个舱体都在摇晃。

控制台上的警示灯亮了起来。我的引擎损坏，操控灵敏度也下降了许多。熔岩湖就在我的脚下，眼看就要将我们吞噬。我奋力拉动操纵杆，勉强地向上攀爬。

整个过程中，我一直在念诵。

帝国联合矿业公司的探矿机紧跟在我身后，一连串激光轰射划过半空。我试图沿着黑玛瑙石柱旋转，却甩不开它。我开始思考米迪亚会怎么做，迈达斯会怎么做。无数疯狂的念头在我脑中闪过，犹豫之间，我口中念诵的语句变得断断续续。

敌机出现在了我正后方。我猛踩急刹，调整喷射器的角度，配合反重力引擎的出力，将机鼻向下，仿佛正在向我的对手致敬。随后我打开了前端的矿用激光枪。

帝国联合矿业公司的机器距离我太近了，高速之下难以立刻转弯或刹车。我认为他想直撞过来，与我同归于尽，但我的位置对他来说高了一头。他全速冲刺，撞击在我的机身下方，将照明阵列和探测装置的天线撕扯了下来。

与此同时，我的矿用激光枪发出的白炽光矛刺穿了对方。将它纵向切开，整个舱体被剖成了两半，坠入了下方炽热的岩浆中。

我的探矿机因为连续受到两轮撞击，已经一半瘫痪。我口中依旧在念诵，心中祈祷这片刻的撞击不会影响录音的效果。

没有了天线，我的探测装置完全失灵。但我能凭肉眼看到卡雷尔，他正在熔岩湖的对岸向我射击。

我在原地盘旋。我必须放手一搏，决定继续使用话语的力量。我关闭了录音设备，拨开了功放频道。

"卡雷尔？"

"霍恩！"

"不是霍恩……审判官艾森霍恩。"

他沉默了。他距离我两百米，全速向我驶来，速度足以将双方抹杀。

我按下了嘴边的语音对讲机，动用了全部的意志之力。

"住手！"我说。

突如其来的灵能侵入令卡雷尔瞬间失控。奥塔格钜素专营公司探矿机的方向严重偏离，一头栽进了熔岩湖，在缓流四溅的液态岩浆中涌起了一团火光。

我驾驶着破损的机器一路颠簸地抵达布满火山灰的滩地，在距离魔晶20米的地方降落。睡梦中的米迪亚发出了呻吟。我担心噩梦正在潜意识中折磨她。

我的耳畔响起了魔晶的低语，我大声咆哮："从我脑里滚开！"

我花了一些时间将录音倒回到开始，并设置为连续循环播放。我将信号切换到回声探测器的声呐系统中，它为探矿机提供了有效的探测分析和定位系统功能。我拨动刻度盘，让声呐播放器完全对准了那个邪恶的十面体。

强超声波脉轰射在魔晶表面。《驱魔祷言》是帝国的每一位孩童耳熟能详的祝祷词，是人类对抗黑暗、驱逐混沌时最纯净的赐福。我怀疑这样的祷言在正面战场上是否被主动运用过，我甚至怀疑忠嗣学院的导师有没有想过如此简单的念诵竟能有这样的用途。

"词句。"我低声道，"你的腐化低语怎能与圣洁的祷言正面相抗？"

我将声呐的音量开到最大。超音速声波足以将普通人震晕在地，并震断骨骼。

祷言持续了好几分钟，甚至更久，我不禁担心它是否真的有效。

魔晶的低语戛然而止，转为愤怒而痛苦的亚音呻吟，最终归于沉寂。

第二十章

与被诅咒者的对话

战争铁匠布尔

奥布尔·因梵塔

圣锤

"我确认一下自己是不是理解了你的意思,艾森霍恩。"庞提乌斯·格劳无实体的声音响起,语调缓慢,透着轻蔑,"你觉得我会帮你?"

我清了清嗓子。"没错。"

庞提乌斯放声大笑。那枚存储着他记忆印记的球体四周布满了黄金电路,电缆的突出伴随着笑声频频闪烁。"没想到,像你这样墨守成规的人竟也会令我感到意外,艾森霍恩。我真是错了。"

"你会帮我的。"我压低声音,但态度坚决。

我拂去栅栏扶手上的寒霜,在收容他记忆的匣子前坐下。这是一台构造严密的长方体机器,顶部安置着四只爪足,机械内运用了一系列极其复杂的技术。它只有一个作用:支撑并维系记忆球体的运作。那是一枚表面粗粝、拳头大小的晶体,其中容纳着整个帝国最臭名昭著异端的知识,或许还有他的灵魂。

庞提乌斯·格劳三百年前就已经死亡。在他的肉体尚存时,庞提乌斯就是权势滔天的格劳家族重要的一员,也是最扭曲病态的产物。他的家族在古德伦贵族阶级中举足轻重,却也产生了许多异端之徒。他们最后一次作祟正是在《亡灵经》事件。在帝国海军的全力配合下,我几乎掐断了他们的全部血脉,并在此过程中俘获了封印着庞提乌斯·格劳记忆的球体。

他的家族和爪牙们曾经试图牺牲上千名无辜的民众,以恢复他的肉身。我同样粉碎了那场阴谋。

整个事件结束后,我就带着这个充满异端罪恶的匣子离开了。单就技术而言,这台设备堪称奇迹,而且还隐藏着庞提乌斯无穷无尽的秘密。因此,我并没有销毁它,而是将它转交给了吉尔德·布尔神甫代为保管。我知道布尔有足够的时间和技术解锁它的技术内核。他是我最值得信赖的盟友。

但在过去的一百年间，我却时常怀疑这一决定的合理性。按照常理，我应该将庞提乌斯呈交给审判庭的讨逆修会，并委托当局完成审查和销毁工作。这一存疑的举动让我惴惴不安，因为它似乎暗示着我有所隐瞒，试图掩盖不可告人的秘密。鉴于过去一年发生的事，我不由得挣扎想到：或许我的质疑是对的。难道这真的是激进派才会采纳的暗度陈仓之举？

埃莫斯令我感到了一丝宽慰。他提醒我那台闸形装置使用的精神脉冲技术无疑是从机械神教窃取的。他说，这样的装置理应交给机械教修会的牧师保管。

"继续，"庞提乌斯说，"开出价码。我为什么要帮你？"

"我需要一些专业信息，而我确定你掌握这些学识。"

"你是一名审判官，艾森霍恩。整个帝国的资源都服从你的调配。我是否可以这么理解，你的职权受到了限制？"

我绝不能告诉这头怪物自己正在面临的困境。在某种程度上他说得没错，但据我所知，任何帝国官方的档案馆都无法回答我的问题。

"我需要的是……禁忌的学识。"

"啊……"

"怎么了？你'啊'什么？"

虽然庞提乌斯没有肢体语言或面部表情，我却感受到了他发自内心的愉悦。"所以你终于走到了那一步。妙哉，妙哉！"

"哪一步？"我感到一丝不安。这几个月来我都在酝酿这场对话，但短短几次交涉之后，这场对话的主导权已经向他倾斜。

"越界的一步。"

"我没——"

"所有审判官都会迈出越界的一步。"

"我告诉——"

"所有人。这是你们的宿命。"

"听我说，你这个废——"

"我认为我们的审判官艾森霍恩已经抗拒了太多的邪恶。界线！格雷戈！界线！那条画在秩序与混沌之间的界线，画在对错之间的界线，画在人类和非人之间的界线！我深谙此道，因为我当年就走过这一步。当然，我是心甘情愿的。我欣喜若狂、手舞足蹈地跃过了那条线。不过，对于你这样的人来说，这会令你痛不欲生。"

我站起身。"这场对话毫无意义，格劳。我要走了。"

"这么快？"

"或许一两个世纪后我还会回来。"

"在坤瑟斯八号星，M41.019年的那个春天。"

我在门廊前停下脚步。"什么？"

"那是我越界之时。想听听我的故事吗？"

我有些不知所措，但选择重新坐回到了台阶旁的座位上。我知道他在做什么。多年以来，他都被囚禁在冰冷的匣子里，无法触碰，嗅觉和味觉都被剥夺，更没有任何感官上的刺激。庞提乌斯·格劳渴望有人陪伴和交谈。十年前，在前往KCX-1288星系的航程中，我在伊森号上对他进行了漫长的审问，从中获益匪浅。此时，他只不过是在寻找话题，想让我留下来和他对话。

然而，长达一百多年的囚禁生涯，足以让他愿意用自己最隐秘的历史换取交谈的机会。

"M41的019年是一个多事之秋。位于帝国疆域远东边缘的堡垒遭到了来自绿皮的侵袭，而两名泰拉至高卿遭到了心怀不满的贵族暗杀。有人在鼓动内战。次星区的交易市场全面崩溃。物资匮乏，民不聊生。这一年啊，圣徒德拉科在柯林斯殉道，数十亿人经历了贝佐斯的大饥荒。"

"我有的是帝国史书，庞提乌斯。"我不耐烦地说。

"我当时在坤瑟斯八号星，为我的坑斗游戏招募角斗士。当地人非常适合参与角斗。坤瑟斯人体格粗壮，个个都是好勇斗狠之徒。当时我大概二十五岁。我已经忘记具体年龄了。当时风华正茂，一切都那么美好。"

他陷入回忆，沉默了许久，电光沿着他的线缆上下跳动。

"我参观了当地的一个圆形角斗场，当地的奴隶头子建议我去看看他从朦胧星域边缘购买的一名斗士。那是一个来自波利亚野性世界的大汉，浑身晒得黝黑。他的名字叫'阿'，在他家乡的意思是'为了女人杀人'。很可爱不是吗？如果我有个儿子——当然我指的是人类儿子——我或许会给他起名为阿。阿·格劳。听上去很有意思，对吧？"

"切入正题，格劳，再说废话我就走了。"

匣子里传来咯咯的笑声。"这个阿真是极品。他的牙齿被削得尖锐无比，指尖从出生起就被反复炙烤，并用特殊的药膏浸泡包扎，双手变成了两只利爪。利爪，艾森霍恩！那是熔化在一起的钙化皮肉组织形成的钩刺。我曾经亲眼见过他用这双利爪撕开敌人的锁子甲。不管怎样，他是我那趟旅途最大的收获。他是个危险的家伙，永远戴着镣铐。奴隶头子告诉我他在运输过程中切断了另一名奴隶的胳膊，趁人不备，用牙齿剥开了一名角斗场看守的头皮。"

"有意思。"

"我当场决定买下他。我认为他很喜欢我。他没有真正的语言，更丝毫不懂餐桌礼仪。他睡在土坑里，像一条狗一样发情。"

"难怪他会喜欢你。"

匣子四周结起了一层冰霜。"你可真是个恶毒的家伙。我是个有教养的人。哈。至少曾经很有教养。尽管如今，我被桎梏在这个危险的匣子里，但可别忘了我的家教与传承，艾森霍恩。那些纨绔子弟和接受过优良教育的人，你不知道他们有多么容易越界。"

"继续。我肯定你会说些有用的信息。"

"阿的表现令我十分满意。我靠他赢了好几笔钱。我从来不会假装和他成为朋友……即便是最喜爱的宠物，人类也不会和他的卡诺顿兽成为朋友，对吧？当然，人们也不会和可以交易的商品称兄道弟。但多年以来我们达成了默契，我会去囚牢探望他，而且完全不戴防护。他从未伤害过我。他有时会用蹩脚的语言讲述家乡波利亚的古老神话，那是充斥着野蛮、谋杀与罪恶的故事。现在回忆那段经历，一切都是那么顺理成章。在坤瑟斯的奴隶广场，在春日的和煦阳光下，奴隶头子给我展示了阿，并说服我买下他。他看着我，如同看到了意气相投的灵魂……这或许就是为什么我们很快就建立了超越语言的信任。他用支离破碎的话语恳求我买下他，并告诉我他会令我满意。为了达成这笔交易，他将项圈送给了我。"

"项圈？"

"没错。奴隶们被允许保留一两件熟悉的物件，只要这些物件不是潜在的武器，他们就能带在身边。阿的脖子上挂着一条纯金的项圈，那是他部落的标志，也是他拥有的最珍贵的东西。事实上，那是他唯一拥有的物件。尽管如此，他还是将它送给了我，作为我成为他主人的报答。我接过礼物，正如我所说的，当场买下了他。"

"那就是你所说的越界？"我向后挪了挪身子，并不觉得这故事有什么稀缺。

"等等……就在那天……晚些时候，我检视了那枚项圈。项圈内部嵌入了令人惊奇的科技。当时的波利亚已经沦为蛮荒之地，但在千万年前，它却是人类最先进的哨站之一。因为混沌的触碰，整个世界都堕入了蛮荒的黑暗纪元。那枚项圈则是腐化堕落的产物。被遗忘的禁忌之术会让黑暗入侵佩戴者的心神。难怪，波利亚这个蛮荒世界的每个成年男子都会佩戴这类邪祟的饰物。我爱不释手，一时好奇，戴上了它。"

"你戴上了它？"

"我当时年轻气盛，定力不足。我还能说什么呢？我确实戴上了它。短短几个小时内，项圈里溢散的亚空间卷须就充斥在我敏感的意识中。你可知道那是怎样的感受？"

"怎样？"

"美妙至极！令人超脱！我眼前的宇宙变得鲜活而璀璨！我跨越了界线，那是至高无上的赐福！转瞬之间，我就看透了万物的本质，与虚伪的国教和腐败的尸皇蛊惑人心的描述截然相反！真相足以吞没永恒！人性之脆弱！亚空间之荣耀！肉身转瞬即灭！而死亡之甘甜则无可媲美！"

"所以你不再是帝国贵族世家备受尊敬的第七个儿子庞提乌斯·格劳，而是摇身一变，成为了憎恶与残虐的异端之徒庞提乌斯·格劳。"

"年轻人总是需要培养爱好。"

"谢谢你与我分享这些，庞提乌斯。这让我深受启发。"

"我才刚开始。"

"再见。"

"艾森霍恩！艾森霍恩，等等！求求你！我——"

舱门在我身后轰然关闭。

我等到两天之后才再去拜访。这一次，他显得闷闷不乐。

我走进房间，放下手中的托盘。

"别指望我和你说话。"他说。

"为什么?"

"前天,我对你吐露心扉,你却……走开了。"

"我现在回来了。"

"是啊,你回来了。你和界线的距离更近了吗?"

"你说呢?"我俯下身子,拾起托盘上的酒瓶给自己斟满了一杯阿玛斯克酒。我轻轻摇晃着酒杯,然后啜饮了一口。

"烈酒。"

"没错。"

"陈酿?"

"加塔拉摩的五十年陈酿,用柏木桶封存。"

"味道……很好吧?"

"不。"

"不?"

"味道甘醇至极。"

匣子里传来一声叹息。

"你刚刚提到了界线?"我问。

"我……我刚刚才说,你激怒了我。"庞提乌斯固执地答道。

"哦。"我漫不经心地从纸盒里抽出了一根洛草烟,那是我从塔萨拉·温格希的房间巧取的。我点燃了烟,深深地抽了一口,将烟吐在匣子四周。就在半小时前,纳尔给我注射了有效的抗麻醉和成瘾物的药剂。我坐在一旁,故作享受地吞云吐雾。

"那是洛草烟?"

"是的,庞提乌斯。"

"嗯……"

"你说什么?"

"我……我和你说了我的故事。我越界的过程。你还想让我说什么?"

"剩下的事。你以为我也越界了,是吗?"

"没错,你的状态证明了这一点。你似乎领会到了亚空间不为人知的壮丽。"

"为什么?"

"我告诉过你，越界对于审判官而言只是早晚的事。我能够想象你年轻时，笔挺地坐在忠嗣学院的课堂上，一副高风亮节的派头。对于当时的你来说，宇宙万物的运作规律、帝国与混沌之间的界线是如此简单，非黑即白。"

"世风日下，这种界限不再明显。"

"当然，因为亚空间寄寓在万物之中。甚至就潜藏在那些最有秩序的事物深处。没有亚空间，人生会变得寡淡无味。"

"就像你现在的人生一样？"我语带讥刺，又吸了一口烟。

"我诅咒你！"

"如你所言，我已经被诅咒了。"

"每个人都注定难逃诅咒。整个人类族群都难逃诅咒。混沌与死亡乃是关乎现实世界的仅存真相。其他的一切信仰都不过是虚妄。而你们审判庭大权在握、不可一世、居功自傲，并坚信自己才是人类帝国抗击混沌的关键。你们是所有狂妄人类中最缺乏自知之明的一类人。你们的职责迫使你们不断靠近混沌，对于亚空间禁忌学识的理解也日益增加。潜移默化地，即便是最纯净、最顽固的审判官也终将被蛊惑，而你们却无知无觉。"

"我不这么认为。"

面对我的反驳，庞提乌斯情绪高涨。

"第一步是知识。审判官必须了解混沌之物的基本特质，进而习得抗争混沌的法门。不出几年，他就会比那些盲目而狂热的邪教徒更深谙亚空间之道。接下来，就是第二步：他会打破律法，允许一部分混沌之物继续存在，以供自己调查钻研。艾森霍恩，这一步我就不展开解释了。我就是这样的混沌之物，不是吗？"

"你确实是。但理解混沌是必要的。不仅是我，任何一名纯净派都会这么说！如果不理解混沌，我们对抗混沌的事业将成为无本之木，毫无希望可言。"

"这种话我听过很多次。"他干笑起来，随后安静了片刻，"形容一下你口中的烈酒吧，口感和香味。"

"为什么？"

"我已经有三百年没有品尝、嗅探或触碰任何东西了。"

我原本担心阿玛斯克酒和烟草的博弈过于明显，但这显然引起了他的兴趣。

"就像舌尖上沾满了油，口感绵软，尚有余温。酒香扑鼻，味道略微辛辣。酒水入喉时会产生一种舒适的灼烧感，入腹之后，心口就如同点燃了一团火焰。"

匣子里发出了一声悠长而哀伤的叹息，似乎充满了悔意。

"第三步呢？"我问道。

"第三步……第三步就是越界本身。当一名审判官成为激进派，当他选择动用混沌之力对抗混沌，当他开始征用亚空间的伟力，当他向一名异端寻求帮助。"

"我明白了。"

"我确信你明白了。所以……你还需要向我寻求帮助吗？"

"是的，你愿意帮助吗？"

"看情况。"他嗫嚅道，"我能得到什么好处？"

我将洛草烟在托盘上摁灭。"如你所言，我认为你最大的奖励是心满意足地欣赏我跃过界线的瞬间，迎接诅咒的瞬间。"

"哈哈！聪明！事实上，我已经在欣赏了。还有别的吗？"

我摇了摇手中的玻璃杯，琥珀色的酒水摇晃着。"布尔神甫是一位技艺出众的天才，真正的机械大师。我绝不会将你从囚笼中释放，但我或许会委托他帮一个忙。"

"帮忙？"庞提乌斯的声音因为期待而产生了颤抖的回音。

"一副躯壳，外骨骼。有行走、触碰、抓握、观察的能力，或许还有额外的感官接收功能，包括最基本的触觉、嗅觉、味觉。这些对他来说易如反掌。"

"亚空间诸神啊！"他低声惊叹。

"如何？"

"问吧，有什么想知道的，赶紧问。艾森霍恩！"

"让我们谈论……与恶魔宿主有关的事。"

"你知道自己在做什么吗？"费希格对我说。

"当然。"我说。我们已经接管了辛卡尔矿区的安全局办公室作为团队的行动基地。贝坤和埃莫斯将这个地方收拾得焕然一新，并恢复了重要设备的运转。米迪亚、因沙贝尔、纳尔和费希格负责定期巡逻。布尔安排了几名追踪者机仆进一步确保我们的安全。我们与环行在轨道中的伊森号建立了一条稳定的通信线路，一旦有可疑船只靠近，我们会在第一时间收到警报。

那是我们抵达这个矿业世界的第三周，天色已近黄昏。我刚从机械教驻地用于监禁格劳的牢房返回，与费希格并肩站在安全局的窗户旁，俯瞰着空旷的广场。

"你真的确定？"他追问道。

"我记得当初我们把他从群岛死牢解救出来的时候，他也问过一样的问题。"贝坤从我们身后走来，加入了对话，"奥斯玛和他荒谬的猎巫行动将我们逼上了绝境。如果我们真的取得了成功，我们就能自证清白。"

费希格哼了一声。"我只是在表达反感。我不想和那个杀人如麻的邪物打交道。不想对他做出任何形式的承诺。我觉得我们似乎有些越界——"

"什么？"我心中一惊。我并没有向他们透露与格劳谈话的细节。

"我感觉我们有些越界了。怎么了？"

我摇了摇头。"没什么。准备工作进行得如何？"

我感到费希格似乎想要追问什么，立刻抓住时机改变了话题。

"你的神甫朋友正在紧锣密鼓地锻造。纳尔昨天把剑交给了他，而且给他展示了你的笔记和图纸。"他说。

"所有的联络函已经都草拟完毕，而且完成了加密和封印。"贝坤汇报道，"只需要你的一句命令。温格希随时可以寄出去。"她递给我一块数据板。

这是一份革职罪诏，正式宣告奎索斯为异端和恶魔使徒，并以我的名义宣判他的罪行。签发的日期是M41.340年的十月十日。没有标记地点。但埃莫斯已经确认，罪诏的全部内容和行文格式都严格遵循帝国律法和审判庭对文书的规定。

"很好。我们几天之内就可以发出。我知道罪诏一旦公布，我立刻会暴露行踪。而这件讨伐任务可能需要几年才能完成——在此之前，我会一直遭到官方的追捕。我不希望过早陷入这样的困境。"

"我们还需要在这里停留多久？"贝坤问。

"我不知道。再过一周，一个月？或许更久。这取决于格劳是否配合。"

"但你已经得到了想要的情报？"费希格问。

"是的。"

但还不够,我暗想。

那天晚上,我在矿区空旷的街道上走了一两个小时,想理清自己的思绪。我很清楚自己选择了一条危险的道路。我必须小心谨慎,否则局面将会失控。

在与格劳的对话中,我占据了上风。他关于越界的谈论,关于审判官遭到腐化堕落的三个步骤……对我来说都是老生常谈。我之所以纵容他讲述,是为了让他自觉高人一等并放松警惕。任何配得上审判庭徽章的审判官对自己面临的危险和诱惑都心知肚明。

尽管如此,那些蛊惑人心的话语还是对我造成了影响。每一位像康茂德·沃克这样的纯净派,都可能成为奎索斯那样的激进派。格劳有一个观点是对的,多数人在越界时都全然不觉。我遇到的激进派无一不是如此。

我始终为自己纯净派的立场感到自豪。虽然我是温和的雅玛拉锡安派,但我的信念自始至终都坚定不移。我对激进派的异端之举深恶痛绝,这也是我坚决追讨奎索斯的原因。

但我仍然忧心忡忡。诚然,我所做的一切都冒着极大的风险,但考虑到自己面临的困境,我的每一个选择都合乎常理。为了毁灭奎索斯,我必须击溃他的恶魔宿主。这需要足够的力量、知识和经验。我已经无法回到神圣的审判庭寻求协助。但我是否真的已经越界?我是否真的因为轻易尝试激进派的极端行径而背负了罪孽?我是否真的为了剿灭奎索斯而舍弃了最初的本心和原则?

我确定自己没有。我知道自己在做什么,迈出的每一步都谨小慎微,动用的一切危险因素都经过了反复权衡。即使现在我依然保持着内心的纯净。

但倘若我不再纯净,我又怎能分辨?

我沿着瞭望塔的台阶向上攀爬,在顶部的玻璃眺望台上驻足远望,辛卡尔湛蓝色的地貌一览无余,城镇边缘的天际线上空群星闪烁。流星划过夜空,留下了一道道明亮的光弧。

脚下的楼梯传来了响动。来人是纳尔。

"是你呀。"他放下手枪,走到我身边说,"我正在巡逻,看到塔底的门开着。一切都顺利吗?"

第二十章

我点了点头。"你在战斗时，会用卑鄙的手段吗，哈伦？"

他困惑不解地看着我，挠了挠头皮。"我没听懂你的意思，头儿。"

"包括作为赏金猎人的时候……我见过你与敌人交战的样子，还记得吗？有时候你会不按常理出牌，以险招致胜。"

"确实是这样。人在江湖，身不由己。但凡奏效的方法都值得一试。我用过很多为人不齿的肮脏伎俩……有时候自己回想起来也会感到惭愧。但这些伎俩都是必要的。我认为，所谓的公平对决是一个被严重高估的概念。那些想将你剥皮的家伙才不会选择公平。有些事，该干还得干。"

"目的决定手段的正当性？"

他夸张地扬起眉毛，笑道："这么说并不对。如果人总是这么想，肯定会自找麻烦的。有些罪孽深重的手段，用任何目的都无法证明它们的正当性。但在生死攸关的时候，用卑鄙的手段击败敌人绝不是坏事。前提是你得记住一件事。"

"什么事？"

"打破规则之前，先确保你完全理解规则。"

除了每天前往机械教驻地与格劳交谈外，我也在和布尔共事。在机仆和科技修士的帮助下，他在锻造间里全神贯注地忙碌着。虽然他没有明说我在与魔晶的对抗中起到了决定性的作用，他现在算是在报答我。

我和埃莫斯向他讲述了近期发生的事时，他没有表现出半点儿慌乱。讲述的过程就像是忏悔。我将罪诏的内容和我作为逃犯的身份对他和盘托出，他却不以为意，一点也不怀疑我的清白。用他的话说，"哈普山特不可能培养出一名激进派。你没有错，错的是银河系里的其他一切"。

我深受感动。

我们在辛卡尔逗留得越来越久。在第六周的一天，布尔将我叫到了他的锻造间。

锻造间位于机械教驻地的礼拜堂下方，有两层楼深，是一间名副其实的锻造工厂。厂房中摆放着各种工程锻造设施，而我对多数机器的用途一无所知。蒸汽阀砰砰作响，螺丝枪发出刺耳的呼啸声。除了我的工程以外，布尔还有很多其他的工作，包括修缮破损的审判庭设施、锻造穿石蟒的零部件。我走在蒸汽弥漫的台阶上，看到布尔正在指挥两名机仆，将机械零件重新加工成一根两米长的复合钢杆。

"艾森霍恩。"他抬起散发绿光的双眼看着我。

"怎么样？"

"我感觉自己就像一位战争铁匠，好像回到了当年铸造世界的工厂，当时我还是血肉之躯。你先前提出的要求很苛刻，但并非不可能实现。我喜欢挑战。"

我从上衣口袋中取出了几张纸，递给了布尔。"这是更多的笔记。我和格劳最近一次交谈的收获。我已经标注了最关键的内容。你看，他建议在杖头的封盖使用镍银合金。"

"我原本打算用钢铁或者钢合金。镍银？似乎有些道理。"他将我的笔记放在一旁的数据桌上，桌面堆满了卷轴、全息笔、测量工具和数据板。我提供给他的笔记高高叠起，里面除了格劳的建议外，还包括温格希从我的记忆中获取的图像——卡迪亚的标塔、切鲁贝尔、普罗法尼狄，以及恶魔宿主身上的佩饰。

"我还在研究杖头符石的选料问题。我准备试试派拉林合金，或其他有利于灵能共振的晶体。但我认为它们都没办法达到你想要的强度。用一两次可能就报废了。我也想过用方硅晶。"

"那是什么？"

"是一种我们常用来制作增强灵能脉冲装置的特殊晶体。但我还是不确定。还有不少可以替代的材料。"布尔对我高度信任，丝毫不忌讳与我谈论机械教的技术机密。

"这是杖柄。"他说着向我展示了蚀刻平台上方的一根长杆。两名机仆正在表面添加复杂的纹路。

"钢制的？"

"表面上是钢制，外壳包裹着钛芯，中间用精金保护，内部的钛合金钻有很多通道，足以放下所有必要的拉派多伦导线。"

"堪称完美。"

"不谦虚地说，它确实很完美。精度很高，和你要求的构造误差绝对不超过一纳米。让我给你看看那柄剑。"

我跟着他走到锻造厂尽头的工作台，一柄剑被端放在支架上，表面蒙着一块防尘布。

"觉得如何？"他说着，掀开了遮布。

巴伯瑞萨特依旧是一把造型精致的宝剑。我忍不住开始欣赏排列在剑锋两侧的十枚五芒符文。

"这是一件近乎完美的佳作。刚开始我甚至不舍得按照你的要求对它进行改造。事实上，我为了它足足磨坏了八个精金钻头。刃锋上的坚钢被敲打了九百次。这样的神兵绝不是当今的工艺能制造出来的。"

我对依修迪尔氏族心怀愧欠，我不仅欠他们这把武器，更欠他们阿莲霍德的生命。我应该将这把宝剑原封不动地归还给他们，因为这是他们家族世代传承的宝物，更是他们的"乌苏里尔"，意思是活着的故事。我理应保护好这柄剑，而不是将它据为己有，甚至将它改造得面目全非。但我们在戈锡堡面对普罗法尼狄之时，我领悟到两件事。这两件事是恶魔宿主亲口告诉我的。其一，五芒符文能够对恶魔宿主造成伤害；其二，与符文相比，承载它的武器更加重要。

据我所知，在人类世界很少有比这柄剑更坚固、更具威力的兵刃。如果命运允许，我将前往卡瑟，向依修迪尔氏族的长老们当面致歉。

我刚想伸手抚摸，被布尔制止了。"它还在休息。我们必须尊重它的精魄。几天后你才能伸手抓握它的剑柄。好好用这柄剑训练。用它战斗之前，你必须对它的一切了如指掌。"

他陪着我走到了锻造间门口。"两柄武器都需要经过赐福。但我没办法那么做，只能通过锻造仪式将它们寄托给万机之神。"

"我原本有赐福武器的计划。"我说，"但我对你的锻造仪式表示欢迎。在与奎索斯的对抗中，没有什么比万机之神的护佑更重要的了。"

"我们几天内动身。"我告诉他。

匣子沉默了半响。"我会怀念我们交谈的时光，艾森霍恩。"

"我得走了。"

"你准备好了吗？"

"至少这部分的准备工作已经就绪。你还有什么想对我说的？"

"我也在想。没什么了。此外……"

"什么？"

流淌着记忆的球体闪烁着光芒。"此外，尽管你从我口中知道了那些隐秘而奥妙的学识，但你一定要明白，你追捕的这个敌人……十分危险。"

我忍不住笑出了声。"我的思想准备已经足够充分了，庞提乌斯！"

"不，你没领会我的意思。我知道你已经下定决心，也知道你志在必得。我认为你的知识储备已经足够，武器也已大功告成，但你的精神需要做好准备，否则你将万劫不复，任何护符、手杖和刀剑都救不了你。"

"你听上去……似乎在担心我会失败。"

"是吗？那么仔细想想，艾森霍恩。你可能一直将我视作一头卑鄙下作的怪物，但如果我这头怪物真的担心你，对我那意味着什么？抑或对你？"

"再见，庞提乌斯·格劳。"我说着，最后一次关上了牢房的舱门。

此刻，我认为自己有必要写明自己的真实想法。尽管庞提乌斯·格劳后来……引发了一系列事件，我仍然无法否认自己与他的关联。在辛卡尔的牢房中，在一个世纪前伊森号昏暗无光的船舱中，我们在一起交谈了数百个小时。我丝毫不怀疑他是个十恶不赦的恶魔，如果他有机会的话，他会在一秒内将我杀死。但他有着非凡的智慧、学识和才情，在很多离经叛道的领域展现出了令人钦佩的品质。倘若没有那枚项圈，那枚叫"阿"的奴隶赠予的邪恶项圈，或许在那个坤瑟斯的春天，他将走上截然不同的人生道路。

如果当真如此，而且我们能够相遇，我们将会成为生死之交。

我们在辛卡尔停留了三个月。尽管我认为停留的时间太久了，但始终没有办法加快工作的进度。

我们在矿区广场的小型教堂中度过了圣烛节，我们点燃了无数火烛共同迎接帝国的新年，并祭奠整座矿工小镇的死者。神职人员也无一例外地遭到了魔晶的荼毒，念诵悼词的工作由埃莫斯和贝坤负责。布尔和科技修士们出席了这场祭拜活动，他悬浮在庞大的帝皇雕像脚下的唱诗班扶手上方，与我们共同完成了最后的祈福。

我感到焦躁而愤懑。一方面是因为我渴望尽快行动，另一方面也源于格劳灌输给我的学识，那些只能耳语或默念的黑暗真相。我意识到自己已经发生了改变，永恒的改变。

我又回忆起一年前的自己——这一年无比漫长——当时的我还是个无助的囚犯，被囚禁在暗无天日的群岛死牢中，甚至都不知道圣烛节何时到来的。

与当时相比，此刻的我已判若两人。这种改变与庞提乌斯·格劳低声讲述的秘密有关。尽管黑暗的真相在我的脑海中呼啸，但在挚友和伙伴的陪伴下，我感到自己强大了许多，内心坚定，蓄势待发。

没有唱诗班，也没有风琴手，米迪亚拿起父亲的格拉威亚七弦琴，演奏起了《黄金王座的凯旋圣歌》。我们跟随着旋律高声歌唱。

当晚，我们在机械教的餐厅中举办了一次宴会，共同庆祝 M41.341 年的到来。身在伊森号的马希拉特地通过运输机送来了丰盛菜肴，甚至送来了几名机仆侍者。宴席上，有人汇报在午夜钟声响起时，一场壮丽的流星雨席卷了天空，尾迹的红色火光点亮了辛卡尔的夜幕。纳尔抱怨说那是厄运的象征，而因沙贝尔则坚称这是个好兆头。

我认为这完全取决于你来自帝国的哪片疆域。

接下来的两天里，大家都在收拾行囊，准备离开。埃莫斯和我特地参与了机械教举办的圣物祈福仪式。

机械神教的机仆们用调试过的二进制编码一边吟唱，一边敲打着铜鼓。布尔神甫穿着橘红色的长袍，肩上披着一条白色的祭祀肩带。

他念诵着祝祷词，随后从两名科技修士手中接过武器。

巴伯瑞萨特，表面覆盖着五芒符文的动力剑。他把它举过头顶，用剑身承接万机之神眼中射出的光芒。随后是那柄符文杖——布尔的另一件杰作。

他把镍银合金锻造成太阳日冕的形状，固定在符文杖的顶端。日冕中央是一颗四周点缀着十三枚惩戒印记人类的颅骨。布尔通过辐射扫描仪对我的颅骨形状进行了测绘，而这枚颅骨杖头符石就是他自己动手雕刻出的完美复制品。他反复尝试了将近二十种能与灵能发生共鸣的晶体，最终找到了最适合这次任务的材料。

"精美绝伦。"我接过符文杖说道，"你最后用的是什么材料？"

"还能是什么？"他说，"我用那块魔晶雕刻出了你头颅的形状。"

第二十章

在炮艇停靠许久的停机坪上，布尔来为我们践行。纳尔和费希格将最后的行李扛进了艇舱。前一天晚上，我们终于打破了长久以来的沉默，通过星语者向帝国联合矿业公司、奥塔格钜素专营公司、机械神教和帝国当局汇报了辛卡尔矿区的近况。等到相关方抵达时，我们恐怕已经离开多时了。

埃莫斯与布尔道别后，向炮艇走去。

"没有什么能表达我的感激和不舍。"我对神甫说。

"我也是，艾森霍恩。那个囚犯……如何处置？"

"请按照我的要求做。至少给他活动的能力，但除此以外，什么都别给。他永远都是一个危险至极的灵魂。"

"很好。我期待能收到你的捷报，艾森霍恩。"

"愿万机之神和帝皇庇佑你，吉尔德。"

"谢谢。"他说。随后补充了一句令我十分惊讶的祝福，因为他素来只相信技术力。

"祝你好运。"

我走向炮艇。他久久注视着我，随后消失在了舱门后。

这是我最后一次与他相见。

伊森号从辛卡尔出发，全速前进，驶入了朦胧星域的浩瀚星海。这是一场为期三个月的长途跋涉。我们沿途只停靠了两次。

第一次是在英莎鲁斯，我们停靠在轨道边缘，将早已准备好的联络函全部寄出，一共二十封。因沙贝尔和费希格也在那时离开了队伍。因沙贝尔需要赶去埃尔瓦拉的教廷星，并在那里开展我安排给他的工作；费希格则根据我们的计划直接返回卡迪亚。这次离别将长达几个月，甚至几年时间。那是一次伤感的告别。

我们第二次停靠是在帕罗巴拉。这个世界位于朦胧星域的边缘，商船、货船和雇佣兵武装船熙熙攘攘。到这里已经无法回头，我与贝坤、纳尔和埃莫斯各自分头行动，他们潜回到了赫里甘次星区的各个世界。贝坤的目标是梅西纳，而埃莫斯则在纳尔的保护下抵达了古德伦。这又是一次令人难过的分别。

圣锤

伊森号朝着奥布尔·因梵塔的方向继续前行。这是一段孤独的时光。每天晚上，我和剩余的同伴们就会相聚在马希拉的餐厅里共进晚餐，我自己、米迪亚、马希拉和温格希。温格希是个沉默寡言的人，米迪亚和马希拉也失去了昔日的神采。他们都很想念团队里的其他成员，我想他们都意识到未来会有多么黑暗和艰难。

我整天都在炮艇的小型阅览室中读书，或者与米迪亚一起玩两盘弑君棋游戏。我使用巴伯瑞萨特在伊森号的货仓中练剑，逐渐熟悉并掌握剑刃的重量和平衡。虽然与卡瑟的剑术大师相比不值一提，但我的剑招还算得上犀利。巴伯瑞萨特是一柄削铁如泥的神兵。在磨合的过程中，我和剑刃都在熟悉彼此。不到一周，它就开始响应我的意志，剑身上的符文闪烁着夺目的灵能光芒。它形成了自己的意志，被我握在手中挥舞之时，一旦来了兴致便不会轻易停下。它渴望鲜血……或者不是鲜血，那么至少是战斗的乐趣。有两次，米迪亚走进船舱，想问我是不是愿意下两盘弑君棋，我不得不用力拉扯剑柄，免得剑锋向她刺去。

剑刃的长度是一个问题。我从未用过这么长的剑。舞剑的过程中，我担心会伤到自己的手脚。但好在熟能生巧，我也很快体会到了这柄剑的精妙之处：剑身修长却挥舞自如，能够轻巧地发出密集的点刺。不到两周，我就掌握了旋剑技法。长剑会在我的手中或摊开的手掌上旋转，护手两侧圆球如同陀螺仪的表盘般飞速舞动。我认为这都是巴伯瑞萨特教我的。

我同样会练习用符文杖，尝试适应它的触感和平衡。尽管我的敌人体形巨大，往往飞舞在三四米远的半空，但我能够将意志之力通过双手注入杖身，并通过水晶头骨汇聚为闪电轰击，在坚硬的甲板上砸出深深的凹痕。

当然，这并不是我用符文杖的主要目的。

在第十二周结束时，我们抵达了奥布尔·因梵塔的圣殿世界。我在这里有三个任务，其中之一便是为我的动力剑和符文杖赐福。

在温格希和米迪亚的陪同下，我们从伊森号出发，乘坐一艘不起眼的小艇向地表行驶。为了掩人耳目，我们并没有选择炮艇。我们此行的目标是位于炙热的西部大陆的艾泽拉珀里斯——奥布尔·因梵塔的万座圣城之一。

第二十章

奥布尔·因梵塔是一个由国教直接统治的世界，以无数的圣殿闻名于世。每一座圣殿都供奉着一名帝国圣徒，同时也是周边城邦的心脏。教会之所以选择这里作为圣殿世界，是因为它与泰拉和艾维诺处在同一条轴线上。这里最受欢迎的圣殿城市位于大陆东海岸，每年数以十亿计的信徒纷至沓来。而艾泽拉珀里斯则地处偏僻地带。

圣徒艾泽拉于 M40.670 年殉道。他是象征着事业和启航的圣徒，而这种含义十分符合我现在的追求。以他命名的城市用钢铁、玻璃和石块修筑而成，在中西部的平原上拔地而起，在炙热的阳光下闪烁着剔透的光泽。

我们降落在艾泽拉平原上的一处简陋停机坪，加入了朝圣者的队伍，和他们一起沿着环状阶梯向教堂行进。多数人都穿着和圣徒本人一样的黄色衣服，或者将黄色布匹或飘带挂在衣物上作为装饰。尽管烈日当空，酷热难耐，所有人都托着点燃的蜡烛或油灯以示虔诚。艾泽拉曾经许诺世人，将永远在黑暗中点起明灯，照亮启航者的前路，因此，他的圣殿颜色是耀眼的焰黄色。

我们做了充分的准备。我穿着一套黑色亚麻外套，系着一条黄色的丝绸腰带，手中握着一支燃烧着的祈愿蜡烛。温格希身穿一身仿佛黎明之光般淡黄色的长袍，手中托着一尊圣徒的石膏雕像。米迪亚穿着一件深红色贴身皮衣，外罩上绣着黄色双头鹰标志。她推着装载着巴伯瑞萨特和符文杖的黄色天鹅绒推车。朝圣者通常会携带自己的世俗用品进入艾泽拉圣殿，以期在行动或者旅途开始前得到赐福。我们很快就融入一群汗流浃背、面容焦虑的朝圣者队伍中。

在阶梯顶端，我们走进了一条凉爽的街道，两侧的建筑洒下的阴影笼罩着我们。晌午时分，教会唱诗班在高耸细长的塔楼顶部平台上歌唱。庄严肃穆的钟声响起，成千上万的沙雀从城市广场的三座笼子中被放出，赭石色的密集鸟群在我们头顶和四周盘旋，发出慌乱的啼鸣。在沿海的基因农业区，有专业的鸟舍负责大规模饲养这些沙雀。人们每天都会成批地采购这些沙雀，一批就足有一百万只。这些鸟儿并不是当地物种，在被放出后根本无法生存，不出几小时就会在干涸的沙漠中大规模地死去。据报道，艾泽拉珀里斯四周的平原上堆积着大量的鸟类尸骸，白色的骨骼和闪亮的羽毛厚得足以漫过脚跟。

然而，它们成群起飞的壮观景象却是事业与启程的象征。因此，每天中午都有百万只鸟儿在这里起飞，并迎接死亡。每次遇到这样的事，我都忍不

住想提醒教会留意这背后的可怕讽刺。

我们望着圣艾泽拉大教堂，它是城市西侧最重要的寺庙之一。我们经过的每一个屋檐和墙头都栖息着沙雀。它们叽叽喳喳地蹦跳着，在我看来，都在表达愤怒。

这座大教堂气势恢宏，是一座在三十年前竣工的低哥特式建筑，建造的资金由牧师和神甫募集而来。每一位进入教堂的游客都必须将两枚高面额的硬币分别投进位于楼梯入口两侧的功德箱中。一名身穿黄袍的牧师在一旁监视每个人的举动。左边的箱子用于维护和建设城市内的庙宇，右边的箱子则是购买沙雀的资金。

我们走进了圣艾泽拉教堂，在凉爽的大理石中堂穿梭。信徒们在弯腰祈祷。毒辣的阳光透过巨大的彩色玻璃窗，将中堂里的一切染得色彩缤纷。凉爽的空气弥漫着甜木火炉散发的香甜气味，唱诗班的歌声营造出了欢快的氛围。

我示意米迪亚和温格希在一座陵墓旁的拱门下等候。那座墓碑上刻着一名暗鸦守卫战团星际战士的塑像，他的双手在胸前摆出的数字象征着他阵亡在哪一次远征中。

我找到了大教堂的教长，向他说明了来意。他一脸茫然地看着我，伸手摆弄着黄色的长袍，但我很快就明白了他的意思，将六枚大额硬币塞进了他一旁的施舍箱，当然，另有两枚硬币被我塞进了他的手里。他将我领到赐福圣坛前。我转身挥手示意同伴跟在身后。我们一进门，他就拉上了窗帘，开始祷告。见到仪式开始，米迪亚连忙拆开了武器外包裹的布匹，将它们放在圣水盆的边缘。教长口中念念有词，双眼紧盯着那本敞开的书籍，似乎生怕错漏任何一行文字。他随后举起一瓶用于涂抹符文杖和巴伯瑞萨特的圣油，将瓶盖拧开。

"吾以帝皇之名赐福此物，携此物者不得心生贪念，不得心存妄意，汝可愿宣誓？"

我意识到他正在看着我。我抬起头结束叩拜。贪念、对禁忌学识的渴求、对复仇的欲望，我敢立下这个誓言吗？

"请回答。"

"吾心无贪念，目的纯净。"

他点了点头，赐福仪式继续进行。

我的第一个任务完成了。我们在教堂前的院落中穿梭。

"把这些武器放回到飞艇上，注意安全。"我对米迪亚说着，指了指推车上包裹着的武器。

"什么叫贪念？"她问。

"不用介意。"我说。

"你刚刚撒谎了吗，格雷戈？"

"闭嘴，赶紧照我说的做。"

米迪亚推动滚轮，穿梭在朝圣者的人群之间。

"她是个观察敏锐的女孩，异端。"温格希低声说。

"你也闭嘴吧。"我说。

"我才不会。"她反驳道，"是时候了。"

"什么？什么时候？"

"在我的梦中，我看到和你在一座帝国祭坛前一起祷告。我看到了刚刚发生的一切，然后死亡会降临在我头上。"

我看着沙雀在庭院上空盘旋。

"这只是既视感。"

"我知道既视感和梦境的区别。"温格希苦涩地说，"我知道既视感和预言的区别。"

"帝皇会注视我们每个人。"我宽慰她道。

"我知道，他在注视着我们。"她说，"但我认为他并不总是爱着他注视的一切。"

我们在院落等到了傍晚，从街头小贩手中买来了热腾腾的面包、切成小块的沙拉和甜到发腻的咖啡。温格希吃得很少。在黄昏的斜阳下，两侧建筑的影子被拉得又细又长。我与米迪亚取得了联络。她已经安全返回了小艇，随时候命。

我们在等候第二项任务的开始。这是我约定的时间，距离具体的小时已经十分接近。在我发送的二十封联络函中，其中一封被递交给了审判官格拉杜斯。格拉杜斯是我敬佩的同僚之一，三十年前曾经与我一起粉碎了佩·劳的阴谋。奥布尔·因梵塔属于他的辖区。我在联络函的正文中详细陈述了我的近况，并请求得到他的支持。我恳请他来这见我，此时此地。

和我寄出的其他十九封信函一样，这封信也关乎信任。我选择的二十名联络对象都是我认识的人当中最无可非难的。无论他们如何看待我，都会尽量响应我的号召，参加与奎索斯有关的情报讨论。如果他们拒绝了我的提议，也无伤大局。我确信他们之中不会有人主动告发或将我缉拿归案。

我们等待着。我有些焦躁……自从庞提乌斯·格劳在我的脑海中植入了那些黑暗而诡秘的念头，我时不时感到心烦意乱……我已经连续四周没有睡过一个安稳觉了，情绪很不稳定。

我认为格拉杜斯会应邀出现，或者至少给我捎个口信。他本人或许有要事缠身，或许忙于自己的重要任务。但我不认为他会有意忽视我。我在来来往往的人群中寻找他那张长发虬髯的面孔、那身灰色长袍和标志性的钉棍。

"他不会来了。"温格希说。

"哦，歇歇吧。"

"求求你，审判官。我想离开。我的梦境……"

"你为什么不愿意相信我，温格希？我会保护你。"我说着，解开黑色的亚麻外套，给她展示我藏在左臂下方枪套内的激光手枪。

"为什么不相信？"她一脸怒容，"因为你在玩火，你已经越界了。"

我犹豫了。"你为什么这么说？"我问道，庞提乌斯的话语萦绕在我的脑海。

"因为你确实这么做了！异端！该死的异端！"

"住口！"

她跌跌撞撞地站起身，身体在长凳上磕碰了几下。朝圣者们听到声音，好奇地回头探看。

"异端！"

"停下来，塔萨拉！坐下，没有人会伤害你！"

"你当然这么说，异端！你害了我们所有人！而我要替你付出代价！我在梦境里看得清清楚楚……就在此处，就在此时……你对圣坛撒谎，空中盘旋的鸟群……"

"我没有撒谎。"我说着,将她拽到长凳上。

"谁?格拉杜斯?"

她摇了摇头。"不是格拉杜斯,他永远都不会来了。他们都不会来。他们读完你信誓旦旦的乞讨信,马上就会付之一炬。你是个异端,没人愿意和你打交道。"

"我对他们都很了解,温格希。他们当中没有一个人会忽略我的信件。"

她转过头看着我的脸,头颈部位的机械发出嘶嘶声。她的眼中满是泪水。

"我很害怕,艾森霍恩。他就要来了。"

"谁?"

"那个猎人。我在梦中见过他。一个猎人,隐遁在虚无中,无声无息。"

"你太焦虑了。既然如此,跟我来吧。"

我们走回到圣艾泽拉大教堂内,在一排忏悔室外坐下。黄昏的阳光斜射进窗户。圣徒的雕像矗立在十字架后方,看上去庄严肃穆。

"现在好些了?"我问。

"是的。"她啜泣着说。

我时不时环顾四周,希望能看到格拉杜斯。一队队朝圣者正前往礼拜堂参与晚间祭典。

或许他不会来了。或许温格希说得没错。我是一名流亡者,即便在昔日的老友和同事眼中,我也已经无可救药。

或许格拉杜斯在读完了我那封信后,就咒骂着把信抛到了一旁。或许他已经将信转发给了法务部……或者国教……或者审判庭的内部纠察办。

"再等两分钟。"我安慰温格希,"然后我们就走。"距离我和格拉杜斯约定的时间已经过去许久。

我环顾四周,看到朝圣者正涌进大教堂的主门。

拥挤的人群中有一个足以容纳一个人的缺口。缺口十分明显,朝圣者们在四周推搡却没人占据那个空间。

我瞪大眼睛仔细观察。那个缺口处闪烁着能量,仿佛是镜面边缘透过的闪光。

"温格希。"我低声道,伸手握住了手枪。

一发爆矢弹从那处空缺方向朝我呼啸而来。现场朝圣者们顿时乱了方寸，惊慌失措地向四周逃窜。

"就是那个猎人！"温格希说，"隐遁在虚无中！"

对方确实隐遁得很好。当他的镜面护盾被激活时，便会消失不见。只有武器会折射反光。

教堂内陷入了大规模的恐慌。朝圣者们在逃跑的过程中，时不时发生相互踩踏。

忏悔室的后侧木板被几发爆矢弹轰成了碎片。

我沿着走廊举枪还击，激光火力向对方呼啸而去。

"尖刺呼叫神盾，后方有胆小猎犬出没！"

这是我能发出的唯一信息。一发爆矢弹擦过我的脖颈，将我掀翻在地，子弹击碎了我耳边的通信装置。

我在大理石地板上翻滚，鲜血洒了一地。

"艾森霍恩！艾森霍恩！"温格希先是尖叫，随后转变为撕心裂肺的呐喊。

我看到她的身体砸在了忏悔室的木头镶板之间，镶板均已断裂。一发爆矢击中了她的腹部，血流如注。她在一地的碎木片中抽搐着，口中发出呜咽声。

我试图匍匐到她身前，但能够作为掩体的长椅也被刚刚的轰击炸断了。

我抬起头。猎巫人阿诺·坦塔利德解开了身上的镜面护盾，低头看着我。

"艾森霍恩，你这个可悲的异端。你罪无可赦，罪诏已经说明了一切。以神圣教廷的名义，我特来取你性命。"

第二十一章

圣艾泽拉教堂里的死亡

漫长的追猎

五人密会

他究竟是如何找到我的，至今仍然是一个谜。但我相信早在我们动身前往辛卡尔之前，他就已经在追踪我的动向。他准确地在那个时刻、那个地点出现，足以说明他截获了我发给格拉杜斯的联络函。倘若他当时抓住机会，选择直接用爆矢枪将我击毙，一切就都结束了，他将获得最终的胜利。

然而，坦塔利德却不满足于此。他将爆矢枪放进枪套中，抽出了那把古旧的链锯剑——提奥芬图斯。他要用那柄神圣的武器将我正式处决。

我举起激光手枪，向他连续射击，激光弹冲击得他连连后退。他身材干瘪，但一身金色铠甲却显出星际战士一般的魁梧。铠甲轻易地吸收了激光弹的伤害，只有纯粹的惯性推动着他退了几步。

我找准机会一跃而起，再次对他开火。随后沿着大教堂悬挂着使徒书信的墙壁奔跑。信徒们和神职人员仓皇逃窜。提奥芬图斯的链锯齿正在吟唱，猎巫人提剑向我挥来。坦塔利德口中不住地念诵着《讨逆檄文》。

"住口！"我说着，动用意志之力。

灵能冲击出其不意，他立刻噤声。但他始终受到反灵能力场的保护，很快就抵消了我让他住手的命令。

链锯剑的锯齿飞速旋转着。我难以抵挡，连忙跃到一旁。剑刃将长椅上的横板劈成了两截。他摆臂挥剑险些击中我，但我闪避到了一根墩柱后侧。石墩替我挡下了这一击，碎石与火花四处飞溅。

温格希仍然在痛苦地呻吟。这声音令我感到一丝寒意的同时，也燃起了我的 腔怒火。我刚要举枪射击，不料枪口却发出了无力的嘶嘶声，手枪动力不足，动力电池已被耗尽。我放低身子，找准时机快速穿过他的身侧，从后方将他紧紧抱住。这是一个绝望的战术。我没有任何铠甲，更没有足以钳制或伤害他的力量。他的铠甲给予了他压倒性的优势。他伸出戴着钢铁拳套的手将我从身后扯下来，扔向一旁。

我的外套被撕成了烂布，而我重重地从石柱上摔落，撞在忏悔室背板上精致的浮雕上。我刚想从木头碎屑中爬起，那柄链锯剑已经向我挥来，在教堂的地板上咬出一道深深的凹痕。

我从他身边快速跑开，穿过南侧的过道，朝着教堂主厅狂奔。两名教会民兵向我跑来，试图拦住我的去路。他们显然是为了谋求晋升的机会，特地赶来协助国教猎巫人。两人身穿艾泽拉的黄袍，一手握着带钉刺的短棍，一手提着寺庙里常见的灯笼。

我想他们不久就会为自己的"热心肠"而后悔不已。

我索性没有使用意志之力。当时的我感到怒不可遏，根本无法心平气和地动用灵能。我侧身避开第一根短棍的袭击，捏住那只握着棍柄的手，将对方的腕部折断，一脚将对方踢翻在地。那根短棍在半空中旋转，我伸手抓住握柄，对准另一人挥来的武器向下砸落。他被自己的力量弹开的一瞬间，我用刚刚缴获的武器猛击他的膝盖，他痛苦地尖叫，仰面摔倒在地，武器也脱了手。他又试图用寺庙的灯笼来砸我。我夺过灯笼，连踢他的肚子，他蜷缩成了一团，大口喘息。

前一个人挣扎着爬起了身，向我跑来。我侧过身，用那个灯笼砸在了对方的脸上。两盏灯同时熄灭了。

坦塔利德向我扑了过来，我感到地面都在震颤。我用舞剑的手法挥舞着手中的短棍，格开了他的第一次进攻。短棍是用铁环固定的硬木制成，虽然结实，却远远不敌链锯剑。经过三次交锋，短棍已经被砍得木屑四溅。我将它扔到一边，从教堂主厅大门旁的墙上扯下了一根立柱。提奥芬图斯剑几下就把柱子外侧的绣花布和木框撕成了碎片。我手里只剩下一根3米长的铸铁杆。

我挥舞着铁杆，一端向坦塔利德的脑袋挥去，然后另一端旋转着笔直地砸向对方的臀部。随后，我像挑动长矛一样，将棍尖猛地刺向他的胸口，在胸甲上留下了一处凹痕。

他狂怒地举起提奥芬图斯剑向我反击，一剑将我的铁杆削去了半米。我用一只手挥动剩下的铁杆，狠狠地砸在他的脸颊上，血液从他的耳朵里流淌出来。他怒吼一声，挥剑朝我斩落，这一击险些卸掉我的整条胳膊。

我第三次进攻，试图继续攻击对方的头部，但没有成功。他已经熟悉了我的套路，用链锯剑格开了我的攻势。链锯剑的利齿卡住了长杆，我想用力拔出，但巨大的惯性将铁杆抛向了半空。它落到远方的长椅后，叮当声在空旷的走廊里回荡。

我向后闪避，但锯齿已经切中了我的右肩，顷刻间就划开了我的皮肉。我按住伤口，躲开了下一剑。提奥芬图斯剑将我身后的圣徒艾泽拉的宽恕者雕像直接斩首。

无论我如何反抗都无济于事。他的武器和铠甲占尽优势，而我已经负伤，流血不止。这意味着我的体能会越来越差，总有一刻会力竭被杀，而他只需要持续对我施加压力。胜负已定。

我隐约听到大教堂门外又发生了一场骚动。朝圣者和神职人员原本聚集在门外观察，此刻纷纷四散奔逃。一个人影冲出人群。

是米迪亚。

她沿着主路跑来，一边喊着我的名字，一边用针刺手枪击中了长椅上方的坦塔利德。子弹将他的铠甲砸出了一个深坑，他愤怒地转过身。

坦塔利德抽出了爆矢枪，向米迪亚的方向开了几枪。米迪亚将手中的物件抛了过来，随后猛地下坠到一排破损的长椅后，从坦塔利德的视野里消失了。我暗自祈祷米迪亚是故意下坠的，倘若她被爆矢击中，后果不堪设想……

她扔出的物件在长椅顶端弹了一下，随后落在我身旁的地板上。黄色的裹布已经解开。

是巴伯瑞萨特。

我冒着被链锯剑肢解的风险，扑向了那柄卡瑟的利刃。我双手握住剑柄，用两次翻滚避开了提奥芬图斯的连续进攻。

巴伯瑞萨特在我的手中发出了蜂鸣，符文上闪烁着渴望复仇的光芒。

坦塔利德立刻意识到战局发生了质变，眼中露出了恐惧。

我的第一剑切断了他的手腕，连同动力装甲的袖口一起斩断。他的一只手掉在地上，断手仍然握着那把冒着青烟的爆矢枪。

我的第二剑与提奥芬图斯剑正面交锋。链锯剑被直接解体，链锯的锯齿和内置的机械装置四处迸裂。

圣锤

我的第三剑劈中了坦塔利德的左肩，剑刃沿着躯干一直切到了腹腔，将他一分为二。猎巫人的两半身体滑落在教堂的地板时，一点声音都没有发出。

巴伯瑞萨特因为兴奋而发出响亮蜂鸣。当米迪亚从唱诗班的站台后方安然无恙地站起身时，我不得不用力压低饥饿的剑锋。

"快走！"她说。

温格希已经死了。一切为时已晚。然而在这件事发生前，我能做的事却很多。她是对的，至少在这件事上完全正确。她对自己命运的预言完全正确。我不敢想象除了这件事以外，她说的话还有多少是真的。

就在坦塔利德发起第一次袭击时，我匆忙之间发出了一组格罗西亚暗语。米迪亚顾不上当地的官方警告，驾驶着飞艇从城外的艾泽拉平原起飞，向教堂的方向直冲过来，最终在圣艾泽拉教堂的庭院里强行着陆。

我们跑到门外时，夜幕笼罩，围观的人群见我们跑了出来，纷纷避让。当地的法务部人员和教会民兵站在对岸，警戒地与我们对峙。这种面对面的冲突毫无意义。

伴随着引擎的轰鸣，米迪亚驾驶着飞艇全速驶离了奥布尔·因梵塔，向伊森号前进。

一片混乱。在圣殿世界的经历令我感到一丝沮丧。我们从辛卡尔出发时的自信，此刻已经荡然无存。奥布尔·因梵塔只是我们在漫长行动中的第一步，却因为坦塔利德的出现而以失败告终。我没能联系到格拉杜斯，尽管我一直小心谨慎，但我发出的联络函仍然有漏洞。我原本的第三项任务是在帝国档案馆中搜索与奎索斯有关的情报，可甚至连开始的机会都没有。

至少我的武器已经接受了赐福，而巴伯瑞萨特的表现令我尤为欣喜。

教会民兵的护卫舰和几艘帝国海军护卫舰试图拦截伊森号，但马希拉的导航员赶在敌舰靠近之前就将我们送出了这个星系。其中几艘战舰一路尾随我们进入了亚空间，他们连续八天穷追不舍，直到马希拉在跃入现实空间后减速并重新调整了方位，我们才摆脱了追踪。

我们中途在多个世界着陆。先在农业世界的一处科技水平较低的贮藏区停留了一个月，又在柯伊尔星的自动侦察站等候了两个月。我们常常在潜伏在阴影中，静静蛰伏，直到排除了所有可能出现的对手后才行动。那是一段安静的时光，虽然危机四伏，烦恼却并不多。马希拉在昔日的职业生涯中练就了一身瞒天过海的本领。如今他在这方面的技能得到了充分的发挥，我可以安心进行交易。

第二十一章

在匆忙离开奥布尔·因梵塔三个月后，我们冒险抵达了格罗利森。这个贸易世界位于安提马次星区，同样隶属于斯卡鲁斯星区，距离赫里甘也只有两个次星区的距离。安提马虽然地处偏远，却十分繁荣。尽管这个世界距离古德伦和特雷锡安主星有四个月的路程，但我们仍然产生了一种回归故里的感觉。我和米迪亚乔装打扮，抵达了当地最主要的一个贸易巢都。我们在那里雇用了两名星语者，并就雇用事宜与当地的商会签订了开放式租赁合同。

两名星语者分别叫艾德格尔和尤利，都是年轻男性，都掌握灵能，但头脑迟钝，面无表情。他们的头发被剃光，插满了崭新的接口。他们与我沟通的语音过于正式，就像是两只熟记礼节用语的鹦鹉。但他们的眼睛被黑暗笼罩，皮肤也失去了年轻人应该有的光泽。残酷的星语者生活正在损耗他们的心智与健康。

在二人的帮助下，我又发出了新的联络函，替代了原来的信件，并修改了之前发布的计划内容。直到此刻，我还没有收到任何回应，也没有与格拉杜斯会面之类的进展。但我不打算放弃。

一周后，新的联络函没有获得任何回应，我们就离开了格罗利森，途经米莫农，抵达了安提马次星区的首都世界萨鲁姆。我在当地的图书馆取得了一些进展，但一名研究性休假中的告解官对我产生了怀疑并开始跟踪我时，我就立刻撤离了那里。

就在我们停靠在萨鲁姆的当天，我收到了第一批回信，每一封回函都经过了加密，来自梅西纳的贝坤，以及古德伦的埃莫斯。根据二人的报告，计划的进展比我想象中顺利得多。两天后，埃尔瓦拉的因沙贝尔也发出了一条有些杂乱的星语者信号。能够辨认的部分文字，似乎表明我们取得了一部分成功。我迫不及待地想知道更多的进展。

我们离开萨鲁姆的一周前，我又收到了经过匿名处理的两封回信——

封来自特雷锡安主星，另一封则来自欧非狄安次星区隶属于萨里斯行省的奴隶世界。从两人的措辞和加密风格，我立刻认出了发送人。

我感到精神振奋，斗志昂扬。

然而，在这些进展之后，局面再次陷入了停滞。没有更多的通信来往。当掠夺者舰队的战船靠近时，我们迫不得已地撤离了萨鲁姆，前往下一站罗尔文。如今，我才知道罗尔文当时与萨鲁姆和菲米丝主星一样也在举行舰队演习。那是为了应对突然闯入次星区境内的两艘混沌战舰而采取的重大部署措施之一。尽管与我们无关，但我们还是被迫遁入一个无光星系的褐矮星和黑矮星之间，度过了焦虑而无助的十三周。

在驶向德雷尔群星的过程中，我们在亚空间航行时又迎来了一年一度的圣烛节。米迪亚、马希拉和我共同度过了这一天。只有我们三人。两名星语者和伊森号的领航员并没有应邀参与。我们举起酒杯，共同庆祝迄今为止取得的成功。倘若当时的我知道还有整整一年才能完成计划的最后一步，恐怕晚宴上的我不会那么慷慨激昂。

在 M41.342 年的前四个月，我在德雷尔二号星臭气熏天的沼泽地里寻找著名的德雷尔隐士卢卡斯·卡西安，结果却一无所获。在此过程中，我得知他在四年前遭到了某个独尊派组织的刺杀。在那场行动中，我破坏了在沼泽地肆虐的瘟疫恶魔邪教活动。这件事情本值得大书特书，但我将这起案件单独记载在审判庭的档案中，与本书要记录的事件没有任何关系。我仍然认为将这些经历赘述是对精力和时间的浪费。我也不会在这里讲述同期发生的其他故事：拿图恩·因沙贝尔在埃尔瓦拉的奇特冒险，或者哈伦·纳尔在比慕斯三星令人惊叹的经历。尽管它们都和本书的事件有间接的关联。因沙贝尔已经清晰地记录了自己的经历，其中不乏对冒险过程的精彩描述，我认为很多细节都很耐人寻味。纳尔则直接要求我不要将他的故事写在这里，而且永远不要用任何形式进行记录。你如果想听他的故事，要么把他打得心服口服，要么就花足够的钱，让他喝得心服口服。

这段时间里，我仍然是帝国的在逃重犯，因为异端行径遭到了审判庭的全面通缉。有趣的是，我公开征讨奎索斯的革职罪诏并没有遭到审判庭的驳斥或推翻。

M41.343年的上半年很快过去了。伊森号载着我们抵达了塞萨隆——毗邻长庚星的封建世界，位于赫里甘次星区。纳尔选择了这颗不起眼的星球作为我们秘密集会的地址。他率领了一支二十人的作战小队，赶在其他人员之前一周抵达，以确保现场的绝对安全。他的准备工作做得周密而巧妙。没有人能在他不知情的情况下进入该区域，更没有人能做到这一点。但凡出现了外部干扰或官方干预的迹象，我们就会立刻接到他的通知，并有足够的时间撤离。

作为最后的预防措施，我被要求最后一个抵达。

塞萨隆是一个生活艰辛的小型世界。当地居民还生活在蒙昧与黑暗的时代，甚至对帝国或银河都没有形成完整的概念。

会议地点设立在第二大洲北部的废弃要塞中，距离最近的原住民住宅区将近两千公里。毫无疑问，独自放牧的牧民或勉强自给自足的农夫或许在半空中看到了我们船只的光亮，但对他们而言，那些光亮不过是众神传达的预示或神兽们闪烁的眼睛。

傍晚时分，米迪亚将我安置在一片针叶林的边缘，随后驾驶炮艇驶向半空作为掩护，随时候命。两年多以来，我第一次重新穿上那件黑色皮革风衣，第一次自豪地佩戴上审判庭徽章，第一次作为审判官出现在其他人面前。我还戴上了彰显信仰的徽记，上面刻着"纯净"。我在心中暗自咒骂那些认为我配不上这两个字的人。

纳尔穿着战斗铠甲，胳膊上挎着激光卡宾枪，在树林外向我招手致意。我们热情地握手。看到纳尔让我的心情好了许多。我确定他的部下就在四周，隐藏在黑暗之中。

纳尔带着我穿过那边漆黑的树林，从边缘的一处缺口走了进去，高耸的松树顶端环绕出一个完美的淡紫色椭圆，椭圆内填满了闪烁的群星。废弃要塞乍看之下像是一堆杂乱堆叠的灰色石块孤零零地立在空地上，低矮狭窄的窗户上帽式台灯发着微光。

我在纳尔的陪同下绕过了要塞四周的传感警报系统、三角铁丝网和动态捕捉仪。我个人军火库的伺服颅骨在阴影中盘旋，时刻保持着戒备。

贝坤和埃莫斯正在破败的入口处等候。埃莫斯看上去脸色苍白、忧心忡忡，但他看到我的一刻立即露出了温暖的笑容。贝坤紧紧抱住了我。

"有多少人？"我问她。

"四个。"她说。

不多也不少。一切取决于是哪四个人。

"其他任务呢？"

"我们已经做好了全部准备。随时可以开始会议。"埃莫斯说。

"我们找到目标了吗？"

"找到了。我们会和每个参会者同步进展。"

"很好。"我略停顿，"还有什么是我需要知道的吗？"

三人一起摇头。

"那么，我们开始吧。"我说。

尽管采取了各种防范措施，我的生命安全还是掌握在自己手中。我自愿向审判庭的四名同僚和盘托出。我相信我们在过去积累的深厚友谊、对彼此的忠诚，要比奥斯玛对我的指控更加重要。在二十个收到联络函的人中，只有这四个人做出了回应。纳尔对每一位与会者进行了严格的审查，但他们当中任何一位，甚至所有人都有极大的可能是为了处决被称作异端的艾森霍恩而来。

事情很快就会见分晓。

当我走进那间烛光摇曳的密室中，室内原本融洽的氛围立刻被打断了。六个人同时转身看向我。费希格身穿漆黑的铠甲，微笑着对我点头致意；审讯员因沙贝尔穿着防护服，身后披着一条轻斗篷，对我低头行礼，脸上的笑容有些紧张。

其他四人平视着我。

我神情庄重地走到他们中间。

第一个人放下了栗色披风的兜帽，是泰图斯·恩多。"你好，格雷戈。"他说。

"向你致意，我的老朋友。"恩多是一年前通过匿名信与我取得联络的人之一，他刚从萨里斯奴隶世界赶来。另一封从特雷锡安主星寄出匿名信的主人站在他身边。

"康茂德·沃克。您能亲临，让我感到荣耀。"

这位面容枯槁的老者似笑非笑地看着我。"看在我们过往交情的分上。该死的莱科，考虑到这件事我也有责任，所以我来了。艾森霍恩，我要言明在先，我对这件事仍然心存疑虑。我会听完你的讲述，如果我不赞同你的计划，我会立刻离开……但不会泄露这次集会！"他语气严肃，竖起食指，"我不会背叛这次密会，但倘若我发现这场密会毫无价值，我保留离开的权利。"

"你当然有这样的权利，康茂德。"

沃克左侧站着一位高大魁梧、神态自若的人。我不认识他。他身穿棕色皮革铠甲，外面套着蓝色的骑兵长袍，将一枚银色的审判庭徽章别在左胸。他头发剃光，看不出发色，但他眼中却散发着紫罗兰色的光芒。他是一名卡迪亚人。

"审判官劳·格鲁曼。"费希格走上一步介绍道。格鲁曼握住我的手，点了一下头。

"审判长妮芙已经收到了您的来信，并命令我替她表达无法加入行动的遗憾之情。她以个人名义要求我替她参与这次行动。我将像效忠于妮芙一样，效忠于您，艾森霍恩。"

"我很感激，格鲁曼。但在会议开始之前，我想确保你知道我们在谋划什么。仅仅因为行政命令而出席本次会议是远远不够的。"

卡迪亚人爽朗地笑道："确实是行政命令。我已经与妮芙本人，包括你的部下费希格仔细审视了整件事情。我对参与本次集会的危险性不抱有任何侥幸。况且仅凭那些证据，我都有充足的理由赶来。"

"很好。非常好。欢迎你的加入，格鲁曼。"

第四位出席者的身份着实令我大吃一惊。他穿着做工精细、表面抛光、量身定制的战甲，价格不菲。他用臂铠包裹的双手摘下了双眉紧皱的犬首头盔。来人是审判官马西莫·瑞斯。瑞斯算不上是我的朋友，但我对他十分了解。

"瑞斯？"

他英气逼人、充满傲气的脸上露出了笑容。

"就像格鲁曼一样，我也带来了另一位同僚的歉意。当然，他不能参加的原因有很多，我相信你比我更清楚。罗尔金领主无法亲自前来响应你的号召。对他而言，亲临现场意味着政治层面的自杀。但我的长官对你的品性坚信不疑，艾森霍恩，我是他本次行动的代理人。"

瑞斯是罗尔金领主麾下最受器重的审判官之一。不少人曾经断言，他极有可能成为攘外修会的领主继任者。他的参与对我来说是一种极大的恭维，既来自不惜派出最得力干将的罗尔金领主，也来自甘愿冒着职业风险亲临现场的瑞斯本人。毫无疑问，二人对我发出的提案和动因都给予了高度重视。

"先生们，"我说，"能在这里与各位相会，我感到荣耀之至。让我们自由公开地讨论整个事件，我希望看到每个人的立场。"

我向众人描述案情时，窗外风声阵阵，塞萨隆的晚风正呼啸着穿过要塞四周的孔隙。因沙贝尔和纳尔将椅子搬了进来，并搭起一张沉重的会议桌。贝坤和埃莫斯按照我的要求准备好了数据、图表、文档和各种形式的证据。

我讲了整整两个小时，把我知道的所有与奎索斯有关的情报从头至尾讲述完毕。我所说的多数内容在最早的那封联络函中都有所提及，但我补充了所有的细节，并回答了在场人员的每一个问题。恩多几乎没有说话，满意地聆听着我的每一句话。在这样的会议上，有一名真正的朋友令我倍感宽慰，他毫无保留地信任我说的每句话。格鲁曼也几乎没有发言。沃克和瑞斯则不然，他们问了很多问题，并关注每一个容易忽略的细节。

来自三大修会的审判官均出席：沃克来自圣锤修会，好在他并不是贝奇尔的核心成员；瑞斯和我来自攘外修会，格鲁曼和恩多效忠于异端修会。除了格鲁曼，我们都在赫里甘次星区审判庭担任要职。出席者中，只有恩多没有佩戴审判庭徽章，尽管他向来以着装考究、重视礼节著称。

我认为我的讲述有足够的说服力。

两小时后，我们决定休息片刻，舒展筋骨，吃一些点心。我走向门外，呼吸着夜间冰冷清澈的空气。针叶林在晚风的吹拂下沙沙作响，费希格向我走来，递过一杯酒。

"妮芙的处境不容乐观。"他说。此前，他专程从辛卡尔回到卡迪亚收集更多数据，并专门负责与审判长联络。

"因为我？"

他点了点头。"因为发生的一切。在我们将你从群岛死牢中解救之后，奥斯玛暴跳如雷。毕竟，他身后有贝奇尔和奥尔西尼两人撑腰。据我所知，妮芙的顶头上司，卡迪亚审判庭的努图姆大宗师对此事也十分关切。他们已经派人审查她的工作，但他们一无所获。妮芙是个十分精明的人。相信我，她在千方百计地帮你。"

"她安全吗？"

"安全。敌人在八个月前大规模入侵。卡迪亚之门的战况十分焦灼，陷入了长时间的混乱。高层都疲于奔命，很少有人再去关注'艾森霍恩阴谋'中妮芙可能扮演了怎样的角色。"

"'艾森霍恩阴谋'？"

"他们是这么叫的。"

我呷了一口酒，本以为会品尝到粗犷的当地风味，不料却是上好的萨玛特红酒。我猜是从自己的酒窖里拿来的。

贝坤十分擅长打理这方面的工作，用最好的东西招待我们的客人。

"至于格鲁曼，他怎么样？"

"我和他相处了很长时间，格雷戈。"费希格说，"头脑聪明，知道他自己在面临什么。妮芙面临的审查让她无法抽身，所以选择了格鲁曼。如果格鲁曼资质平庸，不会被委以重任。他们二人很久以前就已经共事，而格鲁曼参与这次行动，完全是出于对她的尊重。来这里的路上，我们花了很长时间讨论案件，我认为他这么做不仅是为了完成任务，更是为了他自己。"

"很好。其他人呢？"

"沃克能来真是出乎意料。"他哼了一声，"当你说他也在联络人名单上的时候，我还以为你疯了。当然，你写信给罗尔金领主更加疯狂……不管怎样，我真的没想到那个老家伙会来，甚至屈尊响应你的号召。他是个顽固的老骨头。我猜测他对你十分信任，远远胜过他表现出来的程度。"

"我们彼此还算得上信任。"我说。我曾经在圣镰号上救了沃克一命，但他在特雷锡安的阅兵大道上也救过我。这样的生死经历足以说明一切。

"他需要足够令他信服的证据。"费希格说，"但我认为他早已下定决心，要参与这件事。"

"是吗?"

"你看到那个叫赫尔丹的怪家伙了吗?"

我立刻明白了费希格的意思。如果赫尔丹知道这项任务,必定会极力反对,甚至会主动出击将我逮捕或击毙。沃克显然没有向他的弟子透露任何与此事有关细节。费希格说得没错。这是个好兆头。

"至于恩多,他也安全吗?"费希格问,"考虑到你们的交情,他肯定会来。"

"是啊,他让我感到踏实多了。瑞斯呢?"

费希格的声音突然压低。"他过来了。"

他退到一旁。

瑞斯手中握着酒杯,从我们身后的拱门里走出,加入我们,抬头仰望着漫天的繁星。

"我希望你能知道到自己有多么幸运。"瑞斯说。

"我很清楚。"

"你居然敢冒险联系罗尔金领主。他对你青睐有加,但考虑到当前的情势,袒护你无异于将自己置于险境。他在你的案子上和贝奇尔、奥尔西尼发生了争执。"

"他还是派你来了?"

"我直说吧,格雷戈。我觉得这么说对你有好处……罗尔金领主,愿帝皇赐福于他,派我协助你揭发并摧毁异端奎索斯的阴谋。但如果在这个过程中,我发现了任何能够证明你是异端的证据……"

"怎样?"

"你应该知道。"

"你会担任他的刽子手。你会帮我……但如果我在你眼中做出了越界之举,罗尔金已经授权你将我就地正法。"

他举起酒杯。"我想我们都知道自己的立场了。"

确实如此。我终于领会了罗尔金的意图。他之所以派出了手下最得力的干将,原因不止一个。我一言不发。瑞斯笑着,回到了座位。

我们围坐在会议桌四周,继续讨论。我发现会上讨论的多数问题,尤其是沃克和瑞斯的问题,都太拘泥于不必要的细节。

终于,在一个小时后,格鲁曼提出了最关键的问题。

"假设我们都在一件事上达成了共识,那就是艾森霍恩受到的指控大错特错,而奎索斯才是我们应该严惩不贷的对象……我们该怎么做?我们知道奎索斯在哪里吗?"

"知道。"我说。虽然我自己并不知道答案,但我的队友们在过去两年为此事不懈努力。数十名探员在成百上千个世界中往返穿梭,筛选数据。

贝坤适时地上前一步,在我们身边落座。

"大约三个月前,我们在研究中发现奎索斯的神秘轨迹似乎在遵循一种相对固定的路线。这条路线以马奇诺为核心。"

"尼亚德斯次星区的首都世界,隶属于朦胧星域的维瑟瑞星区。"

"您的天文知识令人钦佩,长官。"贝坤语气柔和。她将数据板发给了我们。

"从所有标记出'阿尔法'的数据文件中都可以看出,奎索斯一定在两百年前造访过马奇诺,并接触到当地的贸易公司和世袭贵族建立的商业联盟。这个联盟被称作'秘径'。这个'秘径'组织实质上是一条用于交易、运输禁忌之物的网络。奎索斯本应将其付之一炬,但他并没有,相反,他选择继续支持'秘径'的发展。他以这个组织为雏形,基于自己的黑暗信仰建立起了一个看不见的帝国。这不再是所谓的商业联盟,而是一个邪教,奎索斯的邪教。"

"为什么我们认为他还在那里?"瑞斯问。

"我们认为他在那里建立了一座隐蔽的要塞,长官。"贝坤说,"'秘径'的范围已经遍及整个星域,甚至触及了帝国的其他疆域。马奇诺是它的心脏。在 M41.239 年,审判官赫崔斯·卢庚伯劳和他率领的一支大约六十人组成的部队在马奇诺全部失踪。他们至今下落不明,但审讯员因沙贝尔找到了录像……哦,不对……是从一份录像中还原了一部分文本信息——这段信息是卢庚伯劳受到袭击时录制的。"

我快速阅读了那段文本。那段文字令人战栗。"你是从埃尔瓦拉获取这份材料的?"我问。

因沙贝尔坐在房间后排,闻言起身走出一步,脸颊通红。"不是直接获取的,长官。它是从费博思二星的审判庭数据库中搜集到的。获取的过程十分曲折,虽然那是个很好的故事,但时间关系,我就不赘述了。"

因沙贝尔说得没错,正如我所说的。他那段惊心动魄的经历写成故事必定会大受欢迎。我强烈建议你有时间读一读。

"我们认为卢庚伯劳当时正在追猎奎索斯，尽管他或许根本就不知道对方是谁。"贝坤继续阐述，"他和整支部队全军覆没。"

"卢庚伯劳。"沃克放下数据板，喃喃道，"我从未见过他。但他是我一位已故的同僚审判官帕威尔·尤特最信任的弟子。卢庚伯劳牺牲后，尤特十分悲恸。这件事甚至缩短了他的寿命。"

沃克双眼直视着我，目光炯炯。"艾森霍恩，如果说之前我还在犹豫，此刻我已经下定决心。奎索斯必须付出代价。"

"我同意。"恩多说，他将数据板扔在桌上，表情阴沉，"至少，我们要为审判庭报仇雪恨，清理门户。"

"所以，我们的目标是马奇诺？"格鲁曼问。

"那是他们的行动基地，长官。"贝坤说，"但在一周前，我们在准备对马奇诺发动突袭时，收到了这个。"她拾起一封星语庭信函。

"请允许我读完它。"她小心翼翼地戴上半月式眼镜。

眼镜和贝坤很搭配，但我知道，她的爱美之心让她十分嫌弃这副眼镜。此刻她却当着一群人的面戴上了它，这足以说明这封信的重要性。

"信里这样写……'格雷戈，我的朋友。我始终都在关注与你有关的动态。这也是冬日午后，我百无聊赖之中唯一值得挂怀之事。马奇诺确为邪祟之徒的巢穴，理应得到审判庭的高度重视。然而，请原谅我的鲁莽建议，我认为剿灭马奇诺的邪教组织理应交给尼亚德斯的审判庭全权负责，此事并非当务之急。我分析了埃莫斯给我的全部材料，得出了以下结论。具体的论据和推导过程已经附在信件末尾。但简而言之，我认为诸君应当前往法尔尼斯贝塔星。而奎索斯对卡迪亚标塔近乎疯癫的执着，让我尤为确信这一点。'"

"'参考以下图表，我查阅了大量与石料有关的订单，可以追溯到泰拉南部的瑟雷波斯世界。当地的石匠行会十分看重合同的保密性。当地人供应一种惰性的、黑曜石状的玻璃石，被称作瑟雷波斯晶石。这是一种十分美观的素材，被广泛运用在帝国的各个领域。值得注意的是，虽然没有真正做过化验比对，瑟雷波斯晶石被认为是与卡迪亚当地的标塔材料最为接近的材质。如我所言，当地行会十分看重合同的保密性，但这笔订单涉及与其中一根标塔形状和体积相同的瑟雷波斯晶石的运输。此等规模的订单实在难以掩人耳目。这块石材有将近七百五十米长，截面刚好是四分之一平方米。奎索斯已经订购了一根与卡迪亚标塔完全相同的复制品。它已经被运往法尔尼斯贝塔星。'"

贝坤停顿了片刻，抬头看了我一眼。

"'如果您对我足够信任，请务必再信任我一次。'"她继续念道，"'奎索斯此刻就在法尔尼斯。如果你们想要阻止他的阴谋，请务必即刻动身。您最真挚的弟子与朋友。基定。'"

基定，基定·拉文纳。即使重伤瘫痪，他仍然洞察敏锐。这封信令我们的行动计划一锤定音。我眼中噙满泪水。

"后面还有附录。"贝坤说，"他写道，'恶魔宿主将是最大的难题。我认为您已有万全之策，但原谅我，还是送来了这些。二十人每人一套。'"

贝坤摘下了半月式眼镜，从座椅上站起。纳尔扛着一只板条箱，放在桌子中央。箱子里是二十个驱魔卷轴，每个卷轴都被绿色大理石封装在赐福过的玻璃管中。此外还有二十枚雕刻着帝皇颅骨图案的黄金护身符。拉文纳心思缜密，居然想到了这些细节。

纳尔将箱中的物件依次取出，将沉重的卷轴和护符分别递给我们。

"你们说服我了。"瑞斯长出一口气，站起身将护符挂在脖子上，那枚金色的吊坠悬挂在铠甲的纯净印记之间。

"我很荣幸。格鲁曼？"

"我会加入你们。"卡迪亚人说。

"来吧，让我们举杯！"我举起酒杯道，"房间里的五位审判官，还有克服千难万险、帮助我们走到如今这一步的战友们。"

贝坤、埃莫斯、纳尔、费希格和因沙贝尔也举起了酒杯。

"向法尔尼斯贝塔星进发！终结奎索斯！"

五名审判官相互碰杯。

"法尔尼斯贝塔星。"瑞斯说，"不好意思。它在哪儿？"

"就在卡迪亚之门的咽喉，"格鲁曼说，"在恐惧之眼的边缘。"

第二十二章

法尔尼斯贝塔星
切鲁贝尔和普罗法尼狄
奎索斯

在 M41.343 年初,我们抵达了法尔尼斯贝塔星。当时,卡迪亚次星区的战火仍然在蔓延,恐惧之眼中涌出了大量敌军。恐惧之眼如同燃烧的烈焰笼罩着卡迪亚众多世界,愤怒地瞪着星球上的一切,比人们记忆中的任何时候都要凶蛮。旋涡的每一次闪烁和脉动都代表着一支死亡舰队的出现。那个春天被后人称作"卡迪亚之门的据守",被永久载入帝国史册,为每个学者所熟知。

在 343 年的第一个月,卡迪亚人就遭到了三百年来最大规模的混沌入侵。

时机之巧,好像我们的敌人知道什么似的。

伊森号将我送到了法尔尼斯。我们与瑞斯雄伟、锐利的巡洋舰和沃克那艘浑身尖刺的古老战舰一起,结束了亚空间航行。恩多和格鲁曼带着各自的随行部队与我们共同搭乘伊森号。伊森号已经很多年没有载过这么多人了。

经舰队纠察部门的批准,从斯卡鲁斯舰队中借调的十艘战舰组成了一支海军特遣部队,正在恭候我们的到来。

特遣部队已经在这里驻扎了两周,为我们侦察到了地面作战时所需要的全部情报。

"我们已经锁定了'流亡者'的方位。"舰队监察官欧姆·马多辛在自己的舰船上,通过语音通信向我汇报。

"流亡者"是我们为奎索斯设置的行动代号。"或者至少他行动过的地方。我正将数据传输给你们。A 点是你们在寻找的目标。"

我坐在伊森号的华丽舰桥中,看向马希拉,他对一旁配饰精美的机仆点了点头。控制台的副屏幕上弹出了一幅地图。

"收到。"我说着，回头看向总控显示屏上马多辛模糊的图像。

"这是一组名叫"费雷尔·西多"的方山，在当地语言的意思是太阳祭坛，位于亨佳夫行省偏远的北部地区。行省政府已经宣告整片区域为圣域，因为当地发掘了第二王朝的梭罗斯陵寝，只有国教、法尔尼斯贵族王室和特批的考古学者才能进入那里。我们认为，'流亡者'大约在六年前就获得了进入费雷尔·西多进行挖掘的许可证。当地的执法部门负责监督所有的工作，但坦率地说，他们根本不知道他在里面干什么。如果您仔细看这些地图……"

"是的，我在看。"

"你能看出这些作业的规模。'流亡者'几乎在坑道旁建起了一座城镇。"

"挖掘量很大。"

"我们认为那是他埋藏标塔的地方。看不清细节。我们不想距离他们太近，免得打草惊蛇。"

我从舰桥的指挥椅上站起身，看向屏幕上监察官的脸。"你们准备好了吗？"

"万事俱备。我刚刚已经将突击策略的方案发送给您，您可以根据需要进行修改。"

没有这个必要。马多辛的计划向来切实高效。在官方眼中，纠察分遣队的本次行动目标是搜集与特雷锡安暴行有关的重要线索。总检察官马多辛与康茂德·沃克公开达成了合作，共同执行这项任务。而事实上，和他达成合作的是暗中的我。欧姆是我联系的审判庭之外的唯一官员。

我们对行动信号和指挥代码进行了加密，并约定在零点开始行动。我们都预祝对方行动顺利。

"帝皇庇佑，格雷戈。"他说。

"希望如此，欧姆。"我答道。

就在次日凌晨，太阳开始升起的两小时前，来自特雷锡安第五十一团的五百名帝国卫队士兵朝着费雷尔·西多的目标A进发。他们起初被空投到了目标四周的丘陵区域，随后快速集结。他们兵分三路，悄无声息地向目标潜行，率先抵达的队伍十分高效地切断了陆地车辆的唯一通道。三支队伍就位后，战争打响了。

奇科夫号和斯佩迪安之怒号护卫舰对方山进行了持续六分钟的轰炸，一团火球升腾在半空，照亮了一半的土地，仿佛朝阳提前升起。闪光缓缓熄灭的过程中，三十架轰击者战机从目标 A 的上方低空掠过，并引爆了将近三万公斤的烈性炸药。

那又是一片黎明般的闪光。

尽管这场轰炸足以摧毁地表上的一切，但当地面部队在爆炸结束后的八分钟内抵达目标地点时，却遭到了凶狠的反击。马多辛认为，奎索斯真正的主力都躲藏在地下，他们蛰居在山体内部，足以应对最猛烈的空袭。

在挖掘现场一侧的镇区中，特雷锡安的士兵们遇到了一批装备精良的狂热邪教分子。多数敌人都佩戴着"秘径"的标志和图案，其中不少是变种人。根据现场第一时间传回的报告，敌人预计超过八百人。马多辛下令派兵增援，另外七百名特雷锡安突击士兵随即出动。

当时，我们已经完成了第二拨行动部署。米迪亚载着因沙贝尔和我抵达了目标区域的边缘地带，恩多携带了两名作战机仆与我们同行。瑞斯驾驶着护盾舰载艇在我们身边着陆，扬起了漫天的尘土。随行的还有康茂德·沃克以及二十名审判庭士兵。格鲁曼乘从马多辛处借来的一艘海军登陆船抵达，虽然他最后一个着陆，却是第一个抵达现场的。格鲁曼率领他们十人小队。他们全是最精锐的前卡舍津战士。

我们穿过浓烟急速前行。登陆载具在身后重新升至黎明前的天空，灵能在空中剧烈震颤着。目标 A 的方位爆发出了令人骇然的强大灵能波，顷刻间杀死了三十名前方的士兵……随后，灵能又被切断。

我们早已料到奎索斯会动用强大的灵能防御武器——毕竟，他一直在搜集像伊萨哈顿这样的灵能者。用灵能主动反击极有可能是他最重要的防御手段，甚至比他的恶魔宿主还要重要。我早有准备。

纺纱小队的所有不可接触者全部出动，分为两队，与第一批地面部队共同抵达目的地。一支由贝坤领导，由纳尔和十二名战士保护；另一支则由苏拉·索斯科娃率领，由费希格和其他十几名战士保护。

纺纱小队此前从未参加过如此大规模的军事行动，但事实证明，这是一支奇兵。她们创造的反灵能力场彻底吞噬了席卷而来的灵能风暴，并将对方的灵能禁锢在了目标A所在的有限空间内，灵能已经无法对前进的友军造成任何伤害。

我在因沙贝尔的掩护下，向地下进发。我们沿着用岩石切割而成的台阶，走进目标A的内部区域。在长达一个小时的时间中，我们沿着烟雾缭绕的坡道，一米一米地向下摸索。黎明时分，我们已经抵达了通往下层的第一个入口：一处暴露在弹坑中的台阶。

四周都是燃烧的瓦砾和无法辨认的尸体。在混凝岩屋顶上方悬挂的电缆火光四溅。我们佩戴着动态捕捉仪，在坑道中左右探视，邪教徒出现的瞬间就会被击毙。没多久，我的爆矢枪就消耗了不少子弹，而因沙贝尔也已经在使用最后一枚备用电池。敌人抵抗的强度远远超出我的想象。

在杂乱的隧道岔口，我们遇到了恩多。他身边有两名特雷锡安士兵和一名审判庭护卫，但失去了两台移动缓慢的重装机仆。从他的眼神中我就看出他在想什么。我们全副武装，自信满满地闯入敌营，但或许我们的装备并不够。我本以为自己已经做了最坏的打算，但事与愿违，我还是低估了奎索斯。

我们左侧的厅室传来了更加猛烈的枪声。我们冲了进去，遇见四名身受重伤的特雷锡安士兵。他们满脸惊骇，正向我们跑来。

"后退！后退！"他们尖叫着。

我侧身冲了进去。

厅室内十分开阔，被浓烟笼罩。残破的石墙上燃烧着病态的绿色火焰。石墙的另一侧有一间明显高于其他建筑的大厅。

但我眼前的景象远不止于此。

地上堆积着将近五十具尸体，多数都是帝国卫队的士兵。康茂德·沃克正站在当中对抗普罗法尼狄。

老审判官浑身战栗，长袍上凝结了一层灵能冰霜。他的眼睛和口鼻中闪烁着电光。恶魔宿主面目狰狞、身形扭曲，操纵着可怜的胡斯曼的躯壳。他盘旋在沃克身前，试图击穿那道无形的灵能屏障。

我们向前猛冲，立刻吸引了右侧邪教徒的火力。我身边的特雷锡安战士身中两弹，倒地不起。因沙贝尔一边闪避，一边不住地咒骂。

恩多一边命令部下跟随，一边带头冲锋，向对面的邪教徒发起了猛攻。

他的手枪轰隆作响，链锯剑上下翻飞。

沃克已经濒临崩溃。我看到他在巨大的压力下，身形都已凝固，摇摇欲坠。

我收起爆矢枪，险些被尸体和遍地的砖瓦绊倒。我暗自祈求那柄符文杖能起到作用。

就在这时，一道灼热的白色火焰将我轰飞到了半空。

我尝试着站起身，恍惚间发现自己被炸出了厅室，将一块木质挡板砸得粉碎。我感到一股无形之力正将我托起，周围笼罩着白光。

切鲁贝尔正在我眼前盘旋。

"格雷戈，"他说，"你终于来了。我就知道我们没有白等。"

我将符文杖举在身前。拉文纳先前送给我的那卷绿色大理石封印的驱魔卷轴被刚刚的轰击震得粉碎。

"我已恭候多时。"恶魔宿主说，"你还记得在伊肯星上，我说过你会付出代价吗？嗯，现在是时候了，一切将迎来终结。从我们初次见面开始，我就料到会有这么一刻。命运……我们的命运在此地交会。还记得吗？"

"我怎么会忘？"我怒吼道，"你一直宣称在利用我！指引我！甚至保护我！我亲眼看到你在伊肯星上杀死了莱科！为什么我……我却能活到现在？为什么？"

切鲁贝尔诡异地笑着。"亚空间就在你的体内流淌。正如在我的体内流淌一样。你能从各个角度观察时间。你能窥探未来，窥探即将发生的一切，窥探一两个世纪后人们会做什么，在一千年前他们又做过什么。你看到无数种可能性。"

"一派胡言！全都是蛊惑人心的谜语。"

"没有谜语了，艾森霍恩。我第一次见到你那一刻，我就知道你是独一无二的。你有坚毅的品质、出众的技艺和十足的运气，只有你能给我想要的一切。我最想要的东西。我知道，如果我放你一条生路，你必定会对我穷追不舍，就像此时此刻，这里正在发生的事一样。"

"我永远不会帮助你这头恶魔！"

切鲁贝尔咧嘴大笑，泛白的双眼满是空洞。他突然面容严肃。"那就毁灭我，如果你有这个本事。"

他向我俯冲过来。我高举符文杖，将脑海中的意念沿着杖身导入杖头的魔晶之中。那枚精心雕琢的魔晶碎片释放出了一道湛蓝色的光芒。

庞提乌斯·格劳教会了我关于恶魔宿主最重要的一件事。他们最大的弱点在于束缚他们成为奴隶的意志之力。而符文杖经过针对性的设计和铸造，表面刻满了古老的符号与雕文，能够起到杠杆的作用。它会大幅提升我的意志之力，从而将那股束缚的力量彻底抹消。

在一瞬间，我感受到了阿尔法以上级别灵能者的力量。

魔晶中释放出一道夺目的能量之矛，击中了切鲁贝尔的胸腔。

恶魔宿主的笑容凝固了，随后他的血肉爆裂，身体的四周燃起混沌的烈焰，如同风暴一般在四周搅动。我已经打破了他的束缚，将他驱逐回亚空间深处。

就在我膨胀的意志之力压过对方的一瞬间，我看到了他被奎索斯奴役的全过程，感受到了他被长年束缚的痛苦。奎索斯动用了《恶魔禁典》中记载的禁忌之术创造了恶魔宿主，并将他们永久地封印在两具肉身中。

这一刻，我意识到自己终究给予了切鲁贝尔所渴望的一切——自由。

我跟跄着返回主厅。为时已晚，沃克在抵挡普罗法尼狄的进攻时动用了惊人的灵能，最终力竭身亡。

我记得沃克在特雷锡安的暴乱后说过的话："我会尽力去弥补。在这些混沌杂碎被尽数消灭前，在这颗行星的秩序恢复前，我不会停下脚步。在揪出幕后真凶之前，我不会停下脚步。"

此时此刻，他的脚步可以停下了。

恶魔宿主将老审判官干瘪的躯壳扔到一旁，冲向了恩多和因沙贝尔。两人身负重伤，痛苦得跪地不起。青绿色的火焰从普罗法尼狄的指尖轰出，将我的两位好友紧紧地包裹在灵能枷锁内。恶魔宿主似乎有意玩弄，摆出一副悠然自得的神态。

看到我出现时，普罗法尼狄陷入了片刻的错愕。他立刻意识到我是一个更加严重的威胁。我手中，符文杖顶端的魔晶散发着血红色的光芒。

恶魔宿主向我俯冲而来，亮起一口尖牙，张开双臂，浑身闪烁着污秽的白炽光芒。他呼喊着我的名字。他的表情就像是看到一台从天而降的战机坠落那样，惊愕而愤怒。我知道那样的表情，因为我也亲身经历过那种绝望。

普罗法尼狄发出了尖利的鸣叫声。

"在戈锡堡，你曾经让我准备一件像样的武器，邪物！"我怒吼着，抬起手中的符文杖，将灵能刺穿了他的身体。"这件武器如何？"

普罗法尼狄尖叫着，炸成了碎片。我想这一次我并没有将他放逐，而是将他的本质彻底抹杀。

符文杖依旧奇迹般的完好无损，躺在瓦砾中。但由于普罗法尼狄的湮灭，杖头和杖身都变得滚烫，散发着刺眼的白炽光芒。我没办法再握起它。

我连忙奔向泰图斯·恩多和因沙贝尔，两人虚弱地躺在地上，动弹不得。因沙贝尔意识涣散，但没有受到重伤。恩多的胸腔和脖颈都被恶魔击中，满脸忧虑地看着我。

"你把两头恶魔都杀了，格雷戈……"

"我只能祈祷没有其他恶魔宿主了。"我答道。我伸手试图帮他止血。他的审判官徽章从上衣口袋里滑了出来，我俯身拾起。

徽章的审判庭标志上雕刻着圣锤修会的图案。

"圣锤修会？"我感到一丝诧异。

"不……"

"你转会了吗，恩多？该死，你什么时候调任的？"

"他们逼我的……"他上气不接下气地说，"是奥斯玛逼我这么做的！他在梅西纳找到了我……还拿出了好几桩旧案。他指摘我曾经的过失……他……他威胁我如果不帮他，就会将我告上审判庭，让我不得好死。"

"你有什么过失？"

"我没有过失！没有，格雷戈！我发誓！但他有贝奇尔撑腰！他能让我做的任何事蒙上异端的色彩！我不得不转会来换取他的信任。他说他会嘉奖我、保护我，说我在圣锤修会才能得到更好的前途。"

"所以你一直在跟踪我？"

"我什么都没说。我从未出卖过你。我一直在敷衍奥斯玛，直到他满意。"

"你来这里会让他满意吗？难怪你一直藏着徽章……他想让你在这里将我拿下，是吗？"

恩多陷入了沉默。因沙贝尔在一旁目瞪口呆地看着我们。

"我原本也要参与这次行动。我希望你能成功。奥尔西尼始终不相信奎索斯是一个威胁,参与这场行动是权宜之计,或许消灭奎索斯并不是错事……如果你……在行动结束时还活着,我被命令按照罪诏的名义将你逮捕。或者,如果你抵抗的话……"

"把他架出去,返回地表!"我面无表情地命令因沙贝尔,"给他找个医疗人员……不要让他离开你的视线。"

"是的,长官!"

"格雷戈!"因沙贝尔搀扶起恩多时,他喘息着说,"帝皇在上,我从来都不想——"

"架出去!"我怒吼道。

当格鲁曼、瑞斯和我进入挖掘区域的深沟之间时,距离费雷尔·西多的空袭已经过去了三个小时。马多辛的部队仍然在方山的隧道间与异端的势力鏖战。

瑞斯身负刀伤,身体虚弱。他的随行护卫全部阵亡。格鲁曼身边也只剩下了两名卡舍津战士,两名精英士兵手中都提着激光步枪。

地下空间十分宽阔,坑道被挖开,有将近一公里深,坑底完全露天。那根卡迪亚标塔的瑟雷波斯晶石复制品插在坑洞底部,四周环绕着精金支撑的脚手架。数百个囚笼悬挂在脚手架四周。每个笼子里都关着一个人,他们无助而绝望。

他们全都是奎索斯从帝国各地秘密搜集来的异端灵能者。他想必花了几十年的时间才积累到如此规模。我毫不怀疑,伊萨哈顿就在其中。

"他在干什么?"瑞斯问道,语气中略带惊骇。

"我们必须阻止的事。"格鲁曼向来一针见血,我对此十分欣赏。这个答案对于我们已经足够。

自从行动开始到现在,我们始终精神紧绷,时刻准备迎接突如其来的战斗。尽管我们都是久经沙场、经验丰富的战士,接下来发生的事情却出乎所有人的意料。

前一刻,我们四周除了彼此以外,没有其他人。可转瞬之间,一名身穿长袍、披挂铠甲的身影就出现在了我们之间。移动速度之快,我只能瞥见一道虚影。

圣锤

对方的速度实在是太快了。

下一秒,瑞斯的脊柱被劈开了。审判官的喉头涌动着鲜血,在他摔倒的过程中,格鲁曼身旁的卡舍津已经被齐腰斩断,手中的枪断断续续地轰射出子弹。另一名卡舍津战士突然隆起身子,一柄漆黑的长剑刺穿了他的腹部,剑锋上燃烧着烈焰。

格鲁曼将我推到一旁,对准那道致命的虚影连续开了三枪。我的眼睛几乎跟不上那柄漆黑的剑刃,三发子弹竟被那柄长剑全部弹开,发出尖利的撞击声。

格鲁曼的脑袋从肩膀上滚落了下来。

就在格鲁曼的尸体还在微微倾斜时,奎索斯——帝国之敌、恶魔使徒、罪无可赦的激进派审判官已经挥动着剑锋,向我飞旋而来。

我在短短一瞬间瞥见了那柄颀长的魔剑——卡恩纳伽。厚重的剑身分为几节,上面满是邪恶污秽的符文,刀刃上布满了利爪般的锯齿。

除了那柄发出尖啸、向我的面部直刺过来的魔剑外,我什么都没有看见。

第二十三章

异端

后记

就在刀锋距离我额头一掌远的地方，那柄被鲜血染红的魔剑停住了，巴伯瑞萨特闪烁着光晕，为我挡住了那一击。

时间仿佛凝固了。我们正面相对，剑锋紧紧地锁在一起。在我们的剑刃相交之前，奎索斯是一个迅捷无常的幽灵。此刻他却纹丝不动，怒视着相交在一处的剑锋。

异端的铠甲肮脏破败，点缀着混沌的标记。他右侧肩胛上悬挂着审判庭徽章。徽章被包裹在如此污秽的铠甲间，显得格格不入，令我十分反感。

他苍老的脸孔早已扭曲变形，布满脓包。额头上长出了骨质的尖角。他的皮肤如同黑色的花岗岩一样黯淡无光。他的咽喉高高鼓起，与破损衣角下的人造器官相连。他的眼睛布满血丝，俨然是两枚闪闪发光的血球。

"艾森霍恩。"他的话语透过灵能传来，皱缩的嘴唇纹丝不动。

巴伯瑞萨特比我更早感受到他的动作。剑锋在我的手中左右晃动。在一息之间，我们已经进行了二十多次交锋。卡恩纳伽的锯齿利刃在卡瑟钢铁上发出沉闷的刮擦声。巴伯瑞萨特的五芒符文闪烁着璀璨光芒，剑身四周涌动着灵能。卡恩纳伽发出了痛苦的呻吟。

"异端！混沌的奴隶！"他干瘪而破碎的声音回荡在我的脑海。

"你正是你口中的奴隶！"我回应道。我们的剑刃继续摩擦着，彼此寻找着对方的破绽。

"如果你不是混沌爪牙，为何要来阻止我的工作？"

"你的工作？指的是这东西吗？"

我们剑身撞开，随后再次交锋。刀锋之间连续撞击，频率极高，仿佛是持续敲击的铜铃。他向下急刺时，我奋力用"乌撒式"格挡开。而他则迅捷地避开了我的"塔恩维拉式"，挥剑挡开了我的下一击的"逆奥拉夫式"。

"这只是试验,是标塔的原型……倘若这次能够成功,我的工作将全面展开。"

"你凿开一座山……就为了一个试验?什么的原型?"

"卡迪亚标塔能够净化亚空间!"他厉声道,"通过顶级灵能者的加持,标塔将成为强大无比的武器。足以摧毁亚空间的武器!足以捣毁整个恐惧之眼的武器!"

他言语错乱,神态癫狂。我不知道他的话语中是否隐藏着真理或任何理智的成分,更不知道哪些是他的疯癫的臆想。我只知道,或许灌注着灵能的标塔能做很多事,但它的副作用将是灾难性的。它足以毁灭整个大陆架,毁灭整颗星球。

我想到这里,心中涌起一丝寒意。我意识到奎索斯对这样做的后果心知肚明。我认为他将星球的毁灭视作理所应当的代价,正如那场让无数人丧生的特雷锡安暴动在他眼中也不值得一提。那不过是获得伊萨哈顿这样的灵能者需要付出的必要代价。

正如格鲁曼死前说的最后一句话,无论结果怎样,他必须被阻止。

我看着他的脸。

这是激进派的产物。这就是越界之人最终显露的真正嘴脸。这就是庞提乌斯·格劳赞不绝口的混沌所暗藏的污秽本质。

我们的剑刃像雨点般交会,剑刃的边缘击打出细密的火花。我想要横扫剑锋,却被他凌空避开,转而他用左右交替的劈砍将我逼得在满是尘土的地面上连连后退。我险些滑倒。他已经化为一股旋风。

就在那一刻,我看到了机会。巴伯瑞萨特也看到了。他剑锋挥击时,身体轻微地旋转了一寸。那是一个破绽,是"萨阿乌特式"的绝佳机会。虽然只是短短的一微秒,但足以让一剑直刺心脏。

我递出那一剑,将所有的意志之力注入剑身。然而令我没有想到的是,他竟然以超出常人的速度扭转卡恩纳伽,挡开了这一击。

巴伯瑞萨特被魔剑挡住的一刻,断作两截。

这把来自卡瑟的古剑用自己的失败奠定了我的胜利。如果它完好无损,这次格挡之后,我们的较量还会继续。

我继续挥动手中被截断的半柄剑刃,并把全部灵能都注入其中,断剑划破了他的斗篷、他的铠甲、他脖颈处的人造器官,最终将他击杀。用的是"厄尔卡式"。

我几乎要用相同的力量才将剑刃从他的皮肉中抽出。

奎索斯跟跟跄跄地后退了几步，伤口中喷出了污秽的血液。他的人造器官发生了短路，在电光中爆裂开。

他跌落在地下坑道满是尘土的地上，自己也化作了尘土，只剩下仍在腐烂的植入设备和细长斗篷下空洞扭曲的铠甲。

"异端！"他用残存的最后一丝意念吼道。

这句话从他口中说出，听上去简直就是一种恭维。

目标 A 最终被特遣部队拆除并彻底摧毁，人造的标塔被持续的轨道轰击炸成了碎片。奎索斯抓捕的灵能者和他幸存的爪牙都被俘虏，并被扣留下来，以准备移交给审判庭的黑船。几天后，我们正式公布了行动的成果，也迎来了其中六艘审判庭的黑船。大多数灵能俘虏都被认为过于危险，或腐化太过严重，即使在最严密的守卫下仍然无法关押，因此被就地处决。伊萨哈顿就在其中。

我们在目标 A 所在的遗址中发现了大量珍贵的文本和古物，其中不乏与恶魔学识有关的禁忌之物。奎索斯搜集了大量晦涩深奥的材料，在遥远的马奇诺，他必定存有更多的异端文本。伴随着进一步的清洗和收缴，真相也会越发清晰。

正如所有的报告描述的那样，没有人发现《恶魔禁典》——奎索斯全部邪恶力量的源头。

就在我和队友们返回古德伦时，针对我的革职罪诏已被宣告废除。从法尔尼斯收集到的全部证据，包括审判庭获取的一系列供词都足以证明奥斯玛的全部指控均不成立。海军总监察官马多辛、审判长妮芙、审讯员因沙贝尔，以及泰图斯·恩多——愿帝皇庇佑他——全都出庭，当众证明了我的清白。

无论是来自审判庭大宗师奥尔西尼，还是来自贝奇尔和奥斯玛，我没有收到过任何形式的官方致歉。奥斯玛的仕途并没有因为这件事受到丝毫影响。二十年后，在贝奇尔意外身亡后，他被任命为赫里甘次星区圣锤修会的大导师。

格鲁曼和随行卡舍津的遗体被埋葬在卡迪亚凄凉的墓园中，至少在《读碑令》允许的时间内他们不会被人们遗忘。

在瑞斯的故乡长庚星，人们建造了一座以他命名的图书馆。

沃克被安葬在特雷锡安主星大教堂一旁的索瑞安圣器室中，获得了至高无上的赞誉。那枚铭刻着他一生成就的黄铜铭牌至今仍然悬挂在圣器室的墙壁上。

他和我从来都不是真正的朋友。但我必须承认，他死后多年，我还时常怀念他的刻薄无情。

尾　声

M41.345 年的冬天

那个声音仿佛来自亘古永存的冰山——缓慢、古老、冰冷而厚重。

他只问了一个问题。"为什么？"

"因为我做得到。"

沉默持续了许久。上千根蜡烛的焰光照在石墙精心篆刻的符文表面，那些神秘的文字也随着烛光一起摇曳、闪烁。

"为什么？为什么……你要对我做出……这样卑劣的事？"

"因为我的力量凌驾于你之上，正如你的力量曾经胜过我。你利用了我。你操纵我的命运。你像拨动弑君棋的棋子一样将我操纵于股掌之间。如今，你我终于互换了位置。"

他奋力敲打着身上的锁链与镣铐，却因为我设置的囚笼而无比虚弱。

"诅咒你……"他低语着，声音软弱无力。

"你应该仔细听我说的话。我说过自己绝不会帮助你这样的邪物。但你始终都在戏弄我，在获得自由之后，险些扬长而去。这就是为什么我会这么做。这就是为什么，我花了漫长的时间，投入了巨大的精力将你重新捕获、束缚、囚禁。这是一个教训。我永远不会允许自己让帝国之敌得到一丝一毫的裨益。你曾说过，你从一开始就知道我会让你从奎索斯的束缚中解脱。可惜的是，你没能看到另一件事——我将取而代之。"

"诅咒你！"那声音充斥着愤怒。

"我们有的是时间，切鲁贝尔，恶魔。你的腐烂灵魂将受到折磨，你会渴望当年作为奎索斯玩物的时光。"

切鲁贝尔向我猛扑过来，但被铁链牢牢地束缚住。他撕心裂肺的恶毒号叫回荡在监牢中，熄灭了所有的蜡烛。

我封锁了真空舱，将亚空间抑制器和虚空盾重新开启，又将十三道门锁依次拧好。

在屋子另一头，嘉莱特摇起了铃铛，招呼大家共进晚餐。我虽然精疲力竭，但佳肴、美酒和好友总会让我精神振奋。

我从地下深处的壁垒中走出，沿着楼梯返回到地面，随后锁上门，缓步走向书房。窗外，古德伦的雪来得比以往都要早。晶莹剔透的雪花在暮色中闪着微光，飘在树林和围场之间，落在庄园外的草坪上。

书房内，我把随身携带的物品放回原处。我把那瓶圣油放回木架，把仪式用的匕首、镜子和护符放回到木匣中。帝国护身符被我放回天鹅绒衬垫上，并锁在了抽屉里。我将那管卷轴推进一旁的分类架内。

随后，我将符文杖挂在有内置灯光的壁龛一侧的挂钩上，壁龛一侧放着盛有巴伯瑞萨特碎片的玻璃盒。

最后，我打开办公桌最下方的一台虚空盾保险柜，将《恶魔禁典》小心翼翼地放入其中。

嘉莱特的铃声再次响起。

我锁好柜门，向晚宴踱步而去。

作者简介

丹·阿伯奈特创作了五十多部小说，其中包括著名的"冈特幽魂"系列小说的最新一部《叛乱者》。他笔下的"拉文纳"系列和"艾森霍恩"系列均广受好评，其中最新一部是长篇小说《学者》。在"荷鲁斯之乱"系列中，他依次创作了《荷鲁斯崛起》《军团》《不被铭记的帝国》《无所畏惧》和《普罗斯佩罗之焚》，而后两部曾被列入《纽约时报》畅销书榜单。他为"荷鲁斯之乱"系列的首部图像小说《马库拉格之耀》撰写过文本，此外，还创作了大量战锤40000和战锤宇宙相关的广播剧、短篇。他常年生活在英国肯特郡的梅德斯通。

译者简介

赵笃，毕业于帝国理工学院，现居北京；科幻与推理迷，向往汪洋星海，热衷蒸汽霓虹，既喜爱半神手中的爆矢和链锯，也感慨于凡人经历的离合与悲喜；GW黑图书馆的忠实读者。

版权所有　侵权必究

图书在版编目（CIP）数据

　　圣锤 / (英) 丹·阿伯奈特著；赵笃译. -- 杭州 :浙江科学技术出版社, 2023.9
　　ISBN 978-7-5739-0845-2
　　Ⅰ. ①圣… Ⅱ. ①丹… ②赵… Ⅲ. ①幻想小说 – 英国 – 现代 Ⅳ. ①I561.45
中国国家版本馆CIP数据核字(2023)第160999号
著作权合同登记号　图字：11-2020-229号

书　名	圣　锤
著　者	［英］丹·阿伯奈特
译　者	赵　笃

出版发行　浙江科学技术出版社
　　　　　杭州市体育场路 347 号　邮政编码：310006
　　　　　办公室电话：0571-85176593
　　　　　销售部电话：0571-85176040
　　　　　网址：www.zkpress.com
　　　　　E-mail：zkpress@zkpress.com

排　版	浙江新华广告有限公司
印　刷	浙江海虹彩色印务有限公司

开　本	710×1000　1/16	印　张	19.5
字　数	400 000		
版　次	2023 年 9 月第 1 版	印　次	2023 年 9 月第 1 次印刷
书　号	ISBN 978-7-5739-0845-2	定　价	60.00 元

责任编辑　吕路明　　　　责任校对　张　宁
责任美编　金　晖　　　　责任印务　叶文炀